Begeerd door jou

Sylvia Day

Begeerd door jou

A.W. Bruna Fictie

Oorspronkelijke titel
Reflected in You

Vertaling
Marike Groot en Sander Brink, Grootenbrink Vertalingen
Omslagontwerp
Sarah Oberrender
Omslagbeeld
Edwin Tse
Art director
George Long
Bewerking Nederlands omslag
Bram van Baal

ISBN 978 94 005 0239 0
NUR 302

Tweede druk, december 2012

1

Ik was helemaal weg van New York. Ik hield ervan met een passie die ik verder maar voor één ander ding in mijn leven reserveerde. De stad was een soort microkosmos waarin de kansen van de Nieuwe Wereld en de tradities van de Oude Wereld samenkwamen. Conservatieven liepen zij aan zij met alternatievelingen. Je vond er zowel curiosa als zeldzame kostbaarheden. De intense energie van de stad inspireerde de internationale zakenwereld en trok mensen aan uit alle landen. De belichaming van die energie, die grenzeloze ambitie en die wereldberoemde macht, had me zojuist naar twee fantastische orgasmen geneukt.

Ik liep naar Gideon Cross' enorme inloopkast en keek naar zijn door seks verfrommelde bed. Ik sidderde toen ik aan het genot terugdacht. Mijn haar was nog vochtig van het douchen en het enige wat ik aanhad, was de handdoek die ik had omgeslagen. Ik moest over anderhalf uur op mijn werk zijn en dat was wel erg krap. Het was me wel duidelijk dat ik tijd voor seks zou moeten inruimen in mijn ochtendroutine, omdat ik me anders altijd moest haasten. Gideon stond altijd vroeg op, klaar om de wereld te veroveren, en hij begon die overheersing graag met mij.

Wat een geluksvogel was ik toch!

Het was juli en het begon in New York al aardig heet te worden. Daarom koos ik voor een smalle, prachtig geperste linnen broek en een zachtgrijs, mouwloos popeline topje dat goed kleurde bij mijn ogen. Ik had niet echt een talent voor haarstyling, dus streek ik mijn lange blonde haar glad naar achteren en deed het gewoon in een paardenstaart. Daarna maakte ik mijn gezicht op. Toen ik er toonbaar uitzag, verliet ik de slaapkamer.

Zodra ik de hal in stapte, hoorde ik Gideons stem. Er ging

een rilling door me heen toen ik besefte dat hij kwaad was. Zijn stem was laag en hij sprak kortaf. Hij werd niet gauw kwaad... tenzij het om mij ging. Ik kon hem zover krijgen dat hij zijn stem verhief en vloekte, en zelfs met zijn handen naar zijn machtige manen van inktzwart haar greep, die tot op zijn schouders vielen.

Meestal was Gideon echter een toonbeeld van ingehouden macht. Hij hoefde niet te schreeuwen, want hij kon mensen met één enkel woord of alleen een blik de stuipen op het lijf jagen.

Ik trof hem in zijn werkkamer. Hij stond met zijn rug naar de deur en droeg een bluetooth-oortje. Hij had zijn armen over elkaar geslagen en staarde uit het raam van zijn penthouse aan 5th Avenue. Het was het beeld van een zeer solistische man, een individu dat losstond van de rest van de wereld en diezelfde wereld tegelijkertijd heel goed kon overheersen.

Ik leunde tegen de deurpost en genoot van het uitzicht. Ik was ervan overtuigd dat mijn zicht op de skyline veel mooier was dan dat van hem. Van waar ik stond kon ik Gideon namelijk op de voorgrond zien, met die torenhoge wolkenkrabbers, die al net zo imposant waren als hij, op de achtergrond. Hij was al klaar met douchen voordat ik uit bed was gestapt. Zijn ernstig verslavende lichaam was nu gekleed in twee delen van een duur driedelig maatpak, waar ik sowieso altijd al van begin te kwijlen. Zo van achteren kwamen zijn perfecte kont en zijn krachtige rug, strak in een vest verpakt, geweldig uit.

Aan de muur hing een uitgebreide collage van foto's van ons als stel, waaronder een zeer intieme foto die hij van mij had gemaakt terwijl ik lag te slapen. De meeste foto's waren geschoten door de paparazzi, die hem voortdurend op de voet volgden. Hij was dan ook Gideon Cross, van Cross Industries, en op de belachelijk jonge leeftijd van 28 jaar was hij een van de 25 rijkste mensen ter wereld. Ik was er vrij zeker van dat hij een flink deel van Manhattan bezat en ik was er absoluut zeker van dat hij de lekkerste man op aarde was. En overal waar hij werkte, had hij foto's van me staan, alsof ik ooit leuker kon zijn om naar te kijken dan hijzelf.

Hij draaide zich soepel om en keek me aan met zijn ijskoude blauwe ogen. Hij wist uiteraard allang dat ik daar naar hem stond te kijken. De lucht knetterde als we bij elkaar in de buurt waren: een spannend gevoel, zoals je krijgt tijdens de stilte voor de klap van de donder. Waarschijnlijk had hij met opzet even gewacht voordat hij naar me keek, om me de gelegenheid te geven hem goed te bekijken, omdat hij wist dat ik dat graag deed.

Mijn Donkere Adonis. Helemaal van mij.

God... ik zou nooit wennen aan wat dat gezicht met me deed. Die fraai gevormde jukbeenderen en donkere, prachtig gebogen wenkbrauwen, de blauwe ogen met de dichte wimpers en die lippen... zo perfect dat ze zowel sensueel als ondeugend waren. Ik vond het heerlijk wanneer hij met zo'n seksuele uitnodiging glimlachte en ik huiverde wanneer zijn lippen een dunne, strenge lijn werden. En als hij die lippen op mijn lichaam drukte, stond ik in vuur en vlam.

Jemig, moet je jezelf nou eens horen! Ik vertrok mijn mond tot een grimas en dacht eraan hoe irritant ik het altijd had gevonden als vriendinnen helemaal in vervoering over hun knappe vriendjes praatten. Maar ja, ik was nu eenmaal continu zwaar onder de indruk van hoe geweldig deze gecompliceerde, frustrerende, gestoorde, supersexy man was. En elke dag werd ik verliefder op hem.

Terwijl we zo naar elkaar keken, werd zijn frons niet minder en bleef hij gewoon met de arme ziel aan de andere kant van de lijn praten, maar zijn blik werd steeds warmer en ging van kille irritatie naar verschroeiende hitte.

Ik zou inmiddels gewend moeten zijn aan hoe hij veranderde als hij naar me keek, maar het raakte me nog elke keer met een kracht die me op mijn benen deed wankelen. Met die blik maakte hij duidelijk hoe hard en diep hij me wilde neuken – wat hij ook deed zodra hij de kans kreeg – en kreeg ik een glimp te zien van zijn rauwe, onverstoorbare wilskracht. Alles wat Gideon in zijn leven deed, werd gekenmerkt door die kern van kracht en gezag.

'Ik zie je zaterdag om acht uur,' zei hij in de microfoon, voordat hij zijn oortje afdeed en op zijn bureau gooide. 'Kom hier, Eva.'

Weer ging er een rilling door me heen, om hoe hij mijn naam uitsprak, met dezelfde gezaghebbende stem die hij gebruikte als hij *Kom, Eva* tegen me zei wanneer ik onder hem lag... vol van hem... wanhopig verlangend om klaar te komen voor hem...

'Geen tijd, kanjer.' Ik liep terug de hal in, omdat ik zwak zou worden als ik bij hem in de buurt bleef. Met dat zacht raspende geluid in zijn soepele, beschaafde stem kon hij me al bijna klaar laten komen als ik er alleen maar naar luisterde. En elke keer dat hij me aanraakte, bezweek ik.

Ik liep snel naar de keuken om koffie te zetten.

Hij mompelde wat binnensmonds en volgde me. Met zijn grote passen haalde hij me met gemak in. Ik voelde me tegen de muur van de hal geduwd worden door een krachtige, hitsige man van 1 meter 90.

'Je weet wat er gebeurt als je ervandoor gaat, engel.' Gideon beet op mijn onderlip en verzachtte de pijn vervolgens met zijn tong. 'Dan grijp ik je.'

Met een zucht gaf ik me maar al te graag over en mijn lichaam werd slap van genot doordat hij me zo dicht tegen zich aan drukte. Ik verlangde voortdurend zo hevig naar hem dat het lichamelijk echt pijn deed. Ik voelde lust, maar het was nog wel meer dan dat. Iets wat zo waardevol was en zo diep ging, dat Gideons lust niet hetzelfde bij me teweegbracht als bij een andere man het geval zou zijn geweest. Als iemand anders me met het gewicht van zijn lichaam had proberen te overmeesteren, zou ik doodsbang zijn geweest. Maar dat was bij Gideon nooit het geval. Hij wist wat ik nodig had en hoeveel ik kon hebben.

De plotselinge grijns op zijn gezicht bezorgde me een hartstilstand.

Geconfronteerd met dat adembenemende gezicht, omlijst door dat glanzende zwarte haar, voelde ik mijn knieën slap worden. Alles aan hem was verfijnd en beschaafd, behalve dan zijn decadent lange, zijdeachtige lokken.

Hij duwde zijn neus tegen die van mij. 'Je kunt niet zo naar me lachen en vervolgens weglopen. Vertel me eens waar je aan dacht toen ik aan de telefoon was.'

Ik krulde mijn lippen tot een spottend lachje. 'Hoe prachtig je bent. Het is gewoon walgelijk hoe vaak ik daaraan denk. Ik moest me er maar eens overheen zetten.'

Hij legde zijn hand achterlangs op mijn dij en trok me dichter naar zich toe. Hij plaagde me door zijn heupen behendig tegen die van mij te draaien. Hij was buitensporig bedreven in bed. En dat wist hij maar al te goed. 'Dat sta ik echt niet toe.'

'O nee?' De hitte stroomde kronkelend door mijn aderen. Mijn lichaam verlangde er veel te gretig naar om dat van hem te voelen. 'Maar je wilt toch niet weer zo'n volgzaam vrouwtje aan je hebben hangen, Meneer Hekel-aan-overtrokken-verwachtingen?'

'Wat ik wil,' bromde hij, terwijl hij zijn hand op mijn kaak legde en met zijn duim over mijn onderlip wreef, 'is dat je het veel te druk hebt met aan mij denken om nog aan iemand anders te denken.'

Ik ademde langzaam maar schokkerig in. Ik was helemaal verkocht door de smeulende blik in zijn ogen, de uitdagende toon in zijn stem, de hitte van zijn lichaam en de zalige geur van zijn huid. Hij was mijn drug en ik had totaal geen behoefte aan afkicken.

'Gideon,' hijgde ik in trance.

Met een zachte kreun sloot hij zijn welgevormde mond over die van mij en ik vroeg me totaal niet meer af hoe laat het was omdat hij me wellustig en diep kuste... en zo was het hem bijna gelukt me af te leiden van de onzekerheid die hij me zojuist had laten zien.

Ik duwde mijn vingers door zijn haar om hem goed vast te kunnen houden en terug te kunnen kussen. Mijn tong gleed strelend langs die van hem. We waren nog maar zo kort een stel. Nog niet eens een maand. Wat nog erger was: we wisten allebei niet hoe we een relatie als deze moesten opbouwen: een relatie waarin we weigerden te doen alsof we niet allebei ernstig beschadigd waren.

Hij pakte me nog steviger beet en hield me bezitterig vast. 'Ik was van plan het weekend met jou in de Florida Keys door te brengen. Naakt.'

'Mm, klinkt goed.' Meer dan goed. Ik kreeg een enorme kick als ik Gideon in een driedelig pak zag, maar nog liever had ik hem met zijn kleren uit. Ik vertelde hem niet dat ik dit weekend niet beschikbaar was...

'Maar nu moet ik dit weekend wat zaken regelen,' mompelde hij, met zijn lippen tegen die van mij.

'Zijn dat die zaken die je had uitgesteld zodat je bij mij kon zijn?' Hij was vroeg naar huis gegaan om tijd met mij door te kunnen brengen, en ik wist dat hij daar een prijs voor moest betalen. Mijn moeder was drie keer getrouwd, en al haar echtgenoten waren succesvolle, welvarende mogols. Ik wist dat de prijs voor ambitie was dat je nogal wat overuren maakte.

'Ik betaal andere mensen een riant salaris om bij jou te kunnen zijn.'

Dat was een mooi ontwijkend antwoord, maar ik zag een flits van irritatie in zijn blik en dus besloot ik hem af te leiden. 'Dankjewel. Laten we koffiedrinken voordat we geen tijd meer hebben.'

Gideon streek met zijn tong over mijn onderlip en liet me daarna gaan. 'Ik wil morgenavond om acht uur vliegen. Pak wat koele en lichte spullen, want in Arizona heerst een droge hitte.'

'Wat?' Ik knipperde met mijn ogen terwijl hij zich omdraaide en zijn werkkamer in liep. 'Moet je voor zaken naar Arizona?'

'Helaas wel, ja.'

Eh... rustig blijven Eva. Ik moest sowieso nog koffie hebben voordat ik wegging, dus stelde ik de discussie uit en ging verder naar de keuken. Ik liep door Gideons appartement, met zijn indrukwekkende, vooroorlogse architectuur en de ranke gewelfde ramen. Mijn hakken klikten dan weer op glimmend hardhout, dan weer werd hun geluid gedempt door Aubussontapijten. De luxueuze vertrekken waren afgewerkt met donker hout en gestoffeerd in neutrale kleuren, opgefleurd met accenten in warme tinten. De rijkdom en weelde spatten ervan af, maar toch was het ook warm en uitnodigend, een gerieflijke plek om je te ontspannen en het gevoel te hebben dat je in de watten werd gelegd.

In de keuken verspilde ik geen tijd en schoof een meeneembeker onder het eenkopsapparaat. Gideon kwam bij me staan met zijn jasje over een arm gedrapeerd en zijn mobiele telefoon in zijn hand. Ik zette nog een meeneembeker voor hem onder de tuit en liep naar de koelkast voor wat koffieroom.

'Misschien komt het juist wel goed uit.' Ik keek hem aan en herinnerde hem aan de toestand met mijn huisgenoot. 'Ik moet dit weekend eens een hartig woordje met Cary spreken.'

Gideon liet zijn telefoon in de binnenzak van zijn jasje glijden en hing het kledingstuk vervolgens over de leuning van een van de barstoelen. 'Jij gaat met mij mee, Eva.'

Ik schonk de room in mijn koffie. 'Wat moet ik daar dan doen? Een beetje naakt liggen wachten tot jij klaar bent met werken en me komt neuken?'

Hij bleef naar me kijken terwijl hij zijn mok pakte en met iets te kalme berekening slokjes van zijn hete koffie nam. 'Wil je nou weer ruziemaken of zo?'

'Ga je weer moeilijk doen? We hebben het hier toch over gehad? Je weet best dat ik Cary niet alleen kan laten, na wat er gisteravond is gebeurd.' Vergeleken met de kluwen naakte lichamen die ik in mijn woonkamer had aangetroffen was een Romeinse orgie een kinderfeestje.

Ik zette het pakje room terug in de koelkast en voelde dat ik door zijn wilskracht meedogenloos naar hem toe getrokken werd. Zo was het vanaf het begin al geweest. Als Gideon het wilde, kon hij me zijn eisen laten *voelen*. En het was verdomd moeilijk om dat deel van me te negeren dat erom smeekte hem alles te geven wat hij maar wilde. 'Jij houdt je met je zaken bezig en ik hou me met mijn beste vriend bezig, en daarna houden we ons weer met elkaar bezig.'

'Ik kom pas zondagavond weer terug, Eva.'

O... Ik voelde een scherpe steek in mijn buik toen ik hoorde dat we elkaar zo lang niet zouden zien. De meeste stellen brachten niet elk vrij moment met elkaar door, maar wij waren dan ook niet zoals de meeste stellen. We hadden allebei zo onze frustraties en onzekerheden, en we waren zo verslaafd aan elkaar dat we geregeld contact nodig hadden om een beetje behoorlijk te blijven functioneren. Ik vond het vreselijk om niet bij hem te zijn. Het kwam zelden voor dat er meer dan een paar uur voorbijgingen waarin ik niet aan hem dacht.

'Jij moet er ook niet aan denken,' zei hij zacht. Hij bestudeerde me zoals hij altijd deed: hij zag alles. 'Zondag zijn we allebei niks meer waard.'

Ik blies op mijn koffie en nam toen snel een slok. Ik werd onrustig bij het idee dat ik een heel weekend zonder hem moest doorbrengen. En wat nog erger was: ik vond het maar niks dat hij mij zo lang niet zou zien. Er lag een wereld aan keuzes en mogelijkheden voor hem open: vrouwen die niet zo gestoord en moeilijk waren.

Toch lukte het me om te zeggen: 'We weten allebei dat dat nou niet bepaald gezond is, Gideon.'

'O ja? Wie zegt dat? Niemand anders weet hoe het is om ons te zijn.'

Oké, daar had ie wel weer gelijk in.

'We moeten naar ons werk,' zei ik, omdat ik al wist dat deze impasse ons allebei de hele dag gek zou maken. We zouden het later wel oplossen, maar op dit moment zaten we ermee in onze maag.

Met zijn heup tegen de bar kruiste hij zijn enkels en hield koppig voet bij stuk. 'Jij moet gewoon met me meekomen.'

'Gideon.' Ik begon met mijn voet tegen de travertijnen tegels te tikken. 'Ik kan niet zomaar mijn leven voor jou opgeven. Als ik een soort aanhangsel van je word, zal ik je al snel gaan vervelen. Man, ik zou van mezelf walgen. Het moet toch niet zo moeilijk zijn om eens een paar dagen andere aspecten van ons leven op orde te brengen, ook al vinden we dat ontzettend vervelend?'

Hij keek me aan. 'Jij bent veel te lastig om een aanhangsel te zijn.'

'Alsof je zelf zo makkelijk bent.'

Gideon ging rechtop staan, liet opeens zijn broeierige sensualiteit los en raakte me onmiddellijk met zijn intense ernst. Wat was hij toch grillig, hij leek mij wel. 'Je bent de laatste tijd nogal veel in het nieuws geweest, Eva. Het is geen geheim dat je in New York bent. Ik kan je hier niet zomaar achterlaten terwijl ik weg ben. Dan neem je Cary maar mee. Je kunt een hartig woordje met hem spreken terwijl je wacht tot ik klaar ben met mijn werk en je kom neuken.'

'Ha!' Ik ging mee in zijn poging tot humor om de spanning te verlichten, maar ondertussen drong tot me door wat de werkelijke reden was dat hij er bezwaar tegen had dat ik niet bij hem zou zijn: *Nathan*. Mijn voormalige stiefbroer. De levende nachtmerrie uit mijn verleden, waarvan Gideon blijkbaar bang was dat hij in mijn heden opnieuw zou opduiken. Ik was bang dat hij niet helemaal ongelijk had. De anonimiteit die me al die jaren had beschermd, was verbroken door onze zeer openbaar geworden relatie.

God... we hadden nu echt geen tijd om *die* vreselijke dingen ook nog eens op te rakelen, maar ik wist dat het een punt was waarop Gideon niet zou toegeven. Hij was een man die zijn bezittingen volledig opeiste, zijn concurrenten met genadeloze precisie bestreed en het nooit zou toestaan dat ik gekwetst werd. Ik was zijn veilige haven en daarom was ik voor hem uitzonderlijk en van onschatbare waarde.

Gideon keek op zijn horloge. 'Tijd om te gaan, engel.'

Hij pakte zijn jasje en gebaarde vervolgens dat ik hem voor moest gaan door zijn gerieflijke woonkamer, waar ik mijn handtas en de sporttas met mijn loopschoenen en andere benodigdheden pakte. Even later waren we met zijn privélift op de begane grond aangekomen en lieten we ons op de achterbank van zijn zwarte Bentley-SUV glijden.

'Hoi Angus,' zei ik tegen zijn chauffeur, die de klep van zijn ouderwetse chauffeurspet aantikte.

'Goedemorgen, Miss Tramell,' antwoordde hij glimlachend. Hij was een al wat oudere heer, met hier en daar wat witte lokken door zijn rode haar. Ik mocht hem om allerlei redenen, niet in het minst omdat hij Gideon al sinds de basisschool had rondgereden en echt om hem gaf.

Ik keek snel even op de Rolex die ik van mijn moeder en stiefvader had gekregen: ik kwam nog op tijd op mijn werk… zolang we maar niet in het verkeer bleven steken. Net toen ik dit dacht, gleed Angus behendig de stroom taxi's en andere auto's in. Na de gespannen stilte in Gideons appartement maakte het lawaai van Manhattan me net zo effectief wakker als een stoot cafeïne. Het getoeter en gebonk van autobanden over de putdeksels gaven me energie. Snelstromende massa's voetgangers bewogen zich aan beide kanten van de overvolle straat, terwijl gebouwen zich ambitieus naar de hemel uitstrekten en ons in de schaduw zetten, zelfs nu de zon al flink hoog stond.

God, wat hield ik toch veel van New York. Ik nam elke dag de tijd om de stad in me op te nemen en naar me toe te trekken.

Ik maakte het mezelf gemakkelijk op de leren achterbank, en pakte Gideons hand en kneep erin. 'Voel je je er beter bij als Cary en ik dit weekend de stad uit gaan? Misschien een tripje naar Las Vegas?'

Gideon kneep zijn ogen een beetje dicht. 'Ben ik soms een bedreiging voor Cary? Wil je daarom niet mee naar Arizona?'

'Wat? Welnee, dat is het niet.' Ik wiebelde op de bank en keek hem aan. 'Soms duurt het gewoon een hele nacht voordat hij een beetje loskomt.'

'*Dat is het niet?*' Hij herhaalde mijn antwoord en negeerde wat ik daarna nog had gezegd.

'Het zou kunnen dat hij het gevoel heeft dat hij me niet kan bereiken als hij wil praten, omdat ik altijd bij jou ben,' legde ik uit en hield mijn beker met beide handen stevig vast toen we over een putdeksel reden. 'Luister eens, je moet echt eens een keer over die jaloezie vanwege Cary heenstappen. Als ik zeg dat hij als een broer voor me is, Gideon, dan is dat geen grapje. Je hoeft hem niet te mogen, maar je moet wel begrijpen dat hij permanent deel uitmaakt van mijn leven.'

'Zeg je hetzelfde over mij tegen hem?'

'Dat hoeft niet eens. Dat weet hij gewoon. Ik probeer hier een compromis te bereiken…'

'Ik sluit nooit compromissen.'

Mijn wenkbrauwen schoten omhoog. 'In je werk zal dat vast wel zo zijn, maar dit is een relatie, Gideon. Daarvoor moet je geven en...'

Hij onderbrak me grommend. 'Mijn vliegtuig, mijn hotel, en als je het gebouw verlaat, gaat er een beveiligingsteam met je mee.'

Ik was een minuut lang stil van verbazing om zijn plotselinge overgave, ook al was die niet van harte. Lang genoeg om hem de tijd te geven zijn wenkbrauwen op te trekken boven die doordringende blauwe ogen, met een blik die zei: *graag of niet.*

'Vind je dat nou niet een beetje extreem?' probeerde ik. 'Ik heb Cary toch bij me?'

'Sorry, maar ik vind niet dat je bij hem veilig bent na wat er gisteravond is gebeurd.' Terwijl hij zijn koffie dronk, maakte hij met zijn houding volkomen duidelijk dat het gesprek wat hem betreft afgelopen was. Hij had zijn voorwaarden gesteld.

Ik had kunnen gaan zeuren over zijn autoritaire gedrag als ik niet had geweten dat hij het deed omdat hij voor me wilde zorgen. Mijn verleden was een kast waar nog een paar vervelende lijken in zaten en door met Gideon om te gaan was ik in de schijnwerpers van de media komen te staan. Dat kon Nathan Barker rechtstreeks naar mijn voordeur leiden.

Bovendien was het typisch Gideon om alles om zich heen te willen beheersen. Dat kreeg ik er nu eenmaal gratis bij en daar moest ik me maar op instellen.

'Oké,' zei ik. 'Welk hotel is dan van jou?'

'Ik heb er een paar. Je mag kiezen.' Hij draaide zijn hoofd om en keek uit het raam. 'Scott zal je de lijst wel mailen. Als je een keuze hebt gemaakt, geef dat dan aan hem door, dan regelt hij verder alles. We vliegen er samen heen en vliegen ook samen terug.'

Ik liet me met mijn schouder tegen de bank zakken en nam nog een slok koffie. Ik zag dat zijn hand met gebalde vuist op zijn dij lag. In de weerspiegeling van de getinte ramen kon ik geen emotie op Gideons gezicht aflezen, maar ik kon voelen dat hij humeurig was.

'Dankjewel,' mompelde ik.

'Dat is niet nodig. Ik ben hier niet blij mee, Eva.' Er vertrok een spier in zijn kaak. 'Je huisgenoot maakt er een klerezooi van en ik moet het weekend dan maar zonder jou doorbrengen.'

Ik vond het vreselijk om hem zo ongelukkig te zien en daarom pakte ik zijn koffie uit zijn hand en zette onze meeneembekers in de bekerhouders van de achterbank. Toen klom ik op zijn schoot met mijn benen aan weerszijden van hem. Ik legde mijn armen om zijn schouders. 'Ik waardeer het heel erg dat je hierin aan me toegeeft, Gideon. Dat betekent heel veel voor me.'

Hij keek me aan met een vurige blauwe blik. 'Al vanaf het eerste moment dat ik je zag, wist ik dat ik gek van je zou worden.'

Ik moest lachen en dacht terug aan hoe we elkaar hadden ontmoet. 'Op mijn kont op de vloer van de hal van het Crossfiregebouw?'

'Daarvoor nog. Buiten.'

Ik fronste en vroeg: 'Buiten? Waar dan?'

'Op het trottoir.' Gideon pakte me bij mijn heupen en kneep me bezitterig en dwingend, zoals hij altijd deed. Daardoor ging ik hevig naar hem verlangen. 'Ik was op weg naar een bespreking. Als ik een minuut later was gekomen, zou ik je zijn misgelopen. Ik zat net in de auto toen jij de hoek om kwam.'

Ik kon me nog herinneren dat ik die dag de Bentley bij de stoeprand had zien staan. Toen ik aankwam, was ik te veel onder de indruk van het gebouw geweest om de chique, gestroomlijnde wagen op te merken, maar ik zag hem wel toen ik weer wegging.

'Je viel me meteen op toen ik je zag,' zei hij. 'Ik kon mijn ogen niet van je afhouden. Ik wilde je onmiddellijk. Buitensporig. Op het gewelddadige af.'

Hoe bestond het dat ik niet wist dat er meer achter onze eerste ontmoeting zat? Ik had altijd gedacht dat we elkaar bij toeval hadden ontmoet. Maar hij had het gebouw eigenlijk al verlaten... wat betekende dat hij met opzet weer terug naar binnen was gegaan. Voor mij.

'Je stond precies naast de Bentley stil,' zei hij, 'en je boog je hoofd naar achteren om omhoog te kijken naar het gebouw. Ik fantaseerde dat je op je knieën lag en op dezelfde manier naar mij omhoogkeek.'

De lage grom in Gideons stem deed me kronkelen op zijn schoot. 'Hoe keek ik dan?' fluisterde ik, gebiologeerd door het vuur in zijn ogen.

'Opgewonden. Lichtelijk onder de indruk... een beetje geïntimideerd.' Hij legde zijn hand onder mijn billen en trok me dichter tegen zich aan. 'Ik kon me er niet van weerhouden om je naar binnen te volgen. En daar was je dan, precies waar ik je wilde hebben, en je knielde verdomme nog bijna voor me ook. In die minuut had ik allerlei fantasieën over wat ik met je zou doen zodra ik je uit de kleren zou krijgen.'

Ik slikte en wist nog dat ik toen hetzelfde over hem had gedacht. 'Toen ik jou voor het eerst zag, moest ik aan seks denken. Supergeile seks.'

'Dat zag ik.' Hij liet zijn handen aan weerskanten van mijn ruggengraat omhoog glijden. 'En ik wist ook dat je *mij* zag. Dat je zag wie ik ben... wat ik in me draag. Je keek recht door me heen.'

En daardoor was ik onderuitgegaan, letterlijk. Ik had in zijn ogen gekeken en beseft wat een enorm ingehouden man hij was en hoeveel schaduwen er over zijn ziel lagen. Ik zag macht, honger, controle en veeleisendheid. Ergens diep vanbinnen had ik geweten dat hij me zou overheersen. Het was een opluchting om te weten dat hij net zo van slag was geweest van mij als ik van hem.

Gideon legde zijn handen op mijn schouderbladen en trok me nog dichter naar zich toe, tot onze voorhoofden elkaar raakten. 'Niemand anders heeft dat ooit gezien, Eva. Jij bent de enige.'

Ik voelde mijn keel pijnlijk gespannen worden. Gideon was in veel opzichten een harde man, maar hij kon zo lief voor me zijn. Op een bijna kinderlijke manier, wat ik heerlijk vond omdat het zo puur en ongecontroleerd was. Als iemand niet de moeite nam om verder te kijken dan zijn aantrekkelijke gezicht en zijn indrukwekkende bankrekening, verdiende ze het ook niet om hem te kennen. 'Dat wist ik helemaal niet. Je was zo... cool. Het leek je helemaal niets te doen.'

'Cool?' vroeg hij spottend. 'Ik stond in vuur en vlam voor jou. Sinds die dag ben ik helemaal de weg kwijt.'

'Tjonge. Ik ben vereerd.'

'Jij zorgde ervoor dat ik je nodig had,' zei hij schor. 'En daarom moet ik er nu niet aan denken dat ik twee dagen zonder je ben.'

Ik hield zijn kin in mijn handen en kuste hem teder. Met mijn lippen probeerde ik hem te vleien en het een beetje goed te maken. 'Ik hou ook van jou,' fluisterde ik tegen zijn prachtige mond. 'Ik kan er ook niet tegen als ik niet bij je ben.'

Met een gretige, hongerige kus beantwoordde hij die van mij, en toch hield hij me teder en vol eerbied dicht tegen zich aan. Alsof ik hem heel veel waard was. Toen hij zich terugtrok, hijgden we allebei.

'En dan ben ik nog niet eens jouw type,' plaagde ik, om te proberen de stemming luchtiger te maken voordat we aan het werk gingen. Gideons voorkeur voor brunettes was alom bekend en nauwkeurig gedocumenteerd.

Ik voelde dat de Bentley ging parkeren en vervolgens stopte. Angus stapte de auto uit om ons wat privacy te gunnen, en liet de motor en de airconditioning aanstaan. Ik keek uit het raam en zag het Crossfire naast ons.

'Wat dat type betreft,' Gideon liet zijn hoofd achterover tegen de achterbank vallen. Hij haalde diep adem. 'Corinne was verbaasd over jou. Je was niet zoals ze had verwacht.'

Mijn kaak verstrakte toen Gideon zijn voormalige verloofde noemde. Ook al wist ik dat hun relatie wat hem betreft vriendschappelijk was geweest, dat hij zich er eenzaam bij had gevoeld en er geen liefde in het spel was geweest, toch voelde ik de klauwen van de jaloezie op mijn huid. Jaloezie was een van mijn heftigere tekortkomingen. 'Omdat ik blond ben?'

'Omdat... je er niet uitziet zoals zij.'

Mijn adem stokte. Ik had er niet bij stilgestaan dat Corinne voor hem een soort standaard had gesteld. Zelfs Magdalene

Perez – een van Gideons vriendinnen die graag meer van hem wilde zijn – had gezegd dat ze haar donkere haar had laten groeien om op Corinne te lijken. Maar ik had nog niet helemaal begrepen hoe complex die opmerking echt was. Mijn god... als dat waar was, had Corinne een enorme macht over Gideon, veel meer dan ik kon verdragen. Mijn hart ging sneller slaan en mijn maag draaide zich om. Ik voelde een irrationele haat voor haar opkomen. Haat om het feit dat ze zelfs maar een stukje van hem had gehad. Ik haatte iedere vrouw die hij had aangeraakt... zijn lust en zijn geweldige lichaam had gevoeld.

Ik begon van hem af te glijden.

'Eva.' Hij hield me tegen door mijn dijen steviger beet te pakken. 'Misschien heeft ze daar helemaal geen gelijk in.'

Ik keek omlaag naar waar hij me vasthield, en de aanblik van mijn ring aan zijn rechterhand – de markering van mijn bezit – kalmeerde me. Dat gold ook voor de niet-begrijpende uitdrukking op zijn gezicht toen onze blikken elkaar ontmoetten. 'Denk je?'

'Als het zo was, dan was ik me er niet van bewust. Ik was niet in andere vrouwen op zoek naar haar. Ik wist niet eens dat ik ergens naar op zoek was tot ik jou zag.'

Mijn handen gleden langs zijn revers naar beneden terwijl ik een enorme opluchting voelde. Misschien was hij niet bewust op zoek geweest naar haar, maar zelfs als dat wel zo was geweest, had ik wat betreft verschijning en temperament niet méér van Corinne kunnen verschillen. Voor hem was ik uniek: een vrouw die in alle opzichten anders was dan de andere vrouwen die hij kende. Ik wilde heel graag dat dat genoeg was om af te rekenen met mijn jaloezie.

'Misschien was het niet zozeer een voorkeur, maar gewoon een patroon.' Ik streek met mijn vingertop zijn frons glad. 'Dat moet je aan Dr. Petersen vragen als we hem vanavond zien. Ik zou willen dat ik meer antwoorden had na al die jaren therapie, maar dat is niet zo. Er valt nog een hoop te verklaren tussen ons, vind je niet? Ik heb nog steeds geen idee wat je nou in me ziet waar je zo verslingerd aan bent geraakt.'

'Het gaat om wat *jij* in *mij* ziet, engel,' zei hij kalm, terwijl zijn trekken zachter werden. 'Dat je kunt zien wat ik met me meedraag en me evengoed nog steeds net zoveel wilt als ik jou. Ik ga elke avond slapen met de angst dat jij weg bent als ik wakker word. Of dat ik je heb weggejaagd... dat ik heb gedroomd dat je...'

'Hè, toe nou, Gideon.' *Jezus.* Elke dag weer brak hij mijn hart en raakte ik volkomen van de kaart.

'Ik weet dat ik niet tegen jou zeg wat ik voor je voel zoals jij dat tegen mij zegt, maar je hebt me wel. Dat weet je best.'

'Ja, ik weet dat je van me houdt, Gideon.' Waanzinnig veel. Buitensporig veel. Obsessief. Zoals ik van hem.

'Ik ben helemaal in beslag genomen door jou, Eva.' Met zijn hoofd achterover trok Gideon me omlaag voor een allerliefste kus. Zijn stevige lippen bewogen zachtjes onder die van mij. 'Ik zou iemand kunnen vermoorden voor jou,' fluisterde hij, 'alles opgeven wat ik bezit voor jou... maar ik zal *jou* nooit opgeven. Twee dagen is de limiet. Vraag me niet om meer, want dat kan ik je niet geven.'

Ik vatte zijn woorden niet licht op. Zijn rijkdom beschermde hem, en gaf hem de macht en de controle die hem op een bepaald moment in zijn leven waren ontnomen. Hij was het slachtoffer geweest van geweld en aanranding, net als ik. Dat hij het ervoor overhad zijn gemoedsrust te verliezen zodat hij mij kon behouden, betekende meer voor me dan de woorden *Ik hou van jou.*

'Ik heb maar twee dagen nodig, kanjer, en ik zal ervoor zorgen dat het voor jou de moeite waard is.'

De ernst verdween uit zijn blik en werd vervangen door een seksuele hitte. 'O ja? Ben je van plan me met seks te lijmen, engel?'

'Ja,' gaf ik schaamteloos toe. 'Heel veel seks. Die tactiek schijnt bij jou tenslotte goed te werken.'

Hij krulde zijn lippen, maar zijn blik had een scherpte waar mijn ademhaling sneller van werd. De duistere blik die hij me gaf, herinnerde me eraan – alsof ik dat ooit kon vergeten – dat Gideon geen man was die je kon beheersen of temmen.

'Ah, Eva,' gromde hij, terwijl hij over de achterbank lag gedrapeerd met de roofdierachtige nonchalance van een zachte, glanzende panter die een muis naar zijn rustplaats had gelokt.

Een zalige siddering trok door me heen. Door Gideon wilde ik wel verslonden worden.

2

Vlak voordat ik uit de lift stapte en de hal van Waters Field & Leaman in liep, het reclamebureau op de negentiende verdieping waar ik voor werkte, fluisterde Gideon in mijn oor: 'Denk de hele dag aan me.'

In de volle lift kneep ik stiekem in zijn hand. 'Doe ik altijd.'

Hij ging verder omhoog naar de bovenste verdieping, waar het hoofdkwartier van Cross Industries zat. Het Crossfire was van hem, een van de vele bezittingen die hij door de hele stad had, inclusief het appartementencomplex waar ik woonde.

Ik probeerde daar geen aandacht aan te schenken. Mijn moeder was een miljonairsspeeltje. Ze had de liefde van mijn vader afgewezen en gekozen voor een leven in weelde, iets waar ik helemaal niets mee had. Ik zou altijd de liefde verkiezen boven rijkdom, maar dat was waarschijnlijk makkelijk gezegd omdat ik zelf geld had: een flink aandelenpakket. Niet dat ik er ooit aan kwam. Dat wilde ik niet. Ik had er een te hoge prijs voor betaald en kon me niets voorstellen wat zoveel waard was.

Megumi, de receptioniste, drukte op het knopje om me door de glazen beveiligingsdeur te laten en begroette me met een grote glimlach. Ze was een knappe vrouw, net als ik jong, met stijlvol kortgeknipt, glanzend zwart haar dat haar prachtige Aziatische trekken omlijstte.

'Hé,' zei ik en bleef bij haar balie staan. 'Heb je al plannen voor de lunch?'

'Nu wel.'

'Te gek.' Mijn grijns was breed en oprecht. Hoeveel ik ook van Cary hield en hoe leuk ik het ook vond om bij hem te zijn, ik had ook vriendinnen nodig. Cary was al begonnen een netwerk van kennissen en vrienden op te bouwen in onze nieuwe stad, maar ik was bijna meteen opgezogen door de wervelwind die Gideon heette. Ook al zou ik het liefst al mijn tijd met hem doorbrengen, ik wist dat dat niet gezond was. Vriendinnen zouden het me recht in mijn gezicht zeggen als dat nodig was, en ik zou dat soort vriendschappen moeten cultiveren als ik ze wilde hebben.

Ik liep verder, door de lange gang naar mijn hokje. Toen ik bij mijn bureau aankwam, stopte ik mijn tas en handtasje in de onderste la. Ik haalde mijn mobieltje eruit zodat ik hem op 'stil' kon zetten, en zag dat ik een sms'je van Cary had gekregen: Het spijt me, meissie.

'Cary Taylor,' verzuchtte ik. 'Ik hou van je... zelfs als ik een hekel aan je heb.'

En ik had op dat moment een bloedhekel aan hem. Geen enkele vrouw wilde thuiskomen en een uit de hand gelopen orgie in haar woonkamer aantreffen. Vooral niet als ze midden in een ruzie met haar nieuwe vriend zat.

Ik sms'te terug: Hou wknd vrij als kan.

Er was een lange pauze en ik stelde me voor hoe zijn gezicht eruit zou zien terwijl hij mijn verzoek tot zich door liet dringen. Godver, sms'te hij eindelijk terug. Krijg zeker de wind van voren?

'Misschien,' mompelde ik, en ik huiverde toen ik terugdacht aan de orgie die aan de gang was geweest. Maar ik vond vooral dat Cary en ik wat qualitytime met elkaar moesten doorbrengen. We woonden nog niet zo lang in Manhattan. Het was een nieuwe stad voor ons, we hadden een nieuw appartement, nieuw werk en nieuwe ervaringen, en allebei een nieuw vriendje. We waren niet in ons element en hadden het moeilijk, en omdat we allebei nogal een verleden hadden, waren we niet goed in omgaan met moeilijkheden. Normaal gesproken ondersteunden we elkaar, maar daar was de laatste dagen niet veel tijd voor geweest. We moesten er echt eens tijd voor maken. Zin in een reisje naar Vegas? Alleen jij en ik?

Nou en of!

OK... later meer. Ik zette mijn telefoon op 'stil' en legde hem weg, en toen viel mijn oog op de twee fotolijsten naast mijn beeldscherm. De ene zat vol met foto's van mijn ouders en een van Cary, en de andere zat vol met foto's van mij en Gideon. Deze had hij zelf samengesteld, omdat hij wilde dat ik net zo'n aandenken aan hem op mijn bureau had staan als hij aan mij. Alsof ik dat nodig had...

Ik vond het heerlijk om die beelden van de mensen van wie ik hield vlak bij me te hebben: mijn moeder met haar gouden krullen en verleidelijke glimlach, haar prachtige rondingen gehuld in een piepkleine bikini terwijl ze op het jacht van mijn stiefvader aan de Franse Rivièra lag te genieten; mijn stiefvader, Richard Stanton, die er vorstelijk en gedistingeerd uitzag, en met zijn zilvergrijze haar de schoonheid van zijn veel jongere vrouw gek genoeg juist beter uit liet komen; en Cary, die er in zijn volle fotogenieke glorie op stond, met zijn glanzende bruine haar, zijn schitterende groene ogen en zijn brede, ondeugende glimlach. Dat gezicht uit duizenden begon overal in tijdschriften op te duiken en zou binnenkort billboards en bushaltes versieren om reclame te maken voor kleding van Grey Isles.

Ik keek naar de overkant van de gang door de glazen wand die het petieterige kantoortje van Mark Garrity omgaf. Ik zag zijn jasje over de rugleuning van zijn Aeron-stoel hangen, al was hij zelf niet te zien. Het verbaasde me niets dat ik hem in de koffiekamer aantrof, waar hij fronsend in zijn kopje stond te kijken: we waren allebei verslaafd aan koffie.

'Ik dacht dat je het ondertussen wel onder de knie had,' zei ik, verwijzend naar de problemen die hij had met het koffiezetapparaat.

'Heb ik ook, dankzij jou.' Mark keek op met een leuke, scheve glimlach. Hij had een glanzende donkere huid, een kort sikje en zachte bruine ogen. Behalve dat hij er lekker uitzag, was hij een geweldige baas, die er helemaal voor open stond om me het reclamevak te leren en er al snel op vertrouwde dat hij me dingen niet twee keer uit hoefde te leggen. We werkten goed samen, en ik hoopte dat dat nog lang zo zou blijven.

'Probeer deze eens,' zei hij, en hij pakte een andere dampende kop die op het aanrecht stond. Hij gaf hem aan mij en ik nam hem dankbaar aan. Ik zag dat hij eraan had gedacht om

er suiker en melk in te doen, zoals ik hem dronk.
Ik nam voorzichtig een slok omdat het heet was, en toen moest ik hoesten, vanwege de onverwachte, en ongewenste, smaak. 'Wat *is* dit?'
'Koffie met bosbessensmaak.'
Plotseling was ik degene die fronste. 'Wie wil dat nou in godsnaam drinken?'
'Tja... daar moeten we achter zien te komen, en dan moeten we dit aan ze zien te verkopen.' Hij hield zijn beker omhoog om te toosten. 'Op onze nieuwste opdracht!'
Ik huiverde, rechtte mijn rug en nam nog een slok.

Twee uur later was ik ervan overtuigd dat de weeë zoete smaak van kunstmatige bosbessen nog steeds een laagje op mijn tong vormde. Omdat het tijd was voor mijn pauze, begon ik op internet te zoeken naar dokter Terrence Lucas, iemand die duidelijk tegen de haren van Gideon in had gestreken toen ik de twee mannen de avond ervoor samen bij het diner had gezien. Ik was niet verder gekomen dan het intypen van zijn naam toen de telefoon op mijn bureau ging.
'Met het kantoor van Mark Garrity,' nam ik op. 'U spreekt met Eva Tramell.'
'Meen je dat reisje naar Vegas serieus?' vroeg Cary zonder poespas.
'Helemaal.'
Er volgde een pauze. 'Ga je me nu soms vertellen dat je bij je vriendje de miljardair intrekt en dat ik op kan rotten?'
'Wat? *Nee.* Ben je gek geworden?' Ik kneep mijn ogen dicht. Ik begreep dat Cary erg onzeker was, maar ik dacht toch dat we al veel te lang vrienden waren om nog dat soort twijfels te hebben. 'Je zit voor het leven aan me vast, dat weet je best.'
'En je dacht gewoon: laten we eens naar Vegas gaan?'
'Zoiets. Het leek me wel leuk om lekker mojito's te drinken bij het zwembad en een paar dagen van de roomservice te leven.'
'Ik weet niet hoeveel ik daarvoor kan bijleggen.'
'Maak je niet druk, Gideon betaalt. Zijn vliegtuig, zijn hotel.

Wij betalen alleen ons eten en onze drankjes.' Dat was een leugentje, want ik was van plan alles te betalen behalve de tickets, maar dat hoefde Cary niet te weten.

'En hij gaat niet mee?'

Ik liet me in mijn stoel achteroverzakken en staarde naar een van de foto's van Gideon. Ik miste hem nu al, terwijl ik hem een paar uur geleden nog had gezien. 'Hij moet voor zaken naar Arizona, dus hij gaat mee tijdens de vlucht heen en terug, maar in Vegas zijn we met zijn tweetjes. Ik denk dat we dat wel kunnen gebruiken.'

'Ja.' Hij ademde hard uit. 'Ik kan wel eventjes een andere omgeving en wat qualitytime met mijn beste vriendin gebruiken.'

'Mooi. Hij wil om acht uur morgenavond vliegen.'

'Ik zal meteen beginnen met inpakken. Moet ik voor jou ook een tas inpakken?'

'Zou je dat willen doen? Te gek!' Cary had stijladviseur of personal shopper kunnen zijn. Hij had echt talent als het op kleding aankwam.

'Eva?'

'Ja?'

Hij zuchtte. 'Bedankt dat je mijn gekloot allemaal pikt.'

'Ach, hou je kop.'

Toen we hadden opgehangen bleef ik nog even naar de telefoon staren. Ik vond het vreselijk dat Cary zo ongelukkig was terwijl alles zo goed ging in zijn leven. Hij was er een expert in om het voor zichzelf te verknallen, en geloofde nooit echt dat hij het waard was om gelukkig te zijn.

Toen ik me weer op mijn werk richtte, herinnerde de zoekopdracht op mijn beeldscherm me aan mijn interesse in dokter Terrence Lucas. Er stonden een paar artikelen over hem op internet, compleet met foto's, zodat ik zeker wist dat hij het was.

Kinderarts. 45 jaar oud. Twintig jaar getrouwd. Zenuwachtig zocht ik naar 'dokter Terrence Lucas en vrouw', vanbinnen ineenkrimpend bij de gedachte dat ik een langharige brunette met een goudkleurige huid te zien zou krijgen. Ik ademde opgelucht uit toen ik zag dat Mrs. Lucas een vrouw was met een bleke huid en kort, helderrood haar.

Maar dat riep alleen maar meer vragen op. Ik nam toch aan dat de ruzie tussen de twee mannen om een vrouw ging.

Eigenlijk wisten Gideon en ik helemaal niet zoveel over elkaar. We kenden de duistere kant, tenminste, hij kende die van mij. Ik had voornamelijk geraden naar die van hem aan de hand van een paar tamelijk duidelijke aanwijzingen. We kenden elkaars hebbelijkheden een beetje doordat we samen zoveel nachten in elkaars appartementen hadden doorgebracht. Hij had mijn halve familie ontmoet en ik zijn hele. Maar we waren nog niet zo lang samen dat we al aan veel dingen daarbuiten waren toegekomen. En eerlijk gezegd denk ik dat we ook niet zo bereidwillig of nieuwsgierig waren als we hadden kunnen zijn, alsof we bang waren om nog meer rotzooi op een toch al niet soepel lopende relatie te stapelen.

We waren samen omdat we aan elkaar verslaafd waren. De roes die ik voelde als we gelukkig samen waren, had ik nog nooit meegemaakt, en ik wist dat hetzelfde voor hem gold. We haalden onszelf door de mangel voor die paar volmaakte momenten met elkaar, maar die waren zo zeldzaam dat alleen onze koppigheid, ons doorzettingsvermogen en onze liefde ervoor zorgden dat we bleven vechten.

Hou eens op met jezelf gek te maken.

Ik checkte mijn e-mail en trof er mijn dagelijkse Google-alert voor 'Gideon Cross' aan. De samenvatting van de links van die dag leidde voornamelijk naar foto's van Gideon, in smoking zonder das, met mij tijdens het liefdadigheidsdiner in het Waldorf-Astoria van de vorige avond.

'Mijn god.' Ik moest automatisch aan mijn moeder denken toen ik naar de foto's van mezelf in een champagnekleurige cocktailjurk van Vera Wang keek. Niet alleen omdat ik zo sprekend op haar leek – behalve dat mijn haar lang en steil was – maar ook vanwege de megamogol wiens arm ik sierde.

Monica Tramell Barker Mitchell Stanton speelde haar rol van miljonairsspeeltje erg goed. Ze wist precies wat er van haar verwacht werd en leverde altijd goed werk. Ze was twee keer gescheiden, maar beide scheidingen waren op haar initiatief geweest en beide keren was haar ex radeloos toen hij haar verloor. Ik vond mijn moeder er niets minder om, want ze gaf alles wat ze had en nam iedereen zoals hij was, maar zelf was ik met een streven naar onafhankelijkheid opgegroeid. Mijn recht om nee te zeggen was mijn dierbaarste bezit.

Ik minimaliseerde mijn e-mailpagina, zette mijn persoonlijke leven van me af en ging verder met mijn zoektocht naar marktvergelijkingen van fruitige koffie. Ik coördineerde een paar inleidende gesprekken tussen de strategen en Mark, en hielp Mark met brainstormen over een campagne voor een glutenvrij restaurant. Het liep tegen het middaguur en ik begon echt honger te krijgen, toen mijn telefoon ging. Ik nam op met mijn gewoonlijke begroeting.

'Eva?' begroette een vrouwenstem met een accent me. 'Met Magdalene. Heb je een minuutje?'

Ik leunde achterover in mijn stoel en was op mijn hoede. Magdalene en ik hadden ooit samen een solidair moment gehad toen Corinne onverwacht en ongewenst in Gideons leven terugkeerde, maar ik zou nooit vergeten hoe gemeen Magdalene was geweest toen ik haar voor het eerst ontmoette. 'Nog net. Wat is er?'

Ze zuchtte, en toen begon ze snel te praten. Haar woorden kwamen als een stortvloed. 'Ik zat gisteravond aan de tafel achter Corinne. Ik heb wat opgevangen van wat er tijdens het diner gezegd werd tussen haar en Gideon.'

Mijn maag trok samen in afwachting van een emotionele dreun. Magdalene wist precies hoe ze misbruik kon maken van mijn onzekerheden over Gideon. 'Me lastigvallen met vuile praatjes terwijl ik aan het werk ben is wel het allerlaagste,' zei ik koud. 'Ik heb...'

'Hij was je niet aan het negeren.'

Mijn mond bleef een tel openhangen, en ze vulde snel de stilte op.

'Hij bespeelde haar, Eva. Ze gaf hem ideetjes over waar hij je mee naartoe moest nemen in New York omdat je nieuw bent in de stad, maar ze deed dat door het oude spelletje te spelen van “weet je nog toen jij en ik daar waren?”.’

‘Gezellig samen herinneringen ophalen,’ mompelde ik, nu dankbaar dat ik niet veel op had kunnen vangen van Gideons gesprek met zijn ex.

‘Ja.’ Magdalene haalde diep adem. ‘Je ging weg omdat je dacht dat hij geen aandacht aan je schonk. Ik wil alleen maar dat je weet dat hij aan jou leek te denken en dat hij probeerde te voorkomen dat Corinne je van streek zou maken.’

‘Wat kan jou dat schelen?’

‘Wie zegt dat het me iets kan schelen? Ik sta bij je in het krijt, Eva. Voor de manier waarop ik me aan je heb voorgesteld.’

Ik dacht eraan terug. Ja, ze was me wel wat schuldig voor hoe ze me had belaagd in het toilet met haar kattige, jaloerse bullshit. Niet dat ik geloofde dat dat haar enige beweegreden was. Misschien was ik gewoon het minste van twee kwaden. Misschien wilde ze haar vijanden gewoon goed in de gaten blijven houden. ‘Goed dan. Dank je.’

Ik moest toegeven dat ik me beter voelde. Er was een last van mijn schouders gevallen waarvan ik niet eens wist dat ik hem droeg.

‘En nog iets,’ ging Magdalene verder. ‘Hij ging achter je aan.’

Ik greep de hoorn steviger beet. Gideon kwam altijd achter me aan... omdat ik altijd wegrende. Mijn herstel was zo breekbaar dat ik had geleerd om het koste wat kost te beschermen. Als iets mijn stabiliteit bedreigde, liet ik het vallen.

‘Er zijn wel andere vrouwen in zijn leven geweest die hebben geprobeerd hem zo’n ultimatum te stellen, Eva. Ze raakten verveeld of ze wilden dat hij ze aandacht schonk of een of ander groots gebaar maakte... Dus liepen ze weg en verwachtten ze dat hij achter ze aan kwam. Weet je wat hij dan deed?’

‘Niets,’ zei ik zacht. Ik kende mijn man. Een man die zich nooit in het openbaar vertoonde met vrouwen met wie hij naar bed ging, en nooit naar bed ging met vrouwen met wie hij sociaal omging. Corinne en ik waren de enige uitzonderingen op die regel, wat nog een reden was waarom zijn ex een vlaag van jaloezie bij me teweegbracht.

‘Behalve zorgen dat Angus ze veilig thuisbracht,’ bevestigde ze, waardoor ik het idee kreeg dat het een tactiek was die ze zelf weleens geprobeerd had. 'Maar toen jij wegging, wist hij niet hoe snel hij achter je aan moest komen. En hij was echt zichzelf niet toen hij afscheid nam. Hij leek... ergens anders te zijn.'

Omdat hij bang was geweest. Ik deed mijn ogen dicht en gaf mezelf in gedachten een schop. En hard ook.

Gideon had me meer dan eens verteld dat hij panisch werd als ik wegliep, omdat hij de gedachte dat ik niet terug zou komen, niet kon verdragen. Wat had het voor zin om te zeggen dat ik me geen leven zonder hem kon voorstellen als ik zo vaak het tegenovergestelde liet zien? Was het dan zo raar dat hij niet helemaal open tegen me was geweest over zijn verleden?

Ik moest ermee ophouden weg te rennen. Gideon en ik moesten allebei bereid zijn ervoor te vechten, voor *ons* te vechten, als we enige kans wilden hebben dat deze relatie ging werken.

'Sta ik nu bij jou in het krijt?' vroeg ik neutraal, en zwaaide naar Mark die ging lunchen.

Magdalene blies haar adem uit. 'Gideon en ik kennen elkaar al heel lang. Onze moeders zijn beste vriendinnen. Jij en ik zullen elkaar nog wel vaker tegenkomen, Eva, en ik hoop dat we een manier kunnen vinden om te zorgen dat dat niet tot onaangename situaties leidt.'

Deze vrouw was naar me toe gekomen en had gezegd dat vanaf het moment dat Gideon 'zijn pik in me schoof', ik 'afgedankt' was. En dat had ze me naar mijn hoofd geslingerd op een moment dat ik extreem kwetsbaar was.

'Luister eens, Magdalene. Als jij er geen drama van maakt, zal het wel loslopen.' En aangezien ze zo openhartig was... 'Ik kan mijn relatie met Gideon zelf wel naar de knoppen helpen, geloof me. Daar heb ik geen hulp bij nodig.'

Ze lachte zachtjes. 'Ik denk dat dat mijn fout was. Ik was te voorzichtig en te meegaand. Bij jou moet hij ervoor werken. Maar goed... mijn minuutje is om. Ik zal je laten gaan.'

'Prettig weekend,' zei ik, in plaats van een bedankje. Ik vertrouwde haar beweegredenen nog steeds niet.

'Jij ook.'

Ik legde de hoorn op de haak, en mijn oog viel op de foto's

van Gideon en mij. Plots werd ik overmand door gevoelens van hebzucht. Hij was van mij, maar toch kon ik er van dag tot dag nooit zeker van zijn dat hij ook van mij zou blijven. En de gedachte dat een andere vrouw hem zou krijgen, maakte me gek.

Ik trok de onderste la open en haalde mijn smartphone uit mijn handtas. Aangespoord door de behoefte dat hij net zo vurig aan mij zou denken als ik aan hem, sms'te ik hem over mijn plotselinge hunkering om hem in zijn geheel te verslinden: Ik geef er alles voor om nu aan je pik te kunnen zuigen.

Alleen de gedachte al aan hoe hij eruitzag als ik hem in mijn mond nam... de dierlijke geluiden die hij maakte als hij bijna klaarkwam...

Ik stond op en verwijderde de tekst zodra ik zag dat hij verzonden was, en liet mijn telefoon toen weer in mijn handtas vallen. Het was twaalf uur, dus ik sloot alle pagina's op mijn computer af en liep naar de receptie om Megumi te zoeken.

'Heb je trek in iets speciaals?' vroeg ze, en stond op zodat ik haar lavendelkleurige, mouwloze jurk kon bewonderen.

Ik kuchte omdat haar vraag zo kort na mijn sms'je kwam. 'Nee, kies jij maar. Ik ben niet kieskeurig.'

We duwden de glazen deuren open naar de liften.

'Ik heb *zo'n* zin in het weekend,' zei Megumi met een kreuntje, en drukte met haar gelakte vingernagel op het knopje. 'Nog anderhalve dag te gaan.'

'Heb je iets leuks gepland?'

'Dat valt nog te bezien.' Ze zuchtte en stopte haar haar achter haar oor. 'Blind date,' verduidelijkte ze quasizielig.

'Aha. En vertrouw je degene die jullie heeft gekoppeld?'

'Mijn huisgenootje. Ik ga ervan uit dat hij op zijn minst lichamelijk aantrekkelijk is, want ik weet waar ze 's nachts slaapt en ze zal het niet leuk vinden als ik het haar betaald zet.'

Ik glimlachte toen er een lift stopte op onze verdieping en we erin stapten. 'Nou, dat vergroot de kans dat het leuk wordt.'

'Niet echt. Ze heeft hem gevonden doordat ze eerst zelf een blind date met hem heeft gehad. Ze zweert me dat hij geweldig is, alleen meer mijn type dan dat van haar.'

'Hm.'

'Ja, ik weet het.' Megumi schudde haar hoofd en keek naar de decoratieve, ouderwetse naald boven de liftdeuren die de verdiepingen aangaf.

'Laat je me weten hoe het gegaan is?'

'O zeker. Duim je voor me?'

'Absoluut.' We waren net de hal binnengestapt toen ik mijn handtasje onder mijn arm voelde trillen. Toen we door de draaihekjes gingen, haalde ik mijn telefoon eruit en voelde ik mijn buik samentrekken toen ik Gideons naam zag. Hij belde me in plaats van dat hij me een seksberichtje stuurde.

'Momentje,' zei ik tegen Megumi voordat ik opnam.

Ze wuifde nonchalant. 'Ga je gang.'

'Hé,' begroette ik hem speels.

'*Eva.*'

Ik struikelde even toen ik hem mijn naam hoorde grommen. Er lag een enorme rijkdom aan beloftes verscholen in de ruwheid van zijn stem.

Ik ging langzamer lopen en merkte dat ik sprakeloos was, alleen maar doordat ik hem mijn naam had horen zeggen met dat randje in zijn stem waar ik zo naar hunkerde; dat scherpe randje waaraan ik hoorde dat hij in mij wilde zijn, meer dan wat ook in de hele wereld.

Terwijl de mensen om me heen stroomden en het gebouw in en uit liepen, werd ik op mijn plek gehouden door de beladen stilte aan de telefoon. Door de onuitgesproken en bijna onweerstaanbare eis. Hij maakte geen enkel geluid – ik kon hem zelfs niet horen ademen – maar ik voelde zijn hunkering. Als Megumi niet geduldig naast me had staan wachten zou ik al lang in een lift naar boven hebben gestaan om te voldoen aan zijn onuitgesproken eis om mijn aanbod te vervullen.

De herinnering aan die keer dat ik hem gepijpt had in zijn kantoor sidderde door me heen, en het water liep me in de mond. Ik slikte. 'Gideon...'

'Je wilde mijn aandacht. Nu heb je hem. Ik wil je die woorden horen zeggen.'

Ik voelde dat ik begon te blozen. 'Dat kan ik niet. Niet hier.

Ik bel je later, oké?'

'Loop naar de zuil, weg uit de drukte.'

Geschrokken keek ik om me heen of ik hem zag. Toen herinnerde ik me dat ik aan het nummer had gezien dat hij vanuit zijn kantoor belde. Ik keek omhoog, op zoek naar de beveiligingscamera's. Meteen voelde ik zijn ogen op me, heet en verlangend. Een golf van opwinding ging door me heen, aangespoord door zijn verlangen.

'Een beetje opschieten, engel. Je vriendin wacht op je.'

Ik liep naar de zuil, snel en hoorbaar ademend.

'Nou, vertel maar eens. Je sms'je heeft me een stijve bezorgd, Eva. Wat ga je daaraan doen?'

Mijn hand ging naar mijn keel en mijn blik ging hulpeloos naar Megumi, die met opgetrokken wenkbrauwen naar me keek. Ik stak mijn wijsvinger naar haar op om aan te geven dat ik een minuutje nodig had, en draaide toen mijn rug naar haar toe en fluisterde: 'Ik wil je in mijn mond.'

'Waarom? Om met me te spelen? Om me te plagen zoals je nu aan het doen bent?' Zijn stem klonk niet hitsig, alleen kalm en streng.

Ik wist dat ik goed moest oppassen als Gideon serieus werd over seks.

'Nee.' Ik bracht mijn gezicht omhoog naar de donkere koepel die de dichtstbijzijnde beveiligingscamera verborg. 'Om je te laten klaarkomen. Ik vind het heerlijk om je te laten klaarkomen, Gideon.'

Hij ademde zwaar uit. 'Een geschenk dus.'

Alleen ik wist hoeveel het voor Gideon betekende om een seksuele daad als een geschenk te zien. Vroeger ging seks bij hem om pijn en vernedering, of lust en noodzaak. Maar nu, met mij, ging het om genot en liefde. 'Altijd.'

'Mooi. Want ik koester jou, Eva, en wat we hebben. Zelfs onze intense drang om de hele tijd met elkaar te neuken is me dierbaar, omdat het heel veel betekent.'

Ik liet me tegen de zuil aan zakken en moest toegeven dat ik weer teruggevallen was in een oude destructieve gewoonte: ik had seksuele aantrekkingskracht misbruikt om mijn onzekerheden te verzachten. Als Gideon mij begeerde, kon hij niet iemand anders begeren. Hoe wist hij toch altijd wat er zich in mijn hoofd afspeelde?

'Ja,' fluisterde ik met mijn ogen dicht. 'Het betekent heel veel.'

Er was ooit een tijd geweest dat ik seks had gebruikt om genegenheid te voelen. Ik had kortstondig verlangen verward met echt om iemand geven. En precies daarom was ik nu vastbesloten dat er eerst iets van een vriendschappelijk kader moest zijn voordat ik naar bed ging met een man. Ik wilde me nooit meer waardeloos en vies voelen als ik uit het bed van een minnaar rolde.

En ik wilde al helemaal niet dat wat ik met Gideon had, goedkoop werd, alleen maar omdat ik de irrationele angst had om hem te verliezen.

Toen besefte ik plotseling dat ik van streek was. Ik had een ziekmakend gevoel in mijn maag, alsof er iets vreselijks ging gebeuren.

'Je kunt krijgen wat je wilt na werktijd, engel.' Zijn stem werd diep en schor. 'Ga in de tussentijd maar lekker lunchen met je collega. Ik zal aan je denken. En aan je mond.'

'Ik hou van je, Gideon.'

Nadat ik had opgehangen, moest ik een paar keer diep ademhalen voordat ik mezelf genoeg in de hand had om me weer bij Megumi te voegen. 'Sorry daarvoor.'

'Is alles oké?'

'Ja, alles is prima.'

'Is het allemaal nog steeds spannend en onstuimig tussen jou en Gideon Cross?' Ze keek me met een slinkse glimlach aan.

'Eh...' *Nou en of.* 'Ja, dat gaat ook lekker.' En ik wilde wanhopig dat ik erover kon praten. Ik wilde dat ik gewoon de sluisdeuren open kon zetten en los kon barsten over mijn overweldigende gevoelens voor hem. Hoe de gedachte aan hem me opvrat, hoe het me gek maakte als ik op hem zat en mijn handen over hem heen liet gaan, hoe de hartstocht van zijn gekwelde ziel me als een vlijmscherp mes verwondde.

Maar dat kon ik niet. Nooit. Hij stond te veel in de schijnwerpers. Weetjes over zijn persoonlijke leven waren een fortuin waard. Ik kon het risico niet lopen.

'Dat is hij zeker,' beaamde Megumi. 'Verdomd lekker. Kende je hem al voordat je hier kwam werken?'

'Nee. Al denk ik dat we elkaar uiteindelijk wel ontmoet zouden hebben.' Vanwege ons verleden. Mijn moeder gaf heel veel geld aan een hele rits liefdadigheidsorganisaties voor misbruikte kinderen, en Gideon ook. Het was onvermijdelijk dat Gideon en ik op een gegeven moment elkaars pad zouden kruisen. Ik vroeg me af hoe die ontmoeting dan geweest zou zijn, hij met een prachtige brunette aan zijn arm en ik met Cary. Zouden we van een afstand dezelfde lichamelijke reactie op elkaar hebben gehad als we van dichtbij in de hal van het Crossfire hadden gehad?

Hij wilde me vanaf het allereerste moment dat hij me op straat zag.

'Ik vroeg het me gewoon af.' Megumi duwde tegen de draaideur in de hal. 'Ik las dat het serieus aan was tussen jullie twee,' ging ze verder toen ik naast haar op de stoep stond. 'Daarom dacht ik dat je hem misschien al langer kende.'

'Je moet niet alles geloven wat er op die roddelblogs staat.'

'Dus het is niet serieus?'

'Dat zei ik niet.' Het was soms *te* serieus. Pijnlijk, afschuwelijk serieus.

Ze schudde haar hoofd. 'Jezus, moet je me nou horen vissen. Sorry hoor. Roddelen is een van mijn slechte gewoontes. En extreem lekkere mannen als Gideon Cross. Ik vraag me de hele tijd af hoe het zou zijn om een kerel te daten met een lichaam dat zo overduidelijk *seks* uitstraalt. Hij moet wel geweldig zijn in bed, of niet soms?'

Ik glimlachte. Het was fijn om met een andere meid op stap te zijn. Niet dat Cary nooit zijn goedkeuring liet blijken over een lekkere vent, maar er ging niets boven meidenpraat. 'Mij hoor je niet klagen.'

'Mazzelaar.' Ze gaf me een duw tegen mijn schouder om te laten merken dat ze me aan het plagen was en zei: 'Hé, en die huisgenoot van je? Van wat ik op foto's van hem heb gezien, is hij ook superknap. Is hij single? Wil je me aan hem voorstellen?'

Ik draaide gauw mijn gezicht weg om een grimas te verbergen. Ik had aan den lijve ondervonden dat het geen goed idee was om een bekende of een vriend aan Cary te koppelen. Het was heel gemakkelijk om van hem te houden, maar hij had een spoor van gebroken harten achtergelaten, omdat hij niet ook zo van iemand kon houden. Zodra het te goed begon te gaan, maakte Cary het kapot. 'Ik weet niet of hij single is of niet. Het is... op dit moment een beetje ingewikkeld in zijn leven.'

'Nou, als de gelegenheid zich voordoet, zeg ik in elk geval geen nee. Ik zeg het maar vast. Hou je van taco's?'

'Ben ik dol op.'

'Ik weet een prima tentje een paar straten verderop. Kom mee.'

Alles liep lekker in mijn wereldje toen Megumi en ik terugliepen na de lunch. Na veertig minuten roddelen, mannen kijken en drie fantastische taco's met gegrild rundvlees eten, voelde ik me aardig goed. En we zouden ruim tien minuten te vroeg terug op het werk zijn. Daar was ik wel blij om, want ik was de laatste tijd nou niet bepaald de meest punctuele werknemer geweest, hoewel Mark nooit had geklaagd.

De stad gonsde om ons heen. Taxi's en voetgangers verdrongen zich in de toenemende hitte en vochtigheid, terwijl ze het uiterste wilden halen uit de uren van de dag, waar er altijd te weinig van waren. Ik was schaamteloos mensen aan het kijken en liet mijn ogen over alles en iedereen heen glijden.

Mannen in pak liepen naast vrouwen in golvende rokjes en slippers. Dames in haute couture en schoenen van vijfhonderd dollar wankelden langs dampende hotdogstalletjes en schreeuwende straathandelaren. De afwisselende mix die New York heette, was voor mij helemaal het einde. Het bracht een opwinding in me naar boven waardoor ik me hier levendiger voelde dan waar ik ooit ook had gewoond.

We moesten stoppen voor een verkeerslicht recht tegenover het Crossfire, en mijn aandacht werd onmiddellijk getrokken door de zwarte Bentley die ervoor stond te wachten. Gideon moest net terug zijn gekomen van de lunch. Ik moest denken aan de keer dat hij in de auto zat op de dag dat we elkaar hadden ontmoet, toen hij me bekeek terwijl ik de imposante schoonheid van het Crossfire in me opnam. Het begon al te tintelen als ik er alleen al aan dacht...

Maar plotseling voelde ik me koud worden.

Een prachtige brunette kwam juist op dat moment door de draaideur en bleef staan, waardoor ik haar goed kon bekijken: Gideons ideaalbeeld, of hij zich er nou van bewust was of niet. Een vrouw op wie ik hem zelf gefixeerd had gezien, vanaf het moment dat hij haar in de balzaal van het Waldorf-Astoria had gespot. Een vrouw die met haar houding en haar greep op Gideon mijn ergste onzekerheden naar boven bracht.

Corinne Giroux zag eruit als een fris zomerbriesje, in haar roomkleurige kokerjurk en haar kersenrode hakken. Ze streek met haar hand door haar donkere haar dat tot haar middel kwam, en helemaal niet zo glanzend en glad was als het de avond ervoor had geleken, toen ik haar had ontmoet. Eigenlijk zat het zelfs een beetje in de war. En met haar vingers streek ze over haar mond, langs de rand van haar lippen.

Ik haalde mijn smartphone tevoorschijn, zette de camera aan en nam een foto. Door de zoom kon ik zien waarom ze met haar lippenstift in de weer was: die was uitgelopen. Nee, niet uitgelopen: volkomen uitgeveegd. Zoals na een hartstochtelijke kus.

Het licht sprong op groen. Megumi en ik bewogen mee met de stroom en de afstand tussen mij en de vrouw aan wie Gideon ooit had beloofd dat hij met haar zou trouwen, werd steeds kleiner. Angus stapte uit de Bentley en liep eromheen. Hij praatte eventjes met haar voor hij het achterste portier voor haar opende. Ik voelde me zo bedrogen – zowel door Angus als door Gideon – dat ik geen adem meer kon halen. Ik stond te tollen op mijn benen.

'Hé.' Megumi pakte mijn arm en hield me in evenwicht. 'En we hebben nog wel alcoholvrije margarita's gedronken. Jij kunt niet veel hebben, hè?'

Ik keek toe hoe Corinne haar slanke lijf in een vloeiende beweging op de achterbank van Gideons auto liet glijden. Ik balde mijn vuisten toen er een golf van woede door me heen ging. Door een waas van boze tranen zag ik de Bentley van de stoeprand optrekken en verdwijnen.

3

Megumi en ik stapten een van de liften in en ik drukte op de knop voor de bovenste verdieping.

'Ik ben met vijf minuten terug, als er iemand naar me vraagt,' zei ik tegen haar toen ze bij Waters Field & Leaman uitstapte.

'Geef hem een kusje van mij, oké?' zei ze, terwijl ze zich speels koelte toewuifde. 'Ik krijg het al warm bij de gedachte hoe het zou zijn om in jouw positie te zijn.'

Ik perste er een glimlach uit voordat de deuren dichtgingen en de lift verder naar boven ging. Toen hij bij het eindpunt aankwam, stapte ik naar buiten in de smaakvol versierde en onmiskenbaar mannelijke hal. De rookglazen veiligheidsdeuren waren gezandstraald met de letters CROSS INDUSTRIES en hangmandjes met varens en lelies zorgden voor een zachte sfeer.

Gideons roodharige receptioniste was deze keer eens erg behulpzaam en liet me met de zoemer binnen, nog voordat ik de deur had bereikt. Toen grijnsde ze naar me op een manier waarvan mijn haren rechtovereind gingen staan. Ik had altijd al de indruk gehad dat ze me niet mocht en daarom vertrouwde ik die glimlach voor geen cent. Ik werd er nerveus van. Toch stak ik mijn hand op en zei 'hallo' tegen haar. Ik was tenslotte geen kattig wijf, tenzij ik daar een goede reden voor had.

Ik liep de lange gang in die naar Gideon leidde en bleef staan bij de grote tweede receptie, waar zijn assistent Scott de balie bemande.

Scott stond op toen ik eraan kwam. 'Hallo, Eva,' zei hij tegen mij terwijl hij zijn telefoon pakte. 'Ik zal hem laten weten dat je er bent.'

De glazen wand die Gideons kantoor van de rest van de verdieping afscheidde, was meestal zo helder als kristal, maar je kon hem met een druk op de knop ondoorzichtig maken. Nu leek hij van matglas, waardoor ik me nog ongeruster maakte. 'Is hij alleen?'

'Ja, maar...'

Wat hij verder nog zei, hoorde ik niet meer, want ik duwde de glazen deur naar Gideons domein al open. Het was een enorme ruimte, met drie afzonderlijke zithoeken, die alle drie groter waren dan het hele kantoor van mijn baas Mark. In tegenstelling tot de elegante warmte van Gideons appartement was zijn kantoor ingericht met een koel kleurenpalet van zwart, grijs en wit. Het enige kleuraccent werd gegeven door de kristallen, met juwelen bezette karaffen, die hun schittering reflecteerden op de muur achter een bar.

Ramen van de vloer tot het plafond boden aan twee kanten uitzicht op de stad. De enige blinde muur, tegenover het enorme bureau, was bedekt met platte televisieschermen waarop voortdurend nieuwszenders van over de hele wereld te zien waren.

Mijn blik zwierf door de ruimte en bleef hangen op het kussentje dat achteloos op de grond was gegooid. Daarnaast waren deukjes in het tapijt te zien waar de poten van de sofa meestal stonden. Het meubelstuk was blijkbaar een paar centimeter opzij geduwd.

Mijn hart ging sneller kloppen en mijn handpalmen werden vochtig. De afschuwelijke angst die ik eerder al had gevoeld, werd steeds groter.

Ik had net gezien dat de deur naar de badkamer openstond toen Gideon binnenkwam en mijn adem benam met zijn beeldschone ontblote torso. Zijn haar was vochtig, alsof hij net gedoucht had, en zijn hals en borstkas waren nog rood, zoals ze werden wanneer hij zich lichamelijk inspande.

Hij bleef opeens stilstaan toen hij me zag en zijn blik werd even duister voordat zijn perfecte, onverbiddelijke masker moeiteloos op zijn plaats gleed.

'Het komt nu niet zo goed uit, Eva,' zei hij, terwijl hij zich in een chic overhemd hees dat hij over de rug van een barkruk had gehangen... een ander overhemd dan hij die ochtend gedragen had. 'Ik ben al te laat voor een afspraak.'

Ik pakte mijn handtas stevig beet. Nu ik hem zo intiem zag, besefte ik weer hoe hevig ik naar hem verlangde. Ik hield idioot veel van hem, ik had hem nodig als de lucht die ik inademde... en daardoor begreep ik maar al te goed hoe Magdalene en Corinne zich moesten voelen en dat ze alles zouden proberen om hem van me weg te lokken. 'Waarom ben je maar half aangekleed?'

Ik kon er niets aan doen. Mijn lichaam reageerde instinctief op de aanblik van zijn lichaam, waardoor ik het nog moeilijker vond om mijn gierende emoties te beteugelen. Zijn openhangende, keurig geperste overhemd onthulde een goudkleurige huid die strak over een wasbord van buikspieren en perfect gevormde borstspieren gespannen was. Een toef donker borsthaar ging over in een pijl naar beneden en werd daar een donkere, dunne lijn die naar zijn pik leidde, die op dit moment in boxershort en pantalon opgeborgen was. Alleen al de gedachte aan hoe hij voelde als hij in me was, deed me pijn van verlangen.

'Ik kreeg iets op mijn overhemd.' Hij begon zijn overhemd dicht te knopen en zijn buikspieren spanden zich door zijn bewegingen terwijl hij naar de bar liep, waar ik zijn manchetknopen zag liggen. 'Ik heb haast. Als je iets nodig hebt, laat het Scott weten en dan zorgt hij dat het in orde komt. Of ik zorg er zelf voor wanneer ik terugkom. Ik ben niet meer dan twee uur weg.'

'Hoe komt het dan dat je zo laat bent?'

Hij keek me niet aan terwijl hij zei: 'Ik had op het laatste moment nog even een bespreking.'

O, is dat zo? 'Maar je hebt vanochtend nog gedoucht.' *Nadat je een uur lang seks met me had gehad.* 'Waarom moest je dan nog een keer douchen?'

'Waarom stel je zoveel vragen?' snauwde hij.

Ik moest antwoorden hebben en ging naar de toiletruimte. De vochtige lucht was overweldigend. Ik negeerde de stem in mijn hoofd die zei dat ik niet op zoek moest gaan naar problemen die ik helemaal niet wilde vinden, viste zijn overhemd uit de wasmand... en zag rode lippenstift, die als een bloedvlek over een van zijn manchetten was gesmeerd. Er trok een scheut pijn door mijn borst.

Ik liet het kledingstuk op de vloer vallen, draaide me om en vertrok, omdat ik zo ver mogelijk bij Gideon vandaan moest zijn als maar kon. Voordat ik moest overgeven of in huilen zou uitbarsten.

'Eva!' snauwde hij, terwijl ik haastig langs hem liep. 'Verdomme, wat is er nou met jou aan de hand?'

'Ach rot op, klootzak.'

'*Wat* zeg je daar?'

Mijn hand lag al op de deurknop toen hij me vastgreep en me bij mijn elleboog terug rukte. Ik draaide me snel om en sloeg hem met zoveel kracht in zijn gezicht dat hij zijn hoofd omdraaide en mijn handpalm brandde.

'Godverdomme,' gromde hij, en hij greep me bij mijn armen en schudde me door elkaar. 'Heb godverdomme niet het lef om me te slaan!'

'Raak me niet aan!' De aanraking van zijn handen op de blote huid van mijn armen was me gewoon te veel.

Hij deinsde terug en deed een stap achteruit. 'Wat is er in godsnaam met jou gebeurd?'

'Ik heb haar *gezien*, Gideon.'

'Wie heb je gezien?'

'Corinne!'

Hij fronste. 'Waar heb je het over?'

Ik haalde mijn smartphone tevoorschijn en duwde de foto in zijn gezicht. 'Betrapt.'

Gideons blik concentreerde zich op het schermpje en toen trok zijn frons weg. 'Betrapt waarop precies?' vroeg hij, iets te zacht.

'Ach, rot toch op, man.' Ik draaide me om naar de deur en stak mijn telefoon weer in mijn tas. 'Dat ga ik je niet voorkauwen.'

Hij sloeg met zijn handpalm op het glas en hield de deur dicht. Hij sloot me in met zijn lichaam, leunde naar beneden en dreunde in mijn oor: 'Ja. Jawel, dat doe je godverdomme wel.'

Ik kneep mijn ogen dicht omdat onze positie bij de deur een stortvloed aan verhitte herinneringen terugbracht aan de eerste keer dat ik in Gideons kantoor was geweest. Toen had hij me net als nu tegengehouden. Hij had me behendig verleid en ons in een hartstochtelijke omhelzing op precies die sofa getrokken waar zojuist nog genoeg kracht op was uitgeoefend om hem van zijn plek te krijgen.

'Zegt dat beeld dan niet meer dan duizend woorden?' beet ik hem toe, met mijn kaken op elkaar.

'Oké, dus Corinne heeft blijkbaar liggen rotzooien. Wat heeft dat met mij te maken?'

'Probeer je me voor de gek te houden of zo? Laat me eruit.'

'Ik zou niet weten waarom ik je voor de gek zou houden. Ik ben alleen ontzettend kwaad. Zo kwaad ben ik nog nooit op een vrouw geweest. Je komt hier binnenwandelen met je belachelijke beschuldigingen en je blaast me toch hoog van de toren...'

'Maar ik heb toch gelijk?' Ik draaide me om en schoot onder zijn arm door, zodat er eindelijk wat afstand tussen ons kwam. Het deed veel te veel pijn om dicht bij hem te zijn. 'Ik zou jou nooit bedriegen. Als ik wilde rondneuken, zou ik het eerst met jou uitmaken.'

Gideon leunde tegen de deur en sloeg zijn armen over elkaar. Zijn overhemd hing nog uit zijn broek en was open bij de kraag, wat ik geil en verleidelijk vond. En daar werd ik alleen nog maar bozer van.

'Denk je dat ik je bedrogen heb?' Zijn woorden klonken koud en kortaf.

Ik haalde diep adem om de pijn te verdragen van het beeld van Corinne en hem op de sofa achter me. 'Leg me dan eens uit waarom ze hier in het Crossfire was en waarom ze er zo uitzag. Waarom je kantoor er zo uitziet. Waarom jij er zo uitziet.'

Zijn blik gleed over de sofa, toen naar het kussen op de vloer en toen weer terug naar mij. 'Ik heb geen idee waarom Corinne hier was of waarom ze er zo uitzag. Ik heb haar niet meer gezien sinds gisteravond, waar jij bij was.'

Gisteravond leek wel een eeuwigheid geleden. Ik wilde dat het nooit gebeurd was.

'Maar ik was helemaal niet bij je,' wees ik hem erop. 'Ze knipperde met haar ogen en zei dat ze je aan iemand wilde voorstellen, en toen liet je mij daar staan.'

'Jezus.' Zijn ogen schoten vuur. 'Niet nog een keer, hè?'

Ik veegde kwaad een traan weg die over mijn wang gleed.

Hij gromde. 'Denk je nou echt dat ik met haar meeging omdat ik zo'n enorme behoefte had om bij haar te zijn en van jou af te komen?'

'Geen idee, Gideon. *Jij* hebt *mij* laten zitten. Jij zult het wel weten.'

'Jij hebt mij eerst laten zitten.'

Mijn mond viel open. 'Niet waar!'

'Nee, het zal wel weer niet. Toen we aankwamen, was je bijna meteen alweer vertrokken. Ik heb je overal gezocht en toen ik je vond, was je met die lul aan het dansen.'

'Martin is Stantons neef!' En aangezien Richard Stanton mijn stiefvader was, beschouwde ik Martin als familie.

'Al was ie een of andere pastoor, het kan me niet schelen. Hij wil je neuken.'

'O mijn god, dat is toch absurd? Hou eens op met die afleidingsmanoeuvres. Jij was over zaken aan het praten met je partners. Ik vond het ongemakkelijk om daar maar een beetje bij te staan. Zowel voor hen als voor mij.'

'Dat is je plaats, ongemakkelijk of niet.'

Mijn hoofd schoot naar achteren alsof hij me had geslagen. 'Wat zeg je nou?'

'Hoe zou jij het vinden als ik van je wegliep op een feestje van Waters Field & Leaman omdat jij over een campagne begon te praten? En dat als je me dan weer vond, ik innig met Magdalene aan het dansen was?'

'Ik...' *God.* Zo had ik het nog niet bekeken.

Gideon zag er nonchalant en onverstoorbaar uit terwijl hij met zijn sterke lichaam tegen de deur geleund stond, maar ik kon de woede onder dat kalme oppervlak voelen trillen. Hij was altijd fascinerend om te zien, maar al helemaal wanneer hij door hartstocht werd verteerd. 'Het is mijn plaats om naast je te staan en je te steunen en inderdaad, soms verdomme alleen maar aantrekkelijk aan je arm te hangen. Het is mijn recht, mijn plicht en mijn privilege, Eva, net als het dat omgekeerd voor jou is.'

'Ik dacht dat ik je een plezier deed door niet in de weg te lopen.'

Zijn sarcastisch opgetrokken wenkbrauwen zeiden genoeg.

Ik sloeg mijn armen over elkaar. 'Ben je daarom met Corinne weggegaan? Om me te straffen?'

'Als ik je had willen straffen, Eva, had ik je wel over de knie gelegd.'

Ik kneep mijn ogen een beetje dicht. *Dat* nooit.

'Ik weet hoe het werkt bij jou,' zei hij kortaf. 'Ik wilde niet dat je jaloers zou worden op Corinne voordat ik de kans had om het haar uit te leggen. Ik had even de tijd nodig om er zeker van te zijn dat ze begreep dat het ernst is tussen jou en mij, en hoe belangrijk het voor me was dat jij je die avond vermaakte. Dat is de enige reden dat ik met haar meeliep.'

'Je hebt haar zeker gezegd dat ze niets over jullie tweeën mocht zeggen? Je hebt haar verteld dat ze haar mond moest houden over wat ze voor jou betekent. Jammer dat Magdalene roet in het eten heeft gegooid.'

En misschien hadden Corinne en Magdalene het ook zo bekokstoofd. Corinne kende Gideon goed genoeg om van tevoren te weten wat hij zou gaan doen: ze had gemakkelijk een plannetje kunnen maken rond zijn reactie op haar onverwachte aankomst in New York.

En dat wierp weer een geheel nieuw licht op waarom Magdalene me vandaag had gebeld. Corinne en zij hadden in het Waldorf met elkaar staan praten toen Gideon en ik hen zagen. Twee vrouwen die een man wilden hebben die met een andere vrouw was. Zolang ik in beeld was, zou dat voor allebei niet gebeuren en daarom kon ik niet uitsluiten dat ze samenspanden.

'Ik wilde dat je het van mij zou horen,' zei hij kortaf.

Die opmerking wuifde ik weg, omdat ik me meer bezighield met wat er nu gebeurde. 'Ik zag Corinne in de Bentley stappen, Gideon. Net voordat ik hier aankwam.'

Zijn andere wenkbrauw schoot omhoog tot hij naast de andere zat. 'O ja?'

'Ja. Kun je dat verklaren?'

'Nee, dat kan ik niet.'

Een gekwetste woede brandde dwars door me heen. Ik kon het plotseling niet eens meer verdragen om naar hem te kijken. 'Ga dan maar opzij. Ik moet weer terug naar mijn werk.'

Hij verroerde zich niet. 'Ik wil maar één ding weten voordat je weggaat: geloof je dat ik haar heb geneukt?'

Ik kromp ineen toen ik het hem zo hardop uit hoorde spreken. 'Ik weet niet zo goed wat ik moet geloven. Maar het bewijs laat toch zien dat...'

'Het kan me niet schelen, zelfs niet als je als "bewijs" had dat je haar en mij samen naakt in bed had aangetroffen.' Hij ontbrandde zo snel in woede dat ik verbaasd achteruit strompelde. Hij kwam op me af. 'Ik wil weten of je denkt dat ik haar heb geneukt. Of je denkt dat ik dat zou doen. Of ik dat zou kunnen doen. Nou, denk je dat?'

Mijn voet begon te trillen, maar ik ging niet achteruit. 'Leg eerst eens uit waarom je lippenstift op je overhemd hebt, Gideon.'

Zijn kaak verstrakte. 'Nee.'

'Wat?' Die regelrechte weigering deed de grond onder me wegzakken.

'Geef antwoord op mijn vraag.'

Ik bestudeerde zijn gezicht en zag daar het masker dat hij bij andere mensen, maar nog nooit bij mij had opgezet. Hij stak zijn hand naar me uit alsof hij mijn wang met zijn vingertoppen ging aanraken, maar trok zich op het laatste moment terug. In dat korte ogenblik waarin hij zich terugtrok, hoorde ik hem tandenknarsen, alsof het een worsteling was om me *niet* aan te raken. Ik voelde me gekwetst, maar was dankbaar dat hij het niet had gedaan.

'Je *moet* het uitleggen,' fluisterde ik, terwijl ik me afvroeg of ik het me had ingebeeld dat zijn gezicht even pijnlijk vertrok. Soms wilde ik iets zo graag geloven dat ik met opzet excuses verzon om de pijnlijke waarheid te kunnen negeren.

'Ik heb je geen reden gegeven om aan me te twijfelen.'

'Die geef je me nu, Gideon.' Ik ademde uit en voelde me leeg. Ik trok me terug. Hij stond recht voor me, maar hij leek wel kilometers bij me vandaan te zijn. 'Ik begrijp dat je tijd nodig hebt voordat je geheimen met me deelt die pijnlijk voor je zijn. Dat heb ik zelf ook meegemaakt. Toen wist ik ook dat ik moest praten over wat er met me was gebeurd, maar daar was ik gewoon nog niet klaar voor. Daarom heb ik heel hard geprobeerd je niet te pushen of je op te jagen. Maar met dit geheim doe je *mij* pijn en dat is echt iets anders. Begrijp je dat dan niet?'

Hij vloekte binnensmonds en nam mijn gezicht in zijn koele handen. 'Ik doe heel erg mijn best om ervoor te zorgen dat je geen reden hebt om jaloers te zijn, maar als je dan toch bezitterig wordt, vind ik dat prettig. Ik wil dat je voor me vecht. Ik wil dat je heel veel om me geeft. Ik wil dat je helemaal gek van me bent. Maar bezitterigheid zonder vertrouwen is afschuwelijk. Als je me niet vertrouwt, hebben we niks.'

'Vertrouwen werkt twee kanten op, Gideon.'

Hij haalde diep en luid adem. 'Verdomme, kijk niet zo naar me.'

'Ik probeer erachter te komen wie jij bent. Waar is de man die recht voor zijn raap zei dat hij met me wilde neuken? De man die er geen moeite mee had om me te vertellen dat ik zijn hoofd op hol breng, net op het moment dat ik het met hem uitmaakte? Ik had gedacht dat je altijd genadeloos eerlijk zou zijn. Daar rekende ik op. Maar nu...' Ik schudde mijn hoofd. Mijn keel zat zo dicht dat ik niets meer kon zeggen.

Hij keek zo grimmig dat zijn lippen dun werden, maar hij reageerde niet.

Ik pakte zijn polsen en trok zijn handen weg. Er knapte iets in me. 'Ik zal deze keer niet weglopen, maar jij duwt me weg. Misschien moet je daar eens over nadenken.'

Ik vertrok. Gideon hield me niet tegen.

De rest van de middag hield ik het vol door me op mijn werk te richten. Mark vond het heerlijk om hardop te brainstormen en voor mij was dat erg leerzaam. Het was inspirerend om te zien hoe zelfverzekerd en vriendelijk hij met zijn accounts omging. Ik zag hem met gemak door twee besprekingen met klanten heen zeilen, met een zelfverzekerde uitstraling die geruststellend en niet bedreigend was.

Daarna keken we naar een behoefteanalyse van een bedrijf voor babyspeelgoed. We concentreerden ons op de matige investeringsrendementen en ook op nog onbenutte mogelijkheden, zoals adverteren op mamablogs. Ik was dankbaar dat mijn baan zo'n goede afleiding van mijn privéleven was en ik keek uit naar mijn Krav Maga-lessen later op de dag, waar ik wat van mijn rusteloze gevoel in kwijt zou kunnen.

Het was net na vieren toen de telefoon op mijn bureau overging. Ik nam een beetje kribbig op en voelde hoe mijn hart een sprongetje maakte toen ik Gideons stem hoorde.

'We moeten om vijf uur vertrekken,' zei hij, 'als we op tijd bij Dr. Petersen willen zijn.'

'O.' Ik was helemaal vergeten dat we op donderdag om zes uur samen relatietherapie zouden krijgen. Het zou onze eerste sessie zijn.

Opeens vroeg ik me af of het ook onze laatste zou zijn.

'Ik haal je op,' zei hij kortaf, 'als het zover is.'

Ik zuchtte. Ik had er helemaal geen zin in. Ik was al zo rauw en prikkelbaar door onze ruzie eerder op de dag. 'Het spijt me dat ik je heb geslagen. Dat had ik niet mogen doen. Ik vind het heel vervelend dat ik dat heb gedaan.'

'Engel.' Gideon ademde hoorbaar uit. 'Je hebt me niet die ene belangrijke vraag gesteld.'

Ik sloot mijn ogen. Het was zo irritant dat hij mijn gedachten kon lezen. 'Hoe dan ook: het verandert niets aan het feit dat je geheimen hebt.'

'Aan geheimen kunnen we werken, aan vreemdgaan niet.'

Ik wreef over de zere plek achter mijn voorhoofd. 'Daar heb je gelijk in.'

'Jij bent de enige voor mij, Eva.' Zijn stem was kortaf en hard.

Ik huiverde door de woede die onder zijn woorden lag. Hij was nog steeds kwaad dat ik aan hem had getwijfeld. Ach, wat zou het. Ik was ook nog steeds kwaad. 'Ik sta om vijf uur klaar.'

Hij was punctueel, zoals altijd. Terwijl ik mijn computer uitzette en mijn spullen pakte, sprak hij met Mark over de vorderingen van de Kingsman Wodka-account. Ik keek stiekem naar Gideon. Hij zag er erg indrukwekkend uit met zijn lange, slanke, gespierde lichaam in zijn donkere pak. Hij had een ondoordringbare uitstraling, maar toch had ik hem ongelooflijk kwetsbaar gezien.

Ik was verliefd op die tedere, diep emotionele man. En wat had ik een hekel aan die façade en zijn pogingen om zich voor me te verstoppen.

Hij draaide zijn hoofd om en betrapte me terwijl ik naar hem aan het staren was. Ik zag een glimp van de Gideon die ik liefhad in zijn wilde blauwe blik, waar heel even een hulpeloos verlangen in lag. Even later was het weer weg, vervangen door het kille masker. ‘Ben je er klaar voor?’

Het was overduidelijk dat hij iets voor me verborgen hield en ik werd gek van de kloof die er tussen ons was. Dat ik wist dat er dingen waren waar hij me niet mee vertrouwde.

Toen we langs de receptie naar buiten liepen, liet Megumi haar kin op haar vuist rusten en slaakte een dramatische zucht.

‘Ze vindt je erg leuk, Cross,’ mompelde ik, terwijl we naar buiten liepen en hij de knop van de lift indrukte.

‘Dat zal wel.’ Hij snoof. ‘Wat weet ze nou helemaal over mij?’

‘Die vraag heb ik mezelf nou ook de hele dag gesteld,’ zei ik rustig.

Deze keer was ik er zeker van dat zijn gezicht vertrok.

Dr. Lyle Petersen was een lange man met keurig verzorgd grijs haar en scherpe maar toch vriendelijke, donkerblauwe ogen. Zijn praktijk was smaakvol ingericht met neutrale kleuren en zijn meubilair was zeer comfortabel. Dat viel me elke keer op als ik hem bezocht. Het voelde wel een beetje raar om hem nu als *mijn* therapeut te zien. Hij was de afgelopen jaren mijn moeders therapeut geweest en ik was een paar keer met haar meegekomen.

Ik keek hoe hij ging zitten in de grijze oorfauteuil tegenover de sofa waar Gideon en ik op zaten. Zijn scherpe blik bewoog tussen ons heen en weer, en hij had duidelijk opgemerkt dat we ieder op een uiteinde van de sofa waren gaan zitten. Aan onze stijve houdingen kon hij zien hoe defensief we waren. Zo waren we ook al de hele weg naar hem toe geweest.

Dr. Petersen deed zijn tablet open, pakte zijn stylus en zei: 'Zullen we beginnen met waarom er zo'n spanning tussen jullie in hangt?'

Ik wachtte even om Gideon de kans te geven als eerste het woord te nemen. Het verbaasde me niet dat hij gewoon bleef zitten zwijgen. 'Nou... de afgelopen vierentwintig uur heb ik de verloofde van Gideon ontmoet, waarvan ik niet wist dat hij die had...'

'Ex-verloofde,' gromde Gideon.

'... en kwam ik erachter dat het door haar komt dat hij alleen dates met brunettes heeft gehad...'

'Het waren geen dates.'

'... en ik betrapte haar erop dat ze na de lunch zijn kantoor had verlaten en er zo uitzag...' Ik pakte mijn telefoon.

'Ze verliet het gebouw,' beet Gideon me toe, 'niet mijn kantoor.'

Ik haalde de foto tevoorschijn en gaf mijn telefoon aan Dr. Petersen. 'En vervolgens in *jouw* auto stapte, Gideon!'

'Angus heeft je net verteld, voordat we hier kwamen, dat hij haar daar had zien staan, dat hij haar had herkend en dat hij gewoon beleefd was.'

'Alsof hij iets anders gezegd zou hebben!' schoot ik terug. 'Hij is al je chauffeur sinds je een kind was. Natuurlijk dekt hij je.'

'O ja. Nu is het ineens een samenzwering?'

'Nou, wat deed hij daar dan?' daagde ik hem uit.

'Hij zou me naar mijn lunchafspraak brengen.'

'Waar dan? Dan controleer ik gewoon even of jij daar was en zij niet, en dan hebben we dat ook weer achter de rug.'

Gideon klemde zijn kaken op elkaar. 'Dat heb ik je al verteld. Ik had een onverwachte afspraak en ben niet meer aan lunchen toegekomen.'

'Met wie had je dan een afspraak?'

'Niet met Corinne.'

‘Dat is geen antwoord.’ Ik wendde me weer tot Dr. Petersen, die heel rustig mijn telefoon aan me teruggaf.

‘Toen ik naar zijn kantoor ging om te vragen wat er in godsnaam aan de hand was, trof ik hem daar half gekleed aan, net onder de douche vandaan, met een van de sofa’s van zijn plek gestoten, kussens over de vloer...’

‘Het was maar *een* stom kussen!’

‘... en rode lippenstift op zijn overhemd.’

‘Er zijn wel 25 bedrijven in het Crossfire,’ zei Gideon koel. ‘Ze kan bij elk daarvan zijn geweest.’

‘Ja hoor,’ zei ik, mijn stem druipend van het sarcasme. ‘Tuurlijk.’

‘Dan zou ik haar toch hebben meegenomen naar het hotel?’

Ik haalde scherp adem en mijn hoofd tolde. ‘Heb je die kamer dan nog steeds?’

Zijn masker gleed af en ik zag een flits van paniek. Het besef dat hij zijn neukhol had aangehouden, een hotelkamer die hij alleen gebruikte om te neuken en waar *ik* echt nooit meer heen zou gaan, sloeg me als een fysieke klap in het gezicht en stuurde een scherpe pijn door mijn borstkas. Er kwam een laag geluid uit mijn mond, een gepijnigd gejammer waardoor ik mijn ogen dichtkneep.

‘Laten we even wat gas terugnemen,’ onderbrak Dr. Petersen ons, en hij krabbelde snel door. ‘Ik wil even een stukje teruggaan, Gideon. Waarom heb je Eva niet over Corinne verteld?’

‘Dat was ik van plan,’ zei Gideon kortaf.

‘Hij vertelt me helemaal niks,’ fluisterde ik, en ik groef een zakdoekje uit mijn tas op zodat mijn mascara niet over mijn gezicht liep. *Waarom hield hij die kamer aan?* De enige verklaring was dat hij van plan was hem te gebruiken met iemand anders dan met mij.

‘Als jullie praten, waar hebben jullie het dan over?’ vroeg Dr. Petersen, en hij richtte de vraag aan ons allebei.

‘Ik ben me meestal aan het verontschuldigen,’ mompelde Gideon.

Dr. Petersen keek op. ‘Waarvoor?’

‘Overal voor.’ Hij streek met een hand door zijn haar.

'Heb je het idee dat Eva te veeleisend is of te veel van je verwacht?'

Ik voelde Gideon naar mijn profiel kijken. 'Nee. Ze vraagt nergens om.'

'Alleen om de waarheid,' corrigeerde ik hem en keerde me naar hem om.

Zijn ogen schoten vuur en brandden door me heen. 'Ik heb nooit tegen je gelogen.'

'Wil je dat ze je om dingen vraagt, Gideon?' vroeg Dr. Petersen.

Gideon fronste.

'Denk er eens over na. Daar komen we zo op terug.' Dr. Petersen richtte zijn aandacht nu op mij. 'Ik vind de foto die je hebt genomen intrigerend, Eva. Je werd geconfronteerd met een situatie die veel vrouwen diep verontrustend zouden vinden...'

'Er was geen situatie,' herhaalde Gideon koel.

Dr. Petersen drukte zich iets preciezer uit: 'Haar perceptie van een situatie.'

'Een overduidelijk belachelijke perceptie, gezien het lichamelijke aspect van onze relatie.'

'Oké. Laten we het daar dan eens over hebben. Hoe vaak per week hebben jullie seks? Gemiddeld?'

Mijn gezicht werd erg warm. Ik keek naar Gideon, die mijn blik met een grijns beantwoordde.

'Eh...' Mijn lippen verwrongen zich van berouw. 'Heel vaak.'

'Dagelijks?' Dr. Petersen trok zijn wenkbrauwen op toen ik mijn benen van elkaar haalde en weer over elkaar sloeg, en knikte. 'Meerdere keren op een dag?'

Gideon voegde eraan toe: 'Gemiddeld.'

Dr. Petersen legde zijn tablet plat op zijn schoot en keek Gideon aan. 'Is die hoeveelheid seksuele activiteit gebruikelijk voor jou?'

'Niets aan mijn relatie met Eva is gebruikelijk, dokter.'

'Hoe vaak had je seksuele ontmoetingen voor Eva?'

Gideons kaak verstrakte en hij keek naar me.

'Het geeft niet,' zei ik tegen hem, ook al moest ik aan mezelf toegeven dat ik die vraag zelf niet zou willen beantwoorden terwijl hij erbij was.

Hij stak zijn hand uit en overbrugde de afstand tussen ons. Ik legde mijn hand in die van hem en waardeerde het geruststellende kneepje dat hij me gaf. 'Twee keer per week,' zei hij gespannen. 'Gemiddeld.'

In mijn hoofd groeide het aantal vrouwen flink. Mijn vrije hand balde ik tot een vuist in mijn schoot.

Dr. Petersen leunde achterover. 'Eva heeft zorgen geuit over ontrouw en een gebrek aan communicatie in jullie relatie. Hoe vaak gebruiken jullie seks om onenigheid op te lossen?'

Gideon fronste. 'Voordat u er nu van uitgaat dat Eva onder de eisen van mijn overactieve libido gebukt gaat, moet u weten dat zij minstens zo vaak het initiatief voor seks neemt als ik. Als een van ons zich zorgen moet maken of hij het wel bij kan houden, dan ben ik dat, omdat ik nou eenmaal een mannelijke anatomie heb.'

Dr. Petersen keek naar mij of ik dat wilde bevestigen.

'De meeste interacties tussen ons leiden tot seks,' gaf ik toe. 'En dat geldt ook voor ruzies.'

'Is dat voor- of nadat het conflict door jullie als opgelost wordt beschouwd?'

Ik zuchtte. 'Voor.'

Hij legde de stylus neer en begon te typen. Ik had het idee dat hij materiaal voor een hele roman zou hebben tegen de tijd dat alles gezegd was.

'Jullie relatie is dus al vanaf het begin zeer geseksualiseerd?' vroeg hij.

Ik knikte, ook al keek hij niet. 'We voelen ons heel erg tot elkaar aangetrokken.'

'Dat is duidelijk.' Hij keek op en gaf ons een vriendelijke glimlach. 'Toch zou ik graag de mogelijkheid van onthouding bespreken terwijl we...'

'Dat is niet mogelijk,' onderbrak Gideon hem. 'Dat is niet bespreekbaar. Ik stel voor dat we ons richten op wat er *niet* werkt, zonder de weinige dingen die wel werken te elimineren.'

'Ik weet niet of het wel werkt, Gideon,' zei Dr. Petersen neutraal. 'Het werkt in elk geval niet zoals het moet.'

'Dokter.' Gideon legde zijn enkel op de knie van zijn andere been en ging achteroverhangen, waarmee hij een beeld van onverzettelijke besluitvaardigheid neerzette. 'Ik blijf pas van haar af als ze dood is. U zult een andere manier moeten vinden om ons te genezen.'

'Dat therapiegebeuren is nieuw voor me,' zei Gideon later, toen we weer in de Bentley zaten en naar huis gingen. 'Dus ik weet het niet zo goed, maar was het ook inderdaad zo'n treinramp als het voelde?'

'Het had beter kunnen verlopen,' zei ik moe. Ik liet mijn hoofd naar achteren zakken en sloot mijn ogen. Ik was doodop. Zo moe dat ik er zelfs niet aan moest denken om nog naar het Krav Maga-klasje van acht uur te gaan. 'Ik verlang naar een snelle douche en naar mijn bed.'

'Ik moet nog wat dingen regelen voordat ik het vandaag voor gezien hou.'

'Prima,' zei ik en ik gaapte. 'Waarom nemen we niet een avond vrij en zien we elkaar morgen weer?'

Een drukkende stilte volgde op mijn voorstel. De spanning werd zo intens dat ik zelfs gemotiveerd genoeg was om zowel mijn hoofd als mijn zware oogleden op te tillen en naar hem te kijken.

Hij keek naar me en zijn lippen vormden een gefrustreerd, dun streepje. 'Je maakt het uit met me.'

'Nee, ik...'

'Wel waar! Je hebt je oordeel al geveld en nu maak je het uit.'

'Ik ben uitgeput, Gideon! Ik kan maar een beperkte hoeveelheid bullshit aan voordat ik eraan onderdoor ga. Ik heb mijn slaap echt nodig en...'

'*Ik* heb *jou* nodig,' snauwde hij. 'Wat moet ik doen voordat je me eindelijk gelooft?'

'Ik denk niet dat je vreemdgaat. Goed? Hoe verdacht het er ook allemaal uitziet, ik kan mezelf er niet van overtuigen dat je zoiets zou doen. Die geheimen worden me gewoon te veel. Ik geef alles wat ik heb en jij...'

'Denk je dat ik dat niet doe?' Hij schoof heen en weer op de bank, boog zijn been en liet het tussen ons in glijden zodat hij me recht aan kon kijken. 'Ik heb nog nooit zo hard voor iets gewerkt in mijn leven als ik voor jou heb gedaan.'

'Dat kun je niet voor mij doen. Dat moet je voor jezelf doen.'

'Ach, hou op met die onzin! Bij iemand anders zou ik niet aan mijn relatievaardigheden hoeven werken.'

Met een zachte kreun liet ik mijn wang tegen de bank rusten en sloot ik mijn ogen weer. 'Ik ben het zat om ruzie te maken, Gideon. Ik wil gewoon eens een avondje rust. Ik voel me de hele dag al niet goed.'

'Ben je ziek aan het worden?' Hij ging verzitten, legde zachtjes een hand in mijn nek en drukte zijn lippen op mijn voorhoofd. 'Je voelt niet erg warm aan. Heb je last van je buik?'

Ik ademde in en nam de heerlijke geur van zijn huid in me op. De aandrang om mijn gezicht in zijn hals te duwen was bijna overweldigend.

'Nee.' En toen begreep ik het opeens. Ik kreunde.

'Wat is er dan?' Hij trok me op schoot en hield me dicht tegen zich aan. 'Wat is er aan de hand? Moet je naar de dokter?'

'Ik moet ongesteld worden,' fluisterde ik, omdat ik niet wilde dat Angus het zou horen. 'Het kan elke dag beginnen. Ik weet niet waarom ik daar niet eerder aan heb gedacht. Geen wonder dat ik zo moe en humeurig ben: het zijn de hormonen.'

Hij bleef stil. Na een paar hartslagen liet ik mijn hoofd achteroverzakken om hem aan te kijken.

Met een van berouw vertrokken mond biechtte hij op: 'Dat is nieuw voor me. Niet iets wat in de loop van een vrijblijvend seksleven opduikt.'

'Heb jij even geluk. Je mag straks het ongemak ervaren dat voorbehouden is aan mannen met vriendinnetjes en echtgenotes.'

'Ik *heb* ook geluk.' Gideon veegde losse lokken haar van mijn slapen terwijl zijn eigen weelderige haar rond zijn fraai gevormde gezicht viel. 'En misschien als ik echt geluk heb, voel je je morgen beter en vind je me weer leuk.'

Ach gut. Mijn hart deed pijn. 'Ik vind je nu ook leuk, Gideon.

Ik vind het alleen niet leuk dat je geheimen voor me hebt. Dat gaat ons opbreken.'

'Laat dat niet gebeuren,' mompelde hij, terwijl hij met zijn vingertoppen langs mijn wenkbrauwen ging. 'Vertrouw me nou maar.'

'Dan moet je mij ook vertrouwen.'

Hij vouwde zich over me heen en drukte zijn lippen zachtjes op die van mij. 'Weet je dat dan niet, engel?' zei hij hees. 'Er is niemand die ik meer vertrouw.'

Ik liet mijn armen onder zijn jasje glijden en omhelsde hem. Ik zoog de warmte van zijn slanke, harde lichaam op. Ik kon er niets aan doen: ik maakte me zorgen dat we uit elkaar begonnen te groeien.

Gideon nam het initiatief en stak zijn tong in mijn mond, waar hij zachtjes mijn tong aanraakte en plaagde met fluwelen likjes. Verraderlijk ongehaast. Ik zocht naar een dieper contact, want ik had meer nodig. Altijd meer. Ik had er een hekel aan dat hij me, behalve dit, zo weinig van zichzelf gaf.

Hij kreunde in mijn mond, een erotisch geluid van genot en begeerte dat door me heen trilde. Hij kantelde zijn hoofd en sloot zijn prachtig gevormde lippen over die van mij. De kus werd inniger, onze tongen streelden elkaar en onze ademhaling ging steeds sneller.

Met de arm die hij achter mijn rug had gelegd pakte hij me steeds steviger vast en trok me naar zich toe. Zijn andere hand gleed onder mijn shirt, waar hij mijn ruggengraat omvatte met zijn warme handpalm. Hij strekte zijn vingers en kalmeerde me, ook al werd de kus steeds wilder. Ik boog me naar zijn strelingen toe. Ik had zijn geruststellende aanrakingen op mijn naakte huid echt nodig.

'Gideon...' Voor het eerst was onze lichamelijke nabijheid niet genoeg om het wanhopige verlangen in me te stillen.

'Sst,' suste hij me. 'Ik ben hier. En ik ga nergens heen.'

Ik sloot mijn ogen en begroef mijn gezicht in zijn hals. Ik vroeg me af of we niet allebei te koppig waren en daarom bij elkaar zouden blijven, zelfs als zou blijken dat we elkaar maar beter konden laten gaan.

4

Ik werd wakker met een schreeuw die gesmoord werd door de zweterige hand die op mijn mond was gedrukt. Een verpletterend gewicht sneed me de adem af terwijl een andere hand al voelend en knijpend omhoogschoof onder mijn nachtjapon. Ik was totaal in paniek, ging als een wilde tekeer en schopte woest om me heen.

Nee... Alsjeblieft, nee... Niet meer. Niet nog eens.

Hijgend als een hond rukte Nathan mijn benen uit elkaar. Het harde ding tussen zijn benen porde blind in het rond en ramde tegen de binnenkant van mijn dij. Ik vocht, mijn longen brandden, maar hij was veel te sterk. Ik kon hem niet van me af gooien. Ik kon niet wegkomen.

Hou op! Ga van me af. Raak me niet aan. O, god... doe alsjeblieft dat *niet bij me... doe me geen pijn... Ma-ma!*

Nathan drukte zijn hand op me en duwde mijn hoofd op het kussen. Hoe meer ik worstelde, des te opgewondener hij raakte. Terwijl hij afschuwelijke, obscene woorden in mijn oor fluisterde, vond hij het zachte plekje tussen mijn benen en schoof bij me naar binnen, kreunend. Ik verstijfde, klemgezet in een bankschroef van afschuwelijke pijn.

'*Ja,*' gromde hij, '... vindt het lekker als hij in je zit... geil sletje... je vindt het wel lekker...'

Ik kon niet ademhalen, mijn longen beefden van het snikken, mijn neusgaten werden afgesloten door de muis van zijn hand. Er dansten vlekken voor mijn ogen; mijn borstkas brandde. Ik vocht opnieuw... Ik had lucht nodig... Ik had wanhopig lucht nodig...

'Eva! Word wakker!'

Mijn ogen vlogen open bij het geblafte bevel. Ik rukte mezelf weg van de handen die mijn bovenarmen vasthielden en had mijn vrijheid terug. Ik klauwde mezelf weg... vocht met de lakens die om mijn benen gebonden zaten... ik viel naar beneden...

Door de harde klap waarmee ik op de vloer terechtkwam, werd ik pas echt wakker, en een afschuwelijk geluid van pijn en angst kraste in mijn keel.

'Jezus! Eva, godverdomme. Straks doe je jezelf nog pijn!'

Ik zoog de lucht met diepe teugen naar binnen, en kroop op handen en knieën naar de badkamer.

Gideon tilde me op en hield me tegen zijn borst. *'Eva.'*

'Misselijk,' hijgde ik, en sloeg een hand voor mijn mond toen mijn maag omhoogkwam.

'Ik heb je vast,' zei hij grimmig terwijl hij me met kordate, krachtige stappen wegdroeg. Hij bracht me naar de wc en deed de bril omhoog. Hij knielde naast me en hield mijn haar omhoog terwijl ik overgaf. Met zijn warme hand streelde hij over mijn rug op en neer.

'Sst, engel,' mompelde hij, steeds weer. 'Het is oké. Je bent veilig.'

Toen mijn maag leeg was, spoelde ik de wc door en liet mijn gezicht, dat drijfnat was van het zweet, op mijn arm rusten. Ik probeerde me te richten op alles behalve wat er nog van mijn droom was blijven hangen.

'Meissie toch.'

Ik draaide mijn hoofd om en zag Cary op de drempel van mijn badkamer staan. Zijn knappe gezicht werd ontsierd door een frons. Hij was volledig gekleed in een wijde spijkerbroek en een *henley*-shirt, waardoor het tot me doordrong dat ook Gideon volledig gekleed was. Hij had zijn pak al eerder uitgedaan toen we terug waren gekomen in mijn appartement, maar hij had nu niet de gemakkelijke kleren aan die hij toen aan had gedaan. In plaats daarvan had hij een spijkerbroek en een zwart T-shirt aan.

Gedesoriënteerd door hoe ze eruitzagen, keek ik op mijn horloge en zag dat het net na middernacht was. 'Wat zijn jullie aan het doen?'

'Ik kwam net aan,' zei Cary. 'En toen kwam ik Cross tegen op weg naar boven.'

Ik keek naar Gideon, die al net zo bezorgd keek als mijn huisgenoot. 'Was je dan weggegaan?'

Gideon hielp me omhoog. 'Ik zei toch dat ik nog wat dingen moest regelen.'

Tot middernacht? 'Wat voor dingen?'

'Niks belangrijks.'

Ik schudde me los uit zijn greep en liep naar de wastafel om mijn tanden te poetsen. Weer een geheim. Hoeveel had hij er eigenlijk?

Cary verscheen bij mijn elleboog. Zijn blik ontmoette die van mij in de kaptafelspiegel. 'Je hebt al een hele tijd geen nachtmerrie meer gehad.'

Ik keek in zijn bezorgde groene ogen en liet hem zien hoe afgepeigerd ik was.

Hij kneep bemoedigend in mijn schouder. 'We doen gewoon rustig aan dit weekend. Even opnieuw opladen. Kunnen we allebei wel gebruiken. Red jij het wel vannacht?'

'Ik ben bij haar.' Gideon kwam overeind van waar hij zat op de rand van mijn badkuip, waar hij zijn laarzen had uitgetrokken.

'Dat betekent niet dat ik er niet ben.' Cary drukte snel een kus op mijn slaap. 'Geef maar een gil als je me nodig hebt.'

De blik die hij me gaf voor hij de badkamer uit liep, sprak boekdelen. Hij was er niet gerust op dat Gideon bleef slapen. Om eerlijk te zijn had ik zelf ook zo mijn bedenkingen. Ik had het idee dat de angst die in mijn achterhoofd speelde vanwege Gideons slaapstoornis een belangrijke oorzaak was van de onstuimige emotionele staat waarin ik verkeerde. Zoals Cary pas nog had gezegd, was de man die ik liefhad een tikkende tijdbom, en ik deelde het bed met hem.

Ik spoelde mijn mond en liet mijn tandenborstel weer in de houder zakken. 'Ik moet even douchen.'

Ik had gedoucht voordat ik ging slapen, maar nu voelde ik me opnieuw vies. Koud zweet plakte aan mijn huid en als ik mijn ogen dichtdeed, kon ik *zijn* lucht – van Nathan – op me ruiken.

Gideon deed de kraan open en begon zich toen uit te kleden,

en leidde me zodoende op een heerlijke manier af met de aanblik van zijn geweldige, strakke lijf. Zijn spieren waren hard en prominent zichtbaar, hij was slank, en toch krachtig en elegant gebouwd.

Ik liet mijn kleren op de grond vallen en liet ze daar liggen, en stapte met een kreun onder de stomende douche. Hij kwam achter me aan de cabine binnen, schoof mijn haar opzij en kuste me op mijn schouder. 'Hoe voel je je?'

'Beter.' *Omdat jij bij me bent.*

Hij sloeg zijn armen voorzichtig om mijn middel en liet beverig zijn adem ontsnappen. 'Ik... Jezus, Eva. Was je over Nathan aan het dromen?'

Ik haalde diep adem. 'Misschien vertellen we elkaar op een dag wel iets over onze dromen, hè?'

Hij ademde scherp in, en hij kromde zijn vingertoppen tegen mijn heup. 'Aha, gaan we zo beginnen?'

'Ja,' mompelde ik. 'Zo gaan we beginnen.'

We bleven lang zo staan, omgeven door stoom en door geheimen, fysiek dicht bij elkaar maar emotioneel ver van elkaar verwijderd. Ik haatte het. De drang om te huilen was overweldigend en ik vocht er niet tegen. Het voelde goed om het er allemaal uit te gooien. Alle spanning leek uit me te stromen terwijl ik stond te snikken.

'Engel...' Gideon duwde zich tegen mijn rug aan, zijn armen strak om mijn middel, en troostte me met het beschermende schild van zijn grote lichaam. 'Niet huilen... Mijn god. Ik kan het niet uitstaan. Zeg wat je nodig hebt, engel. Zeg me wat ik kan doen.'

'Het wegwassen,' fluisterde ik, en leunde tegen hem aan. Ik had de troost van zijn tedere bezitterigheid nodig. Ik strengelde mijn vingers door die van hem op mijn buik. 'Maak me schoon.'

'Dat ben je al.'

Ik haalde huiverend adem en schudde mijn hoofd.

'Luister naar me, Eva. Niemand kan aan je komen,' zei hij fel. 'Niemand kan bij je in de buurt komen. Nooit meer.'

Ik greep zijn vingers nog steviger vast.

'Dan moeten ze eerst langs mij, Eva. En dat zal nooit gebeuren.'

Ik kon niet spreken door de brok in mijn keel. De gedachte aan Gideon die het opnam tegen mijn nachtmerrie, dat hij de man zag die al die dingen bij me gedaan had, trok de knoop die al de hele dag in me zat nog strakker aan.

Gideon pakte mijn shampoo en ik deed mijn ogen dicht om het allemaal buiten te sluiten. Alles behalve de man die op dat moment alleen maar oog had voor mij.

Ik wachtte ademloos op zijn magische vingers. Toen ik ze voelde, strekte ik mijn armen uit naar de muur voor me om mijn evenwicht te bewaren. Met allebei mijn handen plat tegen de koele tegels genoot ik ervan hoe hij met zijn vingertoppen mijn hoofdhuid kneedde, en ik kreunde.

'Lekker?' vroeg hij met een lage, schorre stem.

'Altijd.'

Ik dreef gelukzalig weg terwijl hij mijn haar waste en er conditioner in masseerde, en huiverde lichtjes toen hij met een grof getande kam door de natte strengen ging. Ik was teleurgesteld toen hij klaar was en moet ook een treurig geluidje hebben gemaakt, want hij leunde voorover en beloofde: 'Ik ben nog lang niet klaar.'

Ik rook mijn douchegel, en toen...

'Gideon.'

Ik kromde mijn rug tegen zijn handen die glad waren van de zeep. Hij liet zijn duimen zachtjes in de knopen in mijn schouders zinken en werkte ze weg door precies de juiste hoeveelheid druk uit te oefenen. Toen werkte hij zich verder naar beneden langs mijn ruggengraat... mijn billen... mijn benen...

'Ik ga vallen,' brabbelde ik, dronken van genot.

'Ik vang je wel op, engel. Ik zal je altijd opvangen.'

De pijn en de vernedering van mijn herinneringen spoelden weg in de onbaatzuchtige verering waarmee Gideon zo geduldig voor me zorgde. Het was vooral zijn aanraking, veel meer dan de zeep en het water, waarmee hij me van de nachtmerrie bevrijdde. Ik draaide me op zijn aandringen om en keek naar hem zoals hij voor me op zijn hurken zat, met zijn handen op mijn kuiten. Zijn lichaam was een fantastisch plaatje van strak aangespannen spieren. Ik nam zijn kin in mijn hand en tilde zijn hoofd omhoog.

'Jij kunt zo goed voor me zijn, Gideon,' zei ik zacht. 'Ik snap niet hoe ik dat ooit heb kunnen vergeten. Al was het maar een minuut.'

Zijn borst zette zich uit door zijn snelle, diepe ademhaling. Hij kwam overeind, waarbij zijn handen over mijn dijen gleden, totdat hij weer boven me uittorende. Zijn lippen raakten die van mij, zachtjes. Licht. 'Ik weet dat het vandaag allemaal klote was. Shit... de hele week al. Voor mij is het ook moeilijk geweest.'

'Dat weet ik.' Ik omhelsde hem en drukte mijn wang tegen zijn hart. Hij was zo stevig en sterk. Ik vond het heerlijk om zo in zijn armen te zijn.

Zijn pik was al dik en hard tussen ons in, maar werd nog dikker en harder toen ik me tegen hem aan vlijde. 'Eva...' Hij schraapte zijn keel. 'Laat me het afmaken, engel.'

Ik knabbelde met mijn tanden aan zijn kaak en greep omlaag om zijn perfect gevormde billen te pakken, en trok hem dichter tegen me aan. 'Zou je niet juist maar eens beginnen?'

'Dat was niet de bedoeling van waar ik mee bezig was.'

Alsof het ooit ergens anders op uit zou kunnen lopen als we allebei naakt waren en met onze handen over elkaars lichamen gingen. Gideon kon zijn hand op mijn onderrug leggen terwijl we ergens liepen, en dan werd ik al net zo geil als wanneer hij zijn hand tussen mijn benen had gestoken. 'Tja... dan zul je een nieuwe strategie moeten bedenken, kanjer.'

Gideon liet zijn handen naar boven glijden en pakte me aan weerskanten van mijn hals vast, met zijn duimen onder mijn kin om hem omhoog te duwen. Zijn frons verraadde hem, en voor hij kon zeggen waarom het geen goed idee was om nu de liefde te bedrijven, had ik zijn pik al in mijn handen.

Hij gromde en zijn heupen schokten. 'Eva.'

'Het zou zonde zijn om hier geen gebruik van te maken.'

'Ik wil dit niet verkloten.' Zijn ogen waren zo donker als saffieren. 'Als je ooit in paniek zou raken wanneer ik je aanraakte, zou ik gek worden.'

'Gideon, alsjeblieft...'

'Ik bepaal wanneer.' De bevelende toon was onmiskenbaar.

Ik liet automatisch los.

Hij deed een stap achteruit, ging met zijn hand omlaag en greep zijn pik vast.

Ik bewoog me rusteloos heen en weer, mijn aandacht gefixeerd op die vaardige hand en de lange, elegante vingers. Naarmate de afstand tussen ons groter werd, begon mijn lichaam pijn te doen, het reageerde op het verlies van dat van hem. De hitsige loomheid die hij met zijn aanraking had opgewekt, veranderde in een langzaam smeulen, alsof hij een vuur had afgedekt dat plotseling opgestookt was.

'Zie je iets van je gading?' vroeg hij poeslief terwijl hij zichzelf bevredigde.

Verbijsterd dat hij me zo kwelde nadat hij me had afgewezen keek ik omhoog... en mijn adem stokte.

Gideon smeulde ook. Ik kon geen ander woord vinden om hem te beschrijven. Hij stond me te bekijken met zwaar geloken ogen alsof hij me levend wilde verslinden. Zijn tong gleed langzaam over de rand van zijn lippen, alsof hij me had geproefd. Toen hij zijn tanden in zijn gezwollen onderlip zette, had ik kunnen zweren dat ik het tussen mijn benen voelde. Ik kende die blik zo goed... wist heel goed wat erna kwam... wist hoe woest hij kon worden wanneer hij me zo graag wilde.

Het was een blik die SEKS schreeuwde. Harde, diepe, eindeloze, extatische seks. Hij stond aan de andere kant van mijn douche, zijn voeten wijd uit elkaar, zijn gewelfde lichaam ritmisch samentrekkend terwijl hij zijn prachtige pik liefkoosde met lange, langzame halen.

Ik had nog nooit iets gezien wat zo schaamteloos seksueel of zo brutaal mannelijk was.

'O mijn god,' hijgde ik, helemaal in beslag genomen. 'Je bent zo ongelooflijk geil.'

De glinstering in zijn ogen verraadde dat hij wist wat hij bij me teweegbracht. Zijn vrije hand ging langzaam omhoog over zijn harde buik en kneep in zijn borstspier, om me jaloers te maken. 'Zou je klaar kunnen komen door naar me te kijken?'

Plotseling drong het tot me door. Hij was bang om me zo snel na mijn nachtmerrie seksueel te benaderen, bang voor wat het bij ons teweeg zou brengen als hij me zou triggeren. Maar hij was bereid om een show voor me op te voeren – me te *inspireren* – zodat ik mezelf kon betasten. De golf van emotie die ik op dat moment voelde, was verwoestend. Dankbaarheid en genegenheid, verlangen en tederheid.

'Ik hou van je, Gideon.'

Hij kneep zijn ogen dicht, alsof die woorden te veel voor hem waren. Toen hij ze weer opende, stuurde hij puur met zijn wilskracht een huivering van verlangen door me heen. 'Laat maar zien.'

Hij omvatte zijn brede eikel met zijn handpalm. Hij kneep erin, wat een blos op zijn gezicht bracht waar ik mijn dijen van tegen elkaar drukte. Met zijn duim wreef hij over de platte schijf van zijn tepel. Eén keer. Twee keer. Hij kreunde met een ruw, genotzuchtig geluid waar ik van begon te kwijlen.

Het water dat tegen mijn rug spatte en de stoom die tussen ons opsteeg, maakte de aanblik die hij bood nog opwindender. Zijn hand ging sneller en bewoog ritmisch op en neer. Hij was zo lang en dik. Zo onmiskenbaar potent.

Ik kon het pijnlijke verlangen in mijn strakke tepels niet meer aan, en legde mijn handen om mijn borsten en kneep erin.

'Goed zo, engel. Laat zien wat ik met je doe.'

Er was een moment dat ik me afvroeg of ik dat wel kon. Het was nog niet eens zo lang geleden dat ik me opgelaten voelde als ik het met Gideon over mijn vibrator had.

'Kijk naar me, Eva.' Hij nam zijn ballen in de ene en zijn pik in de andere hand. Schaamteloos, en dat maakte het extra opwindend. 'Ik wil niet klaarkomen zonder jou. Jij moet bij me zijn.'

Ik wilde net zo verleidelijk zijn voor hem. Ik wilde dat hij net zo smachtte en net zo geil was als ik. Ik wilde dat mijn lichaam – mijn *verlangen* – in zijn brein werd gebrand zoals de aanblik van hem in dat van mij werd gebrand.

Met mijn ogen vastgeklonken aan die van hem begon ik mijn

handen over mijn lichaam te laten glijden. Ik keek naar zijn bewegingen, luisterde of ik zijn adem hoorde stokken en gebruikte die aanwijzingen om erachter te komen waar hij wild van werd.

In zekere zin was het net zo intiem als wanneer hij in me was en misschien nog wel meer, omdat we ons helemaal blootgaven. We lieten alles zien. Ons genot werd in elkaar weerspiegeld.

Hij begon te vertellen wat hij wilde in die schorre, goddelijke seksstem: 'Trek aan je tepels, engel... Betast jezelf – ben je nat? Duw je vingers naar binnen... Voel je hoe nauw je bent? Een hete, strakke, zachte hemel voor mijn pik... Je bent zo ongelooflijk mooi... Zo sexy. Hij is zo verdomd stijf dat het pijn doet... Zie je wat je met me doet? Ik ga zo hard voor je klaarkomen...'

'Gideon.' Ik snakte naar adem, mijn vingertoppen masseerden mijn klitje in snelle cirkels en ik duwde met mijn heupen tegen mijn handen.

'Ik ben er ook bijna,' zei hij schor, terwijl zijn hand met woeste snelheid en geweld aan zijn pik trok in zijn race naar het orgasme.

Bij de eerste schokkende samentrekking van mijn binnenste schreeuwde ik het uit. Mijn benen beefden. Mijn hand sloeg tegen de glazen wand voor houvast omdat de climax alle kracht uit mijn spieren wegtrok. Gideon was meteen bij me en pakte mijn heup hebberig vast, met rusteloos graaiende vingers.

'Eva!' gromde hij toen hij de eerste dikke, hete lading sperma tegen mijn buik spoot. 'Fuck.'

Hij stond over me heen gebogen en zijn tanden zonken in het zachte plekje tussen mijn schouder en mijn nek, een pijnloze beet waarmee hij de rauwheid van zijn genot tot uiting bracht. Zijn gekreun trilde door me heen en hij kwam woest klaar, met dikke stralen tegen mijn buik.

Het was iets na zes uur 's ochtends toen ik mijn slaapkamer uitglipte. Ik was al een tijdje wakker en had naar Gideon liggen kijken die lag te slapen. Dat was een zeldzaam genot, want het lukte me maar zelden om eerder wakker te worden dan hij. Zo kon ik naar hem kijken zonder bang te hoeven zijn dat hij het raar zou vinden.

Ik liep door de gang tot waar die uitkwam in de grote open ruimte van het woongedeelte. Het was belachelijk dat Cary en ik in een appartement in de Upper West Side woonden dat groot genoeg was voor een heel gezin, maar ik had lang geleden al geleerd om niet de strijd aan te gaan met mijn moeder en mijn stiefvader wanneer het over mijn veiligheid ging. Ik wist zeker dat ze geen concessies zouden doen wat betreft de locatie of veiligheidsvoorzieningen zoals een portier en een receptie, maar omdat ik hierin zo meegaand was, kon ik ze ertoe bewegen op andere gebieden wat flexibeler te zijn.

Ik stond in de keuken te wachten tot de koffie klaar was toen Cary er ook aankwam. Hij zag er weer flitsend uit in een joggingbroek van de San Diego State University, met zijn chocoladebruine haar nog in de war van de slaap en een stoppelbaard van een dag op zijn hoekige kaken.

'Morgen, meissie,' mompelde hij en drukte een kus op mijn slaap toen hij langs me liep.

'Jij bent vroeg op.'

'Moet je horen wie het zegt.' Hij pakte twee mokken uit het kastje, en toen de koffieroom uit de koelkast. Hij nam ze mee naar waar ik stond en keek me onderzoekend aan. 'Hoe gaat het?'

'Best. Echt,' verzekerde ik hem toen hij me een sceptische blik gaf. 'Gideon heeft voor me gezorgd.'

'Ja oké, maar is dat zo geweldig als je je bedenkt dat hij er juist de oorzaak van was dat je zo gestrest was dat je een nachtmerrie kreeg?'

Ik schonk de mokken voor ons allebei vol en deed suiker in die van mij en koffieroom in die van ons allebei. Ondertussen vertelde ik hem over Corinne en het diner in het Waldorf, en toen over de ruzie die ik met Gideon had gehad omdat ze bij het Crossfire was opgedoken.

Cary leunde met zijn heup tegen de bar, met zijn voeten over elkaar en een arm om zijn borst. Hij nam een slok van zijn koffie. 'Geen verklaring dus?'

Ik schudde mijn hoofd, en voelde hoe Gideons zwijgen op me drukte. 'En jij? Hoe gaat het met jou?'

'Verander je nou gewoon van onderwerp?'

'Wat valt er nog meer te zeggen? Het is een eenzijdig verhaal.'

'Komt het weleens in je op dat hij altijd geheimen zal hebben?'

Fronsend liet ik mijn mok zakken. 'Wat bedoel je?'

'Ik bedoel dat hij de 28 jaar oude zoon van een suïcidale mega-oplichter is, en toevallig ook nog een groot deel van Manhattan bezit.' Hij trok uitdagend een wenkbrauw op. 'Denk nou eens na. Zou het ene nou echt niets met het andere te maken hebben?'

Ik richtte mijn blik omlaag naar mijn mok en nam een slok. Ik vertelde niet dat ik daar af en toe zelf ook aan had gedacht. 'Ik kan me niet voorstellen dat Gideon een oplichter is, niet als het een grotere uitdaging vormt om op legale wijze te bereiken wat hij heeft.'

'Kun je, met alle geheimen die hij heeft, er echt zo zeker van zijn dat je hem goed genoeg kent om daarover te oordelen?'

Ik dacht aan de man waar ik de nacht mee had doorgebracht en voelde opluchting over hoe zeker ik was over het antwoord, op dat moment tenminste. 'Ja.'

'Goed dan.' Cary haalde zijn schouders op. 'Ik heb gisteren met Dr. Travis gepraat.'

Mijn gedachten vlogen meteen een andere richting uit bij het horen van de naam van onze therapeut in San Diego. 'Echt waar?'

'Ja. Ik heb er echt een zootje van gemaakt laatst.'

Aan de geërgerde manier waarop hij zijn lange lokken uit zijn gezicht veegde, zag ik dat hij doelde op de orgie waar ik getuige van was geweest.

'Cross heeft Ians neus gebroken en zijn lip gescheurd,' zei hij, om me eraan te herinneren hoe gewelddadig Gideon had gereageerd op het voorstel van Cary's... *vriend* dat ik met hen mee zou doen. 'Ik zag Ian gisteren, en hij ziet eruit alsof iemand hem met een baksteen in zijn gezicht heeft geslagen. Hij vroeg me wie hem die dreun had verkocht, zodat hij een klacht kon indienen.'

'O.' Mijn adem bleef een paar tellen in mijn longen hangen. 'O, shit.'

'Precies. Miljardair plus rechtszaak betekent *mucho money.* Waar ben ik toch godverdomme mee bezig geweest?' Cary deed zijn ogen dicht en wreef erin. 'Ik zei dat ik niet wist wie je vriendje was, dat het een of andere gozer was die je had opgepikt en mee naar huis had genomen. Cross had hem van de zijkant geraakt, dus Ian heeft geen moer gezien.'

'Die twee meiden die bij je waren, hebben Gideon anders heel goed bekeken,' zei ik grimmig.

'Die zijn door die deur vertrokken...' – Cary wees door de woonkamer alsof onze deur nog stond na te trillen van de dreun – '... alsof de duivel ze op de hielen zat. Ze zijn niet met ons meegegaan naar de Eerste Hulp, en we weten geen van beiden hoe ze heten. Zolang Ian ze niet tegen het lijf loopt, is er niks aan de hand.'

Ik wreef over mijn buik om de huivering te onderdrukken. Ik voelde me alweer niet zo lekker.

'Ik zal een oogje in het zeil houden,' verzekerde hij. 'Die hele nacht heeft me flink wakker geschud, en door erover te praten in therapie ben ik het ook in perspectief gaan zien. Naderhand heb ik Trey opgezocht. Om me te verontschuldigen.'

Het horen van Treys naam maakte me droevig. Ik had gehoopt dat de ontluikende relatie tussen Cary en de student diergeneeskunde wat zou worden, maar Cary had het kapotgemaakt. Zoals gewoonlijk. 'Hoe ging dat?'

Hij haalde opnieuw zijn schouders op, maar nu zag het er ongemakkelijk uit. 'Ik heb hem die nacht pijn gedaan doordat ik een eikel was. En nu heb ik hem gisteren pijn gedaan doordat ik probeerde de eer aan mezelf te houden.'

'Heb je het uitgemaakt?' Ik stak mijn hand naar hem uit en kneep in die van hem toen hij hem in die van mij legde.

'Het is behoorlijk bekoeld. Zeg maar gerust bevroren. Hij wil dat ik homo ben, maar dat ben ik niet.'

Het was pijnlijk om te horen dat iemand wilde dat Cary iemand anders was dan hij was, want zo was het nou altijd gegaan bij hem. Ik begreep niet waarom. Voor mij was hij geweldig zoals hij was. 'Ik vind het zo jammer voor je, Cary.'

'Ik ook, want het is een geweldige gozer. Ik ben gewoon nog niet klaar voor de stress en de verantwoordelijkheden van een ingewikkelde relatie op dit moment. Ik werk heel veel. Ik ben nog niet zo stabiel dat ik het aankan als ik gefrustreerd raak.' Hij tuitte zijn lippen. 'Misschien moet jij daar ook eens over nadenken. We zijn hier net naartoe verhuisd. We moeten nog helemaal wennen.'

Ik knikte, omdat ik wist waar hij op doelde en ik was het niet met hem oneens, maar ik hield vast aan mijn besluit om mijn relatie met Gideon door te zetten. 'Heb je ook met Tatiana gepraat?'

'Niet nodig.' Hij wreef met zijn duim over mijn knokkels voor hij me losliet. 'Zij neemt het niet zo nauw.'

Ik snoof en nam een slok koffie.

'En niet alleen op *die* manier, hoor,' berispte hij me met een ondeugende grijns. 'Ik bedoel dat ze geen verwachtingen heeft of eisen stelt. Zolang ik een condoom gebruik en ze minstens zo vaak een orgasme heeft als ik, vindt zij het best. Het is eigenlijk wel oké met haar, en niet alleen omdat ze kan zuigen als een bloedzuiger. Het is gewoon wel relaxed om met iemand te zijn die gewoon lol wil hebben en geen stress veroorzaakt.'

'Gideon kent me. Hij begrijpt mijn problemen en probeert er iets mee te doen. Hij werkt er ook hard aan, Cary. Voor hem is het ook niet makkelijk.'

'Denk je dat Cross tijdens de lunch een vluggertje heeft gehad met zijn ex?' vroeg hij recht voor zijn raap.

'Nee.'

'Weet je het zeker?'

Ik haalde diep adem, nam een verkwikkende slok en bekende: 'Bijna. Ik denk dat hij op dit moment op mij geilt. Het is behoorlijk heftig tussen ons, als je begrijpt wat ik bedoel. Maar zijn ex heeft op een of andere manier nog macht over hem. Hij zegt dat het schuldgevoel is, maar dat verklaart zijn fascinatie voor brunettes niet.'

'Het verklaart waarom jij je liet gaan en hem hebt geslagen. Dat zij in de buurt is, zit je dwars, maar hij vertelt nog steeds niet wat er aan de hand is. Vind jij dat gezond klinken?'

Dat deed het niet, en dat wist ik. En ik haatte het. 'We zijn naar Dr. Petersen geweest.'

Zijn wenkbrauwen gingen omhoog. 'Hoe was dat?'

'Hij heeft niet gezegd dat we zo snel mogelijk zo ver mogelijk bij elkaar vandaan moesten gaan.'

'En als hij dat wel zou zeggen? Zou je dan naar hem luisteren?'

'Ik knijp er deze keer niet tussenuit als het moeilijk wordt. Even serieus, Cary...' – ik hield zijn blik vast – '... ik dacht dat ik inmiddels wel zo ver opgeschoten zou zijn dat ik bij een beetje golfslag niet meteen kopje-onder ga.'

'Meissie, Cross is een tsunami.'

'Ha!' Ik glimlachte. Ik kon er niets aan doen. Cary kon me door mijn tranen heen nog laten glimlachen. 'Als het niet lukt met Gideon, betwijfel ik eerlijk gezegd of het ooit wel met iemand kan lukken.'

'Dat komt door je gebrek aan zelfvertrouwen.'

'Hij weet wat ik met me meedraag.'

'Goed dan.'

Mijn wenkbrauwen schoten omhoog. 'Goed dan?' *Dat was te makkelijk.*

'Ik ben niet overtuigd. Maar ik doe het ermee.' Hij greep mijn hand. 'Kom op, laten we je haar gaan doen.'

Ik glimlachte dankbaar. 'Je bent geweldig.'

Hij stootte met zijn heup tegen die van mij. 'Als je dat maar niet vergeet.'

5

'Dit mag dan misschien mijn dood worden, maar dan wel een heel chique dood,' zei Cary.

Ik schudde mijn hoofd terwijl ik hem voorging naar de hoofdcabine van Gideons privévliegtuig. 'Je gaat heus niet dood, hoor. Vliegen is veiliger dan autorijden.'

'En jij denkt dat de luchtvaartindustrie niet betaald heeft om die statistische gegevens samen te stellen?'

Ik bleef even staan om hem lachend een dreun op zijn schouder te geven. Ik keek naar het verbazingwekkend luxe interieur en was zwaar onder de indruk. Ik had in de loop der jaren weleens vaker een privévliegtuig vanbinnen gezien, maar zoals altijd ging Gideon verder dan anderen zich konden veroorloven.

De cabine was ruim, met een breed gangpad in het midden. De kleurstelling was neutraal, met accenten van chocoladebruin en ijsblauw. Diepe, draaibare kuipstoelen met tafeltjes waren aan de linkerkant geplaatst, en rechts stond een ingebouwde bank. Elke stoel had zijn eigen entertainmentconsole ernaast. Ik wist dat er achter in dit soort vliegtuigen een slaapkamer en een of twee luxe badkamers waren.

Een steward nam de weekendtassen van Cary en mij aan en gebaarde vervolgens dat we bij een groepje stoelen met een tafel moesten gaan zitten. 'Mr. Cross zal binnen tien minuten hier zijn,' zei hij. 'Kan ik jullie ondertussen een drankje inschenken?'

'Water, alsjeblieft.' Ik keek op mijn horloge. Het was even over halfacht.

'Een bloody mary,' zei Cary, 'als je die hebt.'

De steward glimlachte. 'We hebben hier alles.'

Cary reageerde op mijn blik. 'Wat nou? Ik heb nog niet gegeten, hoor. Het tomatensap houdt me op de been tot we gaan eten en de alcohol zal mijn reisziektepilletje sneller doen werken.'

'Ik heb niks gezegd,' protesteerde ik.

Ik draaide me om om uit het raampje naar de avondlucht te kijken, en mijn gedachten waren bij Gideon, zoals gebruikelijk. Hij was al de hele dag stil geweest, vanaf het moment dat hij wakker was geworden. Het ritje naar ons werk verliep in stilte en toen ik om vijf uur klaar was met werken, belde hij net lang genoeg om te zeggen dat Angus me in mijn eentje naar huis zou brengen, en Cary en mij vervolgens naar het vliegveld zou brengen, waar we elkaar weer zouden zien.

Ik koos er echter voor om naar huis te lopen, omdat ik de avond ervoor niet naar de sportschool was geweest en geen tijd had voor een work-out voordat we gingen vliegen. Angus had me gewaarschuwd dat Gideon het niet prettig zou vinden als ik de lift weigerde, ook al deed ik dat heel beleefd en met een goede reden. Ik denk dat Angus dacht dat ik nog steeds boos op hem was omdat hij Corinne een lift had gegeven, wat ook wel een beetje zo was. Ik moest helaas toegeven dat ik stiekem hoopte dat hij zich er rot over zou voelen. Maar eigenlijk vond ik het vervelend dat ik zo kleingeestig kon zijn.

Toen ik door Central Park liep, waar ik een kronkelpaadje tussen hoge bomen had genomen, had ik me voorgenomen dat ik niet kleingeestig zou doen over een man. Zelfs niet over Gideon. Ik wilde een leuk weekend in Vegas met mijn beste vriend niet door mijn frustratie over hem laten verpesten.

Halverwege was ik blijven staan, draaide ik me om en keek naar Gideons penthouse, hoog boven 5th Avenue. Ik vroeg me af of hij er nu was, bezig met pakken en organiseren voor een weekend zonder mij. Of misschien was hij nog op zijn werk, de belangrijkste zaken van die week aan het afronden.

'Uh-oh,' zei Cary zangerig, terwijl de steward terugkwam met een dienblad met onze drankjes. 'Je hebt die blik weer.'

'Wat voor blik?'

'Die duivelse blik.' Hij stootte zijn hoge, slanke glas tegen de zijkant van mijn korte tumbler. 'Wil je erover praten?'

Ik stond op het punt hem te antwoorden toen Gideon het vliegtuig binnenstapte. Hij zag er nors uit en droeg een aktetas in zijn ene en een weekendtas in de andere hand. Nadat hij zijn tas aan de steward had gegeven, kwam hij bij Cary en mij staan. Hij gaf mijn huisgenoot een kort knikje voordat hij met de bovenkant van zijn vingers over mijn wang streek. Het eenvoudige gebaar schoot door me heen als een elektrische stroomstoot. En daarna was hij weg, naar een cabine achter in het vliegtuig. De deur had hij achter zich gesloten.

Ik fronste. 'Hij is zo verdomd chagrijnig.'

'En supersexy. Hoe hij dat pak draagt...'

Meestal maken kleren de man. Maar wat Gideon van een driedelig pak maakte, zou verboden moeten worden.

'Zit me niet af te leiden met z'n uiterlijk,' mopperde ik.

'Pijp hem dan. Daar wordt hij wel vrolijk van.'

'Typisch weer zo'n mannenopmerking.'

'Wat dacht je dan?' Cary pakte de beslagen, glazen fles water die naast mijn kristallen tumbler stond. 'Kijk nou eens.'

Hij liet me het etiket zien, waarop het merk *Cross Towers and Casino* stond. 'Dat noem ik nou nog eens chic.'

Ik vertrok mijn mond een beetje spottend. 'Voor de vips.'

'Wat?'

'Die patsers in de casino's. Gokkers die zonder blikken of blozen 100.000 dollar of meer neerkwakken bij elke kaart die wordt omgedraaid. Ze worden gelokt met heel veel extraatjes: maaltijden, hotelkamers en reiskostenvergoeding. Mijn moeders tweede echtgenoot was zo'n vip. Een van de redenen waarom ze hem heeft verlaten.'

Hij schudde zijn hoofd. 'Wat jij al niet weet. Dus dit is een bedrijfsvliegtuig?'

'Een van de vijf,' zei de steward, die terugkwam met een dienblad vol fruit en kaas.

'Jezus,' mompelde Cary. 'Dat is me nogal een vloot.'

Ik zag hoe hij zijn pillendoosje met reisziektepillen uit zijn zak haalde en de pillen met zijn bloody mary innam.

'Wil jij ook wat?' vroeg hij, en tikte met het doosje op tafel.

'Nee, dank je.'

'Ga je nog iets doen aan die sexy, maar o zo chagrijnige man?'
'Weet ik nog niet. Misschien pak ik mijn e-reader wel.'
Hij knikte. 'Dat is vast beter voor je geestelijke gezondheid.'
Een halfuur later lag Cary zachtjes te snurken in zijn slaapstoel, met een geluiddempende koptelefoon op zijn hoofd. Ik keek een tijdje naar hem. Ik vond het fijn dat hij er ontspannen en rustig uitzag, de lichte groeven rond zijn mond zacht geworden in zijn slaap.
Toen ging ik naar de cabine waar ik Gideon eerder in had zien verdwijnen. Ik overwoog om te kloppen en besloot toen dat niet te doen. Op een ander gebied sloot hij me al buiten: ik zou hem niet de gelegenheid geven om dat nu ook te doen.
Hij keek op toen ik naar binnen liep en op zijn gezicht zag ik geen verbazing dat ik zo plotseling verscheen. Hij zat aan een bureau en luisterde naar een vrouw die via een satelliettelefoon met hem sprak. Zijn jasje hing over zijn stoelleuning en hij had zijn das een beetje losgemaakt. Na die ene korte blik op mij hervatte hij zijn gesprek.
Ik begon me uit te kleden.
Eerst deed ik mijn topje uit, en daarna mijn sandalen en spijkerbroek. De vrouw ging door met praten. Ze had het over 'aandachtspunten' en 'discrepanties', maar Gideons ogen waren op mij gericht: heet en begerig.
'Laten we hier morgenochtend maar mee verdergaan, Allison,' onderbrak hij haar. Hij drukte op een knop op het toetsenbord waardoor het scherm donker werd, net voordat mijn beha op zijn hoofd landde.
'Ik ben hier degene met PMS,' zei ik, 'maar jij bent degene die last heeft van stemmingswisselingen.'
Hij trok mijn beha op zijn schoot en leunde achterover in zijn stoel, terwijl hij zijn ellebogen op de armleuningen legde en zijn vingers in een driehoek tegen elkaar zette. 'En nu doe je een striptease om mijn stemming te verbeteren?'
'Ha! Wat zijn mannen toch voorspelbaar. Cary stelde al voor dat ik je moest pijpen om je op te vrolijken. Nee... word nou niet enthousiast. Dat gaat niet gebeuren.' Ik stak mijn duimen achter het elastiek van mijn slipje en wiegde op mijn hielen heen en

weer. Ik vond het knap dat hij zijn ogen op die van mij bleef richten en niet naar mijn borsten keek. 'Volgens mij sta je bij mij in het krijt, kanjer. En flink ook. Naar omstandigheden ben ik toch een uitzonderlijk begripvol vriendinnetje geweest, vind je niet?'

Hij trok zijn wenkbrauwen op. 'Ik bedoel: ik zou wel willen zien wat jij zou doen,' vervolgde ik, 'als jij bij mij thuis zou komen en een ex-vriend naar buiten zou zien stappen met zijn overhemd uit zijn broek. En als je dan boven een zootje aantreft op mijn bank en ik net onder de douche vandaan kom.'

Gideons kaak werd strak. 'Wat ik dan zou doen willen we allebei niet meemaken.'

'Zijn we het er dus over eens dat ik me toch wel erg goed heb gehouden onder deze uitzonderlijke omstandigheden?' Ik legde mijn armen over elkaar omdat ik wist dat daardoor mijn eigenschappen waar hij zo dol op was, goed uitkwamen. 'Je hebt me al duidelijk gemaakt hoe je me zou straffen. Hoe zou je me belonen?'

'Heb ik daar dan een keuze in?' zei hij lijzig, met zware oogleden.

Ik glimlachte. 'Nee.'

Hij legde mijn beha op het toetsenbord en kwam nonchalant en gracieus omhoog uit zijn stoel. 'Dan is dat je beloning, engel. Wat wil je?'

'Ik wil dat je ophoudt met mopperen, om te beginnen.'

'Mopper ik?' Zijn lippen vertrokken door een onderdrukte glimlach. 'Tja, ik werd zonder jou wakker en nu moet ik nog twee van die ochtenden zien te doorstaan.'

Ik liet mijn armen langs mijn lichaam vallen en ging naar hem toe. Ik legde mijn handpalmen plat op zijn brede borst. 'Is dat het enige wat je dwarszit?'

'Eva.' Hij was zo'n sterke, lichamelijk machtige man, maar toch kon hij me met zoveel eerbied raken.

Ik boog mijn hoofd, want ik wist dat iets in mijn stem me had verraden. Hij was zo opmerkzaam.

Hij legde zijn handen om mijn kaken en kantelde mijn hoofd achterover om me aan te kunnen kijken. 'Zeg eens wat je op je hart hebt.'

'Ik heb het gevoel dat je je terugtrekt.'

Een lage grom rommelde door de lucht tussen ons in. 'Ik heb nogal veel aan mijn hoofd. Maar dat betekent niet dat ik niet aan je denk.'

'Ik *voel* het gewoon, Gideon. Er is een afstand tussen ons die er eerder niet was.'

Hij liet zijn handen langs mijn hals glijden en omvatte hem. 'Er is helemaal geen afstand. Je grijpt me bij de keel, Eva.' Hij greep me heel even steviger vast. 'Voel je *dat* dan niet?'

Ik haalde snel en gespannen adem. Ik werd zo onrustig dat mijn hart sneller ging kloppen, een lichamelijke reactie op een angst die geheel van mij uit en niet door Gideon kwam, want ik wist dat hij me absoluut nooit lichamelijk pijn zou doen of me in gevaar zou brengen.

'Soms,' zei hij schor, terwijl hij me met een verzengende intensiteit aankeek, 'kan ik nauwelijks ademhalen.'

Ik had me los kunnen rukken, maar daarvoor lag er te veel verlangen en verwarring in zijn ogen. Hij liet me dezelfde machteloosheid voelen als hij voelde, hetzelfde gevoel dat je van iemand anders afhankelijk bent voor elke ademhaling.

En daarom rende ik juist niet weg. Ik liet mijn hoofd achterover zakken en gaf me aan hem over, en de tintelende angst was ineens verdwenen. Ik begon erachter te komen dat Gideon gelijk had, dat ik ernaar verlangde om de controle aan hem over te dragen. Als ik dat deed, werd er iets in mij tot rust gebracht. Het was een behoefte waarvan ik niet wist dat ik die had.

Er volgde een lange pauze en het enige wat ik hoorde, was zijn ademhaling. Ik voelde dat hij tegen zijn emoties vocht en ik vroeg me af wat voor emoties dat waren, en waardoor hij toch zo verscheurd werd.

Hij liet de spanning los met een diepe uitademing. 'Waar heb je behoefte aan, Eva?'

'Aan jou, een *mile high*.'

Hij liet zijn handen over mijn schouders glijden en kneep erin, en streelde toen mijn armen van boven naar beneden. Hij strengelde zijn vingers in die van mij en hij streek met zijn slapen tegen die van mij. 'Wat is dat toch met jou, seks en vervoermiddelen?'

'Ik wil je gewoon op allerlei manieren hebben,' zei ik tegen hem, en herhaalde daarmee wat hij ooit tegen mij had gezegd. 'Het zal waarschijnlijk pas weer volgend weekend zijn voordat ik er weer klaar voor ben, dankzij mijn ongesteldheid.'

'Kut.'

'Dat bedoel ik, ja.'

Hij pakte zijn jasje, sloeg het om me heen en begeleidde me de cabine uit.

'*O god.*' Met mijn vuisten stompte ik in de lakens onder me en kromde mijn rug terwijl Gideon mijn heupen op het bed drukte en zijn tong over mijn klitje liet fladderen. Op mijn huid lag een dun laagje zweet. Alles werd wazig terwijl ik vanbinnen verkrampte in afwachting van een orgasme. Mijn hartslag klopte mee met het regelmatige gezoem van de vliegtuigmotoren.

Ik was al twee keer klaargekomen, en dat kwam niet alleen door zijn abnormaal bedreven mond, maar net zozeer door de aanblik van zijn donkere hoofd tussen mijn benen. Mijn slipje had hij kapotgescheurd, terwijl hij zelf nog steeds geheel gekleed was.

'Ik ben er klaar voor.' Ik duwde mijn vingers in zijn haar en voelde dat het vochtig was. Hij moest zich dan ook vreselijk inhouden. Hij sprong altijd zo zorgvuldig met me om. Hij nam de tijd om ervoor te zorgen dat ik zacht en nat was voordat hij me meer dan opvulde met zijn lange, dikke pik.

'Ik bepaal wanneer jij er klaar voor bent.'

'Ik wil je in me...' Opeens schudde het vliegtuig en viel toen omlaag, waardoor ik gewichtloos werd, behalve dan dat ik vastgezogen zat aan Gideons mond. 'Gideon!'

Ik trilde hevig van nog weer een orgasme en mijn lichaam kromde zich van het verlangen om hem in me te voelen. Door het ruisen van het bloed in mijn oren heen hoorde ik dat een stem een aankondiging deed via het omroepsysteem, maar ik kon niet horen wat er werd gezegd.

'Je bent nu zo gevoelig.' Hij tilde zijn hoofd op en likte zijn lippen. 'Jij komt echt waanzinnig klaar.'

Ik snakte naar adem. 'Ik kom nog heviger klaar als je in me bent.'

'Dat zal ik onthouden.'

'Het geeft niet als ik nu een beetje rauw word,' pleitte ik. 'Ik heb dagen de tijd om bij te komen.'

Er vonkte iets ergens heel diep in zijn blik. Hij stond op. 'Nee, Eva.'

Mijn postorgastische droomtoestand ebde weg door zijn strenge stem. Ik hees me op op mijn ellebogen en keek hoe hij zich uit begon te kleden, met snelle en spaarzame, maar sierlijke bewegingen.

'Ik mocht toch kiezen?' herinnerde ik hem.

Snel achter elkaar deed hij zijn vest uit, en zijn das en manchetknopen af. Zijn stem was veel te neutraal toen hij vroeg: 'Wil je die troef nu echt spelen, engel?'

'Als dat nodig is.'

'Er is meer voor nodig dan dat om je met opzet pijn te doen.' Zijn overhemd en pantalon trok hij iets langzamer uit. Zijn striptease was veel verleidelijker dan die van mij. 'Voor ons zijn pijn en plezier onverenigbaar.'

'Maar ik bedoelde niet...'

'Ik weet wat je bedoelde.' Hij kwam overeind toen hij zijn boxershort had uitgedaan en knielde op het voeteneind van het bed. Hij kroop naar me toe als een sluipende panter. 'Het doet pijn van verlangen zonder mijn pik in je. Je bent bereid om van alles te zeggen, zolang je me daar maar krijgt.'

'Ja.'

Hij ging over me heen hangen. Zijn haar viel in een donker gordijn om zijn gezicht. Zijn grote lichaam wierp een schaduw over mijn lichaam. Hij tilde zijn hoofd op, liet zijn mond zakken en trok zachtjes met zijn tong langs de rand van mijn lippen. 'Je hunkert ernaar. Je voelt je leeg zonder mijn pik.'

'Ja, verdomme.' Ik greep zijn slanke heupen vast en kromde me omhoog om te proberen zijn lichaam tegen dat van mij te voelen. Ik voelde me altijd het dichtst bij hem wanneer we de liefde bedreven en die nabijheid had ik nu nodig. Ik had het nodig om te voelen dat het weer oké was tussen ons, voordat we het weekend zonder elkaar zouden doorbrengen.

Hij nestelde zich tussen mijn benen en zijn erectie lag hard en heet tussen mijn schaamlippen. 'Het doet bij jou een beetje pijn als ik me helemaal naar binnen duw, en daar is niets aan te doen: je hebt een strak kutje en ik stop je helemaal vol. Soms verlies ik de controle en dan word ik ruw, en daar is ook niets aan te doen. Maar je moet me *nooit* vragen om je met opzet pijn te doen. Dat kan ik niet.'

'Ik wil jou,' zei ik hees en ik wreef mijn natte spleetje schaamteloos langs zijn hete pik.

'Nog niet.' Hij verschoof een beetje en draaide met zijn heupen om me met zijn eikel te vinden. Hij duwde zachtjes tegen me aan, duwde mijn lippen van elkaar en spreidde me open door alleen het topje van zijn pik naar binnen te laten glijden. Ik kronkelde omdat ik te nauw was en mijn lichaam weerstand bood. 'Je bent er nog niet klaar voor.'

'Neuk me. God... neuk me nou gewoon!'

Hij ging met één hand naar beneden en pakte mijn heup vast, om mijn wilde pogingen me omhoog te duwen en meer van hem in me te nemen tegen te houden. 'Wat ben je gezwollen.'

Ik vocht tegen zijn greep. Mijn nagels groeven in de strakke rondingen van zijn billen en ik trok hem tegen me aan. Het kon me niet schelen dat het misschien pijn deed. Als ik hem niet in me kon krijgen werd ik gek, dacht ik. 'Doe het nou.'

Gideon liet zijn hand door mijn haar glijden en greep het vast, zodat hij me op mijn plek kon houden. 'Kijk naar me.'

'Gideon!'

'Kijk naar me.'

Hij sprak met zoveel gezag dat ik ophield. Ik keek naar hem op en mijn frustratie smolt toen ik zag hoe zijn knappe gezicht langzamerhand veranderde.

Zijn trekken werden eerst strak, alsof hij pijn had. Een huivering zorgde ervoor dat hij fronste. Hij opende zijn mond om naar adem te snakken, zijn borstkas begon op en neer te bewegen door zijn moeizame ademhaling. Er ontstond een stuiptrekking in zijn kaak waar een spier hevig begon samen te trekken. Zijn huid werd heet en schroeide me. Maar wat me het meest biologeerde, waren zijn doordringende blauwe ogen en de onmiskenbare kwetsbaarheid die er als rook doorheen kringelde.

Als reactie op zijn verandering versnelde mijn hartslag. De matras verschoof doordat hij zijn voeten erin duwde en zijn lichaam schrap zette...

'*Eva.*' Hij schokte en kwam toen klaar. Hij spoot zijn hete sperma in me. Zijn bevredigde kreun trilde tegen me aan en zijn pik zonk door de plotselinge zaadvloed tot op de bodem in me. 'Aah... jezus.'

Al die tijd keek hij me aan en liet me zijn gezicht zien, terwijl hij zich meestal in mijn hals begroef. Ik zag wat hij wilde dat ik zag... het punt dat hij had willen maken...

Er zat niets tussen ons in.

Hij draaide met zijn heupen en wreef de rest van zijn orgasme eruit, leegde zich in mij. Hij smeerde me, zodat er geen pijn of weerstand zou zijn. Hij liet mijn heup los en liet me omhoogveren: liet me de perfecte druk op mijn klit vinden om me te laten gaan. Met zijn ogen nog steeds op die van mij gericht reikte hij achter zich om mijn polsen te pakken. Een voor een tilde hij mijn armen boven mijn hoofd en hield me in bedwang.

Ik werd op de matras vastgeklemd door zijn houdgreep, zijn gewicht en zijn niet-aflatende erectie, en ik was volledig aan hem overgeleverd. Hij begon te stoten, de trillende wanden van mijn geslachtsdeel te strelen met zijn dicht beaderde, grote, lange pik. Hij claimde me. Bezat me.

'Crossfire,' fluisterde hij, om me eraan te herinneren dat ik mijn stopwoord kon gebruiken.

Ik kreunde terwijl mijn kutje golfde door het hoogtepunt, zich samentrok, en hem kneep en gretig melkte.

'Voel je dat?' Gideon ging met zijn tong over mijn oorschelp en ik voelde hem vochtig ademen. 'Je grijpt me bij de keel en de ballen. Waar is die afstand nou, engel?'

En de drie uur daarna was die er ook niet.

De hotelmanager zwaaide de dubbele deuren naar onze suite open en Cary floot lang en laag.

'*Oh yeah!*' zei hij en trok me met een hand op mijn elleboog de kamer in. 'Moet je eens kijken hoe groot deze kamer is. Je kunt hier radslagen maken.'

Hij had gelijk, maar ik zou tot de volgende ochtend moeten wachten voor ik dat kon bewijzen. Mijn benen waren nog steeds wiebelig van mijn introductie in de Mile High Club.

Recht voor ons lag een oogverblindend uitzicht op de *Vegas Strip* bij nacht. De ramen liepen van de vloer tot het plafond en waren om een hoek gebogen waar een piano stond.

'Waarom staan er altijd piano's in die patserige suites?' vroeg Cary, terwijl hij de klep optilde en een vlot deuntje speelde.

Ik haalde mijn schouders op en keek naar de manager, maar ze was alweer vertrokken. Haar stiletto's maakten geen geluid op het dikke witte tapijt. De suite was ingericht met wat ik Hollywood-chic uit de jaren vijftig zou noemen. De dubbelzijdige haard was betegeld met een ruwe grijze steensoort en versierd met een kunstwerk dat leek op een wieldop met vreemde spaken die vanuit het middelpunt naar buiten staken. De banken waren zeegroen met houten poten die net zo slank waren als de hakken van de manager. Alles ademde een retrosfeer die tegelijkertijd betoverend en uitnodigend was.

Het was veel te overdadig. Ik had een gerieflijke kamer verwacht, maar niet de presidentssuite. Ik stond op het punt hem te weigeren toen Cary me een enorme grijns en twee opgestoken duimen gaf. Ik wilde hem niet zijn plezier misgunnen, en dus legde ik me erbij neer en hoopte ik maar dat we Gideon niet een winstgevender reservering ontnamen.

'Wil je nog steeds een cheeseburger?' vroeg ik hem, en pakte het roomservicemenu dat op de wandtafel achter de bank stond.

'Ja, en een biertje. Nee, doe maar twee.'

Cary volgde de manager naar de slaapkamer aan de linkerkant van het woonkamergedeelte, en ik pakte de ouderwetse draaischijftelefoon om onze bestelling te plaatsen.

Dertig minuten later had ik lekker gedoucht en mijn pyjama

aangetrokken, en zat ik in kleermakerszit op het vloerkleed kip Alfredo te eten. Cary was zich een weg door zijn burger aan het werken en keek me vanaf de andere kant van de koffietafel met pretoogjes aan.

'Je eet anders nooit zo'n enorme hoop koolhydraten zo laat op de avond,' merkte hij tussen de happen door op.

'Ik moet ongesteld worden.'

'Ik weet zeker dat de work-out die je onderweg hebt gedaan, ook wel heeft geholpen.'

Ik kneep mijn ogen een beetje dicht. 'Hoe kun jij dat nou weten? Jij was bewusteloos.'

'Pure deductie, meissie. Toen ik ging slapen, zag je er prikkelbaar uit. Toen ik wakker werd, zag je eruit alsof je zojuist een dikke joint had gerookt.'

'Hoe zag Gideon eruit?'

'Hij zag er hetzelfde uit: opgefokt en supersexy.'

Ik stak mijn vork in mijn noedels. 'Dat is niet eerlijk.'

'Nou en?' Hij gebaarde om zich heen. 'Kijk eens waar hij je heeft neergezet.'

'Ik heb geen suikeroompje nodig, Cary.'

Hij kauwde op een patatje. 'Heb je verder nog nagedacht over wat je *wel* nodig hebt? Hij neemt de tijd voor je, je hebt zijn lekkere lichaam en toegang tot alles wat hij bezit. Niet slecht.'

'Nee, dat is waar,' zei ik en ik liet mijn vork een beetje rondtollen. Ik wist van de vele huwelijken van mijn moeder met machtige mannen dat het belangrijkste van alles was dat ze tijd aan je besteedden, omdat dat voor hen echt het waardevolste in hun leven was. 'Dat is ook niet slecht, maar het is gewoon niet genoeg.'

'Dit is het ware leven,' zei Cary, terwijl hij als een god op een ligstoel bij het zwembad lag. Hij droeg een bleekgroene zwembroek en een donkere zonnebril en zorgde ervoor dat er opeens heel veel vrouwen langs onze kant van het zwembad liepen. 'Het enige wat ik nog mis, is een mojito. Je hebt alcohol nodig om een feestje te bouwen.'

Ik moest ervan glimlachen. Ik lag te zonnen op de ligstoel

naast hem en genoot van de droge hitte en de incidentele duik in het zwembad. Een feestje bouwen was voor Cary een gewoonte, en dat had ik altijd erg charmant gevonden. 'Wat vieren we dan?'

'Dat het zomer is.'

'Oké dan.' Ik ging zitten en liet mijn benen van de ligstoel glijden. Ik knoopte mijn sarong om mijn heupen voordat ik ging staan. Mijn haar was nog vochtig van een eerdere duik in het zwembad en ik had het met een haarklem boven op mijn hoofd opgestoken. De schroeiende zon voelde goed op mijn huid, een sensuele kus waardoor ik me iets minder opgelaten voelde over het vocht dat ik vasthield doordat ik ongesteld moest worden.

Ik liep naar de bar en keek door de paarse glazen van mijn zonnebril naar de andere zonnebaders en de hutjes van palmbladeren. Er waren hier heel veel gasten, van wie er velen aantrekkelijk genoeg waren om nog een of twee keer te bekijken. Vooral één stel trok mijn aandacht, omdat het me aan Gideon en mezelf deed denken. De blonde vrouw lag op haar buik. Met haar armen ondersteunde ze haar bovenlichaam en met haar benen trappelde ze speels in de lucht. Haar zeer smakelijk ogende donkerharige man lag uitgestrekt op de stoel naast haar. Zijn hoofd rustte op een van zijn handen terwijl hij met de vingers van zijn andere hand haar ruggengraat op en neer streelde.

Ze zag me kijken en haar glimlach verbleekte onmiddellijk. Ik kon haar ogen niet zien achter haar Jackie-O-zonnebril, maar ik wist dat ze dreigend naar me keek. Glimlachend keek ik weg, want ik wist precies wat ze ervan vond dat een andere vrouw haar man zat te bestuderen.

Ik vond een lege plek aan de bar en wenkte de barman om hem te laten weten dat ik klaar was om te bestellen zodra hij er klaar voor was. De mistinstallaties die aan het plafond hingen verkoelden mijn huid en maakten het aanlokkelijk om op een plotseling vrijgekomen barkruk te glijden terwijl ik wachtte.

'Wat drink je?'

Ik draaide mijn hoofd om en keek naar de man die me had

aangesproken. 'Nu nog niets, maar ik zit aan een mojito te denken.'

'Laat mij je er eentje aanbieden.' Hij glimlachte en liet volmaakt witte, maar ietwat scheve tanden zien. Hij stak zijn hand naar me uit en die beweging vestigde mijn aandacht op zijn goed gevormde armen. 'Daniel.'

Ik legde mijn hand in die van hem. 'Eva. Prettig kennis te maken.'

Hij legde zijn armen over elkaar op de bar en leunde eroverheen. 'Wat brengt je naar Vegas? Zaken of plezier?'

'Weekendje weg. Jij?' Daniel had een interessante tatoeage in een vreemde taal op zijn rechterbiceps waar ik vol bewondering naar keek. Hij was niet knap in de traditionele zin, maar hij kwam zelfverzekerd en evenwichtig over, twee dingen die ik in een man aantrekkelijker vond dan alleen zijn lichamelijke kenmerken.

'Werk.'

Ik keek vluchtig naar zijn zwembroek. 'Dan heb ik de verkeerde baan.'

'Ik verkoop...'

'Mag ik even?'

We draaiden ons allebei om naar de vrouw die ons gesprek had onderbroken. Ze was een gedrongen brunette, gekleed in een donker poloshirt waarop zowel haar naam – *Sheila* – als *Cross Towers and Casino* geborduurd stond. Ze had een oortje in en om haar middel droeg ze een koppelriem, waaraan je kon zien dat ze van de beveiliging was.

'Miss Tramell.' Ze groette me met een knikje.

Ik trok mijn wenkbrauwen op. 'Ja?'

'Bij uw *cabana* is een ober die uw bestelling kan opnemen.'

'Cool. Dank u wel. Maar ik vind het niet erg om hier even te wachten.'

Omdat ik bleef zitten, richtte Sheila haar aandacht nu op Daniel. 'Als u aan het andere eind van de bar gaat zitten, meneer, zal de barman er daar voor zorgen dat uw drankjes van het huis zijn.'

Hij gaf een kort knikje en glimlachte vervolgens charmant

naar mij. 'Ik zit hier ook prima, dank u.'

'Ik ben bang dat ik u moet verzoeken daarheen te gaan.'

'Wat?' Zijn glimlach werd opeens een frons. 'Waarom?'

Ik knipperde met mijn ogen terwijl ik naar Sheila keek en eindelijk besefte ik waar het hier om ging. *Gideon liet me in de gaten houden.* En hij dacht op afstand te kunnen controleren wat ik deed.

Sheila keek gewoon terug, met een emotieloos gezicht. 'Ik zal u naar uw cabana begeleiden, Miss Tramell.'

Heel even overwoog ik haar helemaal gek te maken, misschien door Daniel te grijpen en hem bewusteloos te kussen, alleen maar om een boodschap aan mijn arrogante vriendje te sturen, maar gelukkig kon ik me inhouden. Ze deed tenslotte gewoon waar ze voor betaald werd. Het was haar baas die een schop onder zijn hol verdiende.

'Sorry, Daniel,' zei ik, blozend van schaamte. Ik voelde me als een kind dat een standje had gekregen en daar werd ik *echt* pissig van. 'Leuk je te hebben ontmoet.'

Hij haalde zijn schouders op. 'Als je je nog bedenkt...'

Ik voelde Sheila's blik op mijn rug toen ik haar voorging naar mijn ligstoel. Plotseling keerde ik me om en keek haar aan. 'Zo. Heb je alleen de instructie om in te grijpen als iemand me probeert te versieren? Of heb je een hele lijst met situaties?'

Ze aarzelde even en zuchtte toen. Ik kon me een beetje een voorstelling maken van wat ze wel niet van me moest denken: zo'n knappe blonde stoot die in openbaar gezelschap niet te vertrouwen was. 'Er is een lijst, ja.'

'Natuurlijk is er een lijst.' Gideon zou nooit iets aan het toeval overlaten. Ik vroeg me af wanneer hij aan de lijst had zitten werken: of hij hem pas had opgesteld toen ik Las Vegas had voorgesteld of dat hij hem al achter de hand had. Misschien was het een lijst die hij had opgesteld toen hij met andere vrouwen was. Misschien had hij hem al voor Corinne geschreven.

Hoe meer ik erover nadacht, hoe kwader ik werd.

'Het is toch godverdomme niet te geloven?' klaagde ik bij Cary toen ze op een discrete afstand bij me vandaan was gestapt, alsof dat genoeg zou zijn om te vergeten dat ze om me heen hing. 'Ik heb een oppas.'

'Wat?'

Ik vertelde hem wat er was gebeurd en ik zag zijn kaak verstrakken.

'Dat is bespottelijk, Eva,' snauwde hij.

'Nou en of! En ik pik het ook niet. Hij zal moeten leren dat relaties zo niet werken. En dat na alle onzin die hij me heeft verteld over vertrouwen.' Ik liet me op mijn ligstoel vallen. 'Hoeveel vertrouwen heeft hij in *mij* als hij me door iemand moet laten schaduwen om vreemde mannen weg te jagen?'

'Ik vind dit helemaal niks, Eva.' Hij ging rechtop zitten en zette zijn benen naast zijn stoel. 'Dit is niet oké.'

'Denk je dat ik dat niet weet? En waarom moet het eigenlijk een vrouw zijn? Ik heb heus niks tegen vrouwen met een stoer beroep. Ik vraag me gewoon af of hij verwacht dat ze me tot in de damestoiletten moet kunnen volgen of het gewoon niet aan een man durft over te laten om me te volgen.'

'Meen je dat nou? Waarom zit je hier verdomme nog te zonnebaden in plaats van hem verrot te schelden?'

Het idee waar ik op had zitten broeden begon vaste vormen aan te nemen. 'Omdat ik een leuk plannetje heb.'

'O ja?' Zijn mond vormde zich tot een ondeugende grijns. 'Zeg es.'

Ik pakte mijn smartphone van het tafeltje met het mozaïeken blad tussen ons in en bladerde door mijn contacten tot ik *Benjamin Clancy* had gevonden: de persoonlijke bodyguard van mijn stiefvader.

'Hoi Clancy. Met Eva,' groette ik hem toen hij na de eerste keer overgaan opnam.

Cary's ogen werden groter achter zijn zonnebril. 'Ahaaa...'

Ik sprong op en vormde de woorden *ik ga naar boven* met mijn lippen.

Hij knikte. 'Ja, alles goed,' zei ik in antwoord op een vraag van Clancy. Toen dook ik bliksemsnel naar binnen. Ik zag dat Sheila een flink aantal passen achter me liep en nog steeds buiten was, en vroeg: 'Luister eens, zou je iets voor me willen doen?'

Ik had net mijn telefoontje met Clancy afgerond toen er een ander gesprek binnenkwam. Ik grijnsde toen ik zag wie het was en zei enthousiast: 'Hoi papa!'

Hij lachte. 'Hoe gaat het met m'n meisje?'

'Relletjes aan het trappen en daar geniet ik van.' Ik spreidde mijn sarong uit over een eetkamerstoel en ging zitten.

'Hoe gaat het met jou?'

'Relletjes aan het bestrijden en daar geniet ik maar af en toe van.'

Victor Reyes werkte als straatagent in Oceanside in Californië, wat de reden was waarom ik ervoor had gekozen om naar de San Diego State University te gaan. Mijn moeder had een moeilijke periode met echtgenoot nummer twee achter de rug en ik was in een rebelse fase geweest. Ik maakte mijn eigen leven tot een hel terwijl ik probeerde te vergeten wat Nathan me al die tijd had aangedaan.

Weggaan uit de verstikkende omgeving van mijn moeder was een van de beste beslissingen geweest die ik ooit had genomen. Mijn vaders rustige, rotsvaste liefde voor mij, zijn enige kind, had mijn leven veranderd. Hij gaf me de vrijheid waar ik zo'n behoefte aan had – binnen duidelijk bepaalde grenzen – en zorgde ervoor dat ik therapie kreeg bij Dr. Travis, wat tot het begin van mijn langzame herstel en mijn vriendschap met Cary had geleid.

'Ik mis je,' zei ik tegen hem. Ik hield veel van mijn moeder en ik wist dat ze ook van mij hield, maar mijn relatie met haar was grillig. Met mijn vader liep alles gewoon zo soepel.

'Dan vind je het misschien wel leuk wat ik je te vertellen heb. Ik kan je over ongeveer twee weken komen opzoeken – de week na deze week – als dat jou tenminste uitkomt. Ik wil je niet in de weg lopen.'

'O, mijn god, pap. Natuurlijk loop je me niet in de weg. Ik vind het heerlijk om je weer te zien!'

'Het wordt een korte trip. Dan zou ik aankomen met de nachtvlucht van donderdag en zondagavond weer terugvliegen.'

'Helemaal te gek, pap! *Yes*! Ik ga plannetjes maken. We gaan een hoop lol beleven.'

Mijn vaders zachte gegniffel maakte me helemaal warm vanbinnen. 'Ik kom voor jou hoor, niet voor New York. Ga je nou niet lopen uitsloven met allemaal uitjes of zo.'

'Nee, dat komt wel goed. Ik zal ervoor zorgen dat we heel veel kunnen relaxen. En ik zal je aan Gideon voorstellen.' Alleen al de gedachte dat die twee elkaar zouden ontmoeten gaf me vlinders in mijn buik.

'Gideon Cross? Maar je zei dat dat niets voorstelde.'

'Ja...' Ik trok een rimpel in mijn neus. 'We hadden het toen even moeilijk. Ik dacht dat het uit was.'

Het bleef even stil. 'Is het serieus?'

Ook ik zweeg even en schoof rusteloos heen en weer. Mijn vader was een getraind observator: hij zou het onmiddellijk in de gaten hebben als er spanning was tussen Gideon en mij, seksueel of anderszins. 'Ja. Het is ook niet altijd makkelijk. Het is hard werken – *ik* ben hard werken – maar we doen allebei ons best.'

'Waardeert hij je wel, Eva?' Mijn vaders stem was kortaf en veel te ernstig. 'Het kan me niet schelen hoeveel geld hij heeft: je hebt hem niets te bewijzen.'

'Ja, maar zo zit het helemaal niet in elkaar!' Ik begon naar mijn wiebelende gepedicuurde tenen te kijken en besefte dat de ontmoeting wel wat ingewikkelder zou worden dan gewoon een beschermende vader aan de nieuwe vriend van zijn dochter voorstellen. Mijn vader had moeite met rijke mannen, en dat kwam door mijn moeder. 'Je ziet wel hoe het in elkaar zit als je hem ontmoet.'

'Nou, goed dan.' Hij klonk nog steeds sceptisch.

'Kom op, pap.' Ik kon het hem niet kwalijk nemen dat hij zich zorgen maakte, want juist vanwege mijn zelfdestructieve reeks mannen die niet zo goed voor me waren geweest, had hij Dr. Travis voor me uitgezocht. De meeste moeite had hij gehad met een rockzanger voor wie ik niet veel meer dan een groupie was geweest, en met een tatoeagekunstenaar die hij als politieman zelf van de weg had gehaald, waarna hij erachter kwam dat hij gepijpt werd terwijl hij aan het rijden was, maar niet door mij. 'Gideon is goed voor me. Hij begrijpt me.'

'Ik zal me tolerant opstellen, goed? En ik mail je een kopie van mijn vluchtgegevens zodra ik de vlucht heb geboekt. Hoe gaat het verder met je?'

'We zijn net begonnen te werken aan een campagne voor koffie met bosbessensmaak.'

Nog een pauze. 'Dat meen je niet.'

Ik lachte. 'Was het maar zo. Duim maar voor ons, dan verkopen we het misschien. Ik zal je er wat van laten proeven.'

'Ik dacht dat je van me hield.'

'Dat doe ik ook! Hoe gaat het met jouw liefdesleven? Hoe was je date?'

'Ach... dat ging wel.'

Ik bromde en vroeg: 'Ga je haar nog een keer zien?'

'Dat is voorlopig wel de bedoeling.'

'Je bent echt een bron van informatie, pap.'

Hij gniffelde weer en ik hoorde zijn lievelingsstoel kraken omdat hij ging verzitten. 'Dat wil je toch niet weten, over het liefdesleven van je ouweheer?'

'Dat is waar.' Toch vroeg ik me soms af hoe zijn relatie met mijn moeder was geweest. Hij was de latinojongen uit de foute buurt geweest en zij de schitterende debutante met dollartekens in haar blauwe ogen. Ik had het idee dat er flink wat vonken tussen hen moesten zijn overgesprongen.

We praatten nog een paar minuten verder en hadden er allebei veel zin in om elkaar weer te zien. Ik was bang geweest dat we uit elkaar zouden groeien nadat ik mijn opleiding had afgerond en verhuisd was, en daarom had ik er een vaste gewoonte van gemaakt om hem elke zaterdag te bellen om even bij te praten. Dat hij me al zo snel kwam opzoeken, stelde me gerust.

Ik had net de verbinding verbroken toen Cary binnenwandelde, op zo'n manier dat je echt kon zien dat hij een model was.

'Nog steeds met snode plannen bezig?' vroeg hij.

Ik stond op. 'O, dat is al geregeld. Dit was mijn vader. Hij komt volgende week naar New York.'

'Echt? Super. Victor is cool.'

We gingen naar de keuken en Cary pakte twee biertjes uit de

koelkast. Ik had eerder al opgemerkt dat een aantal dingen die ik thuis gebruikte ook in de suite aanwezig waren. Ik vroeg me af of Gideon gewoon goed had opgelet of dat hij op een andere manier aan die informatie was gekomen, zoals mijn kassabonnen bestuderen. Hij was ertoe in staat. Hij vond het erg moeilijk om te weten waar mijn grenzen lagen, zoals wel duidelijk werd uit het feit dat hij zijn beveiligers op me had gezet.

'Wanneer zijn je ouders voor het laatst tegelijk in dezelfde staat geweest?' vroeg Cary, terwijl hij met een flesopener de doppen van de flesjes haalde. 'Laat staan in dezelfde stad?'

God... 'Ik zou het niet weten. Voordat ik geboren werd?' Ik nam een flinke teug van het biertje dat hij me had gegeven. 'Ik ben niet van plan om ze bij elkaar te brengen.'

'Proost. Op snode plannen.' Hij stootte met de hals van zijn fles tegen die van mij. 'Nu we het daar toch over hebben: ik heb nog even overwogen een vluggertje te maken met een chickie dat ik bij het zwembad had ontmoet, maar ik ben toch maar naar boven gegaan. Ik dacht dat jij en ik het vandaag maar eens zonder moesten doen en gewoon samen moesten doorbrengen.'

'Goh, ik voel me vereerd,' zei ik droogjes. 'En ik ging net weer naar beneden.'

'Joh, het is daar veel te heet. Die zon is echt bruut.'

'Zelfde zon als in New York, toch?'

'Wijsneus.' Zijn groene ogen schitterden. 'Wat vind je ervan om eerst even te douchen en dan ergens te gaan lunchen? Betaal ik.'

'Prima. Maar ik kan niet garanderen dat Sheila niet mee zal willen.'

'Laat haar lekker oprotten, en haar baas ook. Wat hebben die rijke mensen toch met controle?'

'Ze worden rijk omdat ze ervoor zorgen dat ze alles onder controle hebben.'

'Ja, vast. Dan ben ik liever gestoord zoals wij zijn: wij bemoeien ons tenminste vrijwel alleen met onszelf.' Hij kruiste een arm over zijn borst en leunde tegen het barretje. 'Pik je die onzin zomaar?'

‘Hangt ervan af.’
‘Waarvan?’
Ik grijnsde en begon achteruit naar mijn slaapkamer te lopen. ‘Ga je omkleden. Ik vertel het je tijdens de lunch.’

6

Ik was nog maar net klaar met pakken voor de terugreis toen ik het onmiskenbare geluid van Gideons stem in de woonkamer hoorde. Er ging een stoot adrenaline door mijn aderen. Gideon had nog geen woord gezegd over wat ik had gedaan, hoewel we de avond ervoor hadden gepraat toen Cary en ik thuis waren gekomen nadat we uit waren geweest, en ook 's ochtends nog, toen ik net wakker was geworden.

Het was behoorlijk zenuwslopend om te doen of ik van niks wist. Ik vroeg me af of het Clancy eigenlijk wel was gelukt om te doen wat ik hem had gevraagd, maar toen ik het nog eens checkte bij de bodyguard van mijn stiefvader, verzekerde hij me dat alles was gegaan zoals gepland.

Op blote voeten liep ik naar de open deur van mijn slaapkamer, net op tijd om Cary de deur van onze suite uit te zien lopen. Gideon stond alleen in de kleine foyer, met zijn ondoorgrondelijke blik op mij gericht alsof hij wist dat ik elk moment kon verschijnen. Hij droeg een wijde spijkerbroek en een zwart T-shirt, en ik had het zo gemist om hem te zien dat mijn ogen er pijn van deden.

'Hé, engel.'

De vingers van mijn rechterhand speelden onrustig met de stof van mijn zwarte yogabroek. 'Hoi, kanjer.' Zijn prachtig gebeeldhouwde lippen werden eventjes dun. 'Is er een speciale reden dat je me zo noemt?'

'Nou... alles aan jou is geweldig. En het is de bijnaam van een romanpersonage op wie ik verliefd ben. Je doet me soms aan hem denken.'

'Ik weet niet zeker of ik het wel zo leuk vind dat je verliefd op iemand bent, fictief of niet.'

'Je komt er wel overheen.'

Hij schudde zijn hoofd en kwam naar me toe. 'Zoals ik wel over de sumoworstelaar heen kom door wie je me laat schaduwen?'

Ik beet op de binnenkant van mijn wang om niet te lachen. Ik had geen specifieke beschrijving gegeven hoe hij eruit moest zien toen ik Clancy had gevraagd om iemand die hij kende in het gebied rond Phoenix Gideon te laten schaduwen, zoals Sheila mij schaduwde. Ik had alleen gevraagd om een man en ik had hem een vrij korte lijst opgegeven van dingen waarbij hij moest optreden. 'Waar gaat Cary heen?'

'Naar beneden om met het krediet dat ik voor hem geregeld heb te spelen.'

'Gaan we niet meteen weg?'

Hij verkleinde langzaam de afstand tussen ons in. Het gevaar was onmiskenbaar in de manier waarop hij me besloop. Het was zichtbaar in de houding van zijn schouders en de glinstering in zijn ogen. Ik zou misschien banger zijn geweest als zijn soepele manier van lopen niet zo schaamteloos seksueel was geweest. 'Ben je ongesteld?'

Ik knikte.

'Dan moet ik maar in je mond klaarkomen.'

Mijn wenkbrauwen gingen omhoog. 'Is dat zo?'

'Jazeker.' Hij krulde zijn mond tot een glimlach. 'Wees maar niet bang, engel. Ik zal eerst voor jou zorgen.'

Hij stormde naar voren en pakte me op, dook de slaapkamer in en liet zich op het bed vallen. Ik hijgde en zijn mond was al op die van mij, voor een diepe, gulzige kus. Ik werd meegesleurd door zijn passie en door het heerlijke gevoel van zijn gewicht dat me in de matras drukte. Hij rook zo lekker. Zijn huid was zo warm.

'Ik heb je gemist,' kreunde ik en sloeg mijn armen en benen om hem heen. 'Ook al ben je soms bijzonder irritant.'

Gideon gromde. 'Jij bent de meest onuitstaanbare, woest makende vrouw die ik ooit heb ontmoet.'

'O ja? Nou, jij hebt mij flink kwaad gemaakt. Ik ben niet je bezit. Je kunt me niet...'

'Dat ben je wel.' Hij knabbelde aan mijn oorlelletje met zijn tanden, waardoor er een pijnscheut door me heen ging en ik een kreet slaakte. 'En ja, dat kan ik wel.'

'Dan ben jij het ook. En dan kan ik dat ook.'

'Zoals je hebt laten zien. Enig idee hoe lastig het is om met iemand zaken te doen als ze niet dichter dan een meter bij je in de buurt mogen komen?'

Ik verstijfde, want ik had gezegd dat de een-meterregel alleen voor vrouwen gold. 'Waarom zou iemand dan ook zo dicht bij je moeten zijn?'

'Om op gebieden die van belang zijn te wijzen op ontwerpschema's die voor me liggen uitgespreid, en om naast mij binnen het camerabereik te vallen voor een telefonische conferentie: twee dingen die jij erg moeilijk hebt gemaakt.' Hij tilde zijn hoofd op en keek op me neer. 'Ik was aan het werk. Jij was aan het spelen.'

'Kan me niet schelen. Als ik het moet, moet jij het ook.' Maar ik was heimelijk wel blij dat hij het ongemak had geaccepteerd, net als ik.

Hij deed zijn hand omlaag, pakte de achterkant van mijn dij vast en rukte mijn benen verder uit elkaar. 'Je zult geen honderd procent gelijkwaardigheid krijgen in deze relatie.'

'Echt wel.'

Met zijn heupen vulde hij de opening die hij had gemaakt. Hij stootte tegen me aan en wreef met de dikke rand van zijn erectie tegen mijn geslachtsdeel. 'Dat krijg je niet,' herhaalde hij, en met zijn handen duwde hij door mijn haar om mijn hoofd vast te pakken en me op mijn plaats te houden.

Hij draaide met zijn heupen en masseerde zo mijn hypergevoelige klitje. De naad van zijn spijkerbroek zat op precies de goede plek om mijn eeuwig smeulende lust naar hem aan te wakkeren. De opwinding gierde door mijn bloed. 'Hou daarmee op. Ik kan niet denken als je dat doet.'

'Dat hoef je ook niet te doen. Luister gewoon even, Eva. Wie ik ben en wat ik heb opgebouwd maakt mij tot een doelwit. Je weet wat ik bedoel, want je weet hoe het is om met rijkdom te leven en hoeveel aandacht dat trekt.'

'Die man aan de bar was geen bedreiging.'

‘Daar valt over te twisten.’

De irritatie brandde in me. Het was het ogenschijnlijke gebrek aan vertrouwen dat me dwarszat, vooral omdat hij zelf geen enkel geheim aan me toevertrouwde, en ik dat pikte. ‘Ga van me af.’

‘Ik lig wel lekker zo.’ Hij verschoof zijn heupen en wreef tegen me aan.

‘Ik ben pissig op je.’

‘Dat zie ik.’ Hij hield niet op met bewegen. ‘Dat zal je er anders niet van weerhouden om klaar te komen.’

Ik duwde tegen zijn heupen, maar hij was te zwaar om er beweging in te krijgen. ‘Dat lukt niet als ik kwaad ben!’

‘Bewijs dat maar eens.’

Hij was veel te zelfvoldaan, wat mijn woede alleen maar groter maakte. Omdat ik mijn hoofd niet kon omdraaien deed ik mijn ogen maar dicht, om hem buiten te sluiten. Hij bleef tegen me aan bewegen. De kleren tussen ons in en het ontbreken van penetratie maakten me nog bewuster van de elegante soepelheid van zijn lichaam.

Dit was een man die wist hoe je moest neuken.

Gideon duwde niet gewoon zijn grote pik heen en weer in een vrouw. Hij bewerkte haar ermee, maakte gebruik van wrijving, en bracht variatie aan in de invalshoek en de diepte van de penetratie. De nuances van zijn kundigheid waren aan mij besteed als ik zelf onder hem lag te kronkelen en me alleen richtte op de gevoelens die hij in mijn lichaam ontstak. Maar nu voelde ik ze allemaal.

Ik vocht tegen het genot, maar kon een kreun niet onderdrukken.

‘Goed zo, engel,’ spoorde hij aan. ‘Voel je hoe stijf hij is voor je? Voel je wat je met me doet?’

‘Je moet seks niet gebruiken om me te straffen,’ klaagde ik, en mijn hielen boorden zich in de matras.

Hij hield even op met bewegen, en toen begon hij op mijn hals te zuigen. Zijn lichaam golfde alsof hij me door onze kleren heen aan het neuken was. ‘Ik ben niet boos, engel.’

‘Het zal wel. Je zit met me te sollen.’

'En jij maakt me gek. Weet je wat er gebeurde toen ik besefte wat je gedaan had?'

Ik keek hem dreigend aan door samengeknepen ogen. 'Nou?'

'Ik kreeg een stijve.'

Mijn ogen gingen wijd open.

'Heel ongemakkelijk en in het openbaar.' Hij nam een borst in zijn hand en streek met zijn duim over het harde puntje van mijn tepel. 'Ik moest een al lang beëindigde bespreking zien te rekken totdat hij weer afzakte. Ik word er opgewonden van als je me uitdaagt, Eva.' Zijn stem werd lager en schor, en droop van de seks en de stoute gedachten. 'Het zorgt ervoor dat ik je wil neuken. Heel erg lang.'

'O god.' Ik pompte mijn heupen omhoog en mijn binnenste trok zich samen in de behoefte klaar te komen.

'En aangezien dat niet kan,' bromde hij, 'ga ik je op deze manier laten komen, en dan toekijken hoe je me terugbetaalt met je mond.'

Er ontsnapte me een jammerkreetje. Het water liep me in de mond bij het vooruitzicht hem op die manier te bevredigen. Hij was altijd zo op mij gespitst als we vreeën. De enige keer dat hij echt alles liet gaan en zich op zijn eigen genot richtte, was wanneer ik hem pijpte.

'Goed zo,' mompelde hij, 'blijf met je kutje tegen me aanwrijven. Jezus, wat ben je toch geil.'

'Gideon.' Ik liet mijn handen over zijn samentrekkende rug en billen glijden, en mijn lichaam kronkelde en wreef tegen dat van hem. Ik kwam klaar met een langgerekte kreun. De spanning brak in een golf van opluchting.

Met zijn mond bedekte hij mijn mond en dronk de geluiden op die ik maakte terwijl ik onder hem lag te sidderen. Ik greep zijn haar vast en kuste hem terug.

Hij rolde ons om zodat hij onder me lag, en zijn handen gingen naar zijn gulp en rukten hem open. 'Nu, Eva.'

Ik kroop over het bed, net zo gretig om hem te proeven als hij was om zich te laten proeven. Zodra hij zijn boxershort omlaag had gedaan, had ik zijn pik al in mijn handen en ging ik met mijn lippen over de brede top.

Kreunend pakte Gideon een kussen en schoof het onder zijn hoofd. Mijn blik ontmoette die van hem en ik trok hem dieper naar binnen.

'Ja,' siste hij, en hij woelde met de vingers van zijn rechterhand door mijn haar. 'Zuig er hard en snel op; ik wil klaarkomen.'

Ik ademde zijn geur in, en voelde de satijnen zachtheid van zijn verhitte vlees op mijn tong. Toen deed ik wat hij had gezegd.

Ik trok mijn wangen hol en nam hem achter in mijn keel, en toen ging ik weer omhoog naar de top. Steeds opnieuw. Ik concentreerde me op zuigkracht en snelheid, net zo verlangend naar zijn orgasme als hij en aangespoord door de ongeremde geluiden die hij maakte en de aanblik van zijn vingers, die rusteloos in het dekbed graaiden. Hij draaide met zijn heupen, en met zijn hand in mijn haar gaf hij het tempo aan.

'Ah, jezus.' Hij keek me met donkere, verhitte ogen aan. 'Ik ben dol op hoe je me pijpt. Alsof je er niet genoeg van kunt krijgen.'

Dat kon ik ook niet. Ik dacht niet dat ik er ooit genoeg van zou krijgen. Zijn genot betekende zoveel voor me, omdat het zo puur en rauw was. Voor hem was seks altijd methodisch geweest, een toneelstukje. Bij mij kon hij zich niet inhouden, omdat hij me zo graag wilde dat het de rede te boven ging. Twee dagen zonder mij en hij was... reddeloos.

Ik pompte op en neer met mijn vuist, en voelde de dikke aderen kloppen onder de zachte huid. Een rauw geluid kwam uit zijn keel en er spoot iets zouts en warms op mijn tong. Hij was er bijna, zijn gezicht was verhit en zijn lippen gingen uiteen voor zijn hijgende ademstoten. Het zweet stond op mijn voorhoofd. Mijn opwinding nam gelijk toe met die van hem. Hij was volledig aan mij overgeleverd, bijna waanzinnig in zijn drang naar het hoogtepunt, en hij mompelde obscene, geile dingen over wat hij bij me ging doen als hij me de volgende keer zou neuken.

'Zo ja, engel. Melk hem maar... laat me voor je klaarkomen.' Hij boog zijn nek achterover en zijn adem explodeerde uit zijn longen. '*Fuck*.'

Hij kwam net zo klaar als ik had gedaan: hard en woest. Het sperma spoot uit de punt van zijn pik in een dikke, hete stroom die ik met moeite doorslikte. Hij gromde mijn naam en zijn heupen beukten omhoog tegen mijn hardwerkende mond. Hij nam wat hij van me nodig had, en gaf alles wat hij had tot hij leeg was.

Toen kromde hij zich naar me toe en trok me omhoog in een wurgende omstrengeling waarmee hij me vastklemde tegen zijn zwoegende borstkas. Lange tijd hield hij me alleen maar vast. Ik luisterde hoe zijn razende hartslag langzaam omlaagging en zijn ademhaling weer normaal werd.

Ten slotte zei hij met zijn lippen in mijn haar: 'Dat had ik nodig. Dank je.'

Ik glimlachte en nestelde me tegen hem aan. 'Graag gedaan, kanjer.'

'Ik heb je gemist,' zei hij zachtjes, met zijn lippen tegen mijn voorhoofd. 'Zo ontzettend erg. En niet alleen hierom.'

'Ik weet het.' We hadden het allebei nodig: de lichamelijke nabijheid, de intense aanrakingen, de roes van het orgasme, om iets van de wilde, overweldigende emoties kwijt te raken die ons beheersten als we samen waren. 'Mijn vader komt volgende week op bezoek.'

Hij werd stil. Hij tilde zijn hoofd op en keek me zuur aan. 'Moet je me dat nou echt vertellen terwijl mijn pik nog uit mijn broek hangt?'

Ik lachte. 'Heb ik je betrapt met je billen bloot?'

'Verdomme.' Hij drukte zijn lippen tegen mijn voorhoofd en rolde toen op zijn rug en trok zijn kleren recht. 'Heb je al een idee hoe je de eerste ontmoeting wilt hebben? Uit eten of thuis? Bij jou of bij mij?'

'Ik kook wel bij mij thuis.' Ik rekte me uit, en trok toen de kreukels uit mijn shirt.

Hij knikte, maar zijn stemming was veranderd. Mijn verzadigde, dankbare minnaar van daarnet was vervangen door de grimmig kijkende man die er de laatste tijd wel vaker was geweest.

'Wil je het liever anders?' vroeg ik.

'Nee. Het is een goed plan, ik zou het zelf ook voorgesteld hebben. Hij zal zich er wel op zijn gemak voelen.'

'En jij?'

'Ik ook.' Hij steunde met zijn hoofd op een hand en keek naar me omlaag, terwijl hij het haar van mijn voorhoofd veegde. 'Ik wil hem als het even kan niet om zijn oren slaan met mijn geld.'

Ik haalde diep adem. 'Daar had ik niet eens aan gedacht. Ik dacht gewoon dat ik niet zo bang zou zijn om er een bende van te maken in mijn keuken als in die van jou. Maar je hebt gelijk. Het komt wel goed, Gideon. Als hij ziet wat je voor me voelt, heeft hij er geen probleem mee dat we samen zijn.'

'Het kan me alleen maar schelen wat hij vindt als het invloed heeft op hoe jij je voelt. Als hij me niet mag en dat iets verandert aan wat er tussen ons is...'

'Jij bent de enige die daar invloed op heeft.'

Hij knikte kort, wat er niet voor zorgde dat ik me beter voelde over wat hij ervan vond. Veel mannen werden zenuwachtig als ze de ouders van hun vriendin moesten ontmoeten, maar Gideon was anders dan andere mannen. Hij werd niet zo gauw bang. Gewoonlijk. Ik wilde dat hij en mijn vader losjes en gemakkelijk met elkaar om zouden gaan, niet gespannen en defensief.

Ik veranderde van onderwerp. 'Is alles gelukt in Phoenix?'

'Ja. Een van de projectmanagers had wat onregelmatigheden opgemerkt in de boekhouding, en ze had gelijk om me te dwingen ernaar te kijken. Ik accepteer geen verduistering.'

Ik kromp ineen en dacht aan Gideons vader, die investeerders voor miljoenen had opgelicht voor hij de hand aan zichzelf sloeg.

'Wat voor project is het?'

'Een golfresort.'

'Nachtclubs, vakantieparken, luxe huizen, wodka, casino's en een keten sportscholen erbij om fit te blijven voor de rijkelui?' Ik wist, doordat ik op de website van Cross Industries had gekeken, dat Gideon ook software- en gamesdivisies had, en een groeiend social media-platform voor jonge, ambitieuze professionals. 'Je bent in meerdere opzichten een genotsgod, hè?'

'Genotsgod?' Zijn ogen straalden van plezier. 'Ik besteed al mijn energie aan het vereren van jou.'

'Hoe ben je eigenlijk zo rijk geworden?' flapte ik eruit, ingegeven door de herinnering aan Cary's toespelingen over hoe Gideon zoveel geld had kunnen vergaren op zo'n jonge leeftijd.

'Mensen willen plezier hebben, en daar betalen ze voor.'

'Dat bedoelde ik niet. Hoe heb je Cross Industries op kunnen zetten? Hoe kwam je aan het startkapitaal?'

Er kwam een speculatieve glinstering in zijn ogen. 'Waar denk je dat ik het vandaan heb?'

'Ik heb geen idee,' zei ik eerlijk.

'Blackjack.'

Ik knipperde met mijn ogen. 'Met gokken? Neem je me nou in de maling?'

'Nee.' Hij lachte en hield me nog steviger vast.

Maar ik kon me Gideon niet voorstellen als gokker. Ik had geleerd, dankzij de derde echtgenoot van mijn moeder, dat gokken een heel nare en geniepige ziekte kon worden, en kon leiden tot een totaal verlies van zelfbeheersing. Ik kon gewoon niet geloven dat iemand die zo stabiel en beheerst was als Gideon aangetrokken kon zijn door iets wat zo afhankelijk was van geluk en toeval.

Toen drong het plotseling tot me door. 'Je telt kaarten.'

'Toen ik nog speelde,' gaf hij toe. 'Ik speel nu niet meer. En de contacten die ik aan de kaarttafels heb gelegd, hebben net zo'n grote rol gespeeld als het geld dat ik verdiende.'

Ik probeerde die informatie te verwerken, stoeide er wat mee en liet het toen maar even zitten. 'Help me eraan herinneren dat ik niet met je ga kaarten.'

'Strippoker zou wel leuk kunnen worden.'

'Voor jou misschien.'

Hij greep naar beneden en kneep in mijn kont. 'Voor jou ook. Je weet hoe ik word als je naakt bent.'

Ik wierp een niet mis te verstane blik op mijn volledig geklede lijf. 'En ook als ik niet naakt ben.'

Gideon grijnsde oogverblindend en totaal niet verontschuldigend.

'Gok je nog steeds?'

'Elke dag. Maar alleen in zaken en met jou.'

'Met mij? Met onze relatie?'

Zijn blik op mijn gezicht was zacht en plotseling vol tederheid. Ik kreeg er een brok van in mijn keel. 'Jij bent het grootste risico dat ik ooit heb genomen.' Hij drukte zijn lippen zachtjes op die van mij. 'En de grootste beloning.'

Toen ik maandagochtend op mijn werk kwam voelde het alsof alles eindelijk weer terugviel in het oude ritme van de tijd voordat Corinne was verschenen. Gideon en ik probeerden ons aan te passen aan mijn ongesteldheid. Dat was nog nooit een probleem geweest in de relaties die we hiervoor hadden gehad, maar in die van ons wel, omdat Gideon me met seks duidelijk kon maken wat hij voor me voelde. Met zijn lichaam kon hij zeggen wat hij niet in woorden kon uitdrukken, en mijn lust voor hem was mijn manier om te bewijzen dat ik vertrouwen in ons had, iets wat hij nodig had om zich met mij verbonden te kunnen voelen.

Ik kon hem wel blijven vertellen dat ik van hem hield, en ik weet dat het hem raakte als ik het zei, maar hij had de totale overgave van mijn lichaam nodig – een blijk van vertrouwen waarvan hij wist dat het een heleboel betekende vanwege mijn verleden – om het echt te geloven.

Hij had me ooit verteld dat hij al heel vaak *Ik hou van je* tegen zich had horen zeggen, maar hij had het nooit geloofd omdat er geen oprechtheid, vertrouwen en eerlijkheid achter had gezeten. De woorden betekenden weinig voor hem, en daarom zei hij het niet tegen mij. Ik probeerde niet te laten zien hoeveel pijn het deed dat hij het niet wilde zeggen. Ik begreep dat ik me daaraan zou moeten aanpassen om bij hem te kunnen zijn.

'Goedemorgen, Eva.'

Ik keek op van mijn bureau en zag dat Mark bij mijn hokje stond. Zijn ietwat scheve glimlach was zoals altijd schitterend. 'Hé. Ik ben er klaar voor als jij het ook bent.'

'Eerst koffie. Nog een bakkie?'

Ik pakte mijn lege kop van mijn bureau en stond op. 'Reken maar.'

We liepen naar de kantine.

'Het lijkt wel of je een kleurtje hebt,' zei Mark toen hij naar me keek.

'Ja, ik heb een beetje in de zon gelegen van het weekend. Het was weleens lekker om te luieren en niks te doen. Eigenlijk is dat waarschijnlijk sowieso een van mijn favoriete bezigheden.'

'Daar word ik jaloers van. Steven kan nooit lang stilzitten. Hij wil me altijd overal mee naartoe slepen.'

'Mijn huisgenoot is net zo. Heel vermoeiend zoals hij de hele tijd bezig is.'

'O, voor ik het vergeet.' Hij gebaarde dat ik voor mocht gaan. 'Shawna wil dat je haar belt. Ze heeft kaartjes voor een of andere nieuwe rockband. Ik geloof dat ze wil vragen of jij ze wilt hebben.'

Ik dacht aan de knappe roodharige serveerster die ik een week eerder had ontmoet. Ze was de zus van Steven, en Steven was al heel lang Marks partner. De twee mannen hadden elkaar op de universiteit ontmoet en waren sindsdien altijd samen geweest. Ik mocht Steven graag. En ik was er vrij zeker van dat ik Shawna ook wel zou mogen.

'Vind je het wel oké als ik haar bel?' Ik moest het vragen, want zij was in feite Marks schoonzus, en Mark was mijn baas.

'Natuurlijk, maak je geen zorgen. Ik vind het niet raar.'

'Goed dan.' Ik glimlachte en hoopte dat ik weer een vriendin kon toevoegen aan mijn leven in New York. 'Dank je.'

'Bedank me maar met een kop koffie,' zei hij, en hij pakte een beker uit het kastje en gaf die aan mij. 'Als jij hem zet, smaakt hij lekkerder dan als ik hem zet.'

Ik keek even naar hem. 'Dat zegt mijn vader ook altijd.'

'Dan zal het wel waar zijn.'

'Dan zal het wel een standaardtrucje zijn dat kerels gebruiken om bediend te worden,' zei ik. 'Hoe verdelen jij en Steven de taken bij het koffiezetten?'

'Doen we niet.' Hij grijnsde. 'Er zit een Starbucks op de hoek van onze straat.'

'Ik weet zeker dat dat op een of andere manier valsspelen is, maar ik heb nog niet genoeg cafeïne op om uit te vogelen hoe.' Ik gaf zijn volle beker aan hem. 'Wat waarschijnlijk betekent dat ik maar beter niet kan zeggen wat voor idee er net in me opkwam.'

'Ga je gang. Als het echt slecht is, kan ik het voor altijd tegen je gebruiken.'

'Goh. Bedankt.' Ik hield mijn beker met twee handen vast. 'Zou het werken als we de bosbessenkoffie op de markt brengen zoals we met thee doen? Je weet wel, de koffie in een vrolijk gekleurde kop en schotel met bijvoorbeeld een scone met room op de achtergrond? Dat we het presenteren als een luxe versnapering voor de namiddag? Doen we er nog een ongelooflijk knappe Engelsman bij om het samen mee te drinken.'

Mark tuitte zijn lippen terwijl hij erover nadacht. 'Ik geloof dat ik het wel een leuk idee vind. Laten we het eens aan de ontwerpers voorleggen.'

'Waarom heb je me niet verteld dat je naar Las Vegas ging?'

Ik zuchtte in mezelf om het geïrriteerde, ongeruste toontje in mijn moeders stem en pakte de hoorn van de telefoon anders vast. Ik was net weer aan mijn bureau gaan zitten toen de telefoon ging. Ik had het vermoeden dat ze ook wel een paar voicemailberichten had achtergelaten. Als ze zich eenmaal ergens druk over maakte, kon ze het niet meer loslaten. 'Hoi mam. Het spijt me. Ik was van plan je tijdens de lunch te bellen en er alles over te vertellen.'

'Ik ben dol op Vegas.'

'Echt waar?' Ik dacht dat ze een hekel had aan alles wat ook maar een beetje met gokken te maken had. 'Dat wist ik niet.'

'Als je het had gevraagd had je het geweten.'

Er zat een gekwetst toontje in mijn moeders hese stem dat me ineen deed krimpen. 'Het spijt me, mam,' zei ik nogmaals. Ik had als kind al geleerd dat als je je een flink aantal keren verontschuldigde, dat veel goedmaakte bij haar. 'Ik moest echt even een tijdje met Cary samen zijn. Maar we kunnen het weleens hebben over een reisje naar Vegas, als je zin hebt om er een keer heen te gaan.'

'Lijkt je dat niet leuk? Ik zou graag leuke dingen met je doen, Eva.'

‘Dat lijkt me ook leuk.’ Mijn ogen gingen naar de foto van mijn moeder en Stanton. Ze was een prachtige vrouw, die een kwetsbare sensualiteit uitstraalde waar mannen wel op moesten reageren. Die kwetsbaarheid van mijn moeder was oprecht, maar ze was wel degelijk ook een mannenverslindster. Mannen maakten geen misbruik van mijn moeder: zij liep over hen heen.

‘Heb je al plannen voor de lunch? Ik kan ergens reserveren en je komen ophalen.’

‘Mag ik dan een collega meenemen?’ Megumi had me meteen uitgenodigd om te gaan lunchen toen ik binnenkwam, en had beloofd dat ze me op het hele verhaal van haar blind date zou trakteren.

‘O, het lijkt me heerlijk om de mensen met wie je werkt te ontmoeten!’

Mijn mondhoeken gingen omhoog van oprechte genegenheid. Ik werd vaak stapelgek van mijn moeder, maar uiteindelijk was haar grootste fout dat ze te veel van me hield. In combinatie met haar neuroses was het een gebrek om gek van te worden, maar wel een die ingegeven werd door de beste bedoelingen. ‘Oké. Haal ons maar om twaalf uur op. En denk eraan: we hebben maar een uur, dus het moet in de buurt zijn en het moet iets snels zijn.’

‘Ik zorg ervoor. Spannend! Tot zo.’

Megumi en mijn moeder mochten elkaar direct. Ik herkende de vertrouwde wezenloze blik op Megumi’s gezicht toen ze elkaar voor het eerst ontmoetten, omdat ik hem door de jaren heen zo vaak had gezien. Monica Stanton was een beeldschone vrouw, zo’n klassieke schoonheid waar je je ogen niet van af kon houden omdat je niet kon geloven dat iemand zo perfect kon zijn. Bovendien vormde de koninklijk paarse kleur van de oorfauteuil die ze had uitgekozen om in te zitten een fantastische achtergrond voor haar goudkleurige haar en haar blauwe ogen.

Mijn moeder was op haar beurt verrukt over Megumi’s gevoel voor mode. Waar mijn kledingkeuze nogal traditioneel en gemakkelijk was, ging Megumi's voorkeur uit naar unieke combinaties en kleuren, een beetje zoals het decor in het trendy café vlak bij het Rockefeller Center waar mijn moeder ons mee naartoe had genomen.

De plek deed me een beetje denken aan *Alice in Wonderland*, met al zijn verguldsels en de fluwelen meubels met hun unieke vormen en diepe, rijke kleuren. De stoel waar Megumi op zat, had een extra lange, sierlijk gekromde rug, en mijn moeders oorfauteuil had gargouilles als poten.

'Ik probeer er nog steeds achter te komen wat er mis is met hem,' ging Megumi verder. 'Ik heb echt goed gekeken, dat kan ik je wel vertellen. Ik bedoel, zo'n leuke vent hoort zich niet te moeten behelpen met blind dates.'

'Noem dat maar behelpen,' wierp mijn moeder tegen. 'Ik weet zeker dat hij zich afvraagt waarom hij zo met jou heeft geboft.'

'Dank u!' Megumi grijnsde naar me. 'Het was echt een heel lekker ding. Niet zo lekker als Gideon Cross, maar toch heel lekker.'

'Hoe gaat het trouwens met Gideon?'

Ik nam die vraag van mijn moeder heel serieus. Ze wist dat Gideon af wist van het misbruik waar ik als kind slachtoffer van was geweest, en ze had het niet leuk gevonden om dat te horen. Ze schaamde zich ervoor dat ze niet had geweten wat er zich in haar eigen huis had afgespeeld, en haar schuldgevoel was enorm, maar toch volledig onterecht. Ze had het niet geweten omdat ik het verborgen had gehouden. Nathan had me bang gemaakt voor wat hij zou doen als ik het ooit aan iemand zou vertellen. Toch vond mijn moeder het niet fijn dat Gideon het wist. Ik hoopte dat ze spoedig zou beseffen dat hij het haar net zomin als ik kwalijk nam.

'Hij werkt hard,' antwoordde ik. 'Je weet wel hoe dat gaat. Hij heeft veel tijd aan me besteed sinds we samen zijn, en ik denk dat hij daar nu voor moet boeten.'

'Je bent het waard.'

Ik nam een grote slok water toen ik de bijna overweldigende aandrang voelde om haar te vertellen dat mijn vader op bezoek kwam. Ze zou een mooie bondgenoot kunnen zijn als ik hem van Gideons liefde voor mij probeerde te overtuigen, maar dat was een egoïstische reden om het te vertellen. Ik had geen idee hoe ze zou reageren op het feit dat Victor in New York was, maar het was heel goed mogelijk dat ze er overstuur van zou raken, en dat zou het leven voor iedereen tot een hel maken. Ik wist niet waarom, maar ze gaf er de voorkeur aan geen enkel contact met hem te hebben. Het was opvallend dat het haar gelukt was alle contact met hem te vermijden sinds ik oud genoeg was om rechtstreeks met hem te communiceren.

'Ik zag gisteren een foto van Cary op de zijkant van een bus,' zei ze.

'Echt waar?' Ik ging rechterop zitten. 'Waar?'

'Op Broadway. Volgens mij was het een reclame voor spijkerbroeken.'

'Ik heb er ook een gezien,' zei Megumi. 'Niet dat ik aandacht schonk aan wat hij aanhad. Die man is yummie.'

Ik moest glimlachen om het gesprek dat we hadden. Mijn moeder was heel goed in mannen bewonderen. Het was een van de vele redenen dat ze aan haar voeten lagen: ze zorgde ervoor dat ze zich lekker voelden. En Megumi was zeker niet haar mindere op dat terrein.

'Hij begint op straat herkend te worden,' zei ik, blij dat we het in dit geval hadden over een advertentie en niet over een foto van hem en mij in een roddelblad. Die bladen vonden het maar wat pikant dat de vriendin van Gideon Cross samenwoonde met een sexy mannelijk model.

'Natuurlijk,' zei mijn moeder, met een licht verwijtend toontje. 'Je twijfelde er toch niet aan dat dat uiteindelijk zou gebeuren?'

'Ik had het gehoopt,' verduidelijkte ik. 'Voor hem. Het is nu eenmaal een treurig feit dat de mannelijke modellen minder verdienen en minder werk hebben dan de vrouwelijke.' Toch had ik wel verwacht dat Cary op een of andere manier door zou breken. Op emotioneel vlak kon hij het zich gewoon niet veroorloven om niet door te breken. Hij had geleerd zoveel waarde te hechten aan zijn uiterlijk dat ik het idee had dat hij het zichzelf gewoon niet kon toestaan te mislukken. Een van mijn grootste angsten was dat zijn carrièrekeuze hem zou achtervolgen op een manier die we geen van beiden zouden kunnen verdragen.

Mijn moeder nam een delicaat slokje van haar Pellegrino. Het café was gespecialiseerd in menu-items die overladen waren met cacao, maar ze paste er wel voor op haar dagelijkse rantsoen calorieën niet te overschrijden met één maaltijd. Ik was niet zo voorzichtig. Ik had een combinatie van soep en een sandwich besteld, plus een dessert dat me later die dag minstens een uur extra op de loopband zou kosten. Ik praatte mijn onmatigheid goed door mezelf erop te wijzen dat ik ongesteld was, wat in mijn optiek een carte blanche was wat chocola betrof.

'En,' glimlachte Monica naar Megumi, 'ga je nog een keer afspreken met je blind date?'

'Ik hoop het.'

'Liefje, dat moet je niet aan het toeval overlaten!'

Terwijl mijn moeder haar wijsheid wat betreft de omgang met mannen begon te verkopen, leunde ik achterover en genoot van de aanblik. Ze was er vast van overtuigd dat iedere vrouw het verdiende om een rijke man te hebben die haar verwende, en voor het eerst sinds mensenheugenis concentreerde ze deze keer haar koppelingspraktijken niet op mij. Terwijl ik me zorgen maakte of mijn vader en Gideon wel met elkaar op zouden kunnen schieten, maakte ik me absoluut geen zorgen over wat mijn moeder ervan vond. We vonden allebei dat het de juiste man voor me was, ook al was dat om verschillende redenen.

'Je moeder is cool,' zei Megumi toen Monica naar het toilet ging om zich op te frissen voor we weggingen. 'En je lijkt ontzettend veel op haar, bofkont die je bent. Zou het niet vreselijk zijn om een moeder te hebben die er beter uitziet dan jij?'

Ik lachte en zei: 'Ik moet je vaker meenemen. Dit werkt perfect.'

'Lijkt me leuk.'

Toen het tijd was om te gaan, keek ik naar Clancy en de limousine die bij de stoeprand stond te wachten, en besefte dat ik zin had om er wat van de lunch af te lopen voor ik weer aan het werk ging. 'Ik denk dat ik ga lopen,' zei ik tegen hen. 'Ik heb te veel gegeten. Gaan jullie maar zonder mij.'

'Ik loop met je mee,' zei Megumi. 'Ik heb frisse lucht nodig, hoe heet die ook is. Die ingeblikte lucht in het kantoor droogt mijn huid uit.'

'Ik ga ook mee,' zei mijn moeder.

Ik keek sceptisch naar haar hoge hakken, maar aan de andere kant droeg mijn moeder nooit iets anders dan hakken. Voor haar was het waarschijnlijk hetzelfde om daarop te lopen als het voor mij was om op platte schoenen te lopen.

We liepen terug naar het Crossfire in het standaard looptempo voor Manhattan, wat veel weg had van een stevige, vastberaden mars. Hoewel het ontwijken van menselijke obstakels er normaal gesproken een groot deel van uitmaakte, was dat met mijn moeder voorop veel minder een probleem. Mannen gingen eerbiedig voor haar aan de kant, en volgden haar vervolgens met hun ogen. In haar eenvoudige, ijsblauwe, sexy wikkeljurkje zag ze er koel en verfrissend uit in de vochtige hitte.

We waren net de hoek omgeslagen bij het Crossfire toen ze plotseling bleef staan, waardoor Megumi en ik tegen haar op botsten. Ze strompelde wankelend vooruit, en ik kon haar nog net bij haar elleboog pakken zodat ze niet viel.

Ik keek naar de grond om te zien wat haar had opgehouden, maar toen ik niets zag, keek ik naar haar. Ze stond verdwaasd naar het Crossfire te kijken.

'Jezus, mam.' Ik trok haar weg uit de stroom voetgangers. 'Je bent zo wit als een vaatdoek. Heb je last van de hitte? Ben je duizelig?'

'Wat?' Ze greep naar haar hals. Haar opengesperde ogen bleven op het Crossfire gericht.

Ik draaide mijn hoofd om en volgde haar blik, in een poging te zien wat zij zag.

'Waar kijken jullie naar?' vroeg Megumi, die fronsend de straat in keek.

'Mrs. Stanton.' Clancy kwam aanlopen. Hij had de limousine waarmee hij ons op veilige maar discrete afstand had gevolgd, achtergelaten. 'Is alles in orde?'

'Zag je...' begon ze, terwijl ze vragend naar hem keek.

'Zag je wat?' vroeg ik, toen zijn hoofd omhoogschoot en zijn getrainde blik de hele lengte van de straat afzocht. Er ging een rilling langs mijn rug toen ik de volmaakte concentratie zag waarmee hij keek.

'Laat me jullie de rest van de weg rijden,' zei hij zacht.

De ingang van het Crossfire was aan de overkant van de straat, maar je kon aan Clancy's toon horen dat hij geen tegenspraak duldde. We stapten allemaal in, met mijn moeder voorin.

'Wat was er aan de hand?' vroeg Megumi nadat we waren afgezet en het koele gebouw in waren gegaan. 'Je moeder zag eruit alsof ze een geest had gezien.'

'Ik heb geen idee.' Maar het zat me niet lekker.

Iets had mijn moeder bang gemaakt. Totdat ik erachter kwam wat het was, zou ik er gek van worden.

7

Ik viel met zoveel kracht op mijn rug op de mat dat de lucht uit mijn longen werd geperst. Verdwaasd knipperde ik met mijn ogen naar het plafond en probeerde op adem te komen.

Het gezicht van Parker Smith kwam in beeld. 'Je bent m'n tijd aan het verdoen. Als je hier wilt zijn, wees dan ook *hier.* Voor de volle honderd procent. Jij zit met je gedachten heel ergens anders.'

Ik greep de hand die hij naar me uitstak en hij rukte me overeind. Om ons heen waren nog een stuk of zes van Parkers Krav Maga-leerlingen druk bezig. De studio in Brooklyn gonsde van het lawaai en de activiteit.

Hij had gelijk. Ik was nog steeds met mijn gedachten bij mama en hoe bizar ze gereageerd had toen we na de lunch naar het Crossfire waren teruggekeerd.

'Sorry,' mompelde ik. 'Ik zit even ergens mee.'

Hij bewoog zich razendsnel, en sloeg me eerst op een van mijn knieën en daarna tegen mijn schouder, met supersnelle tikken. 'Denk jij dat een aanvaller gaat zitten wachten tot jij alert en voorbereid bent voordat hij achter je aan komt?'

Ik dook in elkaar en dwong mezelf om me te concentreren. Ook Parker dook in elkaar en zijn bruine ogen waren hard en alert. Zijn geschoren hoofd en lichtbruine huid glansden onder de tl-lampen die aan het plafond hingen. De studio was ondergebracht in een verbouwd pakhuis, dat niet verder was afgewerkt, zowel om economische redenen als vanwege de sfeer. Mijn moeder en stiefvader waren zo paranoïde dat ze me door Clancy naar de lessen lieten brengen. De buurt werd op dit moment opgeknapt en dat vond ik bemoedigend, maar zij vonden het bedreigend.

Toen Parker me opnieuw benaderde, blokkeerde ik hem.

Daarna begon hij me snel en hevig aan te tikken, en schoof ik al mijn andere gedachten opzij tot later, als ik thuis was.

Toen Gideon ongeveer een uur later langskwam, trof hij me in bad aan, omgeven door kaarsen geparfumeerd met vanille. Hij kleedde zich uit om erbij te komen, ook al zag ik aan zijn vochtige haar dat hij al gedoucht had na de training met zijn personal trainer. Ik keek gefascineerd toe hoe hij zich uitkleedde. Het spel van zijn spieren onder zijn huid en zijn natuurlijke, sierlijke bewegingen gaven me een heerlijk tevreden gevoel.

Hij stapte de diepe ovale kuip in en ging achter me zitten. Hij liet zijn lange benen aan weerskanten van die van mij glijden. Hij sloeg zijn armen om me heen en tilde me tot mijn verrassing op en naar achteren, zodat ik op zijn schoot zat en mijn benen over die van hem gedrapeerd waren.

'Leun tegen me aan, engel,' mompelde hij. 'Ik moet je voelen.'

Ik zuchtte van genot en zonk weg tegen zijn harde, krachtige lichaam terwijl hij me wiegde. Mijn pijnlijke spieren werden zacht door die overgave en als altijd wilde ik me graag volledig naar zijn aanraking voegen. Zulke momenten vond ik heerlijk. De buitenwereld en onze emotionele triggers waren heel ver weg. Het waren momenten waarop ik zijn liefde voor mij, die hij niet wilde uitspreken, kon *voelen.*

'Ben je nog meer kneuzingen in de week aan het zetten?' vroeg hij met zijn wang tegen mijn wang gedrukt.

'M'n eigen stomme schuld. Ik was er met m'n hoofd niet bij.'

'Zat je aan mij te denken?' bromde hij zachtjes, en duwde met zijn neus tegen mijn oor.

'Was het maar zo.'

Hij was even stil, en schakelde toen over op een andere versnelling. 'Vertel wat je dwarszit.'

Ik vond het heerlijk dat hij me zo gemakkelijk kon lezen, en zijn benadering er zo snel op kon aanpassen. Ik probeerde net zo aanpassingsgezind te zijn voor hem. Flexibiliteit was nu eenmaal een eerste vereiste in een relatie tussen twee mensen die nogal wat onderhoud vergden.

Ik strengelde mijn vingers in die van hem en vertelde hem dat mijn moeder na de lunch zo vreemd gereageerd had.

'Ik dacht bijna dat als ik me omdraaide, ik mijn vader daar zou zien staan of zoiets. Ik vroeg me af... Jij hebt toch beveiligingscamera's die de hele voorkant van het gebouw beslaan?'

'Uiteraard. Ik zal het onderzoeken.'

'Het is een tijdsframe van niet meer dan tien minuten. Ik wil alleen maar weten of ik kan zien wat er is gebeurd.'

'Komt voor mekaar.'

Ik boog mijn hoofd achterover en kuste hem op zijn kaak. 'Dankjewel.'

Hij drukte zijn lippen op de bovenkant van mijn schouder. 'Engel, voor jou zou ik alles doen.'

'Valt praten over je verleden daar ook onder?' Ik voelde hem gespannen worden en sloeg mezelf in gedachten voor m'n kop. 'Niet nu meteen,' voegde ik er snel aan toe, 'maar wel een keer. Zeg me gewoon dat het ooit een keer gaat gebeuren.'

'Kom morgen met me lunchen. In mijn kantoor.'

'Gaan we er dan over praten?'

Gideon ademde nadrukkelijk uit. 'Eva.'

Ik draaide mijn gezicht weg en liet hem los, teleurgesteld over zijn ontwijkende gedrag. Ik pakte de randen van de badkuip en begon eruit te gaan, om weg te komen van de man met wie ik me op een of andere manier meer verbonden voelde dan ooit, maar die tegelijkertijd zo onmogelijk ver van me verwijderd was. Ik werd er af en toe echt gek van om bij hem te zijn en ik twijfelde voortdurend aan precies die dingen waar ik even daarvoor nog zeker van was geweest. En dat dan steeds opnieuw.

'Ik ben klaar,' mompelde ik en blies de dichtstbijzijnde kaars uit. De rook krulde omhoog en vervloog, net zo vluchtig als mijn greep op de man van wie ik hield. 'Ik ga eruit.'

'Nee.' Hij legde zijn handen om mijn borsten en hield me tegen. Het water klotste om ons heen doordat ik met zoveel ergernis bewoog.

'Laat me nou gaan, Gideon.' Ik pakte zijn polsen om zijn handen weg te trekken.

Hij begroef zijn gezicht in mijn hals en bleef me koppig vasthouden. 'Het gaat heus nog wel een keer gebeuren. Oké? Laten we nou... Het gaat echt een keer gebeuren.'

Ik gaf het op en voelde maar weinig van de triomf die ik had gehoopt te voelen toen ik het hem had gevraagd en me op zijn antwoord had voorbereid.

'Kunnen we het vanavond even laten rusten?' vroeg hij nors, terwijl hij me nog steeds stevig vasthield. 'Alles even laten rusten? Ik wil gewoon bij je zijn, goed? Wat eten laten komen, tv-kijken, je vasthouden als ik slaap. Is dat goed?'

Ik besefte dat er iets met hem was en draaide me om zodat ik hem kon aankijken. 'Wat is er aan de hand?'

'Ik wil gewoon even bij je zijn.'

Mijn ogen prikten van de tranen. Er was nog meer waar hij me niets over vertelde, nog zoveel meer. Onze relatie was heel snel een mijnenveld van onuitgesproken woorden en geheimen aan het worden. 'Oké.'

'Dat heb ik nodig, Eva. Jij en ik, en even geen drama's.' Met zijn natte vingertoppen streek hij over mijn wang. 'Wil je me dat alsjeblieft geven? Geef me dan een kus.'

Ik draaide me om, ging zo op hem zitten dat mijn benen langs zijn heupen hingen en legde mijn handen om zijn gezicht. Ik kantelde mijn hoofd om de perfecte invalshoek te vinden en drukte mijn lippen tegen die van hem. Ik begon zacht en langzaam, likkend en zuigend. Ik trok zacht aan zijn onderlip en nodigde hem uit om onze problemen te vergeten door plagend met mijn tong langs die van hem te strelen.

'Kus me dan, verdomme,' grauwde hij, terwijl hij met zijn handen mijn ruggengraat omvatte en daar rusteloos begon te kneden. 'Kus me alsof je van me houdt.'

'Dat doe ik ook,' zei ik en ik sprak de woorden in zijn mond uit. 'Daar kan ik niets aan doen.'

'Engel.' Hij duwde zijn handen door mijn vochtige haar, hield me daar waar hij me wilde hebben en kuste me helemaal wezenloos.

Na het eten werkte Gideon nog in bed, met zijn rug tegen het hoofdeinde en zijn laptop op een lapdesk. Ik lag uitgestrekt op mijn buik op bed, keek televisie en trappelde met mijn voeten in de lucht.

'Ken je alle zinnen uit deze film uit je hoofd?' vroeg hij, in een poging mijn aandacht af te leiden van *Ghostbusters* en naar hem te kijken. Hij droeg een zwarte boxershort en verder niets.

Ik vond het heerlijk om hem zo te zien: ontspannen, op zijn gemak, intiem. Ik vroeg me af of Corinne dat ooit had gezien. Zo ja, dan kon ik me voorstellen dat ze dat ontzettend graag weer wilde zien, omdat ik dit voorrecht ontzettend graag wilde houden.

'Zou kunnen,' gaf ik toe.

'En moet je ze dan allemaal hardop uitspreken ook?'

'Heb je daar bezwaar tegen, kanjer?'

'Nee.' Zijn ogen glansden van de pret en zijn mond krulde. 'Hoe vaak heb je die film gezien?'

'Wel tig keer.' Ik draaide me om en ging op handen en voeten staan. 'Wil je nog meer horen?'

Hij trok een van zijn donkere wenkbrauwen omhoog.

'Ben jij de Sleutelbewaarder?' gromde ik, en ik kroop naar voren.

'Engel, als je zo naar me kijkt, ben ik alles wat je maar wilt.'

Ik keek naar hem vanonder mijn halfgesloten oogleden en zei hees: 'Wil je dit lichaam?'

Grijnzend zette hij zijn lapdesk opzij. 'De godganse dag.'

Ik sloeg een been over zijn benen heen en klom op zijn torso. Ik legde mijn armen om zijn schouders en gromde: 'Kus me, onderwezen.'

'Zo gaat dat zinnetje helemaal niet. En ik was toch een genotsgod? Ben ik nu opeens een onderwezen?'

Ik drukte mijn spleetje tegen de harde richel van zijn pik en draaide met mijn heupen. 'Jij bent wat ik wil dat je bent, weet je nog?'

Gideon greep mijn ribbenkast en kantelde zijn hoofd achterover. 'En wat mag dat dan wel zijn?'

'Van mij.' Ik beet zachtjes in zijn hals. 'Helemaal van mij.'

Ik kon geen lucht krijgen. Ik probeerde te gillen, maar mijn neus was afgedekt... mijn mond gesnoerd. Een piepend kreuntje was het enige geluid dat naar buiten kwam, mijn wanhopige hulpkreten bleven in mijn hoofd steken.

Ga van me af! Stop! Raak me niet aan. O, god... doe me dat *alsjeblieft niet aan.*

Waar was mama? *Ma-ma!*

Nathans hand lag over mijn mond. Hij wreef hardhandig over mijn lippen. Met het gewicht van zijn lichaam drukte hij me omlaag en plette mijn hoofd in het kussen. Hoe meer ik vocht, hoe opgewondener hij werd. Hij hijgde als een wild dier en stootte in me, steeds maar weer... hij probeerde zich in me te proppen. Mijn slipje zat in de weg en beschermde me tegen de verscheurende pijn die ik al ontelbare keren had moeten doorstaan.

Alsof hij mijn gedachten kon lezen, gromde hij in mijn oor: 'Je hebt nog geen pijn gevoeld, maar dat komt nog wel.'

Ik verstijfde. Het besef kwam over me heen als een emmer ijswater. Ik *kende* die stem.

Gideon. Nee!

Mijn bloed gonsde in mijn oren. Ik werd misselijk. Er spoelde gal in mijn mond.

Het was erger, zoveel erger wanneer degene die je probeerde te verkrachten iemand was aan wie je je leven toevertrouwde.

Angst en woede kwamen samen in een krachtige roes. Op een helder moment hoorde ik Parker opeens zijn bevelen tegen me blaffen en toen kwamen de basisvaardigheden bovendrijven.

Ik viel de man aan van wie ik hield, de man die nachtmerries had die op een huiveringwekkende manier overliepen in die van mij. We waren allebei overlevenden van seksueel misbruik, maar in mijn dromen was ik nog steeds slachtoffer. In zijn dromen was hij de agressor geworden, gewelddadig en vastberaden om zijn aanvaller dezelfde martelingen en vernederingen toe te brengen als hij zelf had ondergaan.

Met gestrekte vingers ramde ik Gideon in zijn hals. Hij deinsde achteruit, vloekte en ging verliggen, en toen beukte ik mijn knie tussen zijn benen. Hij vouwde dubbel en viel van me af. Ik rolde het bed uit en viel met een dreun op de vloer. Ik krabbelde overeind en vloog naar de deur die naar de gang leidde.

'Eva!' snakte hij, toen hij wakker werd en zich bewust was geworden van wat hij me in zijn slaap bijna had aangedaan. 'O god. *Eva.* Wacht!'

Ik schoot de deur uit en rende de woonkamer in.

Ik vond een donker hoekje, rolde me op tot een bal en kon maar met moeite ademhalen. Mijn gesnik galmde door het appartement. Ik drukte mijn lippen op mijn knie toen het licht in mijn slaapkamer aanging. Ik bewoog me niet en maakte geen geluid toen Gideon een eeuwigheid later de woonkamer binnenstapte.

'Eva? Jezus. Gaat het? Heb ik... je pijn gedaan?'

Atypische seksuele parasomnia: zo noemde Dr. Petersen de uiting van Gideons diepe psychologische trauma. Ik noemde het de hel. En daar zaten we allebei in gevangen.

Met zijn lichaamstaal brak hij mijn hart. Zijn gebruikelijke trotse uitstraling ging gebukt onder verslagenheid, zijn schouders hingen omlaag en zijn hoofd was gebogen. Hij was volledig aangekleed en had zijn weekendtas in de hand. Hij bleef stilstaan bij de ontbijtbar. Ik deed net mijn mond open om iets te zeggen toen ik het geluid van metaal tegen het stenen blad van de bar hoorde.

De vorige keer had ik hem tegengehouden. Toen had ik ervoor gezorgd dat hij bleef. Deze keer kon ik dat niet opbrengen.

Deze keer wilde ik dat hij wegging.

De nauwelijks hoorbare vergrendeling van het voordeurslot dreunde door me heen. Er ging iets dood in me. Er welde paniek in me op. Ik miste hem zodra hij was vertrokken. Ik wilde niet dat hij bleef. Ik wilde niet dat hij wegging.

Ik weet niet hoe lang ik daar in de hoek had gezeten voordat ik de kracht vond om op te staan en op de bank te gaan zitten. Het drong vaag tot me door dat het buiten langzaam licht werd en ergens in de verte hoorde ik Cary's mobiele telefoon overgaan. Kort daarna kwam hij de woonkamer in rennen.

'Eva!' Hij was in een seconde bij me, en hurkte voor me neer met zijn handen op mijn knieën. 'Hoe ver is hij gegaan?'

Ik keek hem aan. 'Wat?'

'Cross belde me. Zei dat hij weer een nachtmerrie had gehad.'

'Er is niets gebeurd.' Ik voelde een hete traan langs mijn wang glijden.

'Je ziet eruit alsof er wel iets is gebeurd. Je ziet...'

Ik pakte zijn polsen toen hij met een vloek opstond. 'Er is niets aan de hand met me.'

'Shit, Eva. Zo heb ik je nog nooit gezien. Ik kan het niet verdragen.' Hij ging naast me zitten en trok me tegen zijn schouder aan. 'Zo is het genoeg, hoor. Je moet het uitmaken.'

'Die beslissing kan ik nu niet nemen.'

'Waar wacht je dan op?' Hij duwde me achteruit om me indringend aan te kijken. 'Als je te lang wacht, wordt dit niet gewoon weer een slechte relatie, maar eentje waar je permanent door beschadigd wordt.'

'Als ik hem opgeef, heeft hij niemand meer. Ik kan niet...'

'Dat is jouw probleem niet. Eva, godverdomme. Het is niet jouw verantwoordelijkheid om hem te redden.'

'Ja, maar het is... je snapt het niet.' Ik legde mijn armen om hem heen. Ik liet mijn gezicht op zijn schouder rusten en huilde. 'Hij redt mij.'

Ik moest overgeven toen ik Gideons sleutel van mijn appartement daar op de ontbijtbar zag liggen. Ik haalde de gootsteen nog net op tijd.

Toen mijn maag leeg was, bleef er een pijn over die zo afschuwelijk was dat ik erdoor verlamd werd. Ik hield me aan de rand van de bar vast, naar adem snakkend en zwetend, en ik moest zo hard huilen dat ik me afvroeg hoe ik de volgende vijf minuten door zou komen, laat staan de rest van de dag. Of de rest van mijn leven.

De laatste keer dat Gideon me mijn sleutels had teruggegeven, waren we vier dagen uit elkaar geweest. Ik kon er alleen maar van uitgaan dat hij, door dat gebaar te herhalen, wilde aangeven dat het nu voorgoed uit was. Wat had ik gedaan? Waarom had ik hem niet tegengehouden? Met hem gepraat? Ervoor gezorgd dat hij zou blijven?

Mijn smartphone gaf aan dat ik een sms'je had. Ik strompelde naar mijn tas en pakte hem eruit, hopend dat het Gideon was. Hij had al drie keer met Cary gepraat, maar met mij had hij nog geen contact opgenomen.

Toen ik zijn naam op het scherm zag, schoot er een zoete, scherpe pijn door mijn borstkas.

Er stond: Ik werk vandaag thuis. Angus zal buiten staan om je naar je werk te brengen.

Mijn maag verkrampte weer van angst. Het was voor ons allebei een ontzettend moeilijke week geweest. Ik begreep wel waarom hij het gewoon opgegeven had. Toch voelde ik zo'n kille, verraderlijke angst dat ik er kippenvel van kreeg.

Mijn vingers trilden terwijl ik hem terugsms'te: Zie ik je vanavond?

Er gebeurde een hele tijd niets. Het duurde zo lang dat ik al op het punt stond een 'ja' of een 'nee' te eisen toen hij antwoordde: Reken er niet op. Heb afspr met Dr. Petersen en veel werk.

Ik greep mijn telefoon steviger beet. Na drie pogingen kon ik pas typen: Ik wil je zien.

Het duurde heel lang voordat er iets terugkwam. Ik raakte bijna in paniek en wilde net mijn vaste telefoon pakken toen hij antwoordde: Ik kijk wel even.

O god... de tranen maakten het me erg moeilijk om de letters te zien. Hij had er genoeg van. Ik wist het diep in mijn hart. Niet vluchten. Doe ik ook niet.

Het leek wel eeuwig te duren voordat hij antwoordde: Kun je beter wel doen.

Ik overwoog om me ziek te melden, maar ik deed het niet. Dat mocht ik niet doen. Ik had dat vroeger al veel te vaak gedaan. Ik wist dat ik heel gemakkelijk in mijn oude zelfdestructieve patronen kon vervallen om de pijn te verdoven. Ik vond het afschuwelijk om Gideon te verliezen, maar het zou nog erger zijn als ik mezelf verloor.

Ik moest volhouden. Doorzetten. Ik moest me zien te redden. Stap voor stap.

En dus klom ik op tijd achter in de Bentley, en terwijl het

gedeprimeerde gezicht van Angus me alleen maar bezorgder maakte, trok ik me in mezelf terug en schakelde ik over op de automatische piloot van zelfbescherming waarmee ik me door de komende uren zou slepen.

Mijn dag trok als in een waas aan me voorbij. Ik werkte hard en richtte me op wat ik moest doen. Zo lukte het om niet gek te worden, maar veel plezier had ik er niet in. Tijdens de lunch ging ik een boodschap doen. Ik moest er niet aan denken om nu te eten of met iemand te kletsen. Toen de dag erop zat, besloot ik bijna om niet naar de Krav Maga-les te gaan, maar ik sloeg me erdoorheen en gaf ongeveer net zoveel aandacht aan de oefeningen als ik aan mijn werk had gegeven. Ik moest vooruit blijven kijken, ook al ging ik een richting op waar ik niet heen wilde.

'Beter,' zei Parker tijdens een pauze. 'Je bent er nog steeds niet echt bij, maar wel meer dan gisteravond.'

Ik knikte en veegde met een handdoek het zweet van mijn gezicht. Ik was met Parkers lessen begonnen als een intensiever alternatief voor mijn gebruikelijke bezoekjes aan de sportschool, maar gisteravond was wel gebleken dat mijn persoonlijke veiligheid meer dan een mooie bijkomstigheid was.

De *tribal*-tatoeages die als een band om zijn biceps lagen, rekten mee terwijl hij een waterfles aan zijn lippen zette. Hij was linkshandig, en zijn eenvoudige gouden trouwring weerkaatste het licht in mijn ogen. Dat deed me denken aan de ring aan mijn rechterhand en ik keek ernaar. Ik dacht terug aan het moment waarop Gideon me hem had gegeven en hij had gezegd dat de met diamanten bedekte x'jes die om de gevlochten goudstrengen heen lagen, betekenden dat wij 'een band hadden samen'. Ik vroeg me af of hij er nog steeds zo over dacht, of hij nog steeds vond dat het de moeite waard was om het te proberen. Zelf was ik vastbesloten dat te doen.

'Ben je d'r klaar voor?' vroeg Parker, terwijl hij zijn lege fles in de vuilnisbak gooide.

'Kom maar op.'

Hij grijnsde. 'Ha, zo ken ik je weer.'

Parker nam me nog steeds flink te grazen, maar dat kwam

deze keer niet doordat ik mijn best niet deed. Ik was er de hele tijd bij en reageerde mijn frustratie af met een goede, gezonde inspanning. De paar overwinningen die ik op mijn naam kon schrijven maakten me ook vastberaden om voor mijn wankele relatie te vechten. Ik was bereid om er tijd aan te besteden en er moeite voor te doen om er voor Gideon te zijn, om een betere en sterkere persoon te zijn, zodat we onze problemen konden aanpakken. En ik was van plan hem dat te vertellen, of hij het nou wilde horen of niet.

Toen mijn uur voorbij was, pakte ik mijn spullen en zei ik de andere leerlingen gedag. Ik duwde tegen de stang van de deur van de uitgang en stapte de nog warme avondlucht in. Clancy had de auto al voorgereden en leunde tegen de bumper in een pose die alleen een sukkel nonchalant zou noemen. Ondanks de hitte droeg hij een jack, omdat hij daarin zijn revolver verborg.

'Gaat ie een beetje?' Hij ging rechtop staan om de deur voor me open te houden. Zo lang als ik hem kende, had hij zijn donkerblonde haar al heel kort, als een militair. Het droeg bij aan de indruk dat hij een nogal zwaarmoedige man was.

'Ik doe m'n best.' Ik gleed achterin en zei tegen Clancy dat hij me bij Gideon moest afzetten. Ik had zelf een sleutel en die zou ik gebruiken ook.

Onderweg daar naartoe vroeg ik me af of Gideon naar zijn afspraak met Dr. Petersen was gegaan of dat hij had afgezegd. Hij had alleen maar met individuele therapie ingestemd vanwege mij. Als hij geen rekening meer met me hoefde te houden, zag hij misschien niet in waarom hij die moeite zou nemen.

Ik kwam de ingetogen maar elegante hal van Gideons appartementengebouw binnen en meldde me bij de receptie. Pas toen ik in mijn eentje in zijn privélift stond, kreeg ik goed de zenuwen. Hij had me een paar weken daarvoor op zijn lijst van goedkeuring gezet. Dat was een gebaar dat zowel voor hem als voor mij zoveel meer betekende dan voor anderen, omdat Gideons huis zijn toevluchtsoord was, een plek die hij maar aan weinig bezoekers liet zien. Ik was de enige minnares die hij daar ooit had ontvangen en de enige persoon, afgezien van zijn huishoudelijk personeel, die een sleutel had. Gisteren zou ik er niet aan hebben getwijfeld of ik welkom was, maar nu...

Ik liep een kleine foyer binnen met marmeren tegels in een schaakbordpatroon op de vloer, en een antieke consoletafel waarop een gigantisch boeket van witte aronskelken stond. Voordat ik zijn voordeur openmaakte, haalde ik diep adem en zette me schrap voor hoe ik hem zou aantreffen. De enige andere keer dat hij me in zijn slaap had aangevallen, was hij volkomen ontredderd geweest. Ik was bang voor wat de tweede keer bij hem had aangericht. Als zijn nachtmerries maar niet de wig waren waardoor we uit elkaar werden gedreven.

Maar zodra ik zijn appartement binnenstapte, wist ik dat hij niet thuis was. Hier hing duidelijk niet de energie die door een ruimte gonsde waarin hij zich bevond.

Door mijn bewegingen gingen de lichten automatisch aan toen ik de ruime woonkamer binnenkwam en ik dwong mezelf te doen alsof ik thuis was. Mijn eigen kamer was een eindje verderop de hal door, en ik ging ernaartoe. Ik bleef even op de drempel staan om de absurde aanblik in me op te nemen van de kopie van mijn eigen slaapkamer in Gideons woning. Het leek er ongelooflijk veel op, van de kleur van het behang tot het meubilair en de stoffering, maar ik werd toch wel nerveus van het bestaan ervan.

Gideon had hem bedoeld als mijn veilige zone, een plek waar ik naartoe kon vluchten als ik wat ruimte nodig had. In een bepaald opzicht vluchtte ik er nu blijkbaar ook heen, door die kamer te gebruiken in plaats van zijn woonkamer.

Ik zette mijn sporttas en handtas op het bed, nam een douche en trok een van de Cross Industries-T-shirts aan die Gideon voor me had klaargelegd. Ik probeerde er niet aan te denken waarom hij nog steeds niet thuis was. Ik had net een glas wijn ingeschonken en de televisie in zijn woonkamer aangezet toen mijn smartphone ging.

'Hallo?' zei ik, omdat ik het nummer zonder naam op het scherm niet herkende.

'Eva? Je spreekt met Shawna.'

'O! Hé, Shawna.' Ik probeerde niet teleurgesteld te klinken.

'Ik hoop dat ik je niet stoor door zo laat te bellen.'

Ik keek naar het scherm van mijn telefoon en zag dat het bijna negen uur was. Er kwam wat jaloezie bij mijn bezorgdheid. Waar was hij toch? 'Geeft niet, hoor. Ik zit toch maar een beetje tv te kijken.'

'Sorry dat ik gisteravond niet kon opnemen. Ik weet dat het kort dag is, maar ik wilde kijken of je zin had om vrijdag mee te gaan naar een concert van Six-Ninths.'

'Wat voor concert?'

'Six-Ninths. Ken je die niet? Tot eind vorig jaar waren ze een alternatief bandje. Ik ben ze al een tijdje aan het volgen en ze gaven hun mailinglijst voorrang, dus heb ik kaartjes kunnen scoren. Het zit zo: iedereen die ik ken, houdt van hiphop en dance. Ik wil nou niet zeggen dat je mijn laatste kans bent, maar eh... nou eigenlijk wel: je bent mijn laatste kans. Ik hoop dat je van alternatieve rock houdt.'

'Ik hou van alternatieve rock, ja.' Mijn telefoon piepte. Een inkomend gesprek. Toen ik zag dat het Cary was, liet ik hem naar mijn voicemail gaan. Ik verwachtte dat ik niet heel lang met Shawna zou spreken, dus ik kon hem zo terugbellen.

'Hoe wist ik dat nou, hè?' Ze lachte. 'Ik heb vier kaartjes, dus je kunt nog iemand meenemen. Zullen we om zes uur afspreken? Kunnen we eerst even ergens wat eten. Het begint om negen uur.'

Gideon kwam binnen, net toen ik antwoordde: 'Is goed. Dan hebben we een date.'

Hij stond net binnen de deur met zijn jasje over een arm geslagen, het bovenste knoopje van zijn overhemd los en een aktetas in zijn hand. Hij had zijn masker op en liet geen enkele emotie zien over het feit dat hij me uitgestrekt op zijn bank in zijn T-shirt zag liggen, met een glas wijn op zijn tafel en met zijn televisie aan. Hij graasde me van top tot teen af, maar er twinkelde niets in die beeldschone ogen. Opeens voelde ik me ongemakkelijk en ongewenst.

'Ik bel je nog terug over dat andere kaartje,' zei ik tegen Shawna en ik ging langzaam zitten, zodat ik hem geen inkijk gaf. 'Ik vind het leuk dat je aan me hebt gedacht. Dankjewel.'

‘Ik vind het leuk dat je komt! Het wordt vast erg gezellig.’

We spraken af de volgende dag verder te praten en verbraken de verbinding. Ondertussen zette Gideon zijn aktetas neer en gooide zijn jasje over de armleuning van een van de vergulde stoelen die bij de uiteinden van de koffietafel stonden.

‘Hoe lang ben je hier al?’ vroeg hij, terwijl hij de knoop van zijn das losrukte.

Ik stond op. Mijn handpalmen werden vochtig bij de gedachte dat hij me er misschien uit zou gooien. ‘Niet zo lang.’

‘Heb je al gegeten?’

Ik schudde mijn hoofd. Ik had de hele dag niet veel kunnen eten. Ik was de sessie met Parker doorgekomen dankzij een sportdrankje dat ik tijdens mijn lunch gehaald had.

‘Bestel maar iets.’ Hij liep langs me heen naar de hal. ‘Er liggen menu’s in de keukenla bij de koelkast. Ik ga even snel douchen.’

‘Wil jij ook iets?’ vroeg ik, terwijl hij me zijn rug toekeerde en wegliep.

Hij bleef niet staan en keek me ook niet aan. ‘Ja, ik heb ook nog niet gegeten.’

Uiteindelijk koos ik voor een plaatselijke delicatessenwinkel die biologische tomatensoep en verse baguettes zou hebben – omdat ik dacht dat mijn maag dat wel aan zou kunnen – toen mijn telefoon weer ging.

‘Hoi Cary,’ antwoordde ik, en ik wenste dat ik thuis bij hem was en niet op het punt stond een pijnlijke breuk mee te maken.

‘Hé, Cross was hier net. Hij zocht je. Ik zei dat hij op moest donderen.’

‘Hè, Cary.’ Ik zuchtte. Ik kon het hem niet kwalijk nemen: ik had hetzelfde voor hem gedaan. ‘Dank je dat je me het even laat weten.’

‘Waar ben je nu?’

‘Ik ben bij hem, heb op hem gewacht. Hij is net binnengekomen. Ik denk dat ik wel snel thuis zal zijn.’

‘Ga je hem dumpen?’

‘Ik denk dat dat zijn plan is.’

Hij ademde hoorbaar uit. 'Ik weet wel dat je er nog niet klaar voor bent, maar het is wel beter zo. Je moet zo snel mogelijk Dr. Travis bellen, hoor. Heb het er met hem over. Hij zal je wel helpen alles in perspectief te plaatsen.'

Ik probeerde de brok in mijn keel weg te slikken. 'Maar ik ben... tja. Misschien heb je gelijk.'

'Gaat het wel goed met je?'

'Er gezamenlijk een eind aan maken heeft in elk geval nog enige waardigheid. Dat is tenminste wat.'

Iemand trok de telefoon uit mijn hand.

Gideon keek me aan terwijl hij zei: 'Dag, Cary,' zette vervolgens mijn telefoon uit en legde hem op de bar. Zijn haar was nat en hij droeg een zwarte pyjamabroek die laag om zijn heupen hing. Die aanblik kwam hard bij me aan. Het herinnerde me aan alles wat ik op het punt stond te verliezen als ik hem verloor: die ademloze verwachtingen en verlangens, de troost en de intimiteit, het ongrijpbare idee dat het *goed zat*, waardoor alles de moeite waard werd.

'Met wie heb je een date?' vroeg hij.

'Hè? O, met Shawna, Marks schoonzus. Ze heeft kaartjes voor een concert aanstaande vrijdag.'

'Heb je al bedacht wat je wilt eten?'

Ik knikte en trok een beetje aan de zoom van mijn T-shirt omdat het tot op mijn dijen kwam en ik me daardoor nogal opgelaten voelde.

'Geef me eens een glas van wat jij drinkt.' Hij strekte zijn arm langs me heen en pakte het menu dat ik op de bar had neergelegd. 'Ik bestel wel. Wat wil jij?'

Het was een opluchting om naar de kast te kunnen lopen waar de wijnglazen stonden. 'Soep. Met stokbrood.'

Terwijl ik de kurk van de fles merlot haalde die ik op de bar had laten staan, hoorde ik hem de delicatessenwinkel bellen en een bestelling plaatsen, met die ferme, raspende stem van hem die ik al fantastisch vond vanaf het moment dat ik hem voor het eerst hoorde. Hij bestelde tomatensoep en kip met noedels, waardoor ik een pijnlijke spanning in mijn borstkas voelde. Zonder dat ik het hem had gezegd, had hij besteld wat ik wilde.

Het was een van de vele dingen die altijd weer bij elkaar kwamen en die me altijd het gevoel gaven dat we waren voorbestemd om samen op dezelfde plek te eindigen. Als we dat ooit haalden.

Ik gaf hem het glas dat ik voor hem had ingeschonken en keek hoe hij een slok nam. Hij zag er vermoeid uit en ik vroeg me af of hij net als ik de hele nacht op was gebleven.

Hij liet het glas zakken en likte de wijn die nog aan zijn lippen hing, af. 'Ik ging naar jouw huis om je te zoeken. Ik neem aan dat Cary je dat wel heeft verteld.'

Ik wreef over de pijnlijke plek op mijn borstkas. 'Het spijt me... van dit en...' Ik gebaarde naar wat ik aanhad. 'Hè verdomme. Ik heb dit niet goed aangepakt.'

Hij leunde achterover tegen de bar en legde zijn enkels over elkaar. 'Ga verder.'

'Ik dacht dat je thuis zou zijn. Ik had eerst even moeten bellen. Toen je niet thuis was, had ik gewoon een andere keer moeten komen in plaats van me hier zo te installeren.' Ik wreef in mijn prikkende ogen. 'Ik... ik weet niet zo goed wat er allemaal gebeurt. Ik ben niet helemaal helder.'

Hij zette zijn borstkas uit met een diepe ademhaling. 'Als je zit te wachten tot ik het met je uitmaak, kun je daar nu wel mee ophouden.'

Ik pakte het keukeneiland beet voor een beetje steun. *Is dit het dan? Moet het dan zo eindigen?*

'Ik kan het niet,' zei hij ronduit. 'Ik kan niet eens zeggen dat ik je zal laten gaan, als dat is waar je voor gekomen bent.'

Wat? Ik fronste mijn wenkbrauwen. Ik begreep er niets van. 'Maar je liet je sleutel bij mij achter.'

'Die wil ik terug.'

'Gideon.' Ik deed mijn ogen dicht en de tranen stroomden over mijn wangen. 'Je bent een sukkel.'

Ik liep weg naar mijn slaapkamer, met een snelle, beetje wiebelige pas die niets te maken had met het kleine beetje wijn dat ik ophad.

Ik stond op het punt mijn kamer in te gaan toen hij me bij mijn elleboog greep.

'Ik zal je niet naar binnen volgen,' zei hij kortaf, en hij boog zijn hoofd naar mijn oor. 'Dat heb ik je beloofd. Maar ik wil je vragen of je hier blijft en met me praat. Luister in elk geval naar me. Je bent hier helemaal naartoe gekomen...'

'Ik heb iets voor je.' Ik vond het moeilijk om de woorden uit mijn gespannen keel te krijgen.

Hij liet me gaan en ik liep snel naar mijn handtas. Daarna keek ik hem aan en vroeg: 'Maakte je het uit toen je de sleutel op mijn bar legde?'

Hij strekte zich uit in de deuropening. Hij hield zijn handen boven zijn schouders en zijn knokkels waren wit van de kracht waarmee hij de deurlijst vastgreep, alsof hij zich er lichamelijk van weerhield om me te volgen. Die houding liet zijn lichaam prachtig uitkomen. Al zijn spieren waren mooi zichtbaar en de heupband met het koord erin liet zijn broek nog net aan zijn heupbotten hangen. Ik begeerde hem met elke ademhaling.

'Ik dacht niet zo ver vooruit,' biechtte hij op. 'Ik wilde alleen maar dat je je veilig zou voelen.'

Ik kneep harder in het object dat ik in mijn hand had. 'Daar heb je mijn hart mee uitgerukt, Gideon. Je hebt geen idee wat het met me deed om die sleutel daar te zien liggen. Hoeveel pijn dat deed. Geen flauw idee.'

Hij kneep zijn ogen dicht en boog zijn hoofd. 'Ik heb er niet goed over nagedacht. Ik dacht dat ik er goed aan deed...'

'Ach, sodemieter op. Sodemieter toch op met je stomme hoffelijkheid of waar je in godsnaam ook dacht dat je mee bezig was. Wil je dat nooit meer doen?' Mijn stem werd scherp. 'Ik zal je één ding vertellen, en ik meen het zoals ik nog nooit iets gemeend heb: als je me ooit mijn sleutels weer teruggeeft, is het afgelopen tussen ons. Dan is er geen weg meer terug. Heb je dat begrepen?'

'Ja, dat begrijp ik. Maar ik weet niet of jij het zelf wel begrijpt.'

Mijn adem kwam er bibberend uit. Ik liep op hem af. 'Geef me je hand.'

Zijn linkerhand bleef op de deurpost rusten, maar zijn rechterhand liet hij zakken en die stak hij naar me uit.

'Ik heb je nooit de sleutel van mijn huis gegeven: die heb je gewoon gepakt.' Ik pakte zijn hand met beide handen vast en legde mijn presentje op zijn handpalm. 'En daarom geef ik je hem nu.'

Ik deed een stap achteruit en liet hem los. Ik bleef naar hem kijken terwijl hij omlaag keek naar de glanzende sleutelhanger met zijn monogram erop, waar de sleutel van mijn appartement aan hing. Het was de beste manier die ik kon verzinnen om hem te laten zien dat hij bij hem hoorde en dat ik hem vrijwillig aan hem gaf.

Zijn hand werd een vuist en sloot zich stevig om mijn cadeau. Na een minuut keek hij naar me op en zag ik de tranen die zijn gezicht nat hadden gemaakt.

'Nee,' fluisterde ik. Mijn hart brak nu echt. Ik legde mijn handen om zijn gezicht en met mijn duimen streek ik over zijn jukbeenderen. 'Doe dat nou alsjeblieft niet...'

Gideon pakte me vast en drukte zijn lippen op die van mij. 'Ik kan je niet opgeven.'

'Sst.'

'Ik zal je pijn doen. Dat heb ik al gedaan. Je verdient beter...'

'Hou je mond, Gideon.' Ik klom in hem en strengelde mijn benen rond zijn middel en hield hem zo vast.

'Cary vertelde me hoe je eruitzag...' Hij begon hevig te trillen. 'Je ziet zelf niet wat ik je aandoe. Ik maak je nog kapot, Eva.'

'Dat is niet waar.'

Hij zonk op zijn knieën op de vloer en klampte zich aan me vast. 'Ik heb je hierin verstrikt. Je ziet het nu niet, maar je wist vanaf het begin... Je wist wat ik met je zou doen, maar ik wilde je niet laten gaan.'

'Ik loop niet meer weg. Jij hebt me sterker gemaakt. Je hebt me een reden gegeven om nog meer mijn best te doen.'

'God.' Zijn ogen zagen er opgejaagd uit. Hij strekte zijn benen uit over de vloer en trok me dichter tegen zich aan. 'Het is allemaal zo gestoord en ik heb alles helemaal verkeerd aangepakt. We gaan er nog aan onderdoor. We gaan elkaar te lijf tot er niks meer van ons over is.'

'Ach, hou toch je mond. Ik wil niks meer van die onzin horen. Ben je nog naar Dr. Petersen gegaan?'

Hij liet zijn hoofd achterover tegen de muur vallen en deed zijn ogen dicht. 'Ja, verdomme.'

'Heb je hem over afgelopen nacht verteld?'

'Ja.' Hij perste zijn kaken op elkaar. 'En hij zei hetzelfde als waar hij vorige week mee kwam. Dat we er veel te diep in zitten. We verzuipen elkaar. Hij vindt dat we een stapje terug moeten doen: platonisch daten, apart slapen, meer tijd met anderen en minder tijd met elkaar doorbrengen.'

Dat zou ook beter zijn, dacht ik. Beter voor onze geestestoestand, beter voor onze kansen. 'Dan hoop ik dat hij een plan B heeft.'

Gideon deed zijn ogen open en keek naar mijn ernstige blik. 'Dat zei ik ook. Weer.'

'Wat dan nog als we niet helemaal goed bij ons hoofd zijn. Elke relatie heeft zo haar problemen.'

Hij snoof.

'Nee, echt waar,' hield ik vol.

'Apart slapen gaan we in elk geval *wel*. Dat is iets wat ik uit de hand heb laten lopen.'

'Ieder in zijn eigen bed of ieder in zijn eigen appartement?'

'Bed. Anders verdraag ik het helemaal niet.'

'Goed dan.' Ik zuchtte en liet mijn hoofd op zijn schouder rusten. Ik was zo dankbaar dat ik hem weer in mijn armen had en dat we samen waren. 'Dat kan ik wel aan. Voorlopig.'

Hij begon moeilijk te slikken. 'Toen ik thuiskwam en je hier aantrof...' Hij drukte zijn armen nog steviger om me heen. 'God, Eva. Ik dacht dat Cary stond te liegen dat je niet thuis was, dat je me gewoon niet wilde zien. En toen dacht ik dat je misschien uit was gegaan... doorgaan met je leven.'

'Jij bent niet iemand over wie je je snel heen zet, Gideon.' Ik dacht dat ik nooit over hem heen zou komen. Hij zat in mijn bloed. Ik ging rechtop zitten zodat hij mijn gezicht kon zien.

Hij legde zijn hand op zijn hart, de hand waarmee hij de sleutel nog steeds vasthield. 'Dankjewel hiervoor.'

'Raak hem niet kwijt,' waarschuwde ik hem weer.

'Zorg jij dat je er geen spijt van krijgt dat je hem aan mij hebt gegeven.' Hij drukte zijn voorhoofd tegen dat van mij. Ik voelde de warmte van zijn ademhaling op mijn huid en dacht dat hij misschien wel iets fluisterde, maar als dat zo was, hoorde ik niet wat hij zei.

Het deed er ook niet toe. We waren samen. Na die lange, afschuwelijke dag was niets anders meer belangrijk.

8

Het geluid van de deur van mijn slaapkamer die opengedaan werd, maakte een eind aan mijn nare droom, maar ik werd pas echt wakker van het heerlijke aroma van verse koffie. Ik rekte me uit, maar hield mijn ogen dicht, om des te langer te genieten van de voorpret.

Gideon ging op de rand van de matras zitten, en even later streek hij met zijn vingers over mijn gezicht. 'Heb je lekker geslapen?'

'Ik heb jou gemist. Is de koffie die ik ruik voor mij?'

'Als je braaf bent.'

Mijn ogen gingen open. 'Maar je vindt het toch leuk als ik stout ben?'

Zijn glimlach deed rare dingen met me. Hij was al aangekleed, in een van zijn ongelooflijk sexy pakken, en zag er deze ochtend een stuk beter uit dan gisteravond. 'Ik vind het leuk als je *samen met mij* stout bent. Vertel eens over dat concert van vrijdag.'

'Het is een band die Six-Ninths heet. Meer weet ik niet. Wil je erheen?'

'Het is geen kwestie van of ik er wel of niet heen wil. Als jij gaat, ga ik ook.'

Ik trok mijn wenkbrauwen op. 'Is dat zo? En als ik je nou niet had gevraagd?'

Hij pakte mijn hand en draaide zachtjes aan de ring aan mijn vinger. 'Dan zou jij ook niet gaan.'

'Pardon?' Ik deed mijn haar achterover. Toen ik de vastberaden blik op zijn prachtige gezicht zag, ging ik overeind zitten. 'Kom hier met die koffie. Ik heb cafeïne nodig voor ik je een schop geef.'

Gideon grijnsde en gaf me de kop.

'Kijk niet zo naar me,' waarschuwde ik hem. 'Ik ben er echt niet blij mee dat je me vertelt dat ik ergens niet heen mag gaan.'

'We hebben het in dit geval over een rockconcert en ik zei niet dat je er niet heen mocht, alleen dat je niet zonder mij mocht gaan. Het spijt me dat je het niet leuk vindt, maar zo zit het nu eenmaal.'

'Wie zegt dat het rock is? Misschien is het wel klassiek. Of Keltisch. Of pop.'

'Six-Ninths heeft een contract bij Vidal Records.'

'O.' Vidal Records werd geleid door Gideons stiefvader, Christopher Vidal sr., maar Gideon had er een meerderheidsbelang in. Ik vroeg me af hoe het zo was gelopen dat Gideon het familiebedrijf van zijn stiefvader over had kunnen nemen. Ik begreep dat wat de reden ook was, het ook de reden was dat Gideons halfbroer, Christopher jr., hem zo hartgrondig haatte.

'Ik heb video's gezien van hun optredens toen ze nog niet getekend hadden,' zei hij droog. 'Ik neem geen risico met jou in zo'n mensenmassa.'

Ik slikte een grote slok koffie door. 'Ik begrijp het, maar je kunt me niet commanderen.'

'O nee? Sst.' Hij legde zijn vingers op mijn lippen. 'Geen gemaar. Ik ben geen tiran. Ik maak me misschien af en toe zorgen, maar als je verstandig bent, accepteer je dat.'

Ik duwde zijn hand weg. 'En met "verstandig" bedoel je dat wat jij besluit het beste is?'

'Uiteraard.'

'Dat is bullshit.'

Hij stond op. 'We gaan geen ruziemaken over een hypothetische situatie. Jij vroeg of ik meeging naar het concert op vrijdag en ik zei ja. Er is niks om ruzie over te maken.'

Ik zette mijn koffie op het nachtkastje, schopte het dekbed van me af en gleed uit bed. 'Ik moet mijn eigen leven kunnen leiden, Gideon. Ik moet nog steeds *mij* zijn, anders gaat dit niet werken.'

'En ik moet ook mij zijn. Ik ben niet de enige die water bij de wijn moet doen.'

Dat raakte me diep. Hij had geen ongelijk. Ik had het recht

om van hem te verwachten dat hij me de ruimte zou geven, maar hij had het recht om de man te zijn die hij was. Ik moest me aanpassen aan het feit dat hij ook zo zijn triggers had. 'En als ik een avondje wil gaan stappen met mijn vrienden?'

Hij nam mijn kin in beide handen vast en kuste mijn voorhoofd. 'Dan kun je de limousine nemen en alleen naar clubs gaan die van mij zijn.'

'Zodat je me kunt laten bespioneren door je beveiligingsmensen?'

'Een oogje in het zeil houden,' verbeterde hij me, en liet zijn lippen over mijn voorhoofd glijden. 'Is dat zo vreselijk, engel? Is het zo onvergeeflijk dat ik er een hekel aan heb om mijn ogen van je af te halen?'

'Je moet de dingen niet omdraaien.'

Hij duwde mijn hoofd achterover en keek op me neer met harde, vastberaden ogen. 'Je moet begrijpen dat zelfs wanneer je de limo neemt en alleen naar mijn clubs gaat, ik nog altijd gek word totdat je weer thuis bent. Als dat betekent dat jij ook een beetje gek wordt van mijn voorzorgsmaatregelen, is dat dan niet een kwestie van geven en nemen?'

Ik gromde. 'Hoe kun je iets onredelijks toch zo redelijk laten klinken?'

'Het is een gave.'

Ik pakte zijn heerlijke, superstrakke kontje met beide handen vast en kneep erin. 'Ik heb meer koffie nodig om met jouw gave te kunnen omgaan, kanjer.'

Het was intussen een soort traditie geworden dat Mark, zijn partner Steven en ik op woensdag samen ergens gingen lunchen. Toen Mark en ik aankwamen bij het kleine restaurant dat hij had uitgekozen en Shawna met Steven op ons stond te wachten, was ik echt geroerd. Mark en ik hadden een heel professionele relatie, maar op de een of andere manier hadden we het toch persoonlijk weten te maken en dat betekende veel voor me.

'Ik ben zo jaloers op je bruine kleurtje,' zei Shawna. Ze was informeel en vlot gekleed in een spijkerbroek, een topje met versiersels en een doorzichtig sjaaltje. 'Ik word alleen maar rood van de zon, en ik krijg er sproeten van.'

'Maar jij hebt weer dat prachtige haar,' zei ik, en bewonderde de dieprode glans ervan.

Steven haalde een hand door zijn haar, dat precies dezelfde kleur had als dat van zijn zus, en grijnsde. 'Wat mensen allemaal niet moeten opgeven om aantrekkelijk te zijn.'

'Wat weet jij daar nou van?' Shawna duwde lachend tegen zijn schouder, waar ze haar broer geen centimeter mee van zijn plaats bracht. Terwijl zij zo slank als een rietje was, was Steven groot en potig. Ik wist van gesprekken met Mark dat zijn partner altijd de handen uit de mouwen stak in zijn aannemersbedrijf, wat zowel zijn bouw als zijn ruwe handen verklaarde.

We gingen het restaurant binnen en kregen meteen een tafel, dankzij de reservering die ik had gemaakt toen Mark me voor de lunch had uitgenodigd. Het was een klein tentje, maar erg gezellig. Zonlicht scheen naar binnen door de enorme ramen, en de etensluchtjes waren zo heerlijk dat het water me in de mond liep.

'Ik heb zo'n zin in vrijdag.' Shawna's zachte blauwe ogen glommen van voorpret.

'Ja, ze neemt *jou* mee,' zei Steven droog tegen me, 'en niet haar grote broer.'

'Dat is echt helemaal niks voor jou,' reageerde ze. 'Jij haat mensenmenigtes.'

'Ik heb gewoon wat ruimte voor mezelf nodig, dat is alles.'

Shawna rolde met haar ogen. 'Je kunt niet overal de krachtpatser uithangen.'

Dat praten over mensenmassa's deed me denken aan Gideon en zijn obsessieve bezorgdheid. 'Is het goed als ik de vent waar ik iets mee heb meeneem?' vroeg ik. 'Of vind je dat vervelend?'

'Helemaal niet. Heeft hij nog een vriend die mee wil?'

'Shawna.' Mark was duidelijk geschokt. Hij keek afkeurend. 'En Doug dan?'

'Wat is er dan met Doug? Je liet me niet uitpraten.' Ze keek naar mij en legde het uit. 'Doug is mijn vriendje. Hij zit deze zomer op Sicilië om een culinaire cursus te volgen. Hij is kok.'

'Leuk,' zei ik. 'Ik hou van mannen die kunnen koken.'

'Nou en of.' Ze grijnsde, en keek toen Mark aan. 'Hij is een blijvertje en dat weet ik heel goed, dus als je vriend een vriend heeft die het niet erg vindt om naast me te zitten zonder dat hij me aan de haak mag slaan, kun je hem meenemen.'

Ik dacht meteen aan Cary en grijnsde.

Maar later die dag, nadat Gideon en ik onze tijd goed hadden besteed met onze personal trainers en terug waren gegaan naar zijn appartement om daar de nacht door te brengen, veranderde ik van gedachten. Ik stond op van de bank waarop ik zonder succes had geprobeerd een boek te lezen, en liep door de gang naar zijn werkkamer.

Ik zag hem fronsend zitten kijken naar waar hij mee bezig was. Zijn vingers vlogen over het keyboard. Het licht van de monitor en het spotje dat op de fotocollage aan de muur was gericht, waren de enige lichtbronnen in de kamer, waardoor een groot deel van de grote ruimte donker was. Hij zat in het halfdonker, heel mooi in zijn blote bast, alleen en op een krachtige manier op zichzelf. Zoals altijd als hij aan het werk was, zag hij er teruggetrokken en onbereikbaar uit. Alleen al door naar hem te kijken voelde ik me eenzaam.

De combinatie van de fysieke afstand tussen ons vanwege mijn ongesteldheid, en Gideons begrijpelijke beslissing om apart te slapen, voedde mijn diepste onzekerheden en zorgde dat ik me nog harder aan hem vastklampte en nog harder probeerde om zijn aandacht op mij gericht te houden.

Dat hij aan het werk was in plaats van tijd met mij door te brengen, zou me niet moeten steken – ik wist hoe druk hij het had – maar dat deed het wel. Ik voelde me in de steek gelaten en behoeftig, en dat was een teken dat ik terug aan het vallen was in de vertrouwde slechte patronen. Het simpele feit was dat Gideon en ik zowel het beste als het slechtste waren dat ons ooit was overkomen.

Hij keek op en hield me vast met zijn blik. Ik zag hoe zijn focus verschoof van zijn werk naar mij.

'Ben ik je aan het verwaarlozen, engel?' vroeg hij en hij leunde achterover in zijn stoel.

Ik bloosde en wilde dat hij me niet zo makkelijk kon lezen. 'Sorry dat ik je stoor.'

'Je moet altijd naar me toe komen als je iets nodig hebt.' Hij duwde zijn keyboardplank onder zijn bureau, sloeg met zijn hand op de lege plek voor hem op het bureau en rolde zijn stoel naar achteren. 'Kom zitten.'

Er ging een gevoel van opwinding door me heen. Ik haastte me naar hem toe zonder moeite te doen mijn gretigheid te verbergen. Ik hupte voor hem op het bureau en glimlachte toen hij zijn stoel naar voren rolde zodat hij de ruimte tussen mijn benen vulde.

Hij legde zijn arm over mijn dijen, omvatte mijn heupen en zei: 'Ik had je moeten vertellen dat ik aan het proberen ben mijn agenda leeg te maken zodat we weg kunnen gaan dit weekend.'

'Echt waar?' Ik duwde mijn vingers door zijn haar.

'Ik wil je eventjes helemaal voor mezelf hebben. En ik moet je echt heel erg hard, heel erg lang neuken. Misschien wel de hele tijd.' Hij deed zijn ogen dicht toen ik hem aanraakte. 'Ik mis het om in je te zijn.'

'Je bent altijd in me,' fluisterde ik.

Zijn mondhoeken gingen omhoog in een langzame, ondeugende grijns en hij deed zijn ogen open. 'Je bezorgt me een stijve.'

'Dat verbaast me niks.'

'Ik ben nog steeds verbaasd over alles.'

Ik fronste.

'Daar hebben we het nog wel over,' zei hij. 'Vertel eerst maar eens wat je hier kwam doen.'

Ik aarzelde, nog steeds bezig met zijn cryptische opmerking.

'Eva.' Zijn ferme toon bracht me bij de les. 'Wat heb je van me nodig?'

'Een date voor Shawna. Eh nou ja... niet echt een date. Shawna heeft een man, maar hij is niet in het land. Het is gewoon leuker als we met een even aantal zijn.'

'Wil je Cary niet vragen?'

'Daar dacht ik eerst aan, maar Shawna is *mijn* vriendin.

Ik dacht dat je misschien iemand mee zou willen nemen die *jij* kent. Je weet wel, voor een beetje een eerlijke verdeling.'

'Nou goed. Ik zal eens kijken wie er vrij is.'

Toen besefte ik pas dat ik niet echt had verwacht dat hij mijn aanbod aan zou nemen.

Ik moet wat van mijn gedachten hebben verraden in mijn gelaatsuitdrukking, want hij vroeg: 'Heb je nog meer?'

'Ik...' Hoe kon ik nou zeggen wat ik dacht zonder mezelf belachelijk te maken? Ik schudde mijn hoofd. 'Nee, niks.'

'Eva.' Zijn stem was streng. 'Zeg het.'

'Ja, maar het is zo stom.'

'Het was geen verzoek.'

Er schoot een elektrische tinteling door me heen, zoals altijd als hij die bevelende toon gebruikte. 'Ik dacht gewoon dat je alleen voor zaken met mensen omging en dat je verder alleen af en toe neukte met een willekeurige vrouw.'

Dat laatste deel was moeilijk om te zeggen. Hoe slap het ook was dat ik jaloers was op vrouwen uit zijn verleden, ik kon er niets aan doen.

'Je dacht dat ik geen vrienden had?' vroeg hij, duidelijk geamuseerd.

'Je hebt me nog nooit aan iemand voorgesteld,' zei ik stuurs, aan de zoom van mijn T-shirt plukkend.

'Aha...' Zijn pret werd nog groter, en zijn ogen glommen van plezier. 'Jij bent mijn sexy geheimpje. Je zult je wel afvragen wat me bezielde toen ik ervoor zorgde dat er een foto van ons gemaakt werd toen we in het openbaar zoenden.'

'Tja.' Mijn blik ging naar de collage aan de muur waar diezelfde foto hing, een foto die dagenlang op allerlei roddelblogs te zien was geweest. 'Als je het zo stelt...'

Gideon lachte, en het geluid verspreidde zich door mijn hele lichaam als een hete roes van genot. 'Ik heb je al aan een paar vrienden voorgesteld toen we uitgingen.'

'O.' Ik was ervan uitgegaan dat iedereen die ik tijdens die gelegenheden had ontmoet een zakenrelatie was.

'Maar het is ook geen slecht idee om je helemaal voor mezelf te houden.'

Ik gaf hem een boze blik en ging terug naar het punt dat ik gemaakt had toen we ruzieden over dat ik naar Vegas ging in plaats van met hem mee naar Phoenix. 'Waarom kun *jij* niet degene zijn die naakt ligt te wachten om geneukt te worden?'

'Wat is daar nou leuk aan?'

Ik duwde tegen zijn schouder en hij trok me lachend op schoot.

Het was ongelooflijk in wat voor goed humeur hij was, en ik vroeg me af waar het door kwam. Toen ik een blik op zijn monitor wierp, zag ik alleen maar een spreadsheet en een e-mail die half af was. Maar er was iets aan hem veranderd. En dat beviel me wel.

'Het zou heerlijk zijn,' mompelde hij, 'om met een stijve te liggen wachten waar jij dan op zou komen rijden zodra je daar zin in had.'

Mijn geslachtsdeel trok zich samen toen ik het voor me zag. 'Je maakt me geil.'

'Mooi. Ik hou ervan als je dat bent.'

'Dus,' mijmerde ik, 'als mijn fantasie eruit bestaat dat jij vierentwintig uur per dag dienstdoet als dekhengst...'

'Klinkt als hoe het werkelijk is.'

Ik zette mijn tanden in zijn kaak.

Hij gromde. 'Wil je het ruw spelen, engel?'

'Ik wil weten wat jouw fantasie is.'

Gideon legde me anders neer zodat ik dwars over zijn schoot lag. 'Jij.'

'Dat is je geraden.'

Hij grijnsde. 'In een schommel.'

'Wat?'

'Een seksschommel, Eva. Je schitterende kont in een stoeltje, je voeten in stijgbeugels, je benen wijd uit elkaar, je perfecte kut nat en wachtend.' Hij wreef in verleidelijke kringen over de onderkant van mijn rug. 'Helemaal aan mij overgeleverd en niet in staat ook maar iets te doen behalve al het zaad dat ik je kan geven te accepteren. Je zou het heerlijk vinden.'

Ik stelde me hem voor terwijl hij tussen mijn benen stond, naakt en glimmend van het zweet, zijn spierballen en borstspieren gespannen terwijl hij me heen en weer schommelde, en me zijn prachtige pik op en af liet glijden. 'Je wilt dat ik hulpeloos ben.'

'Ik wil dat je gebonden bent. En dan bedoel ik niet aan de buitenkant. Ik werk mezelf steeds verder naar binnen.'

'Gideon...'

'Ik zal nooit verder gaan dan je aankunt,' beloofde hij. Zijn ogen glommen verhit in het gedempte licht. 'Maar ik ga wel tot het randje.'

Ik kronkelde, zowel opgewonden als verontrust bij de gedachte om zoveel controle op te geven. 'Waarom?'

'Omdat jij van mij wilt zijn, en ik je wil bezitten. Dat gaat ons lukken.' Hij liet zijn hand onder mijn shirt glijden en pakte mijn borst vast. Zijn vingers rolden en trokken aan mijn tepel, en zetten mijn lichaam in vuur en vlam.

'Heb je dat al eens eerder gedaan?' vroeg ik ademloos. 'De schommel?'

Zijn gezicht werd uitdrukkingsloos. 'Niet zulk soort vragen stellen.'

O jezus. 'Ik wou alleen...'

Zijn mond verzegelde die van mij. Hij beet in mijn onderlip en stak toen zijn tong in mijn mond, terwijl hij me met een vuist in mijn haar hield waar hij me wilde hebben. De dominantie was onmiskenbaar. Een hunkering schoot door me heen, een verlangen naar hem dat ik niet kon beheersen en waar ik geen weerstand aan kon bieden. Ik jammerde en mijn borstkas deed pijn bij de gedachte dat hij er zoveel tijd en moeite aan besteedde om genot te beleven aan iemand anders.

Gideons hand schoof tussen mijn benen en omvatte mijn geslachtsdeel. Ik schokte, verrast door zijn agressie. Hij maakte een zacht geruststellend geluid en masseerde me, mijn zachte vlees strelend met de vakkundigheid waar ik zo verslaafd aan was geraakt.

Hij verbrak de kus en bewoog zijn arm om mijn rug te buigen en mijn borst naar zijn mond te tillen. Hij beet in mijn tepel door het katoen heen, en legde toen zijn lippen om het schrijnende topje. Hij zoog zo hard dat ik de echo ervan tot diep in mijn binnenste voelde.

Ik werd belegerd, en mijn brein maakte kortsluiting terwijl de begeerte door mijn lijf pompte. Zijn vingers gleden onder de rand van mijn slipje om mijn klitje aan te raken. Het gevoel van vlees op vlees was precies wat ik nodig had. 'Gideon.'

Hij tilde zijn hoofd op en keek met donkere ogen toe hoe hij me voor hem liet klaarkomen. Ik schreeuwde het uit toen de sidderingen door me heen golfden. De ontspanning na dagen van onthouding was bijna te veel. Maar hij hield niet op. Hij streelde mijn geslachtsdeel tot ik opnieuw kwam, totdat woeste rillingen mijn lichaam teisterden en ik mijn benen tegen elkaar drukte om de aanslag te laten stoppen.

Toen hij zijn hand wegtrok, zakte ik krachteloos en zwaar ademend in elkaar. Ik kroop tegen hem aan, met mijn gezicht tegen zijn hals en mijn armen om zijn nek. Mijn hart voelde aan alsof het was opgezwollen in mijn borstkas. Alles wat ik voor hem voelde, al de kwellingen en de liefde, overweldigde me. Ik klampte me aan hem vast in een poging nog dichterbij te komen.

'Sst.' Hij trok me dichter tegen zich aan, zo hard dat ik nauwelijks adem kon halen. 'Je trekt alles in twijfel en maakt jezelf gek.'

'Ik haat dit,' fluisterde ik. 'Ik moet je niet zo hard nodig hebben. Het is niet gezond.'

'Daar vergis je je in.' Zijn hart klopte hard onder mijn oor. 'En ik neem daar de verantwoordelijkheid voor. Ik heb in sommige dingen het voortouw genomen en heb het bij andere dingen aan jou overgelaten. Daar ben je van in de war geraakt en onzeker van geworden. Dat spijt me, engel. Vanaf nu wordt het makkelijker.'

Ik leunde achterover zodat ik zijn gezicht kon bekijken. Mijn adem stokte toen onze ogen elkaar vonden en hij zonder een spier te vertrekken terugstaarde. Toen begreep ik wat er was veranderd: hij had iets kalms en sereens over zich. Toen ik dat zag, werd ik zelf ook rustiger. Mijn ademhaling werd langzamer en gelijkmatiger, en mijn bezorgdheid verdween.

'Dat is beter.' Hij kuste mijn voorhoofd. 'Ik was van plan te wachten tot het weekend om hierover te praten, maar nu kan ook. We gaan een overeenkomst sluiten. Als die eenmaal van kracht is, is er geen weg meer terug. Heb je dat begrepen?'

Ik slikte moeilijk. 'Ik probeer het.'

'Je weet hoe ik ben. Je hebt me van mijn slechtste kant gezien. Vannacht zei je dat je me evengoed wilde.' Hij wachtte tot ik knikte. 'Dat is waar ik het heb verkloot. Ik vertrouwde er niet op dat je die beslissing voor jezelf zou kunnen maken, en dat had ik wel moeten doen. Doordat ik dat niet deed, was ik te voorzichtig. Je verleden maakt me bang, Eva.'

De gedachte dat Nathan indirect Gideon van me afpakte, was zo pijnlijk dat ik mijn knieën nog dichter tegen mijn borst optrok. 'Geef hem die macht niet.'

'Dat doe ik ook niet. En jij moet beseffen dat er meer dan één antwoord is voor alles. Wie zegt dat je me te hard nodig hebt? Wie zegt dat het niet gezond is? Niet jij. Je bent ongelukkig omdat je jezelf tegenhoudt.'

'Mannen kunnen niet...'

'Gelul. We zijn geen van beiden normaal. En dat is oké. Je moet dat stemmetje in je hoofd dat je gek maakt, uitzetten. Vertrouw erop dat ik weet wat je nodig hebt, zelfs als je denkt dat ik het verkeerd heb. Dan zal ik vertrouwen hebben in jouw beslissing om bij me te blijven ondanks al mijn tekortkomingen. Begrepen?'

Ik beet op mijn onderlip om het trillen te maskeren en knikte.

'Je lijkt niet erg overtuigd,' zei hij zacht.

'Ik ben bang dat ik mezelf in je zal verliezen, Gideon. Ik ben bang om dat deel van mezelf te verliezen waar ik zo hard voor heb gewerkt om het terug te krijgen.'

'Dat zou ik nooit laten gebeuren,' beloofde hij fel. 'Wat ik wil, is dat we ons allebei veilig voelen. Wat jij en ik samen hebben, moet ons niet zo uitputten als het op dit moment doet. Het zou het enige stevige houvast moeten zijn waar we allebei op kunnen rekenen.'

Mijn ogen prikten van de tranen bij de gedachte. 'Dat wil ik,' fluisterde ik. 'Zo graag.'

'Ik ga het je geven, engel.' Gideon boog zijn donkere hoofd en streek met zijn lippen over die van mij. 'Ik ga het ons allebei geven. En jij gaat het me laten geven.'

'Het lijkt alsof het deze week beter gaat,' zei Dr. Petersen toen Gideon en ik aankwamen voor onze therapieafspraak van donderdagavond.

Deze keer zaten we dicht bij elkaar, met onze handen in elkaar. Gideons duim liefkoosde mijn knokkels, en ik keek naar hem en glimlachte omdat ik rustig werd van zijn aanraking.

Dr. Petersen klikte de beschermhoes van zijn tablet open en ging gemakkelijker zitten. 'Is er iets specifieks waar jullie het over willen hebben?'

'Dinsdag was zwaar,' zei ik zacht.

'Dat kan ik me voorstellen. Laten we het hebben over maandagavond. Kun je me vertellen wat er gebeurd is, Eva?'

Ik vertelde dat ik wakker was geworden uit mijn eigen nachtmerrie en in die van Gideon gevangen bleek te zitten. Ik doorliep die nacht en de volgende dag met hem.

'Dus nu slapen jullie apart?'

'Ja.'

'Die nachtmerries...' – hij keek naar me op – '... hoe vaak heb je die?'

'Zelden. Voordat ik met Gideon ging, was het bijna twee jaar geleden dat ik de laatste had.' Ik keek hoe hij zijn stylus neerlegde en snel begon te typen. Er was iets aan zijn somberheid wat me verontrustte. 'Ik hou van hem,' flapte ik eruit.

Ik voelde Gideon naast me verstijven.

Dr. Petersen keek op en bestudeerde me. Hij keek even naar Gideon en toen weer naar mij. 'Daar twijfel ik niet aan. Waarom zei je dat, Eva?'

Ik haalde onhandig mijn schouders op, me heel erg bewust van Gideons blik op mijn gezicht.

'Ze wil uw goedkeuring,' zei Gideon grimmig.

Zijn woorden voelden aan als schuurpapier.

'Is dat waar?' vroeg Dr. Petersen.

'Nee.'

'Dat is het verdomme wel.' Het raspende geluid in Gideons stem was duidelijk hoorbaar.

'Het is niet zo,' wierp ik tegen, al had ik het hem eerst hardop moeten horen zeggen voor ik het begreep. 'Ik ben gewoon... Het is gewoon de waarheid. Dat is wat ik voel.'

Ik keek naar Dr. Petersen. 'We moeten dit laten lukken. We *gaan* dit laten lukken,' benadrukte ik. 'Ik wil er gewoon zeker van zijn dat we op één lijn zitten. Ik moet weten dat u begrijpt dat dit niet mag mislukken.'

'Eva.' Hij glimlachte vriendelijk. 'Jij en Gideon hebben een heleboel om aan te werken, maar het is zeker niet ondoenlijk.'

Mijn adem ontsnapte in een roes van opluchting. 'Ik hou van hem,' zei ik nogmaals, met een besliste knik.

Gideon ging plotseling staan, en zijn hand kneep die van mij zowat fijn. 'Hebt u een ogenblikje, dokter?'

Verward en een beetje bezorgd stond ik op en volgde hem naar buiten, de lege receptieruimte in. Dr. Petersens receptionist was al naar huis, en wij waren zijn laatste afspraak die dag. Ik wist van mijn moeder dat je een meerprijs voor deze afspraken moest betalen en ik was dankbaar dat Gideon bereid was dat niet eenmaal, maar tweemaal per week te doen.

De deur ging achter ons dicht en ik draaide me naar hem toe. 'Gideon, ik zweer je dat het niet...'

'Stil.' Hij nam mijn gezicht in zijn handen en kuste me. Hij bewoog zijn mond zacht maar dringend over die van mij.

Ik was verrast, en het kostte me een paar tellen voor ik mijn handen onder zijn jasje liet glijden en zijn smalle middel vastgreep. Toen hij zijn tong diep in mijn mond stak, liet ik een zachte kreun ontsnappen.

Hij trok zich terug en ik keek naar hem omhoog. Ik zag dezelfde fantastisch mooie zakenman in een donker pak die ik de eerste keer had ontmoet, maar de blik in zijn ogen...

Mijn keel brandde.

De kracht en de verzengende intensiteit, de hunkering en de begeerte. Zijn vingertoppen gleden over mijn slapen, over mijn wangen, omlaag naar mijn hals. Hij tilde mijn kin op en drukte zijn lippen zachtjes op die van mij. Hij zei niets, maar dat hoefde ook niet. Ik begreep het.

Hij strengelde zijn vingers in die van mij en leidde me weer naar binnen.

9

Ik liep haastig door de beveiligingsdraaihekjes van het Crossfire en grijnsde toen ik Cary op me zag wachten in de hal.

'Hé, jij daar,' groette ik hem, vol bewondering kijkend hoe hij een versleten spijkerbroek en een T-shirt met V-hals er duur uit kon laten zien.

'Hè hè, tijd niet gezien, Eva.' Hij pakte mijn hand en we stapten hand in hand het gebouw uit via de zijkant. 'Je ziet er gelukkig uit.'

Rond dit middaguur voelde de hitte alsof ik tegen een bakstenen muur aan knalde. 'Oef. Het is echt bloedheet. Laten we snel ergens binnen gaan zitten. Heb je zin in taco's?'

'Ja, lijkt me heerlijk!'

Ik nam hem mee naar het Mexicaanse eettentje waar Megumi me mee naartoe had genomen en probeerde niet te laten merken hoe schuldig ik me voelde over hoe hij me had begroet. Ik was al een paar dagen niet thuis geweest en Gideon was een weekendje weg voor ons aan het plannen, wat betekende dat ik een paar dagen moest wachten voordat ik weer met Cary op stap kon gaan. Het was een hele opluchting geweest dat hij ermee had ingestemd om samen te gaan lunchen. Ik wilde er niet te veel tijd overheen laten gaan voor ik kon zien of het wel goed met hem ging.

'Heb je nog plannen voor vanavond?' vroeg ik, nadat ik voor ons allebei had besteld.

'Een van de fotografen met wie ik heb gewerkt, geeft vanavond een verjaardagsfeestje. Ik vond het wel een goed idee om even langs te gaan en te kijken hoe het daar is.' Hij leunde achterover op zijn hakken terwijl we op onze taco's en alcoholvrije margarita's wachtten. 'Ben je nog steeds van plan op stap te gaan met de zus van je baas? Hebben jullie anders zin om mee te gaan?'

‘Schoonzus,’ verbeterde ik hem. ‘En ze heeft kaartjes voor een concert. Ze zegt dat ik de laatste was die ze kon vragen, maar zelfs als dat niet zo was, lijkt het me leuk. Dat hoop ik tenminste. Van de band heb ik nog nooit gehoord, dus ik hoop dat ze niet al te slecht zijn.’

‘Wie zijn het dan?’

‘Six-Ninths. Ken je die?’

Zijn ogen werden groter. ‘Six-Ninths? Meen je dat? Die zijn goed, man. Die vind jij ook goed.’

Ik pakte onze drankjes van de toonbank en liet hem het blad met onze borden dragen. ‘Jij hebt van ze gehoord en Shawna is een enorme fan. Waar was ik dan al die tijd?’

‘Onder Cross en zijn stijve. Neem je hem mee?’

‘Ja.’ Ik haastte me om aan een tafeltje te gaan zitten waarvan net twee zakenlui waren opgestaan. Ik vertelde Cary maar niets over Gideons verklaring dat ik er niet zonder hem heen mocht. Ik wist dat Cary het daar niet mee eens zou zijn, waardoor ik me afvroeg waarom ik er zelf zo gemakkelijk mee had ingestemd. Meestal waren Cary en ik het roerend eens over dat soort dingen.

‘Ik kan me niet voorstellen dat Cross van alternatieve rock houdt.’ Cary liet zich soepel in de stoel tegenover me zakken. ‘Weet hij wel hoeveel *jij* ervan houdt? Vooral van de muzikanten zelf?’

Ik stak mijn tong naar hem uit. ‘Ik kan niet geloven dat je dat weer oprakelt. Ouwe koeien.’

‘Nou en? Brett was een lekker ding, hoor. Denk je nog weleens aan hem?’

‘Met een hoop schaamte, ja.’ Ik nam een van de taco’s met reepjes rundvlees. ‘Dus dat doe ik liever niet.’

‘Toch was het een goeie gozer,’ zei Cary, voordat hij een enorme slok van zijn margarita nam.

‘Dat ontken ik ook niet. Hij was gewoon niet goed voor mij.’ Alleen al de gedachte aan die tijd in mijn leven deed me kronkelen van schaamte. Brett Kline was sexy en hij had een stem waar ik nat van werd als ik hem alleen al hoorde, maar hij was ook een van de schoolvoorbeelden van een minder gelukkige keuze in mijn voorheen nogal armoedige liefdesleven. 'Laten we het over iets anders hebben... heb je Trey de afgelopen tijd nog gesproken?'

Cary's glimlach zakte weg. 'Vanochtend.'

Ik wachtte geduldig.

Uiteindelijk zei hij zuchtend: 'Ik mis hem. Ik mis de gesprekken met hem. Hij is toch zo godvergeten slim, weet je? Net als jij. Hij gaat vanavond met me mee naar dat feestje.'

'Als vrienden? Of als een date?'

'Mm, deze zijn echt lekker.' Hij nam eerst een hap van zijn taco voordat hij me antwoord gaf. 'We hebben afgesproken dat we als vrienden gaan, maar dat zal ik wel weer verkloten. Ik zal hem vast weer neuken. Ik heb hem gevraagd om elkaar daar te ontmoeten en dan van daaruit allebei naar huis te gaan zodat we niet met z'n tweeën zijn, maar ik kan hem natuurlijk altijd in de toiletten of in een of andere bezemkast nemen. Ik heb gewoon geen wilskracht en hij kan geen nee tegen me zeggen.'

Mijn hart deed pijn van zijn bedroefde toon.

'Ik weet hoe het is,' herinnerde ik hem er zachtjes aan. Zo was ik ook ooit geweest. Ik wilde me altijd zo wanhopig verbonden voelen met iemand. 'Waarom... eh... nou ja... handel je het niet van tevoren even af? Misschien helpt dat?'

Een ondeugende glimlach verspreidde zich langzaam over zijn aantrekkelijke gezicht. 'Zou je het erg vinden om dat als de meldtekst van mijn voicemail in te spreken?'

Ik gooide mijn opgerolde servet naar zijn hoofd.

Hij ving hem lachend op. 'Je bent soms zo lekker preuts. Daar hou ik wel van.'

'Ik hou van *jou.* En ik wil dat je gelukkig bent.'

Hij bracht mijn hand naar zijn lippen en kuste de rug ervan. 'Ik doe mijn best, meissie.'

'Ik ben er als je me nodig hebt, hè? Zelfs als ik niet thuis ben.'

'Weet ik toch.' Hij kneep in mijn hand voordat hij hem losliet.

'Volgende week ben ik veel thuis. Ik moet nog het een en ander voorbereiden voor als m'n vader komt.' Ik nam een hap van mijn taco en mijn voeten deden een vrolijk tapdansje omdat het zo heerlijk was. 'Ik wilde je wat vragen over die vrijdag. Ik moet dan werken, dus als je thuis bent, zou jij je dan een beetje over hem kunnen ontfermen? Ik zorg wel voor zijn favoriete eten en leg een plattegrond van de stad voor hem klaar, maar...'

'Geen probleem.' Cary knipoogde naar een knap blondje dat langsliep. 'Hij is bij mij in goede handen.'

'Wil je met ons mee naar een voorstelling als hij hier is?'

'Eva lieverd, met jou wil ik altijd wel op stap. Laat me maar weten waar en wanneer, en dan hou ik mijn agenda zo veel mogelijk vrij.'

'O!' Ik kauwde en slikte snel een hap door. 'Mama heeft me laatst verteld dat ze je mooie koppie op de zijkant van een bus heeft zien staan.'

Hij grijnsde. 'Ja, dat weet ik. Ze stuurde me een fotootje dat ze met haar mobieltje had genomen. Super, niet?'

'Meer dan. Dat moeten we vieren,' zei ik, zijn motto stelend.

'Echt wel.'

'Wauw!' Shawna stond stil op de stoep bij haar appartement in Brooklyn en staarde met open mond naar de limousine die daar geparkeerd stond. 'Pak jij even uit.'

'Ik niet, hoor,' zei ik droogjes, terwijl ik naar haar strakke rode hotpants en haar strategisch gescheurde doorschijnende T-shirt van The Black Keys keek. Haar rode haar had ze opgestoken en getoupeerd, en haar lippen waren in dezelfde kleur als haar shorts gestift. Ze zag er sexy uit, helemaal klaar voor een feestje, en ik voelde me gerechtvaardigd in mijn kledingkeuze van een ultrakorte zwartleren plooirok, een strak wit geribd topje en mijn kersenrode hoge Dr. Martens.

Gideon, die met zijn rug naar ons toe had gestaan omdat hij met Angus in gesprek was geweest, draaide zich om en keek ons aan, en ik was net zo met stomheid geslagen als toen ik hem had gezien nadat hij had gedoucht en zich had omgekleed. Hij droeg een wijde zwarte spijkerbroek en een simpel zwart T-shirt met zware zwarte laarzen. Op de een of andere manier zorgde hij ervoor dat die ernstig nonchalante combinatie er zo sexy uitzag dat ik hem meteen wilde bespringen. In een pak was hij al de Donkere Adonis, maar hij was het zelfs nog meer wanneer hij ging rocken. Hij zag er jonger uit en was minstens zo om van te watertanden en om op te vreten.

'Jezusmina, zeg me dat die voor mij is,' fluisterde Shawna, terwijl ze als een bankschroef mijn pols greep.

'Hé hé, jij hebt er zelf al een. Die is van mij.' En het gaf me een enorme kick om dat te zeggen. Alleen ik mocht hem hebben, aanraken, kussen. En later neuken tot ik erbij neerviel. Oh yeah...

Ze moest om me lachen terwijl ik op mijn tenen heen en weer sprong van de voorpret. 'Oké dan. Dan neem ik wel genoegen met een kennismaking.'

Ik stelde hen aan elkaar voor en wachtte toen tot ze als eerste in de limousine stapte. Ik stond op het punt achter haar aan naar binnen te klimmen toen ik Gideons hand onder mijn rokje omhoog voelde glijden om in mijn kont te knijpen.

Hij duwde tegen mijn rug en fluisterde in mijn oor: 'Zorg ervoor dat ik achter je sta wanneer je naar voren buigt, engel, of anders krijg je slaag op die mooie billen.'

Ik draaide mijn hoofd om en legde mijn wang tegen die van hem. 'Ik ben niet meer ongesteld.'

Hij gromde en drukte zijn nagels in het vlees van mijn heup. 'Waarom heb je dat niet eerder gezegd?'

'Uitstel van behoeftebevrediging, kanjer,' zei ik tegen hem, een zinnetje waar hij me ooit zelf mee had gekweld. Ik lachte om zijn gevloek toen ik me op de bank naast Shawna liet vallen.

Angus ging achter het stuur zitten en we reden weg. Onderweg maakten we een fles Armand de Brignac open. Tegen de tijd dat we aankwamen bij Tableau One, een hippe nieuwe fusionbistro waar een flinke rij voor op de stoep stond en van waaruit energieke muziek de straat op schalde, was ik duizelig van de combinatie van de champagne en Gideons geile blik op mijn bijna onfatsoenlijk korte rokje.

Shawna ging op het puntje van de bank zitten en keek met grote ogen door de getinte ramen. 'Doug heeft geprobeerd ons naar binnen te krijgen voordat hij vertrok, maar de wachtlijst is twee maanden. Je kunt in de rij gaan staan, maar dan loop je de kans dat je uren moet wachten en dan nog geen tafeltje krijgt.'

Het portier van de limousine ging open. Angus hielp haar uitstappen en daarna mij. Gideon kwam bij ons staan en nam me bij de arm alsof we voor een gala en niet voor een rockconcert waren gekleed. We werden zo snel naar binnen geëscorteerd en de manager was zo dweperig en uitnodigend dat ik Gideon aankeek en met mijn mond de woorden vormde: *Van jou?*

'Ja, ik ben compagnon.'

Ik zuchtte. Dat zat er natuurlijk dik in. 'Komt je vriend met ons eten?'

Gideon gebaarde heel soepel met zijn kin. 'Hij is er al.'

Ik volgde zijn blik naar een aantrekkelijke man in een blauwe spijkerbroek en een Foo Fighters-T-shirt. Hij was het brandpunt van een fotosessie, met twee knappe vrouwen aan weerskanten van hem. Hij glimlachte breed voor de persoon die een smartphonecamera vasthield, zwaaide toen naar Gideon en verexcuseerde zich.

'O mijn god.' Shawna begon te trappelen. 'Dat is Arnoldo Ricci! Hij is de eigenaar van dit restaurant. En hij presenteert een programma op Food Network!'

Gideon liet me los om Arnoldo de hand te schudden en begon het ritueel van elkaar op de rug slaan, wat goede mannelijke vrienden altijd doen. 'Arnoldo, dit is mijn vriendin, Eva Tramell.'

Ik stak mijn hand uit en Arnoldo greep hem beet, trok me naar zich toe en kuste me rechtstreeks op mijn mond.

'Terug jij,' snauwde Gideon, en trok me achter zich.

Arnoldo grijnsde, en zijn donkere ogen schitterden van plezier. 'En wie is deze droomverschijning?' vroeg hij, terwijl hij zich tot Shawna richtte en haar hand naar zijn lippen bracht.

'Shawna, dit is je begeleider voor vanavond, Arnoldo Ricci, *als* hij het etentje overleeft tenminste.' Gideon gaf zijn vriend een waarschuwende blik. 'Arnoldo, Shawna Ellison.'

Ze gloeide bijna. 'Mijn vriendje is een enorme fan van u. Ik ook trouwens. Hij heeft een keer een lasagnerecept van u gemaakt en het was goddelijk. Echt waar.'

'Gideon heeft me verteld dat je vriend op het moment op Sicilië is.' Arnoldo's stem was gekleurd met een heerlijk accent. 'Ik hoop dat je tijd hebt om hem daar op te zoeken.'

Mijn blik schoot naar Gideon, omdat ik heel goed wist dat ik hem nooit zoveel informatie had gegeven over Shawna's vriend. Hij keek omlaag naar me met een blik van gespeelde onschuld en een bijna niet zichtbare grijns.

Ik schudde geërgerd mijn hoofd, maar ik kon niet ontkennen dat dit een avond zou zijn die Shawna nooit zou vergeten.

Het uur daarna verstreek in een waas van geweldig eten en goede wijn. Ik was een zalige frambozenzabaglione aan het wegwerken toen ik merkte dat Arnoldo met een brede glimlach naar me keek.

'*Bellissima,*' zei hij prijzend. 'Altijd een genot om een vrouw met een gezonde eetlust te zien.'

Ik bloosde en schaamde me een beetje. Ik kon er niks aan doen: ik was gewoon dol op eten.

Gideon legde zijn arm langs mijn stoelleuning en speelde een beetje met het haar in mijn nek. Met zijn andere hand zette hij een glas rode wijn aan zijn lippen en toen hij zijn lippen aflikte, *wist* ik dat hij dacht aan hoe hij in plaats daarvan van mij proefde. Zijn verlangen vulde de ruimte tussen ons met spanning. Ik was er tijdens het hele diner al van in de ban.

Met mijn hand onder het tafelkleed greep ik zijn pik door zijn spijkerbroek en kneep erin. Hij ging onmiddellijk van halfhard naar keihard, maar verder liet Gideon niet blijken dat hij opgewonden was.

Ik kon het niet helpen: ik vatte het op als een uitdaging.

Ik begon hem over de hele stijve lengte met mijn vingers te strelen. Ik zorgde ervoor dat ik het langzaam en rustig deed, zodat niemand het merkte. Tot mijn grote vreugde ging Gideon door met zijn gesprek, zonder enige hapering in zijn stem of verandering van uitdrukking. Zijn beheersing wond me op en maakte me brutaler. Ik ging met mijn hand naar zijn knopengulp, opgewonden door de gedachte dat ik hem zou bevrijden en hem met mijn blote huid op zijn blote huid zou strelen.

Gideon nam rustig nog een slok en zette toen zijn wijnglas neer.

'Dat is typisch iets voor jou, Arnoldo,' zei hij droogjes, in antwoord op iets wat zijn vriend had gezegd.

Mijn pols werd gegrepen, net toen ik aan het bovenste knoopje van zijn spijkerbroek trok. Hij bracht mijn hand naar zijn lippen, een gebaar dat op een achteloos teken van genegenheid leek. Hij beet even snel in mijn vinger, waardoor ik werd verrast en naar adem snakte.

Arnoldo glimlachte: het was de veelbetekenende en licht spottende glimlach van de ene vrijgezel naar de ander, die net door een vrouw opgepikt was. Hij zei iets in het Italiaans. Gideon antwoordde met een vloeiende en sexy klinkende uitspraak en een laconieke toon. Arnoldo liet zijn hoofd achterover zakken en lachte.

Ik kronkelde in mijn stoel. Ik vond het heerlijk om Gideon zo bezig te zien. Hij was relaxed en vermaakte zich.

Hij keek naar mijn lege dessertbordje en toen naar mij. 'Ben je er klaar voor?'

'Nou en of.' Ik was ontzettend benieuwd hoe de rest van de avond zou verlopen, hoeveel meer kanten van Gideon ik nog zou ontdekken. Ik had deze kant van de man net zo lief als de machtige zakenman in zijn pak, de dominante minnaar in mijn bed, het gekwetste kind dat zijn tranen niet kon bedwingen, en de tedere partner die me tegen zich aan hield wanneer ik moest huilen.

Hij was erg gecompliceerd en was nog steeds een enorm raadsel voor me. Ik had nog maar een fractie gezien van wie hij werkelijk was. Dat wilde niet zeggen dat ik al veel te veel in hem verstrikt was geraakt.

'Wat zijn deze mannen goed!' schreeuwde Shawna toen het voorprogramma in het vijfde nummer losbarstte.

Na het derde nummer waren we van onze stoelen opgestaan om ons een weg door de wilde menigte te banen naar het hek dat het zitgedeelte afscheidde van de *moshpit* vlak voor het podium. Gideon stond om me heen, beschermde me aan beide kanten en greep met zijn handen het hek vast. Het publiek verdrong zich om ons heen en duwde en masse naar voren, maar ik werd door zijn lichaam beschermd, net als Shawna door Arnoldo naast ons.

Ik was er zeker van dat Gideon veel betere zitplaatsen voor ons had kunnen regelen, maar ik hoefde hem niet te vertellen dat de manier waarop Shawna haar tickets die speciaal voor de fans waren bedoeld had gescoord en het feit dat *zij ons* had meegevraagd, betekende dat haar zitplaatsen onze enige optie waren. Ik vond het heerlijk dat hij daar begrip voor had en dat hij zich aanpaste.

Ik draaide mijn hoofd om en keek naar hem. 'Zit deze band ook bij Vidal?'

'Nee, maar ik vind ze wel goed.'

Ik vond het heerlijk dat hij van het optreden genoot. Ik stak mijn armen de lucht in en gilde, voelde me opgepompt door de energie van het publiek en het aanstekelijke ritme. Ik danste binnen de cirkel van Gideons armen. Mijn lichaam was nat van het zweet en mijn bloed kookte.

Toen de band klaar was, braken de roadies snel de apparatuur af en stelden ze alles op voor Six-Ninths. Dankbaar voor de avond, voor het plezier, voor het geweldige gevoel van uit mijn dak gaan met de man van wie ik hield, draaide ik me om en sloeg mijn armen om Gideons hals, en drukte mijn lippen op die van hem.

Hij tilde me op, legde mijn benen rond zijn middel en kuste me vurig. Hij had een stijve en drukte zich tegen me aan, en verleidde me om tegen hem aan te wrijven. Om ons heen begonnen mensen te fluiten en dingen te roepen van '*Get a room*' tot 'Neuk haar, man!', maar mij kon het niet schelen en Gideon ook niet. Hij ging net zo op in de sensuele waanzin als ik. Met zijn ene hand op mijn billen schoof hij me heen en weer tegen zijn erectie terwijl hij de andere als een vuist in mijn haar had gestoken, waar hij me hield zoals hij het wilde, terwijl hij me kuste alsof hij er niet mee kon ophouden, alsof hij er hongerig naar verlangde om van me te proeven.

Onze open monden gleden wanhopig over elkaar heen. Hij tongde me diep en snel, neukte mijn mond en bedreef er de liefde mee. Ik dronk hem naar binnen, likkend en proevend, en kreunend om zijn onverzadigbare behoefte. Hij zoog op mijn tong en vormde er met zijn lippen een kringetje omheen. Dat werd me te veel. Ik was nat en verlangde hevig naar zijn pik, en werd bijna gek van de behoefte om hem in me te voelen.

'Je laat me nog klaarkomen,' grauwde hij, voordat hij met zijn tanden aan mijn onderlip trok.

Ik was zo op hem en de hevigheid van zijn passie voor mij gefixeerd dat ik nauwelijks merkte dat Six-Ninths begon. Pas toen er werd gezongen, kwam ik met een schok terug in de werkelijkheid.

Ik verstijfde. Mijn geest klauwde zich een weg naar boven door de nevel van verlangen om te verwerken wat ik had gehoord. Dat nummer kende ik. Ik deed mijn ogen open en Gideon trok zich terug. Over zijn schouder heen zag ik handgeschreven bordjes die de lucht in werden gehouden.

BRETT KLINE IS VAN MIJ! En: BEUK ME, BRETT! En mijn persoonlijke favoriet: BRETT, IK WIL MET JOU NAAR BED!!!

Godsamme. Wat een belachelijk toeval.

En Cary had het natuurlijk allang geweten. Hij wist het en hij had me niet gewaarschuwd. Hij dacht waarschijnlijk dat het hilarisch zou zijn als ik er bij toeval achter kwam.

Ik maakte mijn benen los van Gideons heupen en hij zette me neer. Met zijn lichaam beschermde hij me tegen de uitzinnige fans. Ik draaide me om om naar het podium te kijken en voelde het in mijn maag tekeergaan. En ja hoor: daar stond Brett Kline bij de microfoon. Zijn diepe, krachtige, supersexy stem stroomde over de duizenden mensen die waren gekomen om hem in actie te zien. Hij had kort stekelhaar met platinablonde uiteinden, zijn slanke lichaam gekleed in een olijfkleurige legerbroek en een zwart mouwloos shirt. Het was onmogelijk te zien van waar ik stond, maar ik wist dat zijn ogen helder smaragdgroen waren, zijn gezicht was op een grove manier aantrekkelijk en door zijn roofdierglimlach ontstond er een kuiltje in zijn wang waar hij vrouwen gek mee kon maken.

Ik trok mijn ogen van hem af en keek naar de andere bandleden. Ik herkende hen allemaal. In San Diego hadden ze echter nog geen Six-Ninths geheten. Toen heetten ze nog Captive Soul en ik vroeg me af waarom ze hun naam hadden veranderd.

'Ze zijn goed, hè?' vroeg Gideon met zijn mond bij mijn oor zodat ik hem kon verstaan. Hij hield één hand op het hek en de andere rond mijn middel. Hij trok me stevig tegen zich aan terwijl hij zich op de muziek bewoog. De combinatie van zijn lichaam en Bretts stem deed iets krankzinnigs met mijn toch al op hol geslagen libido.

Ik deed mijn ogen dicht. Ik richtte me op de man achter me en de unieke roes die ik door hem altijd had gevoeld, terwijl ik luisterde hoe Brett zong. De muziek klopte door mijn aderen en er kwamen herinneringen in me op, sommige goed en sommige slecht. Ik schommelde in Gideons armen en begeerte gierde door me heen. Ik voelde zijn honger. Die kwam uit hem stromen als een hittegolf, zonk in mij neer en deed me naar hem verlangen tot de lichamelijke afstand tussen ons pijnlijk werd.

Ik greep de hand die hij plat tegen mijn buik had gedrukt en duwde hem naar beneden.

'Eva.' Zijn stem was scherp van verlangen. Ik had hem de hele avond al geteased, vanaf het moment dat ik hem had verteld dat ik niet meer ongesteld was en het aftrekken onder tafel in het restaurant tot de verschroeiende kus in de pauze.

Hij greep mijn blote dij en kneep erin. 'Open je.'

Ik zette mijn linkervoet op de onderkant van het hek. Mijn hoofd liet ik tegen zijn schouder zakken en een hartslag later had hij zijn hand onder mijn rok gelegd. Met zijn tong ging hij langs mijn oorschelp en zijn ademhaling werd luid en snel. Ik hoorde hem niet alleen, maar voelde hem zelfs kreunen toen hij ontdekte hoe nat ik was.

Het ene nummer liep in het andere over. Gideon wreef me door het kruisje van mijn boxershorts heen, draaide rondjes en bewoog toen verticaal tussen mijn spleetje door. Ik draaide mijn heupen naar zijn aanraking toe, en mijn lichaam werd strak vanbinnen. Met mijn kont wreef ik over de harde richel van zijn erectie. Ik zou daar zomaar klaarkomen, op maar een paar centimeter afstand van tientallen andere mensen, omdat Gideon dat in me wakker maakte. Zo waanzinnig geil werd ik van hem. Niets kon me meer schelen als hij zijn handen eenmaal op me had en zijn aandacht volledig op mij gericht was.

'Dat heb je goed begrepen, engel.' Met zijn vingers duwde hij mijn broekje opzij en hij stak er twee in me. 'Ik ga dit heerlijke kutje dagen achter elkaar neuken.'

Met lichamen die dicht tegen ons aan duwden, muziek die over ons heen denderde en de privacy die puur door de afleiding werd gegeven, liet Gideon zijn vingers diep in mijn drijfnatte geslachtsdeel glijden en bleef daar. De massieve, onbeweeglijke penetratie maakte me helemaal gek. Ik duwde mijn heupen over zijn hand heen en werkte naar het orgasme toe waar ik zo wanhopig veel behoefte aan had.

Het nummer was afgelopen en de lichten gingen uit. In de duisternis steeg er een gebrul op uit het publiek. De spanning bouwde zich op tot ze werd verbroken door getokkel op een gitaar. Er stegen kreten op, aanstekers knipten aan en veranderden de zee aan mensen in duizenden vuurvliegjes.

Een schijnwerper verlichtte het podium en daar zat Brett op een barkruk. Hij had zijn shirt uitgedaan en glinsterde van het zweet. Zijn borstkas was hard en mooi gevormd. Je kon de ribbels van zijn buikspieren zien. Hij zette de microfoonstandaard wat lager en de piercings in zijn tepels schitterden door zijn bewegingen. De vrouwen in het publiek gilden, inclusief Shawna, die op en neer sprong en een oorverdovende fluittoon produceerde.

Ik kon er helemaal inkomen. Als hij daar zo zat, met zijn voeten op de sporten van de kruk en zijn gespierde armen vol zwart met grijze tatoeages, zag Brett er krankzinnig sexy en extreem neukbaar uit. Bijna vier jaar geleden vernederde ik mezelf zes maanden lang door hem zo vaak mogelijk uit de kleren te proberen te krijgen. Ik was zo verzot op hem en ik verlangde er zo wanhopig naar dat hij van me hield dat ik alle kruimels oplikte die hij me maar toewierp.

Gideon begon met zijn vingers in en uit me te glijden. De bas viel in. Brett zong een nummer dat ik nog nooit eerder had gehoord. Zijn stem was laag en vol soul, en de tekst was duidelijk verstaanbaar. Hij klonk als een gevallen engel. Betoverend. Verleidelijk. En zijn gezicht en lichaam verhoogden die verleiding nog.

Golden girl, there you are.
I'm singing for the crowd, the music's loud.
I'm living my dream, riding the high,
But I see you there, sunlight in your hair,
And I'm ready to go, desperate to fly.

Golden girl, there you are.
Dancing for the crowd, the music's loud.
I want you so bad. I can't look away.
Later, you'll drop to your knees. You'll beg me please.
And then you'll go, it's only your body I know.

Golden girl, where'd you go? You're not there, with sunlight in your hair.
I could have you in the bar or the back of my car,
But never your heart. I'm falling apart.
I'll drop to my knees, I'll beg you. Please.
Please don't go. There's so much more I want to know.
Eva, please. I'm on my knees.
Golden girl, where'd you go?
I'm singing for the crowd, the music's loud.
And you're not there, with sunlight in your hair.
Eva, please. I'm on my knees.

De schijnwerper werd gedoofd. Het duurde een tijdje voordat de muziek wegstierf. Toen gingen de lichten weer aan en barstten de drums los. De vlammetjes gingen uit en het publiek ging uit zijn dak.

Maar ik was totaal overgeleverd aan het gebrul in mijn oren, de spanning op mijn borstkas en een verwarring waar ik van stond te tollen.

'Dat nummer,' gromde Gideon in mijn oor, terwijl zijn vingers me met kracht neukten, 'doet me aan jou denken.'

Hij drukte zijn handpalm tegen mijn klit en masseerde hem, en ik kwam tot een hoogtepunt in een roes die me volledig meesleurde. De tranen schoten in mijn ogen. Ik schreeuwde en beefde in zijn armen. Ik greep het hek voor me, hield me goed vast en liet het onstuitbare genot door me heen golven.

Toen het concert afgelopen was, was het enige waar ik aan kon denken dat ik een telefoon moest zien te vinden om Cary te bellen. Terwijl we wachtten tot het wat minder druk werd, leunde ik zwaar op Gideon en vond ik steun in de kracht van zijn armen om me heen.

'Gaat het?' vroeg hij, en liet zijn handen langs mijn rug op en neer glijden.

'Ja, prima,' loog ik. Ik wist echt niet wat ik moest voelen. Het zou niet uit moeten maken dat Brett een nummer over me had geschreven dat een heel ander licht wierp op ons verleden als neukmaatjes. Ik was nu verliefd op iemand anders.

'Ik wil wel gaan,' mompelde hij. 'Ik wil heel graag bij je naar binnen, engel. Ik kan nauwelijks meer normaal nadenken.'

Ik duwde mijn handen in de kontzakken van zijn spijkerbroek. 'Nou, laten we dan maken dat we wegkomen.'

'Ik mag backstage komen.' Hij kuste het puntje van mijn neus toen ik achteroverleunde om naar hem te kijken. 'Maar dat hoeven we hun niet te vertellen, als je liever weggaat.'

Ik dacht er echt even serieus over na. Het was tenslotte al een geweldige avond geweest, dankzij Gideon. Maar ik wist dat het me later dwars zou zitten als ik Shawna en Arnoldo – die ook fan waren van Six-Ninths – iets onthield wat ze zich voor de rest van hun leven zouden herinneren. En ik zou liegen als ik niet aan mezelf zou toegeven dat ik een glimp van Brett van dichtbij wilde opvangen. Ik wilde niet dat hij mij zag, maar ik wilde hem wel zien. 'Nee. Laten we ze maar naar achteren meenemen.'

Gideon pakte mijn hand en sprak met onze vrienden. Hun opwinding over het nieuws gaf me het excuus dat ik het alleen voor hen had gedaan. We liepen naar het podium en daarna naar de zijkant ervan, waar Gideon met de enorme kerel sprak die de beveiliging deed. Terwijl de man in de microfoon van zijn koptelefoon sprak, haalde Gideon zijn telefoon uit zijn zak en zei tegen Angus dat hij de limousine naar achteren moest rijden. Terwijl hij sprak, hield hij zijn ogen op mij gericht. De hitte die erin lag en de belofte van genot benamen me de adem.

'Jouw man is echt het einde,' zei Shawna, terwijl ze bijna vererend naar Gideon keek. Het was geen roofzuchtige, maar gewoon een waarderende blik. 'Deze avond is echt ongelooflijk. Ik sta zo gigantisch bij je in het krijt.'

Ze trok me naar zich toe voor een snelle, stevige omhelzing. 'Dankjewel.'

Ik omhelsde haar ook. 'Dankjewel dat je me uitgenodigd hebt.'

Een lange, magere man met blauwe strepen in zijn haar en een modieuze bril met zwart montuur kwam naar ons toe. 'Mr. Cross,' zei hij tegen Gideon en hij stak zijn hand uit. 'Ik wist niet dat u vanavond zou komen.'

Gideon schudde hem de hand. 'Dat heb ik je ook niet verteld,' antwoordde hij nonchalant en stak zijn andere hand naar mij uit.

Ik greep hem vast, en hij trok me naar voren en stelde me voor aan Robert Phillips, de manager van Six-Ninths. Shawna en Arnoldo werden ook voorgesteld en daarna werden we door de coulissen naar achteren geleid, waar het erg druk was en groupies rondhingen.

Ik wilde plotseling niet eens meer een glimp van Brett opvangen. Het was zo gemakkelijk geweest om te vergeten hoe het tussen ons was geweest terwijl ik hem hoorde zingen. Het was zo gemakkelijk om het te *willen* vergeten nadat ik naar het nummer had geluisterd dat hij had geschreven. Maar die tijd in mijn verleden was iets waar ik absoluut niet trots op was.

'De band is hierbinnen,' zei Robert, en gebaarde naar een openstaande deur waaruit muziek en rauw gelach kwam stromen. ‘Ze zullen u graag willen ontmoeten.’

Ik bleef opeens stokstijf stilstaan. Ook Gideon bleef staan en keek me fronsend aan.

Ik duwde me omhoog op mijn tenen en fluisterde: ‘Ik hoef ze eigenlijk niet zo nodig te ontmoeten. Als je het niet erg vindt, ga ik naar het toilet hier backstage en dan loop ik vast naar de limousine.’

‘Kun je een paar minuutjes wachten? Dan ga ik met je mee.’

‘Het geeft niet, hoor. Maak je over mij maar geen zorgen.’

Hij raakte mijn voorhoofd aan. ‘Voel je je wel goed? Je ziet er zo verhit uit.’

‘Ik voel me prima. Ik zal je eens laten zien hoe goed ik me voel als we thuis zijn.’

Dat deed het hem. Zijn frons vervaagde en zijn mond krulde. ‘Dan zal ik het kort houden.’ Hij keek naar Robert Phillips en gebaarde naar Arnoldo en Shawna. ‘Kun je ze mee naar binnen nemen? Ik heb nog een minuutje nodig.’

‘Gideon, toe nou...’ protesteerde ik.

‘Ik loop wel even met je mee.’

Ik kende die toon. Ik liet hem de zes meter naar de toiletten met me meelopen. ‘Ik kan het nu alleen wel af, kanjer.’

‘Ik wacht op je.’

‘Dan komen we hier nooit weg. Ga jij nou je ding doen. Met mij komt het wel goed.’

Hij keek heel geduldig naar me. ‘Eva, ik laat je niet alleen.’

‘Ik red me wel in m’n eentje. Heus. De uitgang is hier.’ Ik wees de gang uit naar de open dubbele deuren onder een verlicht UITGANG-bord. Roadies waren al bezig de apparatuur naar buiten te brengen. ‘Angus is daarbuiten, toch?’

Gideon leunde met zijn schouder tegen de muur en kruiste zijn armen.

Ik gooide mijn handen de lucht in. ‘Oké. Prima. Jij je zin.’

‘Je begint het te leren, engel,’ zei hij met een glimlach.

In mezelf mompelend ging ik de toiletten in en deed wat ik moest doen. Terwijl ik mijn handen stond te wassen bij het gootsteentje, huiverde ik. Ik had van die pandaogen doordat ik zoveel had gezweet, en mijn pupillen waren donker en verwijd.

'Wat ziet hij toch in je?' vroeg ik mezelf spottend, terwijl ik eraan dacht hoe geweldig hij er zelf nog steeds uitzag. Hoe warm hij het ook had en hoeveel hij ook zweette, hij zag er nog steeds prima uit, terwijl ik er vochtig en verlept uitzag. Maar meer nog dan mijn uiterlijk dacht ik aan mijn persoonlijke tekortkomingen. Die kon ik maar niet ontlopen. Niet zolang Brett zich in hetzelfde gebouw als wij bevond.

Ik wreef met een nat stuk papieren handdoek onder mijn ogen om de zwarte vegen weg te werken en ging toen terug naar de gang. Gideon wachtte een paar meter verderop en praatte met Robert, of beter gezegd: hij was naar hem aan het luisteren. De manager van de band was duidelijk ergens enthousiast over.

Gideon had me gezien en stak een hand omhoog om me te vragen nog even te wachten, maar ik wilde het risico niet nemen. Ik gebaarde naar de uitgang, draaide me om en liep toen die kant op voordat hij me kon tegenhouden. Ik liep snel langs de deur van de artiestenfoyer en durfde het aan om snel een blik naar binnen te werpen. Daar zag ik Shawna staan lachen met een biertje in haar hand. De kamer was propvol en rumoerig, en ze zag eruit alsof ze het prima naar haar zin had.

Ik vluchtte met een zucht van verlichting en voelde me tien keer zo licht op het moment dat ik vertrokken was. Ik zag Angus al achter alle bussen naast Gideons limousine staan, en ik zwaaide en liep naar hem toe.

Terwijl ik zo op de avond terugkeek, watertandde ik nog van hoe ongeremd Gideon was geweest. Hij leek in de verste verte niet op de man die fusies en overnames als metaforen had gebruikt om me in bed te krijgen.

Ik kon niet wachten tot ik hem uit de kleren kreeg.

Ik schrok van een plotselinge vlam naast me in het donker. Ik stond abrupt stil en keek hoe Brett Kline een lucifer naar de kreteksigaret bracht die aan zijn lippen hing. Terwijl hij zo in de schaduw naast de uitgang stond, streelde het flikkerende licht van het vlammetje over zijn gezicht en werd ik een minuut lang terug in de tijd geworpen.

Hij keek op, zag me kijken en bewoog zich niet. We staarden

elkaar aan. Mijn hart begon als een razende tekeer te gaan, een combinatie van opwinding en ongerustheid. Opeens vloekte hij en schudde de lucifer uit, omdat hij zich eraan gebrand had.

Ik ging ervandoor en deed mijn best om ontspannen te blijven lopen terwijl ik zo snel mogelijk bij Angus en de limousine probeerde te komen.

'Hé! Wacht nou even,' riep Brett. Ik hoorde zijn voetstappen snel dichterbij komen en de adrenaline gierde door me heen. Een roadie duwde een steekwagentje volgeladen met zware apparatuur voor zich uit en ik schoot om hem heen, en gebruikte hem als dekking om tussen twee bussen door te duiken. Ik drukte mijn rug plat tegen de zijkant van een ervan, tussen twee open laadcompartimenten. Ik dook in de schaduw in elkaar en voelde me een lafaard, maar ik had Brett nu eenmaal niets te zeggen. Ik was niet meer het meisje dat hij had gekend. Ik zag hem voorbijschieten. Ik besloot te wachten, en hem de tijd te geven rond te kijken en het op te geven. Ik was me er erg van bewust dat de tijd verstreek en dat Gideon al snel naar me zou zoeken.

'Eva.'

Ik deinsde achteruit toen ik mijn naam hoorde. Ik draaide mijn hoofd om en zag dat Brett me vanaf de andere kant naderde. Ik had steeds naar rechts gekeken, maar hij kwam van links.

'Ha, je bent het echt,' zei hij schor. Hij liet zijn kretek op de grond vallen en trapte hem met zijn laars uit.

Ik hoorde mezelf iets vertrouwds zeggen. 'Daar moet je toch eens mee stoppen.'

'Dat zeg je nou altijd.' Hij kwam voorzichtig dichterbij. 'Heb je het optreden gezien?'

Ik knikte en stapte weg van de bus, en begon achteruit te lopen. 'Het was geweldig. Jullie klinken echt goed, zeg. Ik ben blij voor je.'

Hij zette een stap vooruit bij elke stap die ik achteruit deed. 'Ik hoopte al dat ik je zoals nu zou aantreffen, bij een van de optredens. Ik had duizend verschillende ideeën over hoe het zou gaan als ik je zou zien.'

Ik wist niet wat ik daarop moest zeggen. De spanning tussen ons was zo om te snijden dat ik het moeilijk vond om adem te halen.

We voelden ons nog steeds tot elkaar aangetrokken.

Het haalde het niet bij wat ik voor Gideon voelde. Het was een zwakke afspiegeling daarvan, maar toch was het er.

Ik trok me weer terug op het stuk van de straat waar veel activiteit was en veel mensen rondliepen.

'Waarom loop je voor me weg?' vroeg hij. In het felle licht van een lantaarnpaal op het parkeerterrein kon ik hem duidelijk zien. Hij zag er zelfs nog beter uit dan vroeger.

'Ik kan niet...' Ik slikte. 'Ik heb je niets te zeggen.'

'Gelul.' De intensiteit van zijn blik brandde door me heen. 'Je kwam niet meer opdagen. Je hebt nooit iets laten weten, kwam gewoon niet meer langs. Waarom niet?'

Ik wreef over de knoop in mijn maag. Wat moest ik daar nou op zeggen? *Uiteindelijk had ik toch de ballen om te besluiten dat ik beter verdiende dan een van de vele chickies te zijn die je tussen de sets in een wc-hokje neukte?*

'Waarom, Eva? We hadden iets moois, maar toen ben je godverdomme gewoon verdwenen.'

Ik draaide mijn hoofd om en keek of ik Gideon of Angus zag. Geen van beiden was in de buurt. Er was niemand bij de limousine. 'Ach, het is al zo lang geleden.'

Brett dook vooruit en pakte me bij mijn armen. Daar schrok ik van. Even was ik bang van zijn plotselinge agressieve beweging. Als er niet zoveel mensen om ons heen waren geweest, was ik misschien wel in paniek geraakt.

'Je bent me een verklaring schuldig,' snauwde hij me toe.

'Het gaat niet...'

Hij kuste me. Hij had heel zachte lippen, en hij legde ze op die van mij en kuste me. Tegen de tijd dat ik had geregistreerd wat er gebeurde, had hij mijn armen steviger vastgegrepen en kon ik niet meer wegkomen. Ik kon hem niet wegduwen.

En heel even wilde ik dat ook niet.

Ik kuste hem zelfs terug, omdat ik me nog steeds tot hem aangetrokken voelde en het vanbinnen iets knaagde wat pijn deed; misschien was ik toch meer geweest dan een beschikbare wip. Hij smaakte naar kruidnagel, rook verleidelijk naar een man die hard gewerkt had en nam bezit van mijn mond met alle passie van een creatieve ziel. Hij voelde vertrouwd aan, op een heel intieme manier.

Maar uiteindelijk maakte het niet uit dat hij me nog steeds iets deed. Het maakte niet uit dat we een verleden hadden, hoe pijnlijk dat ook voor me was. Het maakte niet uit dat ik gevleid en geraakt was door de songtekst die hij had geschreven, dat nadat ik hem zes maanden lang van andere vrouwen had zien genieten terwijl hij me neukte achter elke deur die maar op slot kon, hij toch aan *mij* dacht terwijl hij al die smachtende vrouwen vanaf het podium verleidde.

Het maakte allemaal niets uit, omdat ik hopeloos verliefd was op Gideon Cross en hij degene was die ik nodig had.

Ik rukte me los en snakte naar adem...

... en stond oog in oog met Gideon die aan kwam rennen en met een enorme vaart tegen Brett aan ramde en hem op de grond werkte.

10

Ik wankelde achteruit van de klap en ging bijna onderuit. De twee mannen smakten met een misselijkmakende dreun tegen het asfalt. Iemand gilde. Een vrouw schreeuwde. Ik kon niets doen. Ik stond aan de grond genageld en was met stomheid geslagen, terwijl de emoties als een razende door me heen gierden.

Gideon klemde Brett vast bij zijn keel en begon hem meedogenloos tegen zijn ribben te stompen. Hij was als een machine, zwijgend en niet te stoppen. Brett kreunde bij elke woeste klap en worstelde om vrij te komen.

'Cross! *Dio mio.*'

Ik huilde toen Arnoldo verscheen. Hij sprong naar voren en probeerde Gideon te grijpen, maar deinsde achteruit omdat Brett zich los worstelde en de twee mannen omrolden.

Bretts bandleden dromden naar voren door de groeiende menigte bij de voorkant van de bussen, klaar om te knokken... totdat ze zagen *met wie* Brett aan het vechten was: de man met het geld achter hun platenlabel.

'Kline, klootzak!' Darrin, de drummer, greep met beide vuisten zijn eigen haar vast. 'Wat ben je verdomme aan het doen?'

Brett trok zich los, sprong overeind en ramde Gideon tegen de zijkant van een bus. Gideon haakte zijn handen in elkaar en hamerde op Bretts rug, waarmee hij Brett dwong om opzij te springen. Gebruikmakend van het voordeel haalde Gideon uit met een karatetrap, gevolgd door een bliksemsnelle stomp in zijn maag. Brett haalde uit, zijn enorme spierbal bolde op, maar Gideon ontweek hem met een vloeiende beweging en sloeg terug met een uppercut waardoor Bretts hoofd achteroversloeg.

Jezus.

Gideon maakte geen geluid, niet wanneer hij sloeg en niet

wanneer Brett een voltreffer op zijn kaak plantte. De stille intensiteit van zijn razernij was beangstigend. Ik voelde de woede die van hem afstraalde, zag het in zijn ogen, maar hij bleef beheerst en griezelig methodisch uithalen. Hij had zich op een of andere manier afgesloten van de wereld om hem heen, had zich teruggetrokken naar een plek vanwaar hij van buitenaf kon observeren hoe zijn lichaam serieuze schade toebracht aan iemand anders.

Ik had dat veroorzaakt. Ik had de warme, ondeugende, speelse man die me de hele avond had betoverd, veranderd in de koele, moorddadige vechter voor mijn ogen.

'Miss Tramell.' Angus greep mijn elleboog.

Ik keek hem wanhopig aan. 'Je moet hem tegenhouden.'

'Alstublieft, ga terug naar de limousine.'

'Wat?' Ik keek en zag bloed uit Bretts neus komen. Niemand kwam tussenbeide. 'Ben je gek geworden?'

'We moeten Miss Ellison naar huis brengen. Ze is uw gast: u moet voor haar zorgen.'

Brett haalde uit en toen Gideon opzij stapte, ramde Brett zijn andere vuist naar voren, waarmee hij Gideon tegen zijn schouder sloeg en hem een paar stappen achteruit zond.

Ik greep Angus bij zijn armen. 'Wat is er met je aan de hand? Hou ze tegen!'

Zijn bleke blauwe ogen werden zacht. 'Hij weet wanneer hij op moet houden, Eva.'

'Je houdt me toch niet voor de gek, hè?!'

Hij keek over mijn schouder. 'Mr. Ricci, nu, alstublieft.'

Voordat ik het wist, lag ik over Arnoldo's schouder op weg naar de limousine. Ik tilde mijn hoofd op en zag dat de kring toeschouwers zich om het gevecht sloot nu ik weg was, waardoor mijn uitzicht geblokkeerd werd. Ik schreeuwde het uit van frustratie en bonkte op Arnoldo's rug, maar dat deed hem niks. Hij klom meteen na mij in de limousine, en toen Shawna even later naar binnen klom, deed Angus het portier dicht alsof er *godverdomme* niks aan de hand was.

'Waar ben je in godsnaam mee bezig?' beet ik Arnoldo toe, en greep naar de hendel van het portier, terwijl de auto zich soepel in beweging zette. Hij ging niet open en wat ik ook probeerde, ik kreeg hem niet van het slot. 'Hij is een vriend van je! Laat je hem gewoon zo achter?'

'Hij is jouw vriendje.' De kalme en neutrale toon van Arnoldo's stem raakte me diep. 'En *jij* bent degene die hem zo heeft achtergelaten.'

Ik liet me op de bank achterovervallen. Mijn maag draaide zich om en mijn handen waren klam. *Gideon...*

'Jij bent de Eva in het nummer *Golden*, hè?' vroeg Shawna zacht van waar ze zat, op de zitting tegenover me.

Arnoldo schrok op, duidelijk verrast door het verband dat ze had gelegd. 'Ik vraag me af of Gideon...' Hij zuchtte. 'Natuurlijk weet hij dat.'

'Dat was een hele tijd geleden!' zei ik verdedigend.

'Niet lang genoeg, blijkbaar,' zei hij.

Ik was zo wanhopig om bij Gideon te komen, dat ik niet stil kon zitten. Ik trappelde met mijn voeten, en mijn lichaam vocht tegen de rusteloosheid die zo intens was dat het aanvoelde alsof ik uit mijn vel zou springen.

Ik had de man van wie ik hield pijn gedaan, en via hem ook een andere man die niets anders had gedaan dan zichzelf zijn. En ik had er geen verklaring voor. Terugkijkend had ik geen idee wat me had bezield. Waarom had ik me niet eerder teruggetrokken? Waarom had ik Brett teruggekust?

En wat ging Gideon eraan doen?

Bij de gedachte dat hij het uit zou maken voelde ik een overweldigende paniekaanval opkomen. Ik was ziek van bezorgdheid. Was hij gewond? O god... de gedachte dat Gideon pijn had, vrat aan me als een bijtend zuur. Zat hij in de problemen? Hij had Brett aangevallen. Mijn handen werden klam toen ik terugdacht aan het nieuws van Cary dat zijn maatje van de orgie ook al van plan was geweest een aanklacht in te dienen.

Gideons leven liep helemaal uit de hand, en dat kwam door mij. Er kwam een moment dat hij zich zou realiseren dat ik al die moeite niet waard was.

Ik keek naar Shawna. Ze zat nadenkend uit het raam te kijken. Ik had haar geweldige avond verpest. En die van Arnoldo.

‘Het spijt me.’ Ik zuchtte verdrietig. ‘Ik heb alles verkloot.’

Ze keek me aan en haalde haar schouders op, en gaf me toen een medelevende glimlach waar ik een brok van in mijn keel kreeg. ‘Maakt niet uit. Ik heb een geweldige avond gehad. Ik hoop gewoon dat alles weer goed komt.’

Het enige wat goed voor mij was, was Gideon. Had ik dat verpest? Had ik het belangrijkste ding in mijn leven weggegooid vanwege een of andere rare, onverklaarbare actie?

Ik kon Bretts mond nog steeds op die van mij voelen. Ik veegde mijn lippen af en wilde dat ik het laatste halfuur van mijn leven net zo gemakkelijk kon uitwissen.

Omdat ik me zoveel zorgen maakte, leek het wel uren te duren voordat we Shawna naar huis hadden gebracht. Ik stapte uit en omhelsde haar op de stoep voor haar appartement.

‘Het spijt me,’ zei ik nogmaals, zowel voor eerder op de avond als voor het moment zelf, want ik kon niet wachten om Gideon te zien – waar hij ook was – en ik was bang dat mijn ongeduld me aan te zien was. Ik wist niet of ik Angus of Arnoldo ooit zou kunnen vergeven voor de manier waarop ze me hadden meegenomen, en voor het moment waarop.

Arnoldo omhelsde Shawna en zei dat zij en Doug een vaste reservering hadden voor Tableau One, wanneer ze maar wilden. Dat stemde me een beetje milder over hem. Hij had de hele avond goed voor haar gezorgd.

We klommen weer in de limousine en gingen op weg naar het restaurant. Ik kroop in een donker hoekje van de bank in elkaar en huilde zachtjes. Ik kon de golf van wanhoop die me overweldigde niet bedwingen. Toen we bij het restaurant aankwamen, gebruikte ik mijn topje om mijn gezicht af te drogen. Arnoldo hield me tegen toen ik uit wilde stappen.

‘Wees lief voor hem,’ berispte hij me, en keek me fel aan. ‘Ik heb hem nog nooit zo gezien zoals hij bij jou is. Ik kan niet zeggen of je hem waard bent, maar je kunt hem gelukkig maken. Dat heb ik zelf gezien. Doe dat, of ga weg. Geen spelletjes met hem spelen.’

Ik kon niet spreken vanwege de brok in mijn keel, dus knikte ik maar, in de hoop dat hij in mijn ogen kon zien hoeveel

Gideon voor me betekende. *Alles.*

Arnoldo verdween in het restaurant. Voordat Angus het portier dichtdeed, gleed ik naar voren op mijn stoel. 'Waar is hij? Ik moet hem zien. Alsjeblieft.'

'Hij heeft gebeld.' Angus' gezicht stond vriendelijk, waardoor ik weer begon te huilen. 'Ik breng je nu naar hem toe.'

'Is hij in orde?'

'Ik weet het niet.'

Ik schoof weer naar achteren. Ik voelde me ziek. Ik schonk nauwelijks aandacht aan waar we heen gingen. Het enige waar ik aan dacht, was dat ik het moest uitleggen. Ik moest Gideon vertellen dat ik van hem hield, dat ik hem nooit zou verlaten als hij me nog steeds wilde, dat hij de enige man was die ik wilde, de enige man die me in vuur en vlam zette.

Eindelijk ging de auto langzamer rijden en ik keek naar buiten. Ik besefte dat we weer terug waren bij de concerthal. Terwijl ik uit het raam zat te kijken om te zien of ik hem zag, schrok ik op doordat het portier achter me opengìng. Ik draaide me om en zag hoe Gideon zich bukte en naar binnen kwam en op de bank tegenover me ging zitten.

Ik vloog naar hem toe. 'Gideon...'

'Niet doen.' Zijn woedende stem sloeg me in mijn gezicht, waardoor ik terugdeinsde en op mijn achterste viel. De limousine kwam in beweging en gooide me omver.

Huilend keek ik hoe hij een glas amberkleurige vloeistof voor zichzelf inschonk en achteroversloeg. Ik wachtte op de vloer, en mijn maag draaide zich om van angst en verdriet. Hij schonk zijn glas nog eens vol en deed toen de bar dicht en ging weer zitten. Ik wilde hem vragen of het goed ging met Brett of dat hij ernstig gewond was. Ik wilde Gideon vragen hoe het met hemzelf ging, of hij gewond was of niet. Maar ik kon het niet. Ik wist niet of hij de vragen verkeerd op zou vatten en aan zou nemen dat mijn bezorgdheid om Brett meer betekende dan het deed.

Zijn gezicht was uitdrukkingsloos, en zijn ogen waren hard als steen. 'Wat betekent hij voor je?'

Ik veegde de tranen die over mijn gezicht stroomden weg.

'Hij was een vergissing.'

'Toen? Of nu?'

'Allebei.'

Zijn lippen krulden om in een spottende grijns. 'Zoen je al je vergissingen zo?'

Mijn borstkas zwoegde terwijl ik vocht tegen de drang om in snikken uit te barsten. Ik schudde woest mijn hoofd.

'Wil je hem?' vroeg hij streng, voordat hij nog een slok nam.

'Nee,' fluisterde ik. 'Ik wil alleen maar jou. Ik hou van *jou*, Gideon. Zoveel dat het pijn doet.'

Hij deed zijn ogen dicht en zijn hoofd viel achterover. Ik maakte van de gelegenheid gebruik om dichterbij te kruipen. Ik moest ten minste de fysieke afstand tussen ons verkleinen.

'Ben je voor mij klaargekomen toen ik mijn vingers in je had, Eva? Of door dat klotenummer van hem?'

O mijn god... Hoe kon hij daar nou aan twijfelen?

Ik had hem aan het twijfelen gebracht. Ik was het. 'Voor jou. Jij bent de enige die me zo kan raken. Me kan laten vergeten waar ik ben. Ervoor kan zorgen dat het me niks kan schelen wie er in de buurt is of wat er gebeurt, zolang jij me maar aanraakt.'

'Is dat niet precies wat er gebeurde toen hij je kuste?' Gideon deed zijn ogen open en richtte ze op mij. 'Hij heeft zijn pik in je gehad. Hij heeft met je geneukt... zijn lading in je gespoten.'

Ik deinsde terug van de afgrijselijke verbitterdheid in zijn stem, de gemene hatelijkheid. Ik wist precies hoe hij zich voelde. Hoe sterk de mentale beelden konden steken en knagen tot je het idee had dat je gek werd. In mijn gedachten hadden Corinne en hij tientallen keren geneukt, terwijl ik ziek van jaloezie en woedend toekeek.

Hij kwam plotseling overeind en leunde voorover om ruw met zijn duim over mijn lippen te wrijven. 'Hij heeft je mond gehad.'

Ik pakte zijn glas en dronk op wat er nog in zat, hoewel ik een hekel had aan de wrange smaak en het branderige gevoel. Ik slikte het op wilskracht door. Mijn maag protesteerde. De warmte van de alcohol verspreidde zich door mijn lichaam.

Gideon liet zich weer op de bank zakken, met zijn arm over zijn gezicht. Ik wist dat hij me nog steeds Brett zag kussen. Ik wist dat het hem opvrat.

Ik liet het glas op de grond vallen, ging tussen zijn benen zitten en begon aan de knopen van zijn gulp te frummelen.

Hij pakte mijn vingers met een ijzeren greep, maar bleef zijn onderarm over zijn ogen houden. 'Wat ben je verdomme aan het doen?'

'Kom klaar in mijn mond,' smeekte ik. 'Spoel het weg.'

Er volgde een lange stilte. Hij zat daar maar, helemaal stil, afgezien van het heftig op- en neergaan van zijn borstkas.

'Alsjeblieft, Gideon.'

Met een gemompelde vloek liet hij me los, en hij liet zijn hand slap omlaagvallen. 'Doe het.'

Ik haastte me om bij hem te komen. Mijn hart klopte in mijn keel bij de gedachte dat hij misschien van gedachten zou veranderen en me zou afwijzen, dat hij misschien zou besluiten dat hij het had gehad met me. De enige hulp die hij me gaf, was dat hij eventjes zijn heupen optilde, zodat ik zijn spijkerbroek en boxershort omlaag kon trekken.

Toen lag zijn grote, prachtige pik in mijn handen. In mijn mond. Ik kreunde toen ik hem proefde, toen ik de warmte en de satijnen zachtheid van zijn huid voelde, toen ik zijn geur rook. Ik vlijde mijn wang tegen zijn lies en tegen zijn ballen. Ik wilde zijn geur op me hebben, als merkteken dat ik van hem was. Mijn tong volgde de dikke aderen die over de hele lengte van zijn pik liepen, en likte hem.

Ik hoorde zijn tanden knarsen toen ik hem met lange halen begon af te zuigen. Ondertussen kreunde ik verontschuldigingen, en ook kreunde ik van genot. Het brak mijn hart dat hij zo stil was, mijn welbespraakte minnaar, die altijd vieze woordjes tegen me zei. Die me altijd vertelde wat hij wilde en wat ik moest doen, hoe lekker het was als ik met hem vree. Hij hield zich in, en onthield me het genoegen om te weten dat hij het lekker vond wat ik deed.

Ik melkte hem door met mijn vuist over de dikke basis te pompen, terwijl ik aan zijn brede kroon zoog. Ik lokte zijn voorvocht naar het topje, waar ik het met snelle bewegingen van mijn tong op kon likken. Hij trok zijn dijen samen en zijn adem kwam in felle stoten naar buiten. Ik voelde hoe hij zich schrap zette en werd helemaal wild. Ik bewerkte hem met twee vuisten en ging zo hard met mijn mond op en neer dat mijn kaken er pijn van deden. Hij rechtte zijn rug en tilde zijn hoofd van de bank op, om meteen weer naar achteren te slaan toen de eerste dikke lading in mijn mond explodeerde.

Ik jammerde omdat de smaak van hem mijn zinnen in vuur en vlam zette en ervoor zorgde dat ik nog meer wilde. Ik slikte krampachtig en mijn handen trokken en wreven over zijn kloppende penis om nog meer van zijn rijke, romige sperma op mijn tong te lokken. Zijn lichaam sidderde terwijl hij langdurig klaarkwam en mijn mond vulde totdat het langs de zijkanten naar buiten kwam. Hij maakte geen geluid. Hij was net zo onnatuurlijk stil als tijdens het gevecht.

Ik zou hem urenlang hebben afgezogen. Dat wilde ik ook, maar hij legde zijn handen op mijn schouders en duwde me weg. Ik keek omhoog naar zijn hartverscheurend mooie gezicht en zag zijn ogen glinsteren in het halfdonker. Hij raakte met zijn duimen mijn lippen aan en smeerde zijn sperma over de gezwollen rondingen en eromheen.

'Schuif je nauwe kutje over me heen,' beval hij schor. 'Ik heb nog meer voor je.'

Bibberig en een beetje bang van zijn ruwe afstandelijkheid wriemelde ik me uit mijn boxershort.

'Trek alles uit. Behalve je laarzen.'

Ik deed wat hij zei, en mijn lichaam kwam tot leven door zijn bevel. Ik zou alles doen wat hij wilde. Ik zou hem bewijzen dat ik van hem was en alleen maar van hem. Ik zou boeten zoals hij maar wilde, zodat hij zou weten dat ik van hem hield. Ik ritste mijn rok open en deed hem uit, en trok toen mijn topje over mijn hoofd en gooide hem op de bank tegenover me. Mijn beha volgde.

Toen ik op hem ging zitten, pakte Gideon mijn heupen en keek naar me omhoog. 'Ben je nat?'

'Ja.'

'Je wordt er opgewonden van om aan mijn pik te zuigen.'

Mijn tepels werden nog harder. Ik raakte ook opgewonden van de botte, grove manier waarop hij over seks praatte. 'Altijd.'

'Waarom heb je met hem gezoend?'

De plotselinge verandering van onderwerp sloeg me uit het veld. Mijn onderlip trilde. 'Ik weet het niet.'

Hij liet me los en greep met beide handen boven zijn schouders de hoofdsteun aan weerskanten vast. Zijn spierballen bolden op door die houding. De aanblik ervan wond me op, zoals alles aan hem. Ik wilde zijn naakte borst zien glimmen van het zweet, zijn buikspieren zien samentrekken terwijl hij zijn pik in me op en neer pompte.

Ik likte mijn lippen af, zodat ik hem proefde. 'Trek je shirt uit.'

Hij kneep zijn ogen een beetje dicht. 'Dit is niet voor jou.'

Ik verstijfde, en mijn hart ging als een razende tekeer. Hij gebruikte de seks tegen me. In de limousine waarin we voor het eerst hadden gevreeën, in dezelfde houding als waarin ik hem voor het eerst had genomen. 'Je straft me.'

'Je hebt het verdiend.'

Het maakte niet uit dat hij gelijk had. Ik mocht het dan hebben verdiend, maar hij ook.

Ik greep de bovenkant van de rugleuning vast voor houvast en wikkelde de vingers van mijn andere hand om zijn pik. Zijn pik was nog steeds stijf, en hij klopte. Er vertrok een spier in zijn nek toen ik hem met mijn vuist begon te strelen om hem op gang te brengen. Ik hield de brede eikel tegen de lippen van mijn spleetje en haalde hem heen en weer, en smeerde hem in met mijn sappen.

Ik bleef hem de hele tijd aankijken. Ik keek naar hem terwijl ik ons allebei plaagde, op zoek naar een teken van leven van de hartstochtelijke minnaar van wie ik zo hield. Maar hij was er niet. Een woedende vreemdeling keek terug, en trotseerde me en tergde me met zijn afstandelijkheid.

Ik liet de eerste paar centimeter van hem naar binnen glijden en me openspreiden. Toen ramde ik mijn heupen naar beneden en schreeuwde het uit toen hij me diep doorboorde en me bijna ondraaglijk ver uitrekte.

'Jezus. Fuck,' siste hij rillend. 'Godverdomme.'

Zijn ongecontroleerde uitbarsting spoorde me aan. Ik begroef mijn knieën in de zitting en zette mijn handen aan weerskanten van die van hem en duwde mezelf omhoog, zodat ik van hem afgleed. Met mijn trillende geslachtsdeel klemde ik me om hem vast. Ik duwde me weer omlaag en nu gleed hij gemakkelijker naar binnen, omdat hij nat was van mij. Toen mijn billen zijn dijen raakten, voelde ik dat zijn spieren keihard waren. Zijn lichaam verraadde hem; het liet hem niet koud.

Ik kwam opnieuw omhoog, langzaam, om ons allebei elk detail van de heerlijke wrijving te laten voelen. Toen ik weer omlaag duwde, probeerde ik net zo stoïcijns te blijven als hij, maar het gevoel gevuld te zijn, het verhitte contact, was te intens en ik kon me niet beheersen. Ik kreunde, en hij bewoog rusteloos heen en weer. Zijn heupen draaiden een heerlijk cirkeltje voordat hij zich weer kon beheersen.

'Je voelt zo lekker,' fluisterde ik, terwijl ik zijn razende pik streelde met mijn gretige, smachtende geslachtsdeel. Ik gleed op en neer. 'Jij bent alles wat ik nodig heb, Gideon. Alles wat ik wil. Je bent voor me gemaakt.'

'Dat was je even vergeten,' beet hij me toe, met witte knokkels doordat hij de rugleuning zo stevig vasthield.

Ik vroeg me af of hij zich gewoon vasthield of dat hij zich er fysiek van weerhield om me aan te raken. 'Nooit. Ik zou dat nooit kunnen vergeten. Je bent een deel van mij.'

'Zeg me waarom je hem gezoend hebt.'

'Ik weet het niet.' Ik liet mijn natte voorhoofd tegen dat van hem zakken en voelde de tranen branden achter mijn ogen. 'O god, Gideon. Ik zweer je dat ik het niet weet.'

'Hou dan je kop en laat me klaarkomen.'

Als hij me in mijn gezicht had geslagen, had hij me niet meer gechoqueerd. Ik kwam overeind en leunde achteruit. '*Fuck you*.'

'Nou begin je het door te krijgen.'

De hete tranen stroomden over mijn gezicht. 'Behandel me niet als een hoer.'

'Eva.' Zijn stem was laag en schor en had een waarschuwende toon, maar zijn ogen waren donker en diepbedroefd. Vol van een pijn die net zo ondraaglijk was als die van mij. 'Als je wilt stoppen weet je wat je moet zeggen.'

Crossfire. Met één woord kon ik een onmiskenbaar, onomkeerbaar einde maken aan deze kwelling. Maar ik kon het nu niet gebruiken. Alleen al het feit dat hij mijn stopwoord ter sprake bracht, was het bewijs dat hij me aan het testen was. Me op de proef stelde. Hij had zo zijn bedoelingen, en als ik nu opgaf, zou ik nooit weten wat die waren.

Ik reikte naar achter en zette mijn handen op zijn knieën. Ik kromde mijn rug en kwam met mijn drijfnatte kut over de hele lengte van zijn harde pik omhoog, en ramde toen naar beneden. Ik paste de hoek aan, kwam omhoog en liet me weer naar beneden vallen. Ik snakte naar adem bij het gevoel van hem in me. Ook al kookte ik van woede, mijn lichaam aanbad dat van hem. Het was dol op zijn aanraking, het gevoel dat *het goed zat,* wat er ondanks de boosheid en de pijn toch was.

Zijn adem kwam bij elke duik van mijn heupen in een woeste stoot naar buiten. Zijn lichaam was heet, zo heet, het straalde hitte uit als een hoogoven. Ik pompte met mijn heupen. Op. Neer. Ik pakte zelf het genot dat hij me weigerde te geven. Mijn dijen, billen, buik en binnenste trokken bij elke opwaartse beweging samen en melkten hem van de wortel tot de top. En als ik omlaagging, ontspande ik ze, zodat hij diep bij me naar binnen zonk.

Ik neukte hem uit alle macht. Ik beukte tegen zijn pik. Zijn adem siste tussen zijn opeengeklemde tanden. Toen kwam hij hard klaar. De straal binnen in me was zo hard dat ik elke verzengende lading zaad als een afzonderlijke stoot voelde. Ik gilde het uit van het genot dat het me gaf, op jacht naar een orgasme dat me zou vermorzelen. Ik was zo strak opgewonden, mijn lichaam was zo wanhopig op zoek naar een ontlading nadat ik hem twee keer had bevredigd.

Maar hij bewoog zich en pakte me bij mijn middel om mijn bewegingen in bedwang te houden. Hij hield zich diep in me terwijl hij me vol pompte. Ik verslikte me in een schreeuw toen ik merkte dat hij me met opzet belette klaar te komen.

'Zeg me waarom, Eva,' gromde hij. '*Waarom?*'

'Ik weet het niet!' gilde ik. Ik probeerde mijn heupen tegen hem aan te duwen en stompte met mijn vuisten op zijn schouders toen zijn greep steviger werd.

Terwijl hij me tegen zijn buik geklemd hield en zijn pik nog steeds in me zat, stond Gideon op en alles veranderde. Hij trok zich uit me terug, gooide me om zodat mijn gezicht van hem af was gekeerd, en boog me toen over de rand van de bank met mijn knieën op de vloer. Met één hand op mijn onderrug om me naar beneden te houden nam hij mijn geslachtsdeel in zijn hand, en wreef en masseerde zijn zaad in mijn spleetje. Hij verspreidde het, smeerde me ermee in. Ik draaide met mijn heupen, op zoek naar net dat beetje druk om me te laten komen...

Maar hij onthield het me. Expres.

Het bonzen van mijn klitje en het begerige samentrekken van mijn lege binnenste maakten me helemaal gek. Mijn lichaam hunkerde naar de ontlading. Hij duwde twee vingers in me en mijn nagels zonken in het zwarte leer van de bank. Hij neukte me tergend rustig met zijn vingers, loom naar binnen en naar buiten glijdend, en hield me de hele tijd op het punt van klaarkomen.

'Gideon,' snikte ik. De gevoelige weefsels binnen in me golfden gretig om hem heen. Ik was drijfnat van het zweet en kon nauwelijks ademhalen. Ik begon te bidden dat de auto zou stoppen, dat we onze bestemming zouden bereiken, hield mijn adem in, wanhopig uitkijkend naar een uitweg. Maar de limousine stopte nergens. Hij bleef maar rijden en Gideon hield me zodanig in bedwang dat ik niet ver genoeg omhoog kon komen om te kijken waar we waren.

Hij boog zich over mijn rug, met zijn pik in mijn bilnaad. 'Zeg me waarom, Eva,' bromde hij zachtjes in mijn oor. 'Je wist dat ik achter je aan zou komen... dat ik je zou vinden...'

Ik kneep mijn ogen dicht en balde mijn handen tot vuisten. 'Ik. Weet. Het. Niet. Godverdomme! Ik weet het niet!'

Hij trok zijn vingers uit me en duwde toen zijn pik in me.

Mijn geslachtsdeel verkrampte om de heerlijke hardheid heen en zoog hem dieper naar binnen. Ik hoorde zijn adem met een gesmoorde kreun stokken en toen was hij me aan het nemen.

Ik schreeuwde van genot, mijn hele lichaam huiverde toen hij me stevig neukte. De brede eikel van zijn prachtige penis wreef en trok aan mijn gevoelige, hypergestimuleerde zenuwen. De spanning bouwde zich steeds meer op, als een storm...

'Ja,' hijgde ik, strakgespannen in afwachting van wat er komen ging.

Hij trok zich terug bij de eerste samentrekking van mijn geslachtsdeel en hield me weer op het randje van klaarkomen. Ik gilde van frustratie en vocht om overeind te komen, weg van de minnaar die een bron van ondraaglijke kwellingen was geworden.

Hij fluisterde in mijn oor alsof hij de duivel in eigen persoon was. 'Zeg me waarom, Eva. Denk je nu aan hem? Wilde je dat het zijn pik was die in je zat? Wilde je dat zijn pik je perfecte kutje aan het neuken was?'

Ik gilde opnieuw. 'Ik haat je! Je bent een sadistische, egoïstische klootz...'

Hij was weer in me, vulde me, stootte ritmisch in mijn sidderende binnenste.

Niet in staat het nog een minuut langer vol te houden worstelde ik om mijn klitje met mijn vingers te bereiken, in de wetenschap dat een enkele streek me woest zou laten klaarkomen.

'Nee.' Gideon pakte mijn polsen en hield mijn handen omlaag tegen de bank, met zijn dijen tussen die van mij om mijn benen uit elkaar te houden zodat hij diep naar binnen kon. Steeds opnieuw. Het ritme van zijn stoten was regelmatig en meedogenloos.

Ik ging tekeer, schreeuwde, raakte buiten zinnen. Hij kon me laten klaarkomen met alleen zijn pik, kon me een intens vaginaal orgasme bezorgen, alleen maar door me onder de juiste hoek te berijden en met zijn dikke eikel steeds opnieuw tegen de juiste plek aan te wrijven, een willekeurige plek in mij waarvan hij elke keer dat hij me nam, instinctief wist waar het was.

‘Ik haat je,’ snikte ik. Mijn gezicht en de bank onder mijn wang werden nat van mijn tranen van frustratie.

Hij boog zich over me heen en hijgde in mijn oor: ‘Zeg me waarom, Eva.’

De razernij welde in me op en spoot naar buiten. ‘Omdat je het had verdiend! Omdat je moest weten hoe het voelt! Hoeveel pijn het doet, egocentrische eikel!’

Hij verstomde. Ik voelde hoe zijn adem uit hem vloeide. Mijn bloed brulde in mijn oren, zo luid dat ik eerst dacht dat ik het me verbeeldde dat zijn stem milder werd.

‘Engel.’ Hij streek met zijn lippen over mijn schouderblad, en zijn handen lieten mijn polsen los en gleden onder me om mijn volle, zware borsten te pakken. ‘Mijn koppige, mooie engel. Eindelijk krijgen we de waarheid te horen.’

Gideon tilde me op en zette me overeind. Uitgeput als ik was, liet ik mijn hoofd tegen zijn schouder rollen. De tranen drupten op mijn borst. Ik had niets meer in me om mee door te vechten, kon nog net een jammerkreetje slaken toen hij een pijnlijke tepel tussen zijn vingers rolde en met zijn hand tussen mijn gespreide benen ging. Hij begon met zijn heupen te zwaaien, en zijn pik in me omhoog te stoten terwijl hij in mijn schaamlippen rondom mijn kloppende klitje kneep, en begon te wrijven.

Ik kwam klaar terwijl ik hees zijn naam schreeuwde. Mijn lichaam trok heftig en wild spastisch samen terwijl de ontlading door me heen joeg. Het orgasme duurde eeuwig en Gideon was onvermoeibaar. Hij rekte mijn genot met de perfecte stoten waarvan ik eerder zo buiten mezelf was geraakt.

Toen ik uiteindelijk in zijn armen viel, hijgend en badend in het zweet, tilde hij me voorzichtig op en legde hij me in de lengte op de achterbank. Totaal uitgeput bedekte ik mijn gezicht met mijn handen, niet in staat hem tegen te houden toen hij mijn dijen uit elkaar duwde en zijn mond tegen me aan drukte. Ik was doorweekt van zijn zaad, maar dat kon hem niet schelen. Hij likte en zoog op mijn clitoris totdat ik opnieuw kwam. En nog eens.

Mijn rug kromde zich bij elk orgasme, mijn adem suisde

door mijn longen. Ik raakte de tel kwijt hoeveel hoogtepunten ik had toen ze in elkaar begonnen over te lopen, opkomend en wegzakkend als de getijden. Ik probeerde bij hem vandaan te komen, maar hij kwam gewoon overeind, rukte zijn shirt uit en klom over me heen, met een knie op de zitting en zijn andere been gestrekt op de vloer. Hij zette zijn handen op het raam boven mijn hoofd, waarmee hij zijn lichaam in volle glorie toonde, wat hij eerder had geweigerd.

Ik duwde tegen hem aan. 'Niet nog meer! Ik kan niet nog meer hebben!'

'Weet ik.' Zijn buikspieren spanden zich toen hij in me gleed, zijn ogen op mijn gezicht terwijl hij zich voorzichtig tussen de gezwollen weefsels duwde. 'Ik wil alleen maar in je zijn.'

Mijn nek kromde zich toen hij dieper naar binnen gleed. Een zacht geluid ontsnapte me omdat het *zooo* lekker voelde. Hoe uitgeput en te veel gestimuleerd ik ook was, ik smachtte er nog steeds naar hem te bezitten en bezeten te worden door hem. Ik wist dat ik dat altijd zou blijven doen.

Hij boog zijn hoofd en drukte zijn lippen tegen mijn voorhoofd. 'Jij bent alles wat ik wil, Eva. Er is niemand anders. Er zal nooit iemand anders zijn.'

'Gideon.' Hij begreep, wat ik zelf niet had begrepen, dat deze nacht zo'n drama was geworden door mijn eigen jaloezie en mijn diepgewortelde behoefte om het hem te laten voelen.

Hij kuste me teder en eerbiedig, en veegde daarmee elke herinnering aan iemand anders' lippen op die van mij weg.

'Engel.' Gideons stem was warm en schor in mijn oor. 'Wakker worden.'

Ik kreunde, kneep mijn ogen harder dicht en begroef mijn gezicht dieper in zijn hals. 'Laat me met rust, seksmaniak.'

Met zijn stille lach schudde hij me heen en weer. Hij drukte een stevige kus op mijn voorhoofd en wurmde zich onder me vandaan. 'We zijn er.'

Ik deed een oog open en keek hoe hij zijn shirt weer aandeed. Zijn spijkerbroek had hij nooit uitgedaan. Ik realiseerde me dat de zon al op was. Ik ging overeind zitten en keek uit de ramen.

Mijn adem stokte toen ik de oceaan zag. We waren een keer gestopt om te tanken, maar ik had me niet kunnen oriënteren of kunnen uitzoeken waar we waren. Gideon had geweigerd het te vertellen toen ik het vroeg, en wilde alleen maar kwijt dat het een verrassing was.

'Waar zijn we?' fluisterde ik, verrukt door de aanblik van de zon die boven het water omhoogklom. Het moest al enige tijd ochtend zijn. Misschien liep het zelfs al tegen het einde van de ochtend.

'North Carolina. Doe je armen omhoog.'

Ik gehoorzaamde automatisch en hij trok het topje over mijn hoofd. 'Ik moet mijn beha hebben,' mompelde ik toen ik hem weer kon zien.

'Er is hier niemand die je kan zien behalve ik en we stappen zo meteen rechtstreeks in bad.'

Ik keek nog eens naar het verweerde, met shingles bedekte gebouw waarnaast we geparkeerd stonden. Het had minstens twee verdiepingen, met veranda's rondom en balkons aan de voorkant en zijkanten, en een ouderwetse enkele toegangsdeur aan de achterkant. Het stond op palen, vlak bij de kustlijn, zo dicht bij het water dat ik wist dat de vloed helemaal tot onder het huis moest komen. 'Hoe lang hebben we gereden?'

'Bijna tien uur.' Gideon schoof mijn rok over mijn benen omhoog en ik stond op om hem de gelegenheid te geven hem recht te trekken en de rits dicht te doen. 'Kom op.'

Hij stapte eerst naar buiten en stak toen zijn hand uit naar mij. Het verkwikkende, zoutige briesje raakte mijn gezicht en maakte me wakker. De ritmische deining van de oceaan bracht me terug op aarde. Angus was nergens te zien, wat een hele opluchting was, want ik was me zeer bewust van het feit dat ik geen ondergoed aanhad. 'Heeft Angus de hele nacht gereden?'

'We hebben gewisseld toen we stopten om te tanken.'

Ik keek naar Gideon en mijn hartslag haperde toen ik zag hoe teder en gekweld hij naar me keek. De schaduw van een blauwe plek ontsierde zijn kaak en ik deed mijn hand omhoog om hem aan te raken. Mijn hart brak toen hij zich tegen mijn hand vlijde.

'Ben je nog ergens anders gewond?' vroeg ik. Ik voelde me emotioneel rauw na de lange nacht die we hadden gehad.

Hij pakte mijn pols en trok mijn hand naar beneden en drukte hem plat op zijn hart. 'Hier.'

Mijn liefste... Voor hem was het ook zwaar geweest. 'Het spijt me zo.'

'Mij ook.' Hij kuste mijn vingertoppen, strengelde vervolgens zijn handen in die van mij en leidde me naar het huis.

De deur was open en hij liep zo naar binnen. Er stond een metalen mand op een tafeltje vlak bij de deur met daarin een fles wijn en twee glazen met een lintje eromheen. Terwijl Gideon het nachtslot met een ferme klik op slot draaide, plukte ik de envelop met WELKOM erop eruit en maakte hem open. Er viel een sleutel in mijn hand.

'Die zullen we niet nodig hebben.' Hij pakte de sleutel van me af en legde hem op het tafeltje. 'De komende twee dagen zullen we met zijn tweeën als kluizenaars leven.'

Een rilling van genot verwarmde me van binnenuit, gevolgd door de verwondering dat een man als Gideon Cross zo van mijn gezelschap genoot dat hij niemand anders nodig had.

'Kom,' zei hij en trok me naar de trap. 'Die wijn maken we later wel open.'

'Ja. Eerst koffie.'

Ik nam de inrichting van het huis in me op. Vanbuiten was het rustiek, maar vanbinnen was het eigentijds modern. De met latjes betimmerde muren waren helderwit geschilderd en er hingen enorme zwart-witfoto's van zeeschelpen aan. De meubels waren allemaal wit, en de meeste accessoires waren van glas en metaal. Het zou kil zijn geweest als het schitterende uitzicht op de oceaan, de kleurige tapijten en de verzameling boeken die de ingebouwde boekenkasten vulden, er niet waren geweest.

Toen we op de bovenste verdieping kwamen, voelde ik een gefladder van geluk in mijn buik. De hoofdslaapkamer was een volledig open ruimte, met alleen twee staanders om hem te doorbreken. Boeketten van witte rozen, witte tulpen en witte aronskelken stonden op bijna elk horizontaal oppervlak, en er stonden er zelfs een paar op strategische plekken op de grond. Het bed was gigantisch en was bedekt met wit satijn, wat me deed denken aan een bruidssuite, een indruk die nog versterkt werd door de zwart-witfoto boven het hoofdeinde van een doorzichtige sjaal of sluier die in de wind wapperde.

Ik keek naar Gideon. 'Ben je hier al eens eerder geweest?'

Hij bracht zijn hand omhoog en bevrijdde mijn scheefhangende paardenstaart. 'Nee. Waarom zou ik hier ooit eerder zijn geweest?'

Dat was ook zo. Hij nam vrouwen nergens anders mee naartoe dan naar zijn neukhol in het hotel, dat hij blijkbaar nog steeds had. Ik deed vermoeid mijn ogen dicht toen hij met zijn vingers door de loshangende lokken van mijn haar ging. Ik had er de energie niet voor om me daar druk om te maken.

'Doe je kleren uit, engel. Ik laat het bad vollopen.'

Hij wilde weglopen. Ik deed mijn ogen open en pakte zijn shirt vast. Ik wist niet wat ik moest zeggen; ik wilde alleen niet dat hij wegging.

Hij begreep het, want hij kende me.

'Ik ga niet weg, Eva.' Gideon nam mijn kin in zijn handen en keek in mijn ogen, met de intensiteit en de scherpe focus waar ik al vanaf het begin voor gevallen was. 'Als je hem zou willen, zou dat niet genoeg voor me zijn om je te laten gaan. Daarvoor wil ik je te graag. Ik wil je bij me, in mijn leven, in mijn bed. Als ik dat kan hebben, doet verder niets ertoe. Ik ben niet zo trots dat ik niet neem wat ik kan krijgen.'

Ik zwaaide me tegen hem aan, aangetrokken door zijn obsessieve en rauwe hunkering naar mij, die net zo diep was als mijn hunkering naar hem. Ik balde mijn vuist in het katoen van zijn T-shirt.

'Engel,' fluisterde hij en hij boog zijn hoofd om zijn wang tegen die van mij te drukken. 'Jij kunt mij ook niet laten gaan.'

Hij tilde me in zijn armen op en droeg me de badkamer in.

11

Ik ging achteroverliggen met mijn ogen dicht en mijn rug tegen Gideons borst genesteld. Ik hoorde het water kabbelen terwijl hij zijn handen loom over me heen liet glijden in het bad met de leeuwenpoten.

Hij had mijn haar en daarna mijn lichaam gewassen, had me gekoesterd en in de watten gelegd. Ik wist dat hij op deze manier goed probeerde te maken wat er gisteravond was gebeurd en de methode die hij had gebruikt om me de waarheid onder ogen te laten zien: een waarheid die hij zelf duidelijk wel kende, maar die hij mij ook wilde doen inzien.

Hoe kon het dat hij me zo goed kende... beter dan ik mezelf kende?

'Vertel me hoe het met hem zat,' mompelde hij terwijl hij zijn armen om mijn middel sloeg.

Ik haalde diep adem. Ik had het al zien aankomen dat hij naar Brett zou vragen. Ik kende Gideon natuurlijk ook goed. 'Vertel me eerst even hoe hij eraan toe is.'

Het duurde even voordat hij antwoord gaf. 'Er is geen blijvende schade. Zou het je iets kunnen schelen als dat wel zo was?'

'Ja, natuurlijk.' Ik hoorde hem tandenknarsen.

'Ik wil weten wat er tussen jullie was,' zei hij eisend.

'Nee.'

'Eva...'

'Sla niet zo'n toon tegen me aan, Gideon. Ik ben het zat om een open boek voor jou te moeten zijn terwijl jij al je geheimen voor je houdt.' Ik draaide mijn hoofd opzij zodat mijn wang tegen zijn vochtige borst lag. 'Als ik alleen je lichaam maar krijg, kan ik dat accepteren. Maar ik kan niet meer van mijzelf blootgeven als er niets tegenover staat.'

'Je bedoelt dat je dat niet *wilt*. Laten we...'

'Ik kan het niet.' Ik trok me van hem terug en draaide me zo om dat ik hem kon aankijken. 'Kijk dan wat het met me doet! Ik heb je gisteravond pijn gedaan. Met opzet. Zonder het zelfs te beseffen, omdat de wrok me opvreet, ook al probeer ik mezelf ervan te overtuigen dat ik kan leven met alles wat je me niet vertelt.'

Hij ging rechtop zitten en spreidde zijn armen. 'Ik sta wijd open voor je, Eva! Het klinkt net alsof je me niet kent, alsof we alleen maar seks met elkaar hebben, terwijl jij me beter kent dan wie dan ook.'

'Laten we het dan eens hebben over wat ik *niet* weet. Waarom heb je zo'n groot aandeel in Vidal Records? Waarom heb je zo'n hekel aan je ouderlijk huis? Waarom heb je met je ouders gebroken? Wat speelt er tussen jou en Dr. Terrence Lucas? Waar was je die avond heen gegaan toen ik die nachtmerrie had? Wat zit er achter *jouw* nachtmerries? Waarom...'

'Nou is het genoeg!' snauwde hij en streek met zijn handen door zijn natte haar.

Ik ging achteroverzitten en keek hoe hij duidelijk met zichzelf worstelde. 'Je weet toch dat je me alles kunt vertellen?'

'Is dat zo?' Hij keek me doordringend aan. 'Heb je zelf al niet genoeg meegemaakt? Met hoeveel shit kan ik je opzadelen voordat je bij me wegrent?'

Ik legde mijn armen op de rand van het bad, liet mijn hoofd achteroverzakken en deed mijn ogen dicht. 'Oké dan. Dan zijn we wel gewoon neukmaatjes die één keer per week tegen een therapeut aan lopen te zeuren. Goed dat ik het weet.'

'Ik heb haar geneukt,' beet hij me toe. 'Zo. Heb je nou je zin?'

Ik kwam zo snel overeind dat het water over de rand van het bad klotste. Mijn maag trok zich samen. 'Heb je Corinne geneukt?'

'Nee, verdomme.' Hij bloosde. 'De vrouw van Lucas.'

'O...' Ik herinnerde me de foto die ik van haar had gevonden via Google. 'Maar ze heeft rood haar,' zei ik slapjes.

'Ik voelde me alleen tot Anne aangetrokken vanwege haar relatie met Lucas.'

Ik fronste. Ik begreep er niets van. 'Had je dan al ruzie met Dr. Lucas *voordat* je met zijn vrouw naar bed ging? Of kwam het juist daardoor?'

Gideon zette zijn elleboog op de zijkant van het bad en krabde zich op zijn gezicht. 'Hij heeft me van mijn familie vervreemd. En zo heb ik hem teruggepakt.'

'Heb jij hun huwelijk kapotgemaakt?'

'Ik heb *haar* kapotgemaakt.' Hij ademde zwaar. 'Ze zat achter me aan bij een liefdadigheidsdiner. Ik negeerde haar tot ik erachter kwam wie ze was. Ik wist dat Lucas het afschuwelijk zou vinden als hij wist dat ik haar had geneukt en ze bood zich aan, dus ging ik erop in. Het was de bedoeling dat het bij die ene keer zou blijven, maar de volgende dag nam Anne contact met me op. Omdat het hem nog meer pijn zou doen als hij wist dat ze er niet genoeg van kon krijgen, liet ik het voortduren. Toen ze op het punt stond haar echtgenoot voor mij te verlaten, heb ik haar naar hem teruggestuurd.'

Ik staarde naar hem en zag dat hij zich geneerde, maar ook opstandig keek. Hij zou het zo weer doen, maar toch schaamde hij zich voor wat hij had gedaan.

'Zeg dan iets!' snauwde hij.

'Had ze het idee dat je van haar hield?'

'Nee. Godverdomme. Ik ben wel een klootzak dat ik iemand anders zijn vrouw neuk, maar ik heb haar nooit iets beloofd. Ik naaide Lucas via haar: ik had niet voorzien dat zij daarvan het slachtoffer zou worden. Ik had het nooit zover laten komen als ik dat had zien aankomen.'

'Gideon.' Ik zuchtte en schudde mijn hoofd.

'Wat nou?' Hij was stekelig van de rusteloze, opgefokte energie. 'Waarom spreek je m'n naam zo uit?'

'Omdat je belachelijk traag van begrip bent voor zo'n slimme kerel. Je ging geregeld met haar naar bed en je had nooit verwacht dat ze verliefd op je zou worden?'

'Jezus. Nee, hè?' Hij liet zijn hoofd met een grom achteroverzakken. 'Daar gaan we weer.'

Opeens ging hij rechtovereind zitten. 'Ach, weet je wat? Blijf jij maar denken dat ik voor vrouwen een geschenk uit de hemel ben, engel. Het is beter voor mij als jij gelooft dat je niets beters kunt krijgen dan mij.'

Ik spetterde hem nat. Met het grootste gemak veegde hij zijn aantrekkingskracht van tafel. Daarin leek hij op mij. We kenden onze sterke kanten en maakten gebruik van onze goede eigenschappen. Maar we zagen niet wat ons uniek maakte, waardoor iemand echt van ons kon houden.

Gideon dook naar voren en pakte mijn handen. 'Kom. Vertel me nu maar eens wat je in godsnaam met Brett Kline had.'

'Je hebt niet verteld wat Dr. Lucas heeft gedaan waar je zo kwaad van werd.'

'Dat heb ik wel gedaan.'

'Niet de details,' zei ik.

'Het is nu jouw beurt om te vertellen. Kom op.'

Het duurde een hele tijd voordat ik het verhaal over mijn lippen kon krijgen, want geen enkele man zou het leuk vinden om een gewezen slet als vriendinnetje te hebben. Maar Gideon wachtte geduldig. Koppig. Ik wist dat hij me niet uit bad zou laten stappen tot ik hem over Brett had verteld.

'Ik was alleen maar een gemakkelijke wip voor Brett,' biechtte ik snel op, omdat ik ervan af wilde zijn, 'en ik ging erin mee – deed er zelfs mijn best voor – omdat in die periode van mijn leven seks de enige manier was die ik kende waarop ik me geliefd voelde.'

'Hij heeft een liefdesliedje voor je geschreven, Eva.'

Ik keek weg. 'Ja, maar de waarheid was niet echt materiaal voor een mooie ballad.'

'Hield je van hem?'

'Ik... nee.' Ik keek naar Gideon terwijl hij hoorbaar uitademde, alsof hij zijn adem had ingehouden. 'Ik viel op hem en op hoe hij zong, maar het was iets volkomen oppervlakkigs. Ik heb hem nooit echt goed leren kennen.'

Zijn hele lichaam werd zichtbaar ontspannen. 'Hij was onderdeel van een... fase? Kun je het zo zeggen?'

Ik knikte en probeerde mijn handen uit die van hem te trekken. Ik wilde dat ik die schaamtegevoelens af kon leggen. Niet dat ik Brett of de andere mannen die mijn pad toen hadden gekruist, iets verweet. Ik kon alleen mezelf maar de schuld geven.

'Kom hier.' Gideon pakte me bij mijn middel en trok me dichter naar zich toe. Hij drukte me weer aan zijn borst. Zijn omhelzing gaf me het heerlijkste gevoel op de hele wereld. Met zijn handen streelde hij over mijn hele ruggengraat en dat kalmeerde me. 'Ik zal niet tegen je liegen. Ik wil iedere man die jou heeft gehad helemaal in elkaar slaan – je doet er verstandig aan om ze bij me uit de buurt te houden – maar niets in jouw verleden kan mijn gevoelens voor jou veranderen. En God weet dat ikzelf geen heilige ben.'

'Ik wou dat ik het ongedaan kon maken,' fluisterde ik. 'Ik word niet graag herinnerd aan het meisje dat ik toen was.'

Hij liet zijn kin op de kruin van mijn hoofd rusten. 'Dat kan ik begrijpen. Het maakte niet uit hoe lang ik onder de douche stond als ik met Anne bezig was geweest, het was nooit lang genoeg om me schoon te voelen.'

Ik drukte mijn armen rond zijn middel en gaf hem troost en acceptatie. En ik ontving ze met dankbaarheid van hem terug.

De witte zijden ochtendjapon die ik in de kast aantrof, was beeldschoon. Hij was gevoerd met superzachte badstof en de manchetten waren met zilverdraad geborduurd. Ik vond hem prachtig, en dat was maar goed ook, want blijkbaar was er voor mij geen enkel ander kledingstuk in het hele huis.

Ik keek hoe Gideon een zwarte zijden pyjama aantrok en het koordje vastknoopte. 'Waarom krijg jij kleren en ik alleen een ochtendjas?'

Hij keek naar me op door een lok inktzwart haar die over zijn voorhoofd hing. 'Omdat ik degene ben die alles geregeld heeft?'

'Duivel.'

'Dat maakt het gewoon makkelijker om jouw onverzadigbare seksuele eisen bij te houden.'

'*Mijn* onverzadigbare eisen?' Ik liep naar de badkamer om de handdoek van mijn hoofd te halen. 'Ik kan me duidelijk herinneren dat ik je gisteravond heb gesmeekt om me met rust te laten. Of was het deze ochtend, nadat we de hele nacht bezig waren geweest?'

Hij ging in de deuropening achter me staan. 'Vanavond zul je ook weer smeken. Ik ga koffiezetten.'

In de spiegel keek ik hoe hij zich omdraaide en zag ik de donker wordende blauwe plek in zijn zij. Hij zat zo laag op zijn rug dat ik hem tot nu toe over het hoofd had gezien. Ik draaide me om. 'Gideon! Je bent gewond. Laat me eens kijken.'

'Niks aan de hand.' Hij was al halverwege de trap naar beneden voordat ik hem kon tegenhouden. 'Schiet je een beetje op?'

Ik werd overvallen door schuldgevoelens en een enorme behoefte om te huilen. Mijn hand beefde terwijl ik een grove kam door mijn natte haar haalde. In de badkamer stonden de toiletartikelen die ik altijd gebruikte, wat weer eens liet zien hoe attent Gideon was. Dat benadrukte mijn tekortkomingen alleen maar. Ik maakte zijn leven tot een hel. Hij had al zoveel geleden. Mijn problemen waren wel het laatste waar hij op zat te wachten.

Ik nam de trap naar beneden naar de eerste verdieping en kon me er niet toe zetten om naar Gideon in de keuken te gaan. Ik had even tijd nodig om mezelf op te peppen en weer een vrolijk gezicht op te zetten. Ik wilde het weekend niet ook voor hem verpesten.

Ik stapte door de louvredeurtjes het balkon op. Het geluid van de branding en de bijtende zoutnevel hadden onmiddellijk effect. De zoom van mijn ochtendjas wapperde zachtjes in de oceaanwind, die me een heerlijk frisse en koele energie gaf.

Ik haalde diep adem, greep de balustrade vast en deed mijn ogen dicht. Ik probeerde de kalmte te vinden die ik nodig had zodat Gideon zich geen zorgen zou maken. Mijn probleem was ikzelf. Ik wilde hem niet lastigvallen met iets waar hij niets aan kon doen. Alleen *ik* kon een sterkere persoon van mezelf maken en dat moest ik ook doen als ik hem gelukkig wilde maken en hem de zekerheid wilde bieden die hij zo wanhopig bij me zocht.

De deur achter me ging open en ik haalde diep adem voordat ik me met een glimlach naar hem toe keerde. Gideon kwam naar buiten met twee dampende koppen in één hand: één met zwarte koffie en de andere met een beetje koffieroom erin. Ik wist dat hij het precies zo had gemaakt als ik lekker vond en dat het heerlijk was omdat hij precies wist wat ik lekker vond. Niet omdat ik het hem had verteld, maar omdat hij goed lette op alles wat met mij te maken had.

'Wees niet zo hard voor jezelf,' beval hij streng en zette de mokken op de balustrade.

Ik zuchtte. Uiteraard kon ik mijn stemming niet gewoon met een glimlach voor hem verborgen houden. Hij keek weer eens dwars door me heen.

Hij nam mijn gezicht in zijn handen en keek ernstig op me neer. 'Het is gebeurd. Klaar. Vergeet het gewoon.'

Ik strekte mijn armen uit en ging met mijn vingertoppen over de plek waar ik de blauwe plek had gezien.

'Het heeft zo moeten zijn,' zei hij kortaf. 'Nee, mond dicht en luister naar mij. Ik dacht dat ik begreep wat je van Corinne vond, en eerlijk gezegd vond ik dat je er gewoon niet goed mee omging. Maar ik had geen flauw idee. Ik was een egocentrische idioot.'

'Ik *ga* er ook niet goed mee om. Ik haat haar gewoon. Ik kan niet aan haar denken zonder agressief te worden.'

'Dat begrijp ik nu. Daarvoor begreep ik het nog niet.' Hij vertrok zijn mond vol berouw. 'Soms is er iets drastisch voor nodig om me wakker te schudden. Gelukkig ben jij er altijd erg goed in geweest om mijn aandacht te trekken.'

'Je moet niet proberen dit van tafel te vegen door me te plagen, Gideon. Je had ernstig gewond kunnen raken door mij.'

Hij pakte me bij mijn middel toen ik probeerde me van hem af te keren. 'Ik *was* ook ernstig gewond door jou. Je in de armen van iemand anders te zien, hem te zien kussen...' Zijn ogen schoten vuur en werden donker. 'Ik werd erdoor verscheurd, Eva. Het stak me en ik ging ervan bloeden. Ik sloeg hem in elkaar uit zelfverdediging.'

'O god,' zei ik hees, verslagen door zijn rauwe eerlijkheid. 'Gideon.'

'Ik walg van mezelf dat ik niet meer begrip heb getoond over Corinne. Als een kus me al zo'n gevoel geeft...' Hij sloeg zijn armen stevig om me heen, met zijn ene hand om mijn heupen en zijn andere hand op mijn rug, zodat hij mijn achterhoofd kon vastpakken. Hij hield me gevangen.

'Als je ooit vreemd zou gaan,' zei hij schor, 'zou ik eraan onderdoor gaan.'

Ik draaide mijn hoofd om en drukte mijn lippen op zijn hals. 'Die stomme kus stelde niets voor. Nog minder dan dat zelfs.'

Met zijn hand greep hij mijn haar en kantelde hij mijn hoofd naar achteren. 'Je weet niet wat jouw kussen voor me betekenen, Eva. Als jij er gewoon maar eentje weggeeft en hem stom noemt...'

Gideon deed zijn hoofd omlaag en sloot zijn mond op die van mij. Het begon zachtjes, lief en plagend. Met zijn tong streelde hij mijn onderlip. Ik deed mijn mond open en liet mijn tong naar buiten schieten om die van hem aan te raken. Hij deed zijn hoofd naar achteren en likte in mijn mond. Snelle, oppervlakkige likjes die een smeulend verlangen oprakelden.

Ik strekte mijn armen omhoog en liet mijn vingers door zijn vochtige haar glijden. Ik ging op mijn tenen staan om hem nog intenser te kunnen kussen. Ik kreunde terwijl hij op mijn tong zoog, en leunde zwaar tegen hem aan. Zijn lippen bewogen tegen die van mij, en werden steeds natter en heter. We aten elkaar bijna op, en werden steeds wilder tot we hartstochtelijk elkaars mond neukten met lippen, tongen en tanden. Ik hijgde van verlangen naar hem, mijn lippen schuin over die van hem, terwijl behoeftige geluidjes uit mijn keel kwamen stromen.

Zijn kussen waren cadeautjes. Hij kuste met alles wat hij in zich had, met macht en passie en honger en liefde. Hij hield niets achter, maar gaf me alles en legde alles bloot.

Zijn machtige lichaam stond onder hoogspanning, zijn ruw satijnen huid werd koortsachtig heet. Zijn tong dook mijn mond in en verstrengelde zich met die van mij, terwijl zijn steeds snellere ademhaling zich vermengde met die van mij en mijn longen vulde. Mijn gevoelens werden ondergedompeld in die van hem, mijn hoofd tolde terwijl ik het nog schuiner hield, om nog intenser van hem te kunnen proeven. Ik wilde hem dieper likken en zuigen. Hem opvreten.

Ik verlangde zo hevig naar hem.

Zijn handen gleden langs mijn ruggengraat op en neer, trillend en rusteloos. Hij kreunde en mijn kutje trok zich in reactie daarop samen. Hij trok aan de ceintuur van mijn ochtendjas, maakte hem losser en deed de helften uit elkaar om mijn blote heupen te kunnen grijpen. Hij trok aan mijn onderlip en zette er zijn tanden in, terwijl hij hem met zijn tong streelde. Ik jammerde. Ik wilde meer. Mijn mond voelde gezwollen en gevoelig aan.

Hoe dicht we ook bij elkaar waren, het was nooit dichtbij genoeg.

Gideon greep mijn beide billen en trok me stevig tegen zich aan. Zijn erectie brandde mijn buik als heet staal, dwars door de dunne zijde van zijn broek heen. Hij liet mijn lip gaan en nam mijn mond weer. Hij vulde me met de smaak van zijn verlangen en zijn behoefte, zijn tong een fluwelen zweep van martelend genot.

Er trok een krachtige huivering door hem heen en hij gromde. Hij draaide met zijn heupen. Hij zette zijn nagels in mijn billen en ik voelde zijn gegrom tegen mijn lippen trillen. Ik voelde zijn pik tussen ons in stuiptrekken en toen verspreidde zich een verschroeiende warmte over mijn huid. Hij kwam met een gekwelde kreun klaar en doorweekte de zijde tussen ons in.

Ik schreeuwde het uit, smolt van verlangen, zo krankzinnig opgewonden door het besef dat ik hem zijn zelfbeheersing kon laten verliezen, alleen door een kus.

Zijn greep werd losser en hij ademde zwaar. 'Jouw kussen zijn van *mij*.'

'Ja. Gideon...' Ik was van mijn stuk, emotioneel rauw en opengereten door het meest erotische moment van mijn leven.

Hij zonk op zijn knieën en likte me naar een verpletterend hoogtepunt.

We namen een douche en bleven de rest van de ochtend heerlijk liggen dutten. Het voelde zo goed om weer naast hem te slapen, met mijn hoofd op zijn borst als kussen, mijn arm over zijn keiharde buik gedrapeerd en mijn benen verstrengeld met die van hem.

Toen we vlak na enen wakker werden, had ik een razende honger. We gingen samen naar beneden naar de keuken en de ultrastrakke, moderne stijl in die ruimte beviel me wel. De vitrinekast met deuren van geribbeld glas en het graniet pasten prachtig bij het donkere hardhout. Nog beter was dat de voorraadkast goed gevuld was. We hoefden nergens voor het huis uit.

We maakten het ons gemakkelijk en smeerden wat broodjes, die we naar de huiskamer meenamen en in kleermakerszit op de bank opaten, terwijl we naar elkaar keken.

Ik was halverwege toen ik Gideon met een grijns naar me zag kijken.

'Wat is er?' zei ik, met mijn mond vol.

'Arnoldo heeft gelijk. Het is mooi om jou te zien eten.'

'Ach, hou toch op.'

Hij ging nog breder lachen. Hij zag er zo zorgeloos en gelukkig uit dat mijn hart er pijn van deed.

'Hoe heb je dit plekje gevonden?' vroeg ik hem. 'Of heeft Scott het gevonden?'

'Ik heb het gevonden.' Hij werkte een chipje naar binnen en likte het zout van zijn lippen, wat ik supersexy vond. 'Ik wilde je meenemen naar een eiland, waar niemand ons kon lastigvallen. Dit hier komt er sterk in de buurt, zonder dat we er al te ver voor hoeven te reizen. Ik was eerst van plan om er samen naartoe te vliegen.'

Ik at bedachtzaam, terwijl ik aan de lange rit terugdacht. Hoe krankzinnig de rit ook was geweest, ik vond het wel spannend dat hij ons plan had aangepast alleen maar om me urenlang suf te kunnen neuken, en mijn behoefte te gebruiken om me een waarheid te laten inzien die ik zelf geblokkeerd had. Ik haalde me alle frustratie en woede voor de geest die tot zijn plannen moesten hebben geleid... zijn gedachten helemaal gericht op het ontladen van al die verzengende passie op mijn hulpeloze, gewillige lichaam.

'Je krijgt die "neuk-me"-blik weer in je ogen,' merkte hij op. 'En dan noem je mij een seksmaniak.'

'Sorry.'

'Mij hoor je niet klagen.'

Ik spoelde mijn gedachten terug naar eerder op die avond. 'Arnoldo mag me niet meer.'

Hij trok een wenkbrauw op. 'Je krijgt die blik in je ogen en je denkt aan Arnoldo? Moet ik hem nu ook al in elkaar slaan?'

'Nee, alsjeblieft zeg! Ik zei het alleen maar om ons van de seks af te leiden en omdat we het er eens over moeten hebben.'

Hij haalde zijn schouders op. 'Ik zal met hem praten.'

'Ik vind dat *ik* dat moet doen, als dat tenminste nog zin heeft.'

Gideon bestudeerde me met die wonderbaarlijk blauwe ogen. 'Wat ga je dan zeggen?'

'Dat hij gelijk heeft. Ik verdien jou niet en ik heb het mooi verkloot. Maar ik ben ontzettend verliefd op jou en ik wil graag de kans krijgen om jullie allebei te bewijzen dat ik kan zijn wat jij nodig hebt.'

'Engel, als ik jou nog meer nodig zou hebben, zou ik niet eens kunnen functioneren.' Hij bracht mijn hand naar zijn lippen om mijn vingertoppen te kussen. 'En het kan me niet schelen wat iemand anders ervan denkt. Wij hebben ons eigen ritme en dat werkt voor ons.'

'Ja, maar werkt dat wel voor jou?' Ik pakte mijn flesje ijsthee van de tafel en nam een slok. 'Ik weet dat je er af en toe helemaal klaar mee bent. Vind je het nou nooit eens te zwaar of te pijnlijk?'

'Je beseft toch wel hoe suggestief dat klinkt, hè?'

'O mijn god.' Ik moest lachen. 'Wat ben jij erg, zeg.'

Zijn ogen vonkten van de pret. 'Dat zeg je anders ook niet.'

Ik schudde mijn hoofd en nam weer een hap.

'Ik maak nog liever ruzie met jou, engel, dan dat ik plezier heb met iemand anders.'

Jezus. Het duurde even voordat ik mijn laatste hap kon doorslikken. 'Weet je... ik hou zielsveel van jou.'

Hij glimlachte. 'Ja, dat weet ik.'

Nadat we de rommel van de lunch hadden opgeruimd, gooide ik de afwasborstel in de gootsteen en zei: 'Het is zaterdag.

Ik moet mijn vader even bellen.'

Gideon schudde zijn hoofd. 'Kan niet. Je zult tot maandag moeten wachten.'

'Hè? Waarom?'

Hij sloot me in bij het barretje door aan weerszijden van mij de rand vast te pakken. 'Geen telefoon.'

'Meen je dat nou? En jouw mobieltje dan?' Ik had die van mij thuisgelaten voordat we naar het concert gingen, omdat ik wist dat ik hem nergens kwijt kon en toch niet van plan was hem te gebruiken.

'Die is met de limousine mee terug naar New York. En er is ook geen internet. Ik heb de modem en de telefoons weg laten halen voordat we hier aankwamen.'

Ik was sprakeloos. Met alle verantwoordelijkheden en verplichtingen die hij had, was het ongelooflijk dat hij zich dit weekend zo had afgesloten. 'Wauw. Wanneer heb jij je voor het laatst zo uit de wereld teruggetrokken?'

'Eh... nog nooit eigenlijk.'

'Er moeten toch ten minste vijf mensen helemaal door het lint gaan omdat ze iets niet door jou kunnen laten checken.'

Hij haalde één schouder nonchalant op. 'Ach, die redden zich wel.'

Er borrelde een groot genot in me op. 'Heb ik je dan helemaal voor mezelf?'

'Volledig.' Hij krulde zijn mond om tot een stoute glimlach. 'Wat ga je met me doen, engel?'

Ik glimlachte extatisch van geluk terug. 'Ik weet zeker dat ik wel iets kan verzinnen.'

We gingen een eindje lopen op het strand.

Ik rolde de pijpen van een pyjamabroek van Gideon op en trok mijn witte topje aan, wat er nogal onfatsoenlijk uitzag, omdat ook mijn beha mee terug naar New York was, samen met Gideons mobiele telefoon.

'Ik geloof dat ik dood ben en in de hemel ben aangekomen,' zei hij, en keek naar mijn borsten terwijl we langs de kustlijn liepen, 'want ik zie de belichaming van elke natte droom en van al mijn vunzige puberfantasieën hier echt voor me staan en ze is helemaal van mij.'

Ik stootte met mijn schouder tegen die van hem. 'Hoe kun je binnen één uur van fijnzinnig en romantisch naar bruut en grof gaan?'

'Het is weer een van mijn vele gaven.' Zijn blik zakte nog een keer naar de vooruitstekende puntjes van mijn tepels, die hard waren geworden door het oceaanbriesje. Hij kneep in mijn hand en zuchtte overdreven tevreden. 'In de hemel met mijn engel. Het kan niet veel beter worden dan dit.'

Ik was het met hem eens. Het strand was prachtig. Het was sfeervol en ongetemd, op een manier die me sterk deed denken aan de man van wie ik de hand vasthield. Het geluid van de branding en het geschreeuw van de meeuwen gaven me een uniek gevoel van tevredenheid. Het water voelde heerlijk fris aan mijn blote voeten en de wind sloeg mijn haar in mijn gezicht. Het was lang geleden dat ik me zo goed had gevoeld, en ik was Gideon dankbaar dat hij ons dit weekendje weg cadeau had gedaan om van elkaar te kunnen genieten. We waren perfect samen wanneer we alleen met zijn tweeën waren.

'Je vindt het hier heerlijk,' merkte hij op.

'Ik heb het altijd heerlijk gevonden in de buurt van het water. Mijn moeders tweede echtgenoot had een huis aan een meer. Ik weet nog dat ik met haar langs het water liep en eraan dacht dat ik voor mezelf ook ooit iets aan het water zou kopen.'

Hij liet mijn hand gaan en legde in plaats daarvan een arm om mijn schouders. 'Laten we dat dan doen. Wat vind je van deze plek? Is dat wat?'

Ik keek naar hem op en vond het prachtig om de wind zo met zijn haar te zien spelen. 'Staat het te koop dan?'

Hij keek langs het stuk strand dat voor ons lag. 'Voor de juiste prijs is alles te koop.'

'Vind *jij* het dan mooi?'

'Het interieur is een beetje kil met al dat wit, hoewel ik de slaapkamer wel mooi vind zoals ie nu is. De rest veranderen we gewoon. Dat het meer onze stijl wordt.'

'Onze stijl,' herhaalde ik, en ik vroeg me af wat dat dan was.

Ik was dol op zijn appartement, met zijn ouderwetse elegantie. Ik denk dat hij zich bij mij thuis wel op zijn gemak voelde, waar het meer modern dan traditioneel was. Als je die twee zou moeten combineren... 'Nogal een stap: samen een huis kopen.'

'Onvermijdelijke stap,' corrigeerde hij me. 'Je hebt zelf tegen Dr. Petersen gezegd dat dit niet mag mislukken.'

'Ja, dat is waar.' We liepen een eindje in stilte verder. Ik probeerde erachter te komen wat ik ervan vond dat Gideon een tastbaardere band tussen ons wilde. Ik vroeg me ook af waarom hij een gezamenlijk bezit had uitgekozen om dat te bereiken. 'Ik neem dus aan dat jij het hier ook mooi vindt?'

'Ik hou van het strand.' Hij veegde het haar uit zijn gezicht. 'Er is een foto van mijn vader en mij waarop we op het strand een zandkasteel bouwen.'

Het was een wonder dat ik niet struikelde. Gideon gaf maar zo zelden uit zichzelf informatie over zijn verleden dat als hij het dan deed, het bijna wereldschokkend was. 'Die zou ik weleens willen zien.'

'Mijn moeder heeft hem.' We zetten nog een paar stappen voordat hij zei: 'Ik zal hem voor je halen.'

'Dan ga ik wel met je mee.' Hij had me nog niet verteld waarom, maar hij had al een keer gezegd dat zijn ouderlijk huis voor hem een nachtmerrie was. Ik wist niet waar zijn nachtmerries vandaan kwamen, maar ik had een sterk vermoeden dat het te maken had met iets wat zich daar had afgespeeld.

Gideon zette zijn borst uit met een diepe ademhaling. 'Ik kan een koerier sturen.'

'Ja, dat is goed.' Ik draaide mijn hoofd om om zijn gekneusde knokkels te kussen die op mijn schouder rustten. 'Maar mijn aanbod blijft staan.'

'Wat vond je van mijn moeder?' vroeg hij plotseling.

'Ze is erg mooi. Erg elegant. Ze leek me vriendelijk.' Ik bestudeerde hem, en zag Elizabeth Vidals inktzwarte haar en verbluffend mooie blauwe ogen. 'Ze lijkt ook heel veel van jou te houden. Dat zag ik in haar ogen toen ze naar je keek.'

Hij bleef recht voor zich uit kijken. 'Ze hield niet genoeg van me.'

Ik liet mijn adem ontsnappen. Omdat ik niet wist waar zijn kwellende nachtmerries vandaan kwamen, had ik me afgevraagd of ze misschien te veel van hem had gehouden. Het was een opluchting dat dat niet het geval was. Het was al erg genoeg dat zijn vader zelfmoord had gepleegd. Als hij dan ook nog eens verraden was door zijn moeder, was hij er misschien wel nooit overheen gekomen.

'Wat is dan genoeg, Gideon?'

Zijn kaak werd strak. Hij zette zijn borst uit met een diepe ademhaling. 'Ze geloofde me niet.'

Ik bleef stilstaan en draaide me om om hem aan te kunnen kijken. 'Heb je haar verteld wat er met je was gebeurd? Had je dat verteld en geloofde ze je toen niet?'

Zijn blik was over mijn hoofd heen op de verte gericht. 'Dat maakt nu niet meer uit. Het is al lang geleden.'

'Wat een flauwekul. Het maakt wel uit. Het maakt heel veel uit.' Ik was woedend voor hem. Woedend dat een moeder haar taak niet had vervuld en niet achter haar kind was gaan staan. Woedend dat Gideon dat kind was geweest. 'Ik wil wedden dat dat ontzettend veel pijn doet.'

Zijn blik gleed omlaag naar mijn gezicht. 'Kijk nou eens hoe kwaad je bent. Ik had niks moeten zeggen.'

'Je had het eerder moeten zeggen.'

De spanning in zijn schouders werd minder en zijn mond vertrok van berouw. 'Ik heb je helemaal niks verteld.'

'Gideon...'

'En jij gelooft me natuurlijk wel, engel. Jij hebt met mij in één bed moeten slapen.'

Ik nam zijn gezicht in mijn handen en staarde intens in zijn ogen. 'Ik geloof jou.'

Zijn gezicht werd heel even verwrongen van de pijn voordat hij me oppakte in een grote omhelzing. 'Eva.'

Ik sloeg mijn benen rond zijn middel en mijn armen om zijn schouders. 'Ik geloof je.'

Toen we weer bij het huis aankwamen, ging Gideon de keuken in om een fles wijn open te maken. Ik bestudeerde de boekenkast in de woonkamer en moest lachen toen ik het eerste deel van de serie boeken tegenkwam waar ik hem over verteld had, het boek waar ik zijn bijnaam *kanjer* had uitgehaald.

We gingen op de bank liggen en ik las hem voor terwijl hij afwezig een beetje met mijn haar speelde. Sinds onze wandeling was hij in een nadenkende bui en zijn gedachten leken heel ver weg. Dat vond ik niet erg. We hadden elkaar de afgelopen dagen veel gegeven om over na te denken.

Toen het vloed werd, kwam het water inderdaad tot onder het huis, wat een geweldig geluid en een zelfs nog mooier gezicht was. We stapten de veranda op en keken hoe het water opkwam en weer terugstroomde, waardoor het huis een eiland in de branding werd.

‘Laten we marshmallows met chocola roosteren,’ zei ik, terwijl ik over de balustrade leunde en Gideon om me heen stond. ‘Op dat draagbare vuurplaatsje.’

‘Ik wil de gesmolten chocola van je lichaam aflikken.’

Ja graag... Ik plaagde hem: ‘Brandt dat dan niet?’

‘Niet als ik het goed doe.’

Ik draaide me om om hem aan te kijken en hij pakte me op en zette me op de brede balustrade. Toen stapte hij tussen mijn benen en omhelsde me bij mijn heupen. Er was een prachtig vredige sfeer nu het schemerde. We zonken er allebei in weg. Samen met het avondbriesje liet ik mijn handen door zijn haar gaan.

‘Heb je nog met Ireland gesproken?’ vroeg ik. Ik dacht aan zijn halfzus, die net zo beeldschoon was als zijn moeder. Ik had haar ontmoet op een feestje van Vidal Records en het werd me al heel snel duidelijk dat ze smachtte naar een woord van, of nieuws over haar oudste broer.

‘Nee.’

‘Wat vind je ervan om samen met haar te komen eten als mijn vader bij me is?’

Gideon kantelde zijn hoofd opzij terwijl hij me onderzoekend aankeek. ‘Je wilt een zeventienjarige uitnodigen voor een etentje met je vader en mij?’

‘Nee, ik wil dat jouw familie mijn familie leert kennen.’

‘Ze verveelt zich toch alleen maar.’

‘Hoe weet jij dat nou?’ ging ik tegen hem in. ‘Hoe dan ook, ik denk dat je zus je aanbidt. Zolang jij maar aandacht aan haar besteedt, weet ik zeker dat ze het fantastisch zal vinden.’

‘Eva.’ Hij zuchtte en was duidelijk geërgerd. ‘Wees toch realistisch. Ik heb geen flauw idee hoe ik een tienermeisje bezig moet houden.’

‘Ireland is toch niet zomaar een meisje? Ze is...’

‘Dat had ze net zo goed wel kunnen zijn!’ Hij keek me stuurs aan.

Toen begon het me te dagen. ‘Jij bent bang voor haar.’

‘Ja hoor. Kom nou toch,’ spotte hij.

‘Dat ben je wel. Ze maakt je doodsbenauwd.’ En ik vroeg me af of het iets te maken had met haar leeftijd, of met dat ze een meisje was.

‘Wat heb jij toch?’ klaagde hij. ‘Waarom hou je je zo met Ireland bezig? Laat haar met rust.’

‘Ze is de enige familie die je hebt, Gideon.’ En ik was bereid om achter mijn keuze te gaan staan. Zijn halfbroer Christopher was een eikel en zijn moeder verdiende het niet om hem in haar leven te hebben.

‘Ik heb *jou* toch!’

‘Schatje.’ Ik zuchtte en sloeg mijn benen om hem heen. ‘Inderdaad, je hebt mij. Maar er is in je leven toch wel ruimte voor meer mensen die van je houden?’

‘Ze houdt niet van me,’ mompelde hij. ‘Ze kent me niet eens.’

‘Volgens mij zie je dat verkeerd. En zo niet, dan zou ze van je houden als ze je wel kende. Laat haar jou dan leren kennen.’

‘Zo is het genoeg. Laten we het weer over die marshmallows met chocolade hebben.’

Ik bleef hem koppig aanstaren, maar het had geen zin. Als hij vond dat we genoeg hadden gepraat over een onderwerp, hoefde ik niet te proberen erop door te gaan. Ik zou er dus met een omweg heen moeten gaan.

‘Dus je wilt het hebben over chocolade, kanjer?’ Ik likte mijn onderlip af. ‘Al die smeltende chocoladeboel op je vingers?’

Gideon kneep zijn ogen een beetje dicht.

Ik liet mijn gestrekte vingers over zijn schouders en omlaag langs zijn borst glijden. 'Je zou me ervan kunnen overtuigen om die chocolade helemaal over me heen te smeren. Je zou me er ook van kunnen overtuigen om er wat van op jou te smeren.'

Hij trok zijn wenkbrauwen op. 'Probeer je me weer om te kopen met seks?'

'Heb ik dat gezegd?' Ik knipperde onschuldig met mijn ogen. 'Volgens mij heb ik dat niet gezegd.'

'Je hebt het laten doorschemeren. Laten we dan maar even duidelijk zijn.' Zijn stem was gevaarlijk laag en zijn ogen waren donker terwijl zijn hand onder de zoom van mijn topje gleed en hij mijn blote borst vastpakte. 'Ik zal Ireland uitnodigen voor het etentje met jouw vader omdat het jou gelukkig maakt en dat mij weer gelukkig maakt.'

'Dankjewel,' zei ik buiten adem, omdat hij ritmisch aan mijn tepel was begonnen te trekken, waardoor ik zachtjes begon te jammeren van verrukking.

'Ik doe verdomme wat ik wil met gesmolten chocolade en jouw lichaam, omdat ik dat lekker vind en jij dat weer lekker vindt. Ik zeg wanneer, en ik zeg hoe. Herhaal dat.'

'Jij zegt...' Ik snakte naar adem terwijl zijn mond zich door het geribde katoen heen om mijn andere tepel sloot. 'O god.'

Hij beet me zachtjes. 'Ga eens door.'

Mijn hele lichaam spande zich aan, zo snel reageerde het op die gezaghebbende toon. 'Jij zegt wanneer, en jij zegt hoe.'

'Er zijn dingen waar je mee kunt onderhandelen, engel, maar over je lichaam en seks valt niet te onderhandelen.'

Met mijn handen hield ik zijn haar vast, een instinctieve respons op zijn onafhoudende, heerlijke melken van mijn gevoelige tepel. Ik had het opgegeven om te begrijpen waarom ik wilde dat hij de controle overnam. Ik wilde het gewoon. 'Waar kan ik dan verder nog mee onderhandelen? Jij hebt alles al.'

'Jouw tijd en aandacht zijn de twee dingen die je nog kunt inzetten. Daar doe ik alles voor.'

Er ging een rilling door me heen. 'Ik ben vochtig voor jou,' fluisterde ik. Gideon stapte weg van de balustrade en droeg me naar binnen. 'Omdat ik dat wil.'

12

Gideon en ik kwamen op zondag vlak voor middernacht terug in Manhattan. We hadden de nacht ervoor apart geslapen, maar het grootste deel van de dag hadden we samen in het grote bed doorgebracht. Kussend en strelend. Lachend en fluisterend.

We hadden een onuitgesproken afspraak dat we de rest van de tijd dat we weg waren niet meer over pijnlijke dingen praatten. We zetten de radio en de televisie niet aan, omdat het niet goed aanvoelde om onze tijd met iemand anders te delen. We liepen nog een keer over het strand. We bedreven langdurig, langzaam en loom de liefde op het balkon van de tweede verdieping. We speelden kaartspelletjes waarbij hij elke hand won. We laadden ons weer op, en herinnerden onszelf eraan dat wat we bij elkaar hadden gevonden het waard was om voor te vechten.

Het was de beste dag van mijn leven.

Toen we in de stad terugkwamen, gingen we terug naar mijn appartement. Gideon maakte de deur voor ons open met de sleutel die ik hem gegeven had, en we liepen zo stil mogelijk de donkere woning binnen om Cary niet wakker te maken. Gideon kuste me op zijn ontroerende manier welterusten en vertrok naar de logeerkamer, en ik kroop zonder hem in mijn eenzame bed. Ik miste hem. Ik vroeg me af hoe lang we apart zouden moeten slapen. Maanden? Jaren?

Ik haatte het om eraan te denken, sloot mijn ogen en begon weg te drijven.

Het licht ging aan.

'Eva. Sta op.' Gideon liep de kamer binnen, ging recht naar mijn kast en begon in mijn kleren te graven.

Ik knipperde met mijn ogen en zag dat hij zich had omgekleed in een lange broek en een overhemd. 'Wat is er aan de hand?'

'Er is iets met Cary,' zei hij grimmig. 'Hij ligt in het ziekenhuis.'

Er stond een taxi te wachten bij de stoep toen we mijn gebouw uit kwamen. Gideon duwde me naar binnen en gleed toen naast me.

De taxi leek heel langzaam op te trekken. Alles leek langzaam te gaan.

Ik trok aan Gideons mouw. 'Wat is er gebeurd?'

'Hij is vrijdagavond aangevallen.'

'Hoe weet je dat?'

'Je moeder en Stanton hebben allebei berichten achtergelaten op mijn mobieltje.'

'Mijn moeder...?' Ik keek hem glazig aan. 'Waarom heeft ze mij niet...?'

Nee, ze *kon* me niet bellen. Ik had mijn telefoon niet bij me gehad. Ik stikte van de schuldgevoelens en bezorgdheid, en kon nauwelijks meer ademhalen.

'Eva.' Hij sloeg zijn arm om mijn schouders en liet me mijn hoofd tegen hem aan leggen. 'Maak je niet ongerust totdat we meer weten.'

'Het is dagen geleden, Gideon. En ik was er niet.'

De tranen liepen over mijn gezicht en ze bleven lopen, zelfs toen we bij het ziekenhuis waren aangekomen. De buitenkant van het gebouw drong nauwelijks tot me door. Mijn aandacht was verdoofd door de bezorgdheid die me in zijn greep had. Ik dankte de goede god voor Gideon, die zo kalm en beheerst was. Een medewerker gaf het nummer van Cary's kamer, maar daar hield zijn behulpzaamheid ook wel mee op. Gideon pleegde een paar nachtelijke telefoontjes waarmee hij ervoor zorgde dat ik naar Cary toe kon, ook al was het ver na het bezoekuur. Gideon was vaak genoeg een zeer vrijgevige weldoener geweest en dat konden ze niet zomaar negeren of vergeten.

Toen ik Cary's privékamer binnenkwam en hem zag liggen, brak mijn hart in stukken en werden mijn knieën slap. De man die ik als een broer liefhad, de beste vriend die ik ooit had gehad en ooit zou hebben, lag stil en bewegingsloos op het bed. Zijn hoofd zat in het verband en zijn ogen waren blauw uitgeslagen. Een van zijn armen zat aan een infuus en de ander zat in het gips. Ik zou hem niet hebben herkend als ik niet geweten had wie hij was.

Elk oppervlak was bedekt met bloemen, vrolijke en kleurige boeketten. Ook waren er ballonnen en een paar kaarten. Ik wist dat een paar ervan van mijn moeder en Stanton zouden zijn, die ongetwijfeld ook voor Cary's verpleging betaalden.

Wij waren zijn familie. En iedereen was er voor hem geweest, behalve ik.

Gideon bracht me dichter naar hem toe, met zijn arm strak om mijn middel om me overeind te houden. Ik was aan het snikken, en mijn tranen vloeiden dik en heet over mijn wangen. Ik kon het maar net opbrengen stil te zijn.

Toch moet Cary me hebben gehoord of gevoeld. Hij knipperde met zijn ogen en deed ze toen open. Zijn prachtige groene ogen waren bloeddoorlopen en ongefocust. Het kostte hem een minuut om me te vinden. Toen hij me eenmaal zag, knipperde hij een paar keer, en toen begonnen de tranen over zijn slapen te rollen.

'Cary.' Ik vloog op hem af en liet mijn hand in die van hem glijden. 'Ik ben er.'

Hij kneep zo hard dat het pijn deed. 'Eva.'

'Sorry dat het zo lang heeft geduurd. Ik had mijn telefoon niet bij me. Ik wist van niks. Als ik het had geweten, was ik meteen hierheen gekomen.'

'Maak niet uit. Bent er nu.' Zijn adamsappel ging op en neer terwijl hij probeerde te slikken. 'Godver... alles doet pijn.'

'Ik haal een verpleegster,' zei Gideon. Hij ging met zijn hand over mijn rug voordat hij stilletjes de kamer uitglipte.

Ik zag een kannetje en een beker met een rietje op de trolley staan. 'Heb je dorst?'

'Heel erg.'

'Kun je rechtop zitten? Of niet?' Ik was bang dat ik hem pijn zou doen.

'Ja.'

Met de afstandsbediening die bij zijn hand lag, liet ik het bovenste gedeelte van zijn bed omhoogkomen, zodat hij kon leunen. Toen bracht ik het rietje naar zijn lippen en keek toe hoe hij gulzig begon te drinken.

Hij ontspande zich met een zucht. 'Ben blij je te zien, meissie.'

'Wat is er in godsnaam gebeurd?' Ik zette de lege beker neer en pakte zijn hand weer.

'Geen flauw idee.' Zijn stem was zacht, meer een gefluister. 'Ben aangevallen. Met een knuppel.'

'Met een *knuppel*?' Alleen al de gedachte eraan maakte me ziek. De wreedheid ervan. Het geweld... 'Was hij niet goed bij zijn hoofd?'

'Nee, natuurlijk niet,' snauwde hij, met een diepe pijnfrons tussen zijn wenkbrauwen.

Ik deed een stapje achteruit. 'Sorry.'

'Nee, geeft niet. Shit. Ik ben...' Hij deed zijn ogen dicht. 'Ik ben kapot.'

Precies op dat moment kwam de verpleegster binnen in een verpleegstersuniform dat opgesierd was met cartoonachtige tekeningen van tongspatels en stethoscopen. Ze was jong en knap, met donker haar en amandelvormige ogen. Ze deed een paar checks bij Cary, nam zijn bloeddruk op en drukte toen op een knop op een afstandsbediening die aan het veiligheidshek om zijn bed zat.

'Je kunt jezelf elke dertig minuten iets toedienen tegen de pijn,' zei ze tegen hem. 'Gewoon op deze knop drukken. Er komt niets uit als de tijd nog niet om is, dus je hoeft niet bang te zijn dat je te vaak drukt.'

'Eén keer is al te vaak,' mompelde hij terwijl hij naar mij keek.

Ik begreep waarom hij zo terughoudend was: hij was nogal verslavingsgevoelig. Hij had een tijdje het pad van het junkiebestaan bewandeld voordat ik hem met harde hand wat gezond verstand bij had gebracht.

Toch was het een hele opluchting om te zien hoe de zorgelijke frons op zijn voorhoofd wegtrok en zijn ademhaling regelmatiger werd.

De verpleegster keek me aan. 'Hij heeft rust nodig. U kunt het beste terugkomen tijdens het bezoekuur.'

Cary keek me wanhopig aan. 'Niet weggaan.'

'Ze blijft hier,' zei Gideon, die de kamer weer in kwam. 'Ik heb geregeld dat er vannacht een bed in de kamer wordt gezet.'

Ik dacht dat het niet mogelijk was dat ik nog meer van Gideon zou houden dan ik al deed, maar op een of andere manier bleef hij manieren vinden om het tegendeel te bewijzen.

De verpleegster glimlachte verlegen naar Gideon.

'Cary heeft meer water nodig,' zei ik tegen haar en keek hoe ze met tegenzin haar blik van mijn vriendje afwendde om naar mij te kijken.

Ze pakte de kan en liep de kamer uit.

Gideon kwam dichter bij het bed staan en sprak tegen Cary. 'Vertel me wat er gebeurd is.'

Cary zuchtte. 'Trey en ik gingen vrijdag uit, maar hij moest al vroeg weg. Ik liep met hem mee naar buiten om een taxi aan te houden, maar vlak voor de club was het een gekkenhuis, dus liepen we de hoek om. Hij was net weggereden toen ik op mijn achterhoofd geslagen werd. Hij sloeg me in één keer neer en beukte nog een paar keer op me in. Ik kreeg niet eens de kans om me te verdedigen.'

Mijn handen begonnen te beven, en Cary wreef er troostend met zijn duim overheen.

'Hé,' mompelde hij. 'Dat zal me leren beter uit te kijken waar ik mijn leuter in stop.'

'Wat?'

Ik keek hoe Cary's ogen dichtvielen en even later was het duidelijk dat hij sliep. Ik keek hulpeloos naar Gideon aan de andere kant van het bed.

'Ik zal kijken of ik iets te weten kan komen,' zei hij. 'Kom eens mee naar buiten.'

Ik volgde hem, maar mijn blik ging steeds naar Cary. Toen de deur achter ons dichtviel, zei ik: 'Mijn god, Gideon. Hij ziet er afschuwelijk uit.'

'Hij is flink onder handen genomen,' zei hij grimmig. 'Hij heeft een schedelbasisfractuur, een zware hersenschudding, drie gekneusde ribben en een gebroken arm.’

De lijst van verwondingen was vreselijk pijnlijk om aan te horen. ‘Ik snap niet waarom iemand zoiets zou willen doen.’

Hij trok me naar zich toe en drukte zijn lippen tegen mijn voorhoofd. ‘De dokter zei dat Cary over een dag of twee misschien naar huis mag, dus ik zal voorzieningen treffen dat hij thuis verzorgd wordt. En ik zal je werk laten weten dat je niet komt.’

‘Cary’s agentschap moet het ook weten.’

‘Ik zal ervoor zorgen.’

‘Dank je.’ Ik trok hem stevig tegen me aan. ‘Wat zou ik zonder jou moeten?’

‘Dat zul je nooit weten.’

De volgende ochtend werd ik om negen uur wakker van mijn moeder, die tobberig de kamer binnenkwam zodra het bezoekuur was begonnen. Ze trok me de gang op, waarbij ze de aandacht trok van iedereen die in de buurt was. Het was nog vroeg, maar ze zag er geweldig uit in haar opvallende Louboutins met rode zolen en een ivoorkleurige, mouwloze kokerjurk.

‘Eva. Ik snap niet dat je het hele weekend weg bent geweest zonder je mobieltje mee te nemen. Hoe kon je dat nou doen? Er had wel een noodgeval kunnen zijn.’

‘Er *was* een noodgeval.’

‘Precies!’ Ze gooide één hand in de lucht, aangezien onder de andere arm haar handtasje geklemd zat. ‘Niemand kon jou of Gideon bereiken. Hij had een boodschap achtergelaten dat hij je dat weekend ergens mee naartoe zou nemen, maar niemand wist waar jullie waren. Ik begrijp niet dat hij zo onverantwoordelijk kan zijn! Hoe kon hij dat nou doen?’

‘Dankjewel,’ kwam ik tussenbeide, want ze begon opgewonden te raken en zichzelf te herhalen, ‘dat je voor Cary hebt gezorgd. Dat betekent heel veel voor me.’

‘Nou ja, dat spreekt vanzelf.’ Mijn moeder bond een beetje in. ‘Wij houden ook van hem, hoor. Ik was er kapot van toen ik het hoorde.’

Haar onderlip trilde en ze groef in haar tas naar de zakdoek die ze altijd bij zich had.

'Heeft de politie een onderzoek ingesteld?' vroeg ik.

'Ja, natuurlijk, maar ik vraag me af wat voor zin dat heeft.' Ze bette haar ooghoeken. 'Ik hou zielsveel van Cary, maar het is wel een sloerie. Ik betwijfel of hij zich alle vrouwen en mannen waar hij mee geweest is nog kan herinneren. Weet je die liefdadigheidsavond nog waar jij met Gideon was? Toen ik die prachtige rode jurk voor je had gekocht?'

'Ja.' Ik zou het nooit vergeten. Het was de avond dat Gideon en ik voor het eerst hadden gevreeën.

'Ik weet zeker dat Cary naar bed is geweest met een blondje met wie hij die avond had gedanst, toen ze nog daar waren! Ze verdwenen, en toen ze terugkwamen... Nou, ik weet hoe een bevredigde man eruitziet. Het zou me verbazen als hij haar naam wist.'

Ik herinnerde me wat Cary had gezegd voor hij in slaap viel. 'Denk je dat deze aanval iets te maken heeft met iemand met wie hij naar bed is geweest?'

Mijn moeder knipperde met haar ogen en leek zich te herinneren dat ik nog van niks wist. 'Cary was te verstaan gegeven dat hij zijn handen van "haar" af moest houden, wie die "haar" ook is. De rechercheurs komen later vandaag terug om te proberen een paar namen uit hem te trekken.'

'Jezus.' Ik wreef in mijn ogen. Ik moest nodig mijn gezicht wassen, en had nog harder een kop koffie nodig. 'Ze moeten met Tatiana Cherlin gaan praten.'

'Wie is dat?'

'Iemand met wie Cary wat heeft gehad. Volgens mij zou ze een kick krijgen van zoiets als dit. Cary's vriendje betrapte hen samen, en ze smulde ervan. Ze vond het heerlijk om de oorzaak van het drama te zijn.'

Ik wreef in mijn nek, en toen realiseerde ik me waardoor de tinteling die ik daar voelde, werd veroorzaakt. Ik keek over mijn schouder en zag Gideon aan komen lopen. Met zijn lange benen kwam hij snel dichterbij. Gekleed voor werk in een pak, met een grote kop koffie in zijn ene hand en een tasje in de andere, was hij precies wat ik nodig had, op precies het moment dat ik hem nodig had.

'Momentje.' Ik liep naar Gideon, recht in zijn armen.

'Hé,' begroette hij me met zijn lippen in mijn haar. 'Gaat het een beetje?'

'Het is vreselijk. En zo zinloos.' Mijn ogen brandden. 'Hij kon echt niet nog een ramp gebruiken in zijn leven. Hij heeft zijn portie al ruimschoots gehad.'

'Jij ook, en jij lijdt met hem mee.'

'En jij doet weer hetzelfde bij mij.' Ik ging op mijn tenen staan en kuste zijn kin, en stapte toen achteruit. 'Dank je.'

Hij gaf de koffie aan mij. 'Ik heb wat spullen voor je meegenomen: schone kleren, je mobieltje en je tablet, toiletspulletjes.'

Ik wist dat zijn attentheid hem duur zou komen te staan, letterlijk. Na dat weekendje weg zou hij eigenlijk bezig moeten zijn een berg werk te verzetten die miljoenen waard was, in plaats van zich in allerlei bochten te wringen om voor mij te zorgen. 'Mijn god, wat hou ik toch van je.'

'Eva!' Ik kromp ineen van mijn moeders verschrikte uitroep. Zij was er voorstander van de woorden *Ik hou van je* niet voor de huwelijksnacht uit te spreken.

'Sorry mam, ik kan er niks aan doen.'

Gideon streek met vingertoppen die warm waren van de koffie langs mijn wang.

'Gideon,' begon mijn moeder, en ze kwam vlak bij ons staan, 'je zou toch beter moeten weten dan Eva mee te nemen zonder dat ze iets bij zich heeft om om hulp te roepen. Je *weet* wel beter.'

Ze doelde duidelijk op mijn verleden. Ik weet niet precies waarom ze dacht dat ik zo fragiel was dat ik niet zelfstandig kon functioneren. Ze was zelf veel fragieler.

Ik wierp een medelijdende blik op Gideon.

Hij hield de tas voor me omhoog die hij voor me mee had genomen. De kalme en zelfverzekerde blik op zijn gezicht maakte duidelijk dat hij zich volledig op zijn gemak voelde in de omgang met mijn moeder. Dus liet ik hem maar begaan. Ik was nog niet klaar om tegen haar in te gaan voordat ik mezelf een shot cafeïne had toegediend.

Ik sloop weer terug naar Cary's kamer en zag dat hij wakker

was. Alleen al door hem zo te zien liggen welden de tranen bij me op en werd mijn keel dichtgeknepen. Hij was zo'n sterke, energieke man, zo vol leven en kattenkwaad. Er bestond geen ergere pijn dan hem zo gebroken te zien.

'Hé,' mompelde hij. 'Hou eens op met die waterlanders elke keer dat je me ziet. Ik krijg het gevoel dat ik doodga of zo.'

Godver. Hij had gelijk. Mijn tranen hielpen hem niet. Integendeel, het beetje opluchting dat ze mij gaven, legde juist een grotere druk op hem. Ik moest een betere vriend voor hem zijn.

'Ik kan er niets aan doen,' zei ik snotterend. 'Het is gewoon zo ontzettend balen. Iemand is me voor geweest en heeft je een pak op je flikker gegeven voordat ik de kans kreeg om het zelf te doen.'

'O ja joh?' Zijn frons verdween. 'Wat heb ik nou weer gedaan?'

'Je hebt me niet verteld over Brett en Six-Ninths.'

'O ja...' Er kwam weer iets van de oude glinstering terug in zijn ogen. 'Hoe zag hij eruit?'

'Goed. Heel goed.' *Erg lekker,* maar die gedachte hield ik voor mezelf. 'Hoewel hij er op dit moment waarschijnlijk niet veel beter uitziet dan jij.'

Ik vertelde hem over de kus en het gevecht dat erop was gevolgd.

'Zo, dus Cross was hem de baas, hè?' Cary schudde zijn hoofd, waarna hij zijn gezicht vertrok en zich stilhield. 'Je moet lef hebben om het tegen Brett op te nemen. Hij is echt zo'n kroegvechter die wel van een goede vechtpartij houdt.'

'En Gideon is getraind in allerlei vechtsporten.' Ik begon in de tas die Gideon had meegenomen te graven. 'Waarom heb je me nooit verteld dat Captive Soul bij een groot label had getekend?'

'Omdat ik het niet nodig vond dat je nog een keer in die valkuil zou trappen. Er zijn wel meisjes die een relatie kunnen hebben met rocksterren, maar daar hoor jij niet bij. Altijd maar op weg, al die groupies... je zou jezelf en hem helemaal gek maken.'

Ik keek hem aan. 'Ik ben het helemaal met je eens. Maar ik

voel me beledigd dat je denkt dat ik meteen naar hem terug zou rennen alleen maar omdat hij het gemaakt heeft.'

'Dat is niet de reden. Ik wou als het even kon voorkomen dat je hun eerste single zou horen.'

'*Golden*?'

'Ja...' Hij bestudeerde me terwijl ik naar de badkamer liep. 'Wat vond je ervan?'

'Het is beter dan een liedje dat *Ik heb haar geneukt* heet.'

'Ha!' Hij wachtte tot ik weer naar buiten kwam met een gewassen gezicht en gekamde haren. 'Dus... je hebt met hem gezoend.'

'Dat is het begin en het eind van dat verhaal,' zei ik droogjes. 'Heb je Trey nog gesproken sinds vrijdag?'

'Nee. Ze hebben mijn telefoon nog ergens. En mijn portemonnee, denk ik. Toen ik bijkwam, lag ik hier en had ik dit...' – hij plukte aan zijn ziekenhuistenue – '... belachelijke ding aan.'

'Ik zal je spullen voor je halen.' Ik liet mijn toiletspullen weer in de tas vallen en ging toen in de stoel naast hem zitten met mijn koffie in mijn hand. 'Gideon is aan het regelen dat je naar huis kan en een privéverpleegster krijgt.'

'Ooo... Dat is een van mijn fantasieën. Kun je ervoor zorgen dat ze lekker is? En single?'

Ik trok mijn wenkbrauwen op. Maar vanbinnen was ik heel erg opgelucht dat hij alweer meer als zichzelf klonk en er ook meer als zichzelf uitzag. 'Je voelt je duidelijk beter als je zo hitsig bent. Hoe ging het met Trey?'

'Goed.' Hij zuchtte. 'Ik was bang geweest dat het feestje niks voor hem zou zijn. Ik was vergeten dat hij een heleboel mensen al kende.'

Cary en Trey hadden elkaar ontmoet bij een fotosessie, waarbij Cary het model was en Trey de fotograaf assisteerde. 'Ik ben blij dat jullie het leuk hadden.'

'Ja. Hij was er helemaal op gespitst om *niet* met me naar bed te gaan.'

'Dus je hebt het wel geprobeerd... ook al zei je dat je het niet zou doen.'

'We hebben het wel over *mij*, ja?' Hij rolde met zijn ogen. 'Echt wel dat ik het geprobeerd heb. Hij is zo lekker, en fantastisch in bed...'

'... en verliefd op je.'

Hij blies zijn ingehouden adem in één keer uit, en grimaste weer toen hij zijn borst uitzette. 'Niemand is perfect.'

Ik beet op mijn lippen om niet te lachen. 'Cary Taylor. Verliefd op jou zijn is toch geen karakterfout?'

'Nou, erg slim is het ook niet. Ik ben zo'n eikel tegen hem geweest,' mompelde hij knorrig. 'Hij kan zoveel beter krijgen.'

'Die beslissing hoef jij niet voor hem te nemen.'

'Iemand moet hem nemen.'

'En jij biedt je aan als vrijwilliger omdat je ook van hem houdt.' Mijn mondhoeken gingen omhoog. 'Klinkt niet erg logisch, vind je wel?'

'Ik hou niet genoeg van hem.' Alle sporen van frivoliteit waren van zijn gezicht verdwenen, en wat overbleef was de gewonde en eenzame man die ik zo goed kende. 'Ik kan niet trouw zijn, zoals hij wil. Alleen hij en ik. Ik vind vrouwen leuk. Ik ben zelfs gek op ze. Ik zou de helft van wie ik ben moeten wegsnijden. Alleen de gedachte eraan al zorgt ervoor dat ik een hekel aan hem krijg.'

'Je hebt te hard gevochten om jezelf te accepteren,' zei ik zacht. Ik werd droevig toen ik terugdacht aan die tijd. 'Ik begrijp het helemaal en ben het niet met je oneens, maar heb je al geprobeerd er met Trey over te praten?'

'Ja, ik heb er met hem over gepraat. Hij luisterde.' Hij wreef met zijn vingers over zijn voorhoofd. 'Ik snap het wel, echt. Als hij tegen mij zou zeggen dat hij met een andere gozer wilde neuken terwijl hij iets met mij had, zou ik het ook ontzettend kut vinden.'

'Maar niet als het een vrouw was?'

'Nee. Ik weet het niet. Shit.' Zijn bloeddoorlopen groene ogen keken me smekend aan. 'Zou het voor jou iets uitmaken als Cross met een andere man zou neuken? Of alleen met een andere vrouw?'

De deur ging open en Gideon kwam binnen. Ik keek hem

aan terwijl ik zei: 'Als Gideons pik iets anders aanraakt dan zijn hand of mij, is het uit tussen ons.'

Hij trok zijn wenkbrauwen op. 'Kijk eens aan.'

Ik glimlachte lief en knipoogde. 'Hé, kanjer.'

'Engel.' Hij keek naar Cary. 'Hoe voel je je nu?'

Cary vertrok zuur zijn lippen. 'Alsof ik geraakt ben door een bus... of een knuppel.'

'We zijn bezig om alles in orde te maken thuis. Het ziet ernaar uit dat het woensdag klaar kan zijn.'

'Grote tieten, alsjeblieft,' zei Cary. 'Of enorme biceps, dat mag ook.'

Gideon keek naar mij.

Ik grijnsde. 'De privéverpleegster.'

'Ah.'

'Als het een vrouw is,' ging Cary verder, 'kun je er dan voor zorgen dat ze zo'n wit verpleegstersjurkje draagt met een ritssluiting aan de voorkant?'

'Ik kan me de mediagekte over het ongewenste-intimiteitenproces nu al voorstellen,' zei Gideon droogjes. 'Heb je niet liever een verzameling ondeugende-zustertjesporno?'

'Oké dan!' Cary lachte breed en zag er eventjes uit als zijn oude zelf. 'Jij snapt het.'

Gideon keek naar mij. 'Eva.'

Ik stond op en boog me voorover om Cary op zijn wang te kussen. 'Ik ben zo terug.'

We liepen de kamer uit en ik zag mijn moeder praten met de dokter, die nogal onder de indruk van haar leek.

'Ik heb vanmorgen met Garrity gesproken,' zei Gideon. Hij doelde op Mark, mijn baas. 'Dus daar hoef je je niet druk over te maken.'

Dat had ik ook niet gedaan, want hij had al gezegd dat hij het zou regelen. 'Dank je. Morgen zal ik wel moeten gaan. Ik ga proberen of ik Trey te pakken kan krijgen, Cary's vriendje. Misschien kan hij langskomen als ik aan het werk ben.'

'Laat maar weten als je er hulp bij nodig hebt.' Gideon keek op zijn horloge. 'Je wilt zeker weer hier blijven slapen?'

'Ja, als dat mag. Tot Cary thuiskomt.'

Hij nam mijn gezicht in zijn handen en drukte zijn lippen op die van mij. 'Goed dan. Ik moet een heleboel werk inhalen. Laad je telefoon op zodat ik je kan bereiken.'

Ik hoorde een zacht gezoem. Gideon liep naar achteren en haalde zijn telefoon uit zijn binnenzak. 'Deze moet ik even aannemen. Ik spreek je later.'

En toen vertrok hij. Hij liep net zo snel weg door de gang als hij was gekomen.

'Hij gaat met je trouwen,' zei mijn moeder, die naast me kwam staan. 'Dat weet je toch, hè?'

Nee, dat wist ik niet. Elke ochtend als ik wakker werd en het tot me doordrong dat we nog steeds samen waren, voelde ik een vlaag van dankbaarheid. 'Waarom zeg je dat?'

Mijn moeder keek me aan met haar babyblauwe ogen. Het was een van de weinige lichamelijke eigenschappen die we niet gemeen hadden. 'Hij heeft je volledig in zijn greep en heeft overal de leiding in genomen.'

'Dat is gewoon zijn aard.'

'Dat is de aard van alle machtige mannen,' zei ze, terwijl ze aan mijn paardenstaart begon te frummelen. 'En hij zal het je naar de zin maken, want hij doet een investering in je. Je bent een aanwinst voor hem. Je bent mooi, je bent van goede komaf en hebt de juiste connecties, en je hebt je eigen vermogen. Bovendien ben je verliefd op hem en hij kan zijn ogen niet van je afhouden. Ik wil wedden dat hij zijn handen ook niet van je af kan houden.'

'Mam, toe nou.' Ik was echt helemaal niet in de stemming voor een van haar lezingen over de fijne kneepjes van de tactieken om een rijke man aan de haak te slaan en ermee te trouwen.

'Eva Lauren,' berispte ze me en keek me recht aan. 'Het kan me niet schelen of je naar me luistert omdat ik je moeder ben en je wel moet, of omdat je van hem houdt en hem niet kwijt wilt, maar luisteren zul je.'

'Alsof ik een keuze heb.'

'Je bent nu een aanwinst,' herhaalde ze. 'Kijk uit dat de keuzes die je in het leven maakt, er niet voor zorgen dat je een verliespost wordt.'

'Heb je het over Cary?' Mijn stem was scherp van boosheid.

'Ik heb het over die blauwe plek op Gideons kaak! Zeg me alsjeblieft dat jij daar niks mee te maken hebt.'

Ik bloosde.

'Tss. Ik wist het wel. Ja, hij is je minnaar en je krijgt een intieme kant van hem te zien die maar weinig mensen te zien krijgen, maar je bent nog altijd inwisselbaar, Eva. Wat hij heeft opgebouwd is dat niet. Breng zijn imperium in gevaar en hij verlaat je.'

Ik klemde mijn kaken op elkaar. 'Ben je klaar?'

Ze streek met haar vingertoppen over mijn wenkbrauwen, met een listige en taxerende blik. Ik wist dat ze me in gedachten een minimake-over aan het geven was en bedacht hoe ze nog iets kon verbeteren aan wat ze me bij mijn geboorte had meegegeven. 'Jij denkt dat ik een kil geldbelust wijf ben, maar het is puur moederlijke bezorgdheid, of je het nou gelooft of niet. Ik wil heel graag dat je met een man gaat die het geld en de middelen heeft om je te beschermen met alles wat hij heeft, zodat ik weet dat je veilig bent. En ik wil dat je met een man gaat van wie je houdt.'

'Die heb ik gevonden.'

'En je weet niet half hoe verrukt ik ben. Ik ben verrukt dat hij nog jong is en voor risico's openstaat, zodat hij vergevingsgezind en vol begrip is over je... eigenaardigheden. En hij *weet* het,' fluisterde ze, en haar uitdrukking werd zachter en gladder. 'Wees nou gewoon voorzichtig. Dat is alles wat ik probeer te zeggen. Geef hem geen reden om zich van je af te keren.'

'Als hij dat wel deed, zou het geen liefde zijn.'

Ze krulde wrang haar mondhoeken omhoog en ze drukte een kus op mijn voorhoofd. 'Kom op zeg. Je bent mijn dochter. Zo naïef kun je toch niet zijn.'

'Eva!'

Ik draaide me om toen ik mijn naam hoorde en voelde een golf van opluchting toen ik Trey zag, die zich naar me toe haastte. Hij was van gemiddelde lengte en lekker gespierd, met wild blond haar, lichtbruine ogen en een beetje een scheve neus, waar ik uit opmaakte dat hij ooit gebroken moest zijn geweest. Hij had een gebleekte, gerafelde spijkerbroek en een T-shirt aan, en het viel me plotseling op dat hij niet Cary's gewoonlijke flitsende type was. Voor één keer ging de aantrekkingskracht dieper dan alleen het uiterlijk, leek het.

'Ik heb het net pas gehoord,' zei hij toen hij bij me was. 'Er kwamen vanmorgen rechercheurs bij me langs die me begonnen te ondervragen. Hoe kan het nou dat dit vrijdagavond al is gebeurd en dat ik er nu pas achter kom?'

Ik kon hem zijn licht beschuldigende toon niet kwalijk nemen. 'Ik ben er zelf ook pas vanmorgen vroeg achter gekomen. Ik was de stad uit.'

Na een korte kennismaking tussen mijn moeder en Trey verontschuldigde ze zich om bij Cary te gaan zitten, en liet ze mij en Trey achter om verder bij te praten over de informatie die hij al uit de rechercheurs had weten te trekken.

Trey woelde met zijn handen door zijn haar, waardoor het nog slordiger kwam te zitten. 'Dit zou niet gebeurd zijn als ik hem met me mee had genomen toen ik wegging.'

'Je moet jezelf hier niet de schuld van geven.'

'Wie kan ik anders de schuld geven voor het feit dat hij de vriendin van iemand anders neukt?' Hij legde zijn hand in zijn nek. 'Ik ben degene die niet genoeg is voor hem. Hij heeft de geslachtsdrift van een tiener en ik ben godverdomme de hele tijd aan het werk of op school.'

Ieuw. Iets te veel informatie. Ik moest me inhouden om geen grimas te trekken. Maar ik begreep dat Trey waarschijnlijk niemand anders had met wie hij vertrouwelijk over Cary kon praten.

'Hij is biseksueel, Trey,' zei ik zacht, en stak mijn hand uit om hem troostend over zijn bovenarm te aaien. 'Dat betekent niet dat jij ergens in tekortschiet.'

'Ik weet niet hoe ik hiermee kan leven.'

'Misschien kun je professionele hulp overwegen. Voor jullie allebei, bedoel ik.'

Hij keek me met gekwelde ogen een minuut lang aan. Toen liet hij zijn schouders zakken. 'Ik weet het niet. Ik denk dat ik moet beslissen of ik ermee kan leren leven dat hij me bedriegt.

Zou jij het kunnen, Eva? Zou jij thuis kunnen zitten wachten op je man, terwijl je wist dat hij hem in iemand anders aan het steken was?'

'Nee.' Er ging een ijzige huivering door me heen bij die woorden alleen al. 'Nee, ik zou het niet kunnen.'

'En ik weet niet eens of Cary akkoord zou gaan met professionele hulp. Hij blijft me maar van zich af duwen. Dan wil hij me, en dan weer niet. Dan is hij toegewijd, en dan weer niet. Ik wil bij hem horen, Eva, zoals jij bij hem hoort, maar hij blijft me buitensluiten.'

'Het heeft een hele tijd geduurd voordat ik tot hem doordrong. Hij probeerde me met seks van zich af te duwen, altijd maar avances maken, altijd maar uitdagen. Ik denk dat je de goede beslissing hebt genomen om het vrijdag platonisch te houden. Cary hecht veel waarde aan zijn uiterlijk en zijn seksuele aantrekkingskracht. Je moet hem laten zien dat je niet alleen zijn lichaam wilt.'

Trey zuchtte en sloeg zijn armen over elkaar. 'Is dat hoe jullie zo close zijn geworden? Omdat je niet met hem naar bed ging?'

'Voor een deel. Maar voornamelijk omdat ik zelf gestoord ben. Het is nu niet meer zo duidelijk te zien als toen, maar hij weet dat ik niet perfect ben.'

'Ik ook niet! Wie wel?'

'Hij denkt dat jij beter bent dan hij, dat je beter verdient.' Ik grijnsde. 'Bij mij... nou ja, ik wil wedden dat een deel van hem vindt dat ik hem verdien. Dat we elkaar verdienen.'

'Stomme mafkees,' mompelde hij.

'Dat is hij zeker,' beaamde ik. 'Daarom houden we ook zoveel van hem, toch? Wil je naar binnen om hem te zien? Of wil je naar huis en erover nadenken?'

'Nee, ik wil hem zien.' Trey deed zijn schouders naar achteren en zijn kin omhoog. 'Het maakt me niet uit hoe het komt dat hij hier ligt. Ik wil bij hem zijn terwijl hij dit moet doorstaan.'

'Daar ben ik blij om.' Ik haakte mijn arm in die van hem en leidde hem Cary's kamer binnen.

We kwamen binnen op het moment dat de trillende, meisjesachtige lach van mijn moeder te horen was. Ze zat op de rand van het bed, terwijl Cary haar glimlachend lag te bewonderen. Ze was net zozeer een moeder voor hem als voor mij, en daarom hield hij heel veel van haar. Zijn eigen moeder had een hekel aan hem gehad, had hem mishandeld, en toegestaan dat anderen hem mishandelden.

Hij keek op en zag ons, en de emoties die op dat moment op zijn gezicht speelden, gaven me een benauwd gevoel in mijn borst. Ik hoorde Treys adem stokken toen hij voor het eerst zag hoe Cary eraan toe was. Ik kon me wel voor mijn kop slaan dat ik hem niet van tevoren had verteld dat hij niet de fout moest maken huilerig te worden, zoals ik had gedaan.

Trey schraapte zijn keel. '*Drama queen*,' zei hij met ruwe genegenheid. 'Als je bloemen wilt, kun je er ook gewoon om vragen, hoor. Dit is nogal extreem.'

'En niet erg effectief, blijkbaar,' antwoordde Cary schor, terwijl hij duidelijk probeerde zichzelf weer in de hand te krijgen. 'Ik zie nergens bloemen.'

'Ik zie er een heleboel.' Treys blik gleed kort door de kamer en bleef toen weer op Cary rusten. 'Ik wou gewoon even zien waar ik het tegen moest opnemen, zodat ik mijn tegenstanders kon verslaan.'

De dubbele betekenis van die opmerking was niet mis te verstaan.

Mijn moeder stond van het bed op. Ze boog zich voorover en kuste Cary's wang. 'Ik zal Eva meenemen om te gaan ontbijten. We zien jullie weer over een uurtje of zo.'

'Geef me een paar seconden,' zei ik en ik liep snel langs het bed, 'en dan laat ik jullie met rust, jongens.'

Ik pakte mijn telefoon en de oplader uit mijn tas en plugde hem in een stopcontact bij het raam.

Zodra het scherm tot leven kwam, verzond ik snel een groeps-sms aan Shawna en mijn vader met de simpele tekst: Ik bel later. Toen zorgde ik dat mijn telefoon op 'stil' stond en legde hem op de vensterbank.

'Klaar?' vroeg mijn moeder.

'Zo klaar als ik maar zijn kan.'

13

Dinsdagochtend moest ik nog voordat het licht werd, opstaan. Ik liet een briefje achter voor Cary zodat hij het zou zien zodra hij wakker werd. Daarna ging ik naar buiten en nam een taxi terug naar ons appartement. Ik ging douchen, kleedde me aan, zette koffie en probeerde mezelf wijs te maken dat er niets aan de hand was. Ik was gestrest en had last van te weinig slaap, wat altijd leidde tot kleine aanvallen van depressie.

Ik zei tegen mezelf dat het niets met Gideon te maken had, maar de knoop in mijn maag zei iets anders.

Ik keek op de klok en zag dat het even over achten was. Ik moest snel vertrekken, want Gideon had niet gebeld of ge-sms't dat hij me een lift zou geven. Het was al bijna vierentwintig uur geleden sinds ik hem voor het laatst had gezien of zelfs maar echt had gesproken. De avond ervoor had ik hem om negen uur nog gebeld, maar het gesprek was erg kort geweest. Hij was druk met iets bezig en er kon nog net 'Hallo' en 'Dag' af.

Ik wist dat hij een hoop werk had. Ik wist dat ik hem niet moest verwijten dat hij moest boeten voor het weekend dat hij met mij weg was geweest met overuren om de verloren tijd weer in te halen. Hij had me enorm geholpen om met Cary's toestand om te gaan, meer dan je van iemand mocht verwachten. Het was aan mij om een oplossing te vinden voor de problemen die ik daarmee had.

Ik dronk mijn koffie op, spoelde mijn mok om, pakte mijn handtas en mijn andere tas en ging naar buiten. De straat met bomen waarin ik woonde, was rustig, maar de rest van New York was klaarwakker en de onuitputtelijke bron energie bleef met een tastbare kracht voortrazen. Vrouwen in chique kantoorkleding en mannen in pakken probeerden voorbijflitsende taxi's aan te houden tot ze uiteindelijk maar voor volgepakte bussen of de metro kozen. Bloemenstalletjes explodeerden in allerlei schitterende kleuren. Daar werd ik 's ochtends altijd vrolijk van, net als de aanblik en de geur van het buurtbakkertje, die op dat tijdstip een flinke klandizie had.

Ik liep al enige tijd op Broadway toen mijn telefoon overging. Ik voelde een rillinkje door me heen gaan toen ik Gideons naam zag, en ik begon er sneller van te lopen. 'Hé, tijd niet van je gehoord.'

'Waar ben je nou, verdomme?' snauwde hij.

Een onaangename huivering dempte mijn enthousiasme. 'Ik ben op weg naar mijn werk.'

'Waarom?' Hij sprak even met iemand die bij hem was en vroeg toen: 'Zit je in een taxi?'

'Nee, ik ben lopend. Jezus. Ben je met het verkeerde been uit bed gestapt of zo?'

'Je had moeten wachten tot je opgehaald werd.'

'Ik hoorde niks van je en ik wilde niet te laat komen, nadat ik gisteren al niet had gewerkt.'

'Je had mij even kunnen bellen in plaats van er gewoon maar vandoor te gaan.' Zijn stem was laag en hij klonk kwaad.

Ik werd ook kwaad. 'De laatste keer dat ik belde, had je het veel te druk om me meer dan een minuutje van je tijd te geven.'

'Ik moet dingen regelen, Eva. Dat begrijp je toch wel?'

'Tuurlijk. Ik begrijp het maar al te goed.' Ik hing op en liet mijn telefoon in mijn tas vallen.

Hij begon onmiddellijk weer af te gaan, maar ik negeerde hem. Ik kookte van woede. Toen de Bentley een paar minuten later naast me kwam rijden, bleef ik gewoon doorlopen. Hij volgde me en het raampje bij de bestuurdersstoel ging omlaag.

Angus leunde naar me toe. 'Miss Tramell, alstublieft.'

Ik bleef staan en keek naar hem. 'Ben je alleen?'

'Ja.'

Met een zucht stapte ik in de auto. Mijn telefoon ging nog steeds over, dus stopte ik mijn hand in mijn tas en zette het geluid uit. Een blok later klonk Gideons stem door de speakers van de auto.

'Heb je haar?'

'Ja, meneer,' antwoordde Angus.

De verbinding werd verbroken.

'Waar heeft die zich vanmorgen in verslikt?' vroeg ik, terwijl ik Angus via de achteruitkijkspiegel aankeek.

'Hij heeft heel veel aan zijn hoofd.'

Wat het ook was, ik was het in elk geval niet. Ik kon niet geloven wat een eikel hij was. Hij was de avond ervoor ook al kortaf geweest, maar toen was hij tenminste niet grof.

Binnen een paar minuten nadat ik op mijn werk was aangekomen, kwam Mark bij mijn hokje staan. 'Wat vreselijk voor je huisgenoot,' zei hij terwijl hij een vers kopje koffie op mijn bureau zette. 'Komt het wel weer goed met hem?'

'Het zal uiteindelijk wel goed komen, hoor. Cary is een taaie: hij redt het wel.' Ik liet mijn spullen in de onderste la van mijn bureau vallen en pakte de dampende kop koffie dankbaar aan. 'Dankjewel. En ook bedankt voor gisteren.'

Zijn donkere ogen waren warm van bezorgdheid. 'Het verbaast me dat je hier vandaag bent.'

'Ik moet gewoon werken.' Het lukte me om een glimlach te produceren, ook al voelde alles verwrongen en pijnlijk vanbinnen. Mijn hele wereld lag overhoop wanneer het niet lekker liep tussen Gideon en mij. 'Vertel me eens wat ik allemaal heb gemist.'

De ochtend vloog voorbij. Ik had een hele checklist van follow-ups die de week ervoor waren blijven liggen en Mark had om halftwaalf een deadline om terug te komen op een offertevoorstel voor een fabrikant van promotiemateriaal. Tegen de tijd dat we dat offertevoorstel hadden verstuurd, was ik weer terug in het ritme en was ik bereid om Gideons humeur van die ochtend maar gewoon te vergeten. Ik vroeg me af of hij misschien weer een nachtmerrie had gehad en niet goed had geslapen. Ik besloot hem te bellen tijdens de lunch, voor het geval dat.

En toen keek ik in mijn mailbox.

De Google-alert die ik voor Gideons naam had ingesteld, wachtte op me. Ik opende de e-mail, in de hoop dat ik een idee zou krijgen van waar hij nu zoveel werk aan had. De woorden *voormalige verloofde* sprongen op me af uit een aantal van de koppen. De knoop die ik eerder die dag in mijn maag had gehad was weer terug, nu nog veel strakker dan eerst.

Ik klikte op de eerste link, en die leidde me naar een roddelblog waarop foto's stonden van Gideon en Corinne die bij Tableau One dineerden. Ze zaten dicht bij elkaar bij het raam aan de voorkant. Haar hand rustte intiem op zijn onderarm. Hij droeg het pak dat hij de dag ervoor naar het ziekenhuis had gedragen, maar ik controleerde de datum toch maar, in de hoop dat het oude foto's waren. Dat waren het niet.

Het zweet stond in mijn handpalmen. Ik martelde mezelf door door te klikken naar alle links, en alle foto's die ik aantrof te bestuderen. Hij glimlachte op een paar ervan en zag er opmerkelijk tevreden uit voor een man wiens vriendin in het ziekenhuis was bij haar beste vriend die halfdood geslagen was. Ik had het gevoel dat ik moest overgeven. Of gillen. Of naar boven naar Gideons kantoor stormen om hem te vragen waar hij in godsnaam mee bezig was.

Hij had me gisteravond afgepoeierd toen ik hem gebeld had, om uit eten te gaan met zijn ex.

Ik sprong op toen mijn bureautelefoon overging. Ik pakte hem op en zei mechanisch: 'Met het bureau van Mark Garrity, u spreekt met Eva Tramell.'

'Eva.' Het was Megumi, van de receptie. Ze klonk als altijd vrolijk.

'Er vraagt beneden iemand naar je: Brett Kline.'

Ik bleef even zwijgend zitten en liet het tot mijn koortsachtige brein doordringen. Ik stuurde de *alert-digest* door naar Gideons mailbox, zodat hij wist dat ik het wist. En daarna zei ik: 'Ik kom er zo aan.'

Ik zag Brett in de hal staan op het moment dat ik door de beveiligingspoortjes liep. Hij droeg een zwarte spijkerbroek en een T-shirt van The Killers. Zijn ogen gingen schuil achter een zonnebril, maar het stekeltjeshaar met de gebleekte uiteinden was echt een blikvanger, net als zijn lichaam. Brett was lang en gespierd, gespierder dan Gideon, die wel sterk was, maar dan zonder de enorme omvang.

Brett haalde zijn handen uit zijn zakken toen hij me aan zag komen lopen en ging rechtop staan. 'Hé, wat zie jij er keurig uit.'

Ik keek omlaag naar mijn jurk met kapmouwtjes en bevallige ruches en besefte dat hij me nog nooit zo had gezien. 'Ik ben een beetje verbaasd dat je nog steeds in de stad bent.'

Ik was nog meer verbaasd dat hij me was komen opzoeken, maar dat zei ik niet. Ik was blij dat hij dat had gedaan, want ik was bezorgd geweest om hem.

'We hebben een uitverkocht optreden in Jones Beach gedaan dit weekend en hebben gisteravond in het Meadowlands-stadion gespeeld. Ik ben ertussenuit geknepen bij de jongens omdat ik jou nog even wilde zien voordat we naar het zuiden afzakken. Ik heb je online gezocht, kwam erachter dat je hier werkte en ging naar je toe.'

Die goeie ouwe Google, dacht ik met een ellendig gevoel. 'Ik ben zo blij dat alles goed met je gaat. Heb je tijd om met me te lunchen?'

'Ja.'

Zijn antwoord kwam er snel en gretig uit, waardoor er een alarmbelletje bij me afging. Ik was kwaad, ontzettend gekwetst en wilde Gideon erg graag terugpakken, maar ik wilde Brett niet misleiden. Toch kon ik me er niet van weerhouden om hem mee te nemen naar het restaurant waar Cary en ik ooit samen waren gefotografeerd, in de hoop nog een keer door de paparazzi gekiekt te worden. Dat zou Gideon betaald zetten en hem laten voelen hoe ik me voelde.

In de taxi op weg ernaartoe vroeg Brett hoe het met Cary ging. Hij was niet verbaasd dat mijn beste vriend met me was meeverhuisd naar de andere kant van het land.

'Jullie twee waren altijd al onafscheidelijk,' zei hij. 'Behalve dan wanneer hij met iemand naar bed ging. Doe hem de groeten van mij.'

'Doe ik.' Ik vertelde hem niet dat Cary in het ziekenhuis lag. Dat leek me te persoonlijk om te vertellen.

Pas toen we in het restaurant zaten, zette Brett zijn zonnebril af. Toen zag ik het blauwe oog dat het hele gebied van zijn rechterwenkbrauw tot zijn jukbeen besloeg.

'Jezus,' zei ik hees en ik huiverde. 'Het spijt me.'

Hij haalde zijn schouders op. 'Op het podium zie je het niet door de make-up. En je hebt me weleens erger gezien. Bovendien heb ik zelf ook een paar rake klappen uitgedeeld, toch?'

Ik dacht even terug aan de blauwe plekken op Gideons kaak en rug, en knikte. 'Dat heb je zeker.'

'Dus...' Hij wachtte even omdat de ober langskwam met twee glazen en een fles gekoeld water. 'Jij gaat dus met Gideon Cross.'

Ik vroeg me af waarom die vraag altijd boven kwam drijven op een moment waarop ik niet zeker wist of onze relatie nog wel een minuut langer standhield.

'We gaan met elkaar om, ja.'

'Is het serieus?'

'Daar lijkt het soms wel op,' zei ik eerlijk. 'Heb jij op dit moment iemand?'

'Nee, op het moment niet.'

We namen even de tijd om het menu te lezen en te bestellen. Het restaurant was lawaaiig en druk, en je kon de achtergrondmuziek nauwelijks boven de gesprekken en het gekletter van borden uit de nabijgelegen keuken uit horen komen. We keken over tafel naar elkaar en namen elkaar goed op. Ik voelde de aantrekkingskracht tussen ons in gonzen. Toen hij zijn lippen vochtig maakte met het puntje van zijn tong wist ik dat hij zich er ook van bewust was.

'Waarom heb je *Golden* geschreven?' vroeg ik hem opeens, omdat ik mijn nieuwsgierigheid geen minuut langer kon bedwingen. Ik had zowel bij Gideon als bij Cary net gedaan alsof het me niets deed, maar ik werd er helemaal gek van.

Brett leunde achterover in zijn stoel. 'Omdat ik heel veel aan je denk. Ik denk eigenlijk zelfs voortdurend aan jou.'

'Ik begrijp niet goed waarom.'

'We hadden zes maanden iets, Eva. Zo lang ben ik nog nooit met iemand geweest.'

'Maar we hadden niets met elkaar,' zei ik. Ik ging zachter praten. 'Behalve seks dan.'

Zijn mond werd dun. 'Ik weet dat ik je niet goed heb behandeld, maar dat betekent nog niet dat het mij geen pijn heeft gedaan.'

Ik keek hem een tijdje aan en mijn hart begon veel te snel te kloppen. 'Ik heb het gevoel alsof ik stoned ben of zoiets. Wat ik me ervan herinner, is dat we elkaar na optredens ontmoetten, en dat jij dan je gang ging. En als ik er niet was om je mee te vermaken, nam je iemand anders.'

Hij leunde naar voren. 'Bullshit. Ik probeerde jou zover te krijgen dat je meeging. Ik vroeg je altijd om bij me te blijven.'

Ik haalde een paar keer diep adem om mezelf te kalmeren. Ik kon me nauwelijks voorstellen dat nu, bijna vier jaar te laat, Brett Kline met me praatte zoals ik ooit had gewild dat hij praatte. We waren in het openbaar met elkaar aan het eten, bijna alsof we een date hadden. Ik werd er een beetje gek van, terwijl ik al zo in de war was door Gideon.

'Ik was zo ontzettend gek op je, Brett. Ik schreef je naam op en tekende er hartjes omheen, als een verliefd tienermeisje. Ik wilde zo ontzettend graag je vriendinnetje zijn.'

'Meen je dat nou?' Hij stak zijn hand uit en pakte die van mij. 'Wat is er dan in godsnaam misgegaan?'

Ik keek omlaag naar waar hij een beetje afwezig met de ring speelde die Gideon me had gegeven. 'Weet je nog dat we naar dat poolbiljartcentrum gingen?'

'Ja, hoe kan ik dat nou vergeten?' Hij beet op zijn onderlip en dacht duidelijk terug aan hoe ik hem helemaal had sufgeneukt op de achterbank van zijn auto, vastbesloten om de beste wip te zijn die hij ooit had gehad, zodat hij geen andere meisjes meer hoefde. 'Ik dacht dat we op het punt stonden waarop we echt iets met elkaar zouden krijgen, maar je dumpte me op het moment dat we binnenstapten.'

'Ik ging naar de wc,' zei ik zachtjes, omdat ik me de pijn en de schaamte herinnerde alsof het net pas was gebeurd, 'en toen ik weer terugkwam, stonden Darrin en jij bij de wisselautomaat om munten voor de tafel te halen. Je stond met je rug naar me toe zodat je me niet zag. Ik hoorde jullie praten... en lachen.'

Ik ademde diep in en trok mijn hand uit die van hem.

Ik moest Brett nageven dat hij ongemakkelijk heen en weer schoof, duidelijk beschaamd. 'Ik kan me niet precies herinneren wat we hebben gezegd, maar... Shit, Eva. Ik was 21. De band begon net populair te worden. Er waren overal meisjes.'

'Ik weet het,' zei ik droogjes. 'Ik was een van hen.'

'Ik was toen al een paar keer met jou geweest. Toen ik jou meenam naar het poolcentrum was dat een verklaring aan de jongens dat het serieus werd tussen ons.' Hij wreef met een zeer vertrouwd gebaar over zijn voorhoofd. 'Ik had het lef niet om toe te geven wat ik voor je voelde. Ik deed net of het me om de seks ging, maar dat was niet zo.'

Ik tilde mijn glas op en nam een slok om de brok in mijn keel weg te spoelen.

Hij liet zijn hand op de armleuning vallen. 'Ik heb het dus verkloot met mijn grote bek. Daarom ben je er die avond vandoor gegaan. Daarom ging je nooit meer ergens met me mee naartoe.'

'Ik was wanhopig, Brett,' gaf ik toe, 'maar dat wilde ik niet laten zien.'

De ober bracht ons het eten. Ik vroeg me af waarom ik eigenlijk iets had besteld: ik was veel te veel in de war om iets te eten.

Brett begon zijn steak te snijden, of beter gezegd: aan te vallen. Opeens legde hij zijn vork en mes neer. 'Toen heb ik het misschien verpest, maar nu weet iedereen wat er destijds in mijn hoofd omging. *Golden* is onze grootste single. Daardoor konden we tekenen bij Vidal.'

Het idee dat het cirkeltje daarmee rond was, maakte me aan het glimlachen. 'Het is een prachtig nummer, en je stem klinkt geweldig als je het zingt. Ik ben echt blij dat je me hebt opgezocht en dat we elkaar weer hebben gezien voordat je weer weggaat. Het betekent veel voor me dat we erover hebben gepraat.'

'En als ik nou eens niet gewoon afscheid wil nemen en verdergaan?' Hij haalde diep adem. 'Jij bent de afgelopen jaren mijn muze geweest, Eva. Door jou heb ik het beste materiaal geschreven dat de band ooit heeft gehad.'

'Dat is erg vleiend,' zei ik.

'Wij hadden iets bijzonders samen. Nog steeds. Ik weet dat jij het ook voelt. Hoe je me laatst kuste...'

'Dat was niet de bedoeling.' Onder tafel klemde ik mijn handen op elkaar. Ik kon er niet nog meer drama bij hebben. Nog een avond als afgelopen vrijdag zou ik niet overleven. 'En je moet wel bedenken dat Gideon de macht heeft bij jouw platenmaatschappij. Die wil je niet tegen de haren in strijken.'

'Ach wat. Wat zou hij dan moeten doen?' Hij trommelde met zijn vingertoppen op tafel. 'Ik wil het met jou weer proberen.'

Ik schudde met mijn hoofd en pakte mijn handtas. 'Dat is onmogelijk. Zelfs als ik geen vriendje had, was ik nog niet de juiste vrouw voor jouw levensstijl, Brett. Ik ben veel te veeleisend.'

'Dat weet ik,' zei hij schor. 'God, dat weet ik maar al te goed.'

Ik bloosde. 'Zo bedoel ik het niet.'

'Dat is ook niet alles wat ik wil. Ik kan er voor jou zijn. Kijk maar eens naar me: de band is wel aan het toeren, maar jij en ik zijn samen. Ik kan tijd voor je maken. Dat wil ik ook.'

'Zo eenvoudig is het niet.' Ik haalde wat geld uit mijn portemonnee en liet het op tafel vallen. 'Je kent me niet. Je hebt geen idee wat het inhoudt om met mij een relatie te hebben, hoeveel werk daaraan vastzit.'

'Ik zal je bewijzen dat ik het kan,' zei hij uitdagend.

'Ik ben behoeftig, bezitterig en ongelooflijk jaloers. Ik zou je binnen een week helemaal gek maken.'

'Je hebt me altijd al gek gemaakt. Dat vind ik juist fijn.' Zijn glimlach vervaagde. 'Hou eens op met die uitvluchten, Eva. Geef me nou een kans.'

Ik keek hem aan en bleef staren. 'Ik ben verliefd op Gideon.'

Zijn wenkbrauwen gingen omhoog. Zelfs als hij verslagen was, was zijn gezicht nog adembenemend. 'Daar geloof ik niks van.'

'Het spijt me, ik moet gaan.' Ik stond op en wilde langs hem lopen.

Hij pakte mijn elleboog. 'Eva...'

'Maak alsjeblieft geen toestand,' fluisterde ik. Ik had spijt van mijn impulsieve beslissing om in een populair restaurant te gaan eten.

'Je hebt niks gegeten.'

'Ik kan niks eten. Ik moet weg.'

'Prima. Maar ik geef het nog niet op.' Hij liet me gaan. 'Ik maak wel fouten, maar ik leer ervan.'

Ik boog me naar hem toe en zei duidelijk: 'Je maakt geen enkele kans. Echt niet.'

Brett prikte met zijn vork in een stuk van zijn steak. 'Dat zullen we dan nog weleens zien.'

De Bentley stond bij de stoep te wachten toen ik het restaurant uit kwam stappen. Angus klom eruit en opende het achterportier voor me.

'Hoe wist je nou waar ik was?' vroeg ik hem, van mijn stuk gebracht doordat hij zo plotseling opdook.

Hij antwoordde met een vriendelijke glimlach en raakte de klep van zijn chauffeurspet aan.

'Ik vind dit een beetje eng, Angus,' klaagde ik terwijl ik op de achterbank gleed.

'Daar zal ik niet tegenin gaan, Miss Tramell. Ik doe gewoon mijn werk.'

Ik sms'te Cary tijdens de rit terug naar het Crossfire: Net geluncht met Brett. Wil me terug.

Cary antwoordde: Het houdt ook nooit op, hè?

Hele dag naar de klote, tikte ik. Ik wil het overdoen.

Mijn telefoon ging. Het was Cary.

'Meissie,' zei hij lijzig. 'Ik voel met je mee, echt hoor, maar deze driehoeksverhouding is gewoon te smakelijk voor woorden. De vastberaden rockster en de bezitterige miljardair. *Yum!*'

'O god. Ik hang op, hoor.'

'Zie ik je vanavond?'

'Ja. Zorg er alsjeblieft voor dat ik er geen spijt van krijg.' Ik hing op terwijl hij een enorme lachbui kreeg, stiekem dolblij dat hij weer zo gelukkig klonk. Het bezoekje van Trey moest wonderen hebben gedaan.

Angus zette me bij de stoeprand voor het Crossfire af en ik haastte me door de hitte naar de koele hal. Ik kon nog net een lift in schieten voordat de deuren dichtgingen. Er waren nog zo'n vijf mensen bij me in de lift en ze vormden twee groepjes die onderling met elkaar praatten. Ik stond voor in de lift en probeerde mijn privéleven uit mijn hoofd te zetten. Daar kon ik op het werk niets mee.

'Hé, we zijn zomaar onze verdieping voorbijgegaan,' zei het meisje naast mij.

Ik keek naar de naald boven de deur.

De man die het dichtst bij het bedieningspaneel stond, drukte een paar keer hard op alle cijfers, maar geen ervan ging branden... behalve die voor de bovenste verdieping. 'De knoppen doen het niet.'

Mijn pols begon sneller te kloppen.

'Gebruik de noodtelefoon dan,' zei een van de andere vrouwen.

De lift schoot omhoog en bij elke verdieping die we passeerden, voelde ik meer vlinders in mijn buik. Eindelijk kwam de lift soepel tot stilstand op de bovenste verdieping en gingen de deuren open.

Gideon stond in de hal en zijn gezicht was een prachtig, onbewogen masker. Zijn ogen waren schitterend blauw... en zo koud als ijs. Mijn adem stokte.

Niemand in de lift zei iets. Ik bewoog me niet. Ik hoopte dat de deuren snel weer dicht zouden gaan. Gideon stak een hand naar binnen, pakte me bij mijn elleboog en sleurde me eruit. Ik verzette me, omdat ik veel te kwaad was om iets met hem te maken te willen hebben. De deuren gingen achter me dicht en hij liet me los.

'Je gedrag was vandaag afstotelijk,' gromde hij.

'*Mijn* gedrag? En jouw gedrag dan?'

Ik liep naar de liftknoppen en drukte erop. Er ging geen lichtje branden.

'Ik praat tegen je, Eva.'

Ik keek naar de beveiligingsdeuren van Cross Industries en was opgelucht dat de roodharige receptioniste in elk geval niet op haar plaats zat.

'O ja?' Ik keek hem aan en ik had er een hekel aan dat ik hem evengoed nog zo onweerstaanbaar aantrekkelijk vond wanneer hij zo lelijk deed. 'Grappig dat dat er niet toe leidt dat ik iets te weten kom: zoals dat jij gisteravond met Corinne uit bent geweest.'

'Je moet niet online mijn gangen nagaan,' snauwde hij me toe. 'Je probeert met opzet iets te vinden om je druk over te gaan zitten maken.'

'Dus jouw daden zijn het probleem niet?' snauwde ik terug, terwijl ik de tranen achter in mijn keel voelde drukken. 'Alleen maar dat ik erachter kom?'

Hij kruiste zijn armen. 'Je moet me vertrouwen, Eva.'

'Dat maak je onmogelijk! Waarom heb je me niet verteld dat je met Corinne uit eten ging?'

'Omdat ik wist dat je dat niet leuk zou vinden.'

'Maar je hebt het toch maar gedaan.' En dat deed pijn. Na alles waar we het in het weekend over hadden gehad... nadat hij had gezegd dat hij begreep hoe ik me had gevoeld...

'En jij ging uit met Brett Kline omdat je wist dat *ik* dat niet leuk zou vinden.'

'Wat heb ik je nou gezegd? Je schept zelf het precedent voor hoe ik met mijn exen omga.'

'Oog om oog, tand om tand? Wat een opmerkelijke blijk van volwassenheid.'

Ik struikelde weg van hem. Ik zag niets van de Gideon die ik kende in de man die me aankeek. Het voelde alsof de man van wie ik hield verdwenen was en de man die voor me stond een volkomen vreemdeling in Gideons lichaam was.

'Je zorgt ervoor dat ik je ga haten,' fluisterde ik. 'Hou daarmee op.'

Er trok heel even iets over Gideons gezicht, maar het was alweer weg voordat ik kon bedenken wat het was. Ik liet zijn lichaamstaal het woord voor hem doen. Hij stond ver van me vandaan, met stijve schouders en gespannen kaken.

Mijn hart bloedde en ik sloeg mijn ogen neer. 'Ik wil nu niet bij je in de buurt zijn. Laat me gaan.'

Gideon liep naar de andere groep liften en drukte op de knop. Met zijn rug naar me toe en zijn blik op het pijltje zei hij:

'Angus zal je elke ochtend komen ophalen. Wacht op hem. En ik heb liever dat je aan je bureau luncht. Het is beter dat je nu niet rond gaat rennen.'

'Waarom niet?'

'Ik heb op dit moment een hoop dingen aan mijn hoofd...'

'Zoals een etentje met Corinne?'

'... en ik kan me nu geen zorgen maken om jou,' vervolgde hij, terwijl hij mijn onderbreking negeerde. 'Ik vind niet dat ik te veel van je vraag.'

Er was iets niet in de haak.

'Gideon, waarom praat je niet met me?' Ik strekte mijn hand uit en raakte zijn schouder aan, maar hij trok zich met een ruk terug, alsof hij zich aan me gebrand had. Die afwijzing van mijn aanraking kwetste me meer dan al het andere.

'Vertel me nou eens wat er aan de hand is. Als je een probleem hebt...'

'Het probleem is dat ik de helft van de tijd verdomme niet eens weet waar je uithangt!' snauwde hij, en draaide zich om om woest naar me te kijken terwijl de deuren van de lift opengingen. 'Je huisgenoot ligt in het ziekenhuis. Je vader komt je opzoeken. Ga je nou maar gewoon... daarop richten.'

Ik stapte met brandende ogen de lift in. Behalve dat hij me uit de lift had getrokken, had Gideon me niet aangeraakt. Hij had niet met zijn vingertoppen over mijn wang gestreken of een poging gedaan om me te kussen. En hij had niet gezegd of hij me later vandaag nog wilde zien. Hij sloeg de rest van de dag gewoon over en zei alleen maar dat Angus morgenochtend op me zou wachten.

Ik was nog nooit zo in de war geweest. Ik kon maar niet bedenken wat er aan de hand was, waarom er plotseling zo'n grote kloof tussen ons was, waarom Gideon zo gespannen en kwaad was, waarom het hem nauwelijks leek te kunnen schelen dat ik met Brett had geluncht.

Waarom helemaal niets hem kon schelen.

De deuren gingen dicht. *Je moet me vertrouwen, Eva.*

Had hij die woorden uitgesproken in de secondes vlak voordat de deuren dichtgingen? Of wenste ik alleen maar dat dat zo was?

Op het moment dat ik Cary's privékamer binnen kwam lopen, had hij al in de gaten dat ik kookte van woede. Ik had een zware Krav Maga-sessie met Parker doorstaan en toen was ik bij ons appartement langsgegaan, net lang genoeg om te douchen en een smakeloze maaltijd van instantnoedels te eten. De schok die het zout en de koolhydraten aan mijn systeem gaven nadat ik een dag niet had gegeten, was meer dan voldoende om me doodmoe te maken.

'Wat zie jij eruit,' zei hij, terwijl hij het geluid van de televisie uitzette.

'Moet jij nodig zeggen,' snauwde ik terug, omdat ik me te moe voelde om tegen kritiek te kunnen.

'Ik ben met een honkbalknuppel geslagen. Wat is jouw excuus?'

Ik verlegde het kussen en de kriebelige deken op mijn stretcher en vertelde hem toen wat er die dag gebeurd was, van het begin tot het eind.

'En sinds dat moment heb ik niets meer van Gideon gehoord,' besloot ik ontmoedigd. 'Zelfs Brett heeft nog contact met me opgenomen na de lunch. Hij heeft bij de beveiligingsbalie een envelop achtergelaten met zijn telefoonnummer erin.'

Ook had hij het geld erin gedaan dat ik in het restaurant op tafel had gelegd.

'Ga je hem bellen?' vroeg Cary.

'Ik wil niet eens aan Brett denken!' Ik ging op mijn rug op de stretcher liggen en schoof mijn handen door mijn haar. 'Ik wil weten wat er met Gideon aan de hand is. Hij heeft de afgelopen 36 uur een volledige persoonlijkheidstransplantatie ondergaan!'

'Misschien is dit het wel.'

Ik tilde mijn hoofd van het kussen en zag hem wijzen naar iets wat op zijn nachtkastje lag. Ik rolde me om, stond op en keek ernaar. Het was een plaatselijk homoblaadje.

'Trey heeft het vandaag meegenomen,' zei hij.

Er stond een foto van Cary boven een voorpagina-artikel over de aanslag op hem. In het artikel werd gespeculeerd dat de aanval door discriminatie ingegeven zou zijn. Ook werden zijn woonsituatie met mij en mijn romantische verhouding met Gideon Cross genoemd, om geen andere reden, zo leek het, dan een sappige invalshoek.

'Het staat ook op hun website,' voegde hij er zachtjes aan toe. 'Ik denk dat iemand bij mijn agentschap heeft zitten roddelen, dat die roddel vervolgens is verspreid en dat iemand er wat politieke kletspraat van heeft gemaakt. Eerlijk gezegd kan ik me niet voorstellen dat het Cross ene moer kan schelen...'

'Wat jouw seksuele voorkeuren zijn? Maakt hem niets uit. Zo is hij niet.'

'Maar misschien denken zijn pr-mensen daar wel anders over. Zou kunnen dat hij je daarom onder de radar wil houden. En als hij zich zorgen maakt dat iemand achter jou aan zit om mij te pakken, verklaart dat waarom hij je veilig wil opbergen en van de straat wil houden.'

'Waarom vertelt hij me dat dan niet gewoon?' Ik legde het krantje neer. 'Waarom doet hij zo lullig? Alles was zo geweldig toen we dat weekendje weg waren. *Hij* was geweldig. Ik dacht dat we echt aan een nieuw hoofdstuk waren begonnen. Ik moest er steeds aan denken dat hij totaal niet meer leek op de man die ik in eerste instantie had ontmoet, maar nu is hij zelfs nog erger. Hij heeft zo'n... ik weet het niet. Hij is echt miljoenen kilometers van me verwijderd. Ik snap het gewoon niet.'

'Tja, dan moet je niet bij mij zijn, Eva.' Cary pakte mijn hand en kneep erin. 'Hij is degene die het weet.'

'Je hebt gelijk.' Ik ging naar mijn handtas en pakte mijn telefoon. 'Ik ben zo terug.'

Ik ging naar het kleine afgelegen balkonnetje dat een eindje weg was van de wachtruimte voor bezoekers, en belde Gideon. Zijn telefoon ging vele malen over en ging vervolgens naar de voicemail. Ik probeerde hem dus maar thuis te bellen. Na de derde keer overgaan nam Gideon op.

'Cross,' zei hij kortaf.

'Hé.'

Er was een hartslag lang een stilte te horen, en toen: 'Wacht even.'

Ik hoorde een deur opengaan. Het geluid van de telefoon

veranderde: hij was weggelopen van waar hij eerst was.

'Gaat alles goed met je?' vroeg hij.

'Nee.' Ik wreef in mijn vermoeide ogen. 'Ik mis je.'

Hij zuchtte. 'Ik... ik kan nu niet met je praten, Eva.'

'Waarom niet? Ik begrijp niet waarom je zo kil tegen me doet. Heb ik iets verkeerd gedaan?' Ik hoorde gemompel en besefte dat hij het spreekgedeelte had bedekt om met iemand anders te praten. Een afschuwelijk gevoel dat er bedrog in het spel was, maakte mijn borstkas gespannen, waardoor ik nog maar moeilijk adem kon halen. 'Gideon. Wie is er daar bij jou thuis?'

'Ik moet gaan.'

'Zeg me wie er daar bij je is!'

'Angus staat om zeven uur bij het ziekenhuis. Zorg dat je goed slaapt, engel.'

De verbinding werd verbroken.

Ik liet mijn hand zakken en staarde naar mijn telefoon, alsof die me op een of andere manier kon vertellen wat er in godsnaam zojuist was gebeurd.

Ik ging terug naar Cary's kamer. Toen ik de deur openduwde, voelde ik me overbelast en bedroefd.

Cary keek me aan en zuchtte. 'Je ziet eruit alsof je puppy net is doodgegaan, meissie.'

Toen gingen de sluizen open. Ik begon te snikken.

14

Die nacht sliep ik nauwelijks. Ik lag te woelen en te draaien. Af en toe viel ik in slaap, maar dan weer was ik klaarwakker. En elke keer als de zuster binnenkwam om naar Cary te kijken, werd ik ook weer wakker. Zijn hersenscans en de resultaten van het laboratorium zagen er goed uit en er was niets blijvend beschadigd, zodat ik me geen zorgen hoefde te maken. Maar ik was er niet voor hem geweest toen hij gewond was geraakt. Het voelde alsof ik er nu voor hem moest zijn, slaap of geen slaap.

Even voor zessen gaf ik het op en stapte ik uit bed.

Ik pakte mijn tablet en mijn draadloze toetsenbord en liep naar de cafetaria voor koffie. Ik trok een stoel bij een van de tafels en ging zitten om een brief aan Gideon te schrijven. Op de paar momenten na dat ik hem de afgelopen dagen te pakken had gekregen, was het me niet gelukt aan hem over te brengen wat ik dacht. Dan zou ik maar alles moeten opschrijven. Alleen door regelmatige en open communicatie met elkaar te houden konden we het als stel overleven.

Ik nam kleine teugjes van mijn koffie en begon te typen. Eerst bedankte ik hem voor het heerlijke weekendje weg en vertelde ik hoeveel het voor me had betekend. Ik vertelde hem dat ik het idee had gehad dat we tijdens het uitje met onze relatie een grote stap in de goede richting hadden genomen, wat de terugval van afgelopen week alleen maar moeilijker te verteren maakte...

'Eva. Wat een verrassing!'

Ik draaide mijn hoofd om en zag Dr. Terrence Lucas achter me staan met net zo'n wegwerpbeker koffie in zijn hand als ik voor mezelf had ingeschonken. Hij was gekleed voor werk in een pantalon en een stropdas, en een witte laboratoriumjas.

'Hoi,' begroette ik hem, en ik hoopte dat ik mijn ongemak wist te verbergen.

'Vind je het goed als ik bij je kom zitten?' vroeg hij, en hij liep om me heen.

'Natuurlijk.'

Ik keek hoe hij op de stoel naast me ging zitten en ik friste mijn herinnering op aan hoe hij eruitzag. Zijn haar was spierwit zonder enige zweem van grijs, maar hij had geen rimpels op zijn knappe gezicht. Zijn ogen hadden een bijzondere groene kleur en ze stonden pienter. Zijn glimlach was zowel geruststellend als charmant. Ik vermoedde dat hij erg populair was bij zijn patiënten, en hun moeders.

'Er moet een speciale reden zijn,' begon hij, 'dat jij zo lang voor het bezoekuur in het ziekenhuis bent.'

'Mijn huisgenoot ligt hier.' Ik gaf verder geen informatie, maar hij kon er wel naar raden.

'Dus Gideon Cross strooide wat geld in het rond en regelde van alles voor je.' Hij schudde zijn hoofd en nam een slokje van zijn koffie. 'En jij bent hem dankbaar. Maar wat gaat het jou kosten?'

Ik schoof achteruit, namens Gideon beledigd dat zijn vrijgevigheid werd afgedaan alsof hij er een bijbedoeling mee had. 'Waarom hebben jullie twee toch zo'n hekel aan elkaar?'

Zijn ogen werden iets minder vriendelijk. 'Hij heeft iemand die me dierbaar is pijn gedaan.'

'Je vrouw. Hij heeft het me verteld.' Ik kon zien dat hij daarvan schrok. 'Maar dat was niet het begin, hè? Dat was een gevolg.'

'Je weet wat hij heeft gedaan, en toch ben je nog steeds bij hem?' Lucas plantte zijn ellebogen op tafel. 'Hij doet hetzelfde bij jou. Je ziet er uitgeput en depressief uit. Dat is een deel van het spel voor hem, weet je. Hij is er heel goed in om een vrouw te aanbidden alsof hij haar nodig heeft om te kunnen ademen. En dan plotseling kan hij haar niet meer luchten of zien.'

Het was een pijnlijk nauwkeurige beschrijving van de realiteit van het moment. Mijn hart ging sneller kloppen.

Zijn blik gleed naar mijn hals en toen weer terug naar mijn gezicht. Zijn mondhoeken gingen omhoog in een spottende, samenzweerderige glimlach. 'Je hebt zelf meegemaakt waar ik het over heb. Hij zal met je blijven spelen totdat je je eigen stemming door die van hem laat bepalen. Dan krijgt hij genoeg van je en dumpt hij je.'

'Wat is er tussen jullie gebeurd?' vroeg ik opnieuw, omdat ik wist dat dat de sleutel was.

'Gideon Cross is een narcistische sociopaat,' ging hij verder alsof ik niets gezegd had. 'Volgens mij is hij een vrouwenhater. Hij gebruikt zijn geld om vrouwen te verleiden, en veracht ze dan omdat ze zo oppervlakkig zijn dat ze zijn rijkdom aantrekkelijk vinden. Hij gebruikt seks om de controle te krijgen, en je weet nooit in wat voor humeur je hem aantreft. Dat is een deel van de kick; als je je altijd schrap zet voor het slechtste, pep je jezelf op voor een golf van opluchting als hij op zijn best is.'

'Je kent hem niet,' zei ik gladjes. Ik weigerde te happen. 'En je vrouw ook niet.'

'En jij ook niet.' Hij leunde achterover en dronk zijn koffie. Hij zag er net zo onverstoord uit als ik probeerde te zijn. 'Niemand kent hem. Hij is een geweldige manipulator en een leugenaar. Onderschat hem niet. Het is een verknipte, gevaarlijke man die tot van alles in staat is.'

'Het feit dat je niet wilt vertellen waarom hij een hekel aan je heeft, doet het lijken alsof jijzelf de schuldige bent.'

'Je moet geen overhaaste conclusies trekken. Er zijn dingen die ik niet mag bespreken.'

'Komt dat even mooi uit.'

Hij zuchtte. 'Ik ben de vijand niet, Eva, en Cross heeft niemand nodig om het voor hem op te nemen. Je hoeft me niet te geloven. Eerlijk gezegd ben ik zo verbitterd dat *ik* mij niet zou geloven als ik jou was. Maar je bent een mooie, slimme jongedame.'

Dat viel de laatste tijd nogal tegen, maar het was mijn eigen verantwoordelijkheid om daar iets aan te doen. Of weg te gaan.

'Als je een stapje achteruit zet,' ging hij verder, 'en kijkt naar wat hij met je aan het doen is, hoe je over jezelf denkt sinds je met hem bent, en of je echt voldoening voelt over je relatie, zul je tot je eigen conclusies komen.'

Ergens piepte er iets en hij haalde zijn smartphone uit zijn jaszak. 'Ah, mijn nieuwste patiënt is zojuist ter wereld gekomen.'

Hij ging staan, keek op me neer en legde zijn hand op mijn schouder. 'Jij zult degene zijn die ontsnapt. Daar ben ik blij om.'

Ik keek hoe hij kwiek de cafetaria uit liep en liet me in mijn stoel vallen zodra hij uit het zicht verdwenen was, in elkaar zakkend van uitputting en verwarring. Mijn ogen gingen naar het scherm van mijn tablet, dat op de slaapstand stond. Ik had de energie niet om mijn brief af te maken.

Ik pakte alles in en ging me klaarmaken voor als Angus kwam.

'Heb je zin in chinees?'

Ik keek op van het ontwerp voor de advertentie voor bosbessenkoffie naar de warme bruine ogen van mijn baas. Ik realiseerde me dat het woensdag was, onze vaste dag om samen met Steven uit eten te gaan.

Een ogenblik overwoog ik deze keer over te slaan en aan mijn bureau te eten, omdat ik Gideon blij wilde maken. Maar net zo snel wist ik dat ik het hem kwalijk zou nemen als ik dat deed. Ik was nog steeds bezig te proberen een nieuw leven op te bouwen in New York, en dat hield ook in dat ik vrienden maakte en plannen had buiten het leven dat ik met hem deelde.

'In chinees altijd,' zei ik. Mijn allereerste maaltijd met Mark en Steven was afhaalchinees geweest, hier in het kantoor, op een avond dat we tot ver na vijf uur hadden doorgewerkt en Steven langs was gekomen om ons te voeren.

Mark en ik gingen om twaalf uur weg, en ik weigerde me schuldig te voelen over iets waar ik zo van genoot. Steven zat in het restaurant al op ons te wachten, aan een ronde tafel met een gelakt draaiplateau in het midden.

'Hé daar.' Hij begroette me met een onstuimige omhelzing, en trok toen een stoel voor me naar achteren. Hij keek me onderzoekend aan toen we gingen zitten. 'Je ziet er moe uit.'

Ik bedacht dat ik er wel heel slecht uit moest zien, aangezien iedereen me dat de hele tijd vertelde. 'Ik heb nogal een zware week tot nu toe.'

De serveerster kwam en Steven bestelde dim sum als voorgerecht en dezelfde hoofdgerechten als toen we die eerste keer samen hadden gegeten: kung pao-kip en biefstuk met broccoli. Toen we weer alleen waren zei Steven: 'Ik wist niet dat je huisgenoot homo was. Had je dat al aan ons verteld?'

'Hij is bi, eigenlijk.' Ik realiseerde me dat Steven, of iemand die hij kende, dezelfde krant moest hebben gezien als degene die Cary me had laten zien. 'Ik denk niet dat het ter sprake is gekomen.'

'Hoe gaat het met hem?' vroeg Mark, oprecht bezorgd.

'Beter. Misschien komt hij vandaag al naar huis.' Dat had al de hele ochtend als een last op me gedrukt, aangezien Gideon niet had gebeld om te vertellen hoe de zaken er definitief voor stonden.

'Laat het ons maar weten als je hulp nodig hebt,' zei Steven, zonder een spoortje van de eerdere luchthartigheid. 'We staan voor je klaar.'

'Dank je. Het was geen geval van discriminatie, hoor,' verduidelijkte ik. 'Ik weet niet waar die verslaggever dat vandaan heeft. Vroeger had ik respect voor journalisten. Maar nu doen er nog maar zo weinig hun huiswerk, en er zijn er nog minder die objectief kunnen schrijven.'

'Het lijkt me zwaar om zo in de schijnwerpers van de media te staan.' Steven kneep in mijn hand die op tafel lag. Hij was een vrolijke kerel die gemakkelijk in de omgang was, maar onder die olijke buitenkant zat een betrouwbare man met een warm hart. 'Maar goed, wat verwacht je ook anders als je met rocksterren en miljardairs rommelt.'

'Steven,' berispte Mark hem fronsend.

'Gadver.' Ik trok een gezicht. 'Dat heeft Shawna je zeker verteld.'

'Natuurlijk heeft ze dat,' zei Steven. 'Dat was wel het minste wat ze kon doen nadat ze me niet mee naar het concert had gevraagd. Maar maak je geen zorgen. Ze is geen roddeltante. Ze zegt het verder tegen niemand.'

Ik knikte. Daar was ik ook helemaal niet bang voor: Shawna was oké. Maar toch voelde het ongemakkelijk dat mijn baas wist dat ik had gezoend met de ene man terwijl ik een relatie had met een andere.

'Niet dat het kwaad zou kunnen als Cross eens een koekje van eigen deeg kreeg,' mompelde Steven.

Ik begreep het niet helemaal en fronste. Toen ving ik Marks medelijdende blik op.

Ik besefte dat de homokrant niet het enige nieuws was wat ze hadden gezien. Ze moesten de foto's van Gideon en Corinne ook hebben gezien. Ik voelde mezelf rood worden van schaamte.

'O, dat koekje krijgt hij nog wel,' mompelde ik. 'Al moet ik het door zijn strot douwen.'

Stevens wenkbrauwen schoten omhoog, en toen begon hij te lachen en klopte op mijn hand. 'Neem hem te grazen, meid.'

Ik was nauwelijks weer terug bij mijn bureau toen mijn werktelefoon ging.

'Met het kantoor van Mark Garrity, u spreekt met Eva...'

'Waarom is het verdomme zo moeilijk voor je om bevelen op te volgen?' vroeg Gideon bars.

Ik zat daar maar te staren naar de fotocollage die hij me gegeven had, foto's waarop we eruitzagen alsof we een band hadden en verliefd waren.

'Eva?'

'Wat wil je van me, Gideon?' vroeg ik rustig.

Er was een moment stilte, en toen ademde hij uit. 'Cary wordt vanmiddag naar je appartement overgebracht onder supervisie van zijn dokter en een privéverpleegster. Als het goed is, is hij er als je thuiskomt.'

'Dank je.' Opnieuw was het een tijd stil aan de lijn, maar hij hing niet op. Uiteindelijk vroeg ik: 'Was dat het?'

De vraag had een dubbele betekenis. Ik vroeg me af of hij het oppikte, en of het hem ook maar iets kon schelen.

'Angus brengt je naar huis.'

Ik kneep harder in de hoorn. 'Tot ziens, Gideon.'

Ik hing op en ging weer aan het werk.

Zodra ik thuiskwam, ging ik bij Cary kijken. Zijn gewone bed was weggehaald en rechtop tegen de muur gezet om ruimte te maken voor een ziekenhuisbed dat hij zelf kon verstellen. Hij sliep toen ik binnenkwam, en zijn verpleegster zat in een nieuwe ligstoel een e-book te lezen. Het was dezelfde verpleegster die ik de eerste nacht in het ziekenhuis had gezien, de knappe exotische, die met moeite haar ogen van Gideon af had kunnen houden.

Ik vroeg me af wanneer Gideon met haar gesproken had – of hij dat zelf had gedaan of dat hij iemand gestuurd had om het te doen – en of ze 'ja' had gezegd vanwege het geld of vanwege Gideon of allebei.

Het feit dat ik zo moe was dat het me niks kon schelen zei al genoeg. Misschien dat er mensen bestonden die met hun liefde alles konden overwinnen, maar die van mij was breekbaar, en moest gekoesterd worden om te kunnen overleven en groeien.

Ik nam een lange, hete douche en kroop toen in bed. Ik trok mijn tablet op schoot en probeerde door te gaan met mijn brief aan Gideon. Ik wilde mijn gedachten en bezwaren op een volwassen en overtuigende manier uiten. Ik wilde het gemakkelijk voor hem maken om mijn reactie op sommige dingen die hij gedaan en gezegd had, te begrijpen, zodat hij de dingen vanuit mijn perspectief kon zien.

Maar uiteindelijk had ik er de energie niet voor.

Ik ga niet verder uitweiden, schreef ik in plaats daarvan, *want als ik doorga, ga ik smeken. En als je me niet goed genoeg kent om te weten dat je me pijn doet, zal een brief onze problemen niet oplossen.*

Ik verlang wanhopig naar je. Ik voel me ongelukkig zonder je. Ik denk terug aan het weekend, en aan de uren die we samen hebben doorgebracht, en ik kan niks bedenken wat ik er niet voor over zou hebben om je opnieuw op die manier voor me alleen te hebben. Maar in plaats daarvan breng je je tijd door met HAAR, *terwijl ik al voor de vierde avond alleen ben zonder jou.*

Zelfs al weet ik dat je met haar bent geweest, dan nog wil ik voor jou op mijn knieën gaan en smeken om wat kruimels. Een aanraking. Een kus. Een enkel teder woord. Jij hebt me zo zwak gemaakt.

Ik haat mezelf zoals ik nu ben. Ik haat het dat ik je zo hard nodig heb. Ik haat het dat ik zo door je geobsedeerd ben.

Ik haat het dat ik van je hou.

Eva

Ik voegde het bij een e-mail met als onderwerp *Mijn gedachten – ongecensureerd* en drukte op verzenden.

'Wees niet bang.'

Ik werd wakker met die drie woorden, in volkomen duisternis. De matras deukte in toen Gideon naast me ging zitten en zich over me heen boog. Hij sloeg zijn armen om mijn lichaam en het dekbed tussen ons in, zodat ik in een cocon zat die mijn geest de gelegenheid gaf zonder angst wakker te worden. Het heerlijke en onmiskenbare aroma van zijn zeep en shampoo vermengde zich met de geur van zijn huid, en troostte me in combinatie met zijn stem.

'Engel.' Hij plantte zijn lippen schuin op die van mij.

Ik raakte zijn borst aan met mijn vingers en voelde blote huid. Hij kreunde en stond op, over me heen gebogen zodat zijn mond vast bleef zitten aan die van mij terwijl hij het dekbed afrukte en opzij gooide.

Toen ging hij op me liggen, zijn lichaam naakt en heet in mijn handen. Hij bewoog zijn vurige mond over mijn hals en hij duwde mijn topje omhoog zodat hij bij mijn borsten kon. Hij legde zijn lippen om mijn tepel en zoog erop, met één arm op de matras om zijn gewicht te ondersteunen en zijn andere hand tussen mijn benen.

Hij legde zijn hand om mijn geslachtsdeel, en zijn vingertop gleed op het satijn over de naad van mijn spleetje. Zijn tong fladderde over mijn tepel en maakte hem hard en gespannen, en zijn tanden zonken lichtjes in het strakke vlees.

'Gideon!' Tranen gleden in stromen langs mijn slapen, en de beschermende dofheid die ik eerder had gevoeld viel weg en liet me open en bloot achter. Ik was weggekwijnd zonder hem. De wereld om me heen had zijn glans verloren, mijn lichaam deed zeer doordat het niet meer bij dat van hem was. Nu ik hem weer bij me had... hem kon aanraken... was het als regen na droogte. Mijn ziel ontplooide zich voor hem, opende zich om hem in me op te nemen.

Ik hield zoveel van hem.

Zijn haar kietelde tegen mijn huid toen hij met zijn open mond over de spleet tussen mijn borsten ging. Zijn borst zette uit toen hij me inademde, mijn geur opsnoof en zich erin wentelde. Hij pakte het topje van mijn andere borst beet door er hard en diep op te zuigen. Het genot schoot door me heen en echode in het samentrekken van mijn geslachtsdeel tegen zijn plagende vingertop.

Hij bewoog zich omlaag langs mijn bovenlichaam, en likte en knabbelde zich een weg over mijn buik. De breedte van zijn schouders dwong mijn benen verder uit elkaar totdat zijn hete adem over mijn natte gleufje streek. Zijn neus drukte tegen het natte satijn en streelde me. Hij ademde met een kreun in.

'Eva. Ik heb naar je gehunkerd.'

Met ongeduldige vingers schoof Gideon het kruis van mijn slipje opzij en toen was zijn mond op me. Hij hield me met zijn duimen open en zijn tong zwiepte over mijn kloppende clitoris. Ik kromde mijn rug met een schreeuw, al mijn zintuigen pijnlijk gevoelig doordat ik niets kon zien. Hij hield zijn hoofd schuin en stortte zich in de sidderende opening van mijn geslachtsdeel. Hij neukte me ritmisch, me plagend met ondiepe stoten.

'O god!' Ik kronkelde van genot, mijn binnenste trok samen en ontspande zich weer bij de eerste tintelingen van een orgasme.

Ik kwam woest klaar, met een mist van zweet op mijn huid, en mijn longen brandden terwijl ik naar adem hapte. Zijn lippen lagen om mijn trillende opening, en hij zoog en groef met zijn tong. Hij was me aan het beffen met een intensiteit waar ik geen weerstand aan kon bieden. Het vlees tussen mijn benen was zo opgezwollen en gevoelig, zo kwetsbaar voor zijn onstilbare honger. Even later had ik opnieuw een hoogtepunt, waarbij ik met mijn nagels in de lakens klauwde.

Mijn ogen vlogen open en werden verblind door de duisternis toen hij mijn ondergoed afrukte en over me heen kroop. Ik voelde de brede kroon van zijn pik in mijn spleetje kerven, en toen stootte hij en schoot met een dierlijke grom diep bij me naar binnen. Ik schreeuwde het uit, geschokt door zijn agressie, en werd er tegelijkertijd opgewonden door.

Gideon kwam omhoog en leunde achterover op zijn hielen, met mijn dijen over die van hem gespreid. Hij pakte mijn heupen, tilde ze op, en hield me schuin totdat hij me onder de juiste hoek had. Hij draaide met zijn heupen zodat zijn pik binnen in me bewoog, en trok me op hem tot ik hijgde van de pijn omdat hij zo diep in me zat. Mijn schaamlippen klemden zich vast aan het onderste stukje van zijn penis, helemaal opengesperd om de dikke basis te omvatten. Ik had hem helemaal in me, elke centimeter, veel te vol gestouwd, en ik vond het heerlijk. Ik was dagenlang leeg geweest, zo eenzaam dat het pijn deed.

Hij kreunde mijn naam en kwam heet en dik spuitend klaar. De romige hitte verspreidde zich naar boven over de hele lengte van zijn pik omdat er geen plaats voor was in mij. Hij sidderde woest, het zweet droop van hem af op mijn huid en stroomde over me heen. 'Voor jou, Eva,' hijgde hij. 'Elke druppel.'

Hij trok zich plotseling uit me terug, draaide me op mijn buik en sjorde mijn heupen omhoog. Ik pakte het boveneind van mijn bed vast, met mijn natte gezicht in mijn kussen gedrukt. Ik wachtte tot hij zich in me stootte en huiverde toen ik zijn adem tegen mijn billen voelde. Ik schokte heftig toen ik hem mijn bilnaad voelde likken. Hij rimde me met het puntje van zijn tong en stimuleerde de rimpelige opening van mijn achterste.

Een gebroken geluidje ontsnapte me. *Ik doe niet aan anaal, Eva.*

De nauwe ring van spieren trok zich samen toen ik me zijn woorden herinnerde, in een hulpeloze reactie op de gevoelige likjes. Er was niets anders in ons bed dan wij. Niets kon ons raken wanneer wij elkaar aanraakten.

Gideon kneep met beide handen in mijn billen en bracht me zo weer terug op aarde. Ik stond op elke denkbare manier open voor hem, helemaal overgeleverd aan zijn weldadige donkere kus.

'O!' Mijn hele lichaam spande zich. Zijn tong was in me aan het stoten. Mijn hele lichaam begon te beven bij het gevoel, mijn tenen kromden zich, mijn longen zwoegden, terwijl hij zonder schaamte of voorbehoud bezit van me nam. *'Ah... god.'*

Ik duwde me omhoog tegen zijn mond en leverde me aan hem over. Onze genegenheid voor elkaar was rauw en hard, bijna ondraaglijk. Ik werd verschroeid door zijn hunkering, mijn huid was koortsig, mijn borstkas schudde van de snikken die ik niet tegen kon houden.

Hij greep naar onder, duwde zijn vingers plat tegen mijn pijnlijke klitje, en begon te wrijven en te masseren. Zijn tong maakte me gek. Het orgasme dat in me aan het broeien was, werd nog aangemoedigd door de wetenschap dat er voor hem geen grenzen meer aan mijn lichaam waren. Hij kon er alles mee doen wat hij wilde: het bezitten, gebruiken, genot schenken. Ik begroef mijn gezicht in mijn kussen en schreeuwde toen ik klaarkwam. De extase was zo hevig dat mijn benen het begaven en ik met de matras versmolt.

Gideon gleed over mijn rug. Met zijn knie duwde hij mijn benen wijd en hij bedekte me met zijn lichaam, dat glad was van het zweet. Hij beklom me, duwde zijn pik in me, en zijn vingers haakten in die van mij en klemden mijn handen tegen het bed. Ik was van hem doordrenkt en hij beukte tegen me aan, in en uit me glijdend.

'Ik verlang wanhopig naar je,' zei hij schor. 'Ik voel me ellendig zonder jou.'

Ik werd gespannen. 'Zit je me nou belachelijk te maken?'

'Ik heb jou net zo hard nodig.' Hij duwde zijn neus in mijn haar terwijl hij me langzaam en op zijn gemak neukte. 'Ik ben net zo geobsedeerd. Waarom vertrouw je me niet?'

Ik kneep mijn ogen dicht en hete tranen gleden tussen mijn oogleden uit. 'Ik begrijp jou niet. Je verscheurt me.'

Hij draaide zijn hoofd en begroef zijn tanden in mijn schouder. Een gepijnigde grom rolde door hem heen en ik voelde hoe hij klaarkwam. Zijn pik schokte terwijl hij me vol heet zaad pompte.

Hij ontspande zijn kaken en liet mijn schouder los. Hij hijgde terwijl zijn heupen nog steeds heen en weer bewogen. 'Je brief voelde als een dolksteek.'

'Je praat niet met me... je luistert niet naar me...'

'Dat gaat niet.' Hij kreunde en hij sloeg zijn armen zo strak om die van mij dat ik volledig aan hem overgeleverd was. 'Ik kan... Het moet nou eenmaal zo.'

'Ik kan zo niet leven, Gideon.'

'Het doet mij ook pijn, Eva. Ik ga er ook aan kapot. Zie je dat dan niet?'

'Nee.' Ik gilde en mijn kussen werd nat onder mijn wang.

'Stop dan eens met alles te beredeneren en *voel het*! Voel *mij*.'

De nacht ging als in een waas voorbij. Ik strafte hem met gretige handen en tanden. Mijn nagels krasten over zijn gladde, bezwete huid en spieren tot hij siste van pijn en genot.

Zijn lust was uitzinnig en onverzadigbaar, en aan zijn hunkering zat een wanhopig randje dat me bang maakte omdat het zo uitzichtloos aanvoelde. Het voelde als een afscheid.

'Heb je liefde nodig,' fluisterde hij tegen mijn huid. 'Heb jou nodig.'

Hij raakte me overal aan. Hij was voortdurend in me, met zijn pik of met zijn vingers of met zijn tong.

Mijn tepels brandden, rauw van al het zuigen. Mijn geslachtsdeel bonsde en voelde gekneusd aan van zijn wilde, harde stoten. Mijn huid was geschaafd van de stoppelbaard op zijn kaken. Mijn kaken deden pijn van het zuigen aan zijn dikke pik. Mijn laatste herinnering was dat hij met zijn buik tegen mijn rug lag, met zijn arm rond mijn middel terwijl hij me van achteren vulde. We waren allebei rauw en uitgeput, maar konden niet stoppen.

'Niet loslaten,' smeekte ik, nadat ik had gezworen dat ik dat niet zou doen.

Toen ik wakker werd van de wekker, was hij weg.

15

Voordat ik donderdagochtend naar mijn werk vertrok, ging ik nog even bij Cary in zijn kamer langs. Ik deed de deur open en keek naar binnen. Toen ik zag dat hij sliep, wilde ik weer weggaan.

'Hé,' mompelde hij en knipperde met zijn ogen.

'Hé.' Ik ging naar hem toe. 'Hoe voel je je?'

'Ik ben blij dat ik thuis ben.' Hij wreef in zijn ooghoeken. 'Alles goed?'

'Ja... ik wilde gewoon even kijken hoe het met je was voordat ik naar mijn werk moet. Ik ben om een uur of acht thuis. Ik haal onderweg wel wat te eten, dus je kunt om een uur of zeven een sms'je verwachten om te vragen wat je graag...' Ik onderbrak mezelf met een gaap.

'Wat voor vitaminen neemt Cross eigenlijk?'

'Hè?'

'Ik ben nooit *niet* geil, maar zelfs ik kan niet zo de hele nacht door blijven heien. Ik bleef maar denken: nou zal ie toch wel een keertje klaar zijn. Maar nee hoor. Hup, daar ging ie weer.'

Ik bloosde en schuifelde een beetje heen en weer.

Hij brulde van het lachen. 'Het is hier donker, maar ik weet zeker dat je rood wordt.'

'Had je je koptelefoon maar op moeten zetten,' mompelde ik.

'Joh, maak je niet druk. Ik was al blij dat mijn apparaat het nog deed. Ik had sinds die aanslag nog geen stijve gehad.'

'Hè gadver, Cary.' Ik begon de kamer uit te lopen. 'Mijn vader komt vanavond. Of eigenlijk morgenochtend. Het vliegtuig komt om vijf uur aan.'

'Haal jij hem op?'

'Uiteraard.'

Zijn glimlach stierf weg. 'Je gaat er nog aan onderdoor als je zo doorgaat. Je hebt de hele week nog niet geslapen.'

'Dat haal ik wel weer in. Tot straks.'

'Hé,' riep hij achter me aan. 'Betekent afgelopen nacht dat het weer goed is tussen Cross en jou?'

Ik leunde tegen de deurpost en zuchtte. 'Er zit iets helemaal verkeerd en hij wil het er met mij niet over hebben. Ik heb hem een brief geschreven waarin ik in feite al mijn onzekerheden en neuroses eruit heb gegooid.'

'Zoiets moet je *nooit* opschrijven, meissie.'

'Tja, nou ja... het enige wat het me heeft opgeleverd is dat ik halfdood ben geneukt, zonder dat ik iets wijzer ben geworden over zijn probleem. Hij heeft gezegd dat het nou eenmaal zo moet zijn. Ik weet niet eens wat dat betekent.'

Hij knikte.

'Je doet net alsof je het begrijpt,' zei ik.

'Ik denk dat ik de seks begrijp.'

De rillingen liepen over mijn rug. 'Bedoel je dat het van die ik-gooi-het-uit-mijn-systeem-seks is?'

'Zou kunnen,' zei hij zachtjes. Ik deed mijn ogen dicht en liet zijn bevestiging bezinken. Daarna rechtte ik mijn rug. 'Ik moet gaan. Ik zie je vanavond.'

Het vervelende van nachtmerries was dat je je er niet op kon voorbereiden. Ze overvielen je precies op het moment dat je op je kwetsbaarst was, en zaaiden onrust en paniek wanneer je volkomen weerloos was.

En je had ze niet eens alleen als je sliep.

Ik zat er gekweld en verdoofd bij terwijl Mark en Mr. Waters de details van de Kingsman Wodka-advertenties bespraken, me pijnlijk bewust van het feit dat Gideon daar aan het hoofd van de tafel zat in een zwart pak met wit overhemd en witte das.

Hij was me nadrukkelijk aan het negeren, al vanaf het moment dat ik de vergaderkamer van Cross Industries was binnengelopen, afgezien van een korte handdruk toen Mr. Waters ons aan elkaar voorstelde. Die korte aanraking van zijn huid op die van mij had een stroom van bewustzijn door me heen gestuurd. Mijn lichaam herkende zijn lichaam onmiddellijk als datgene wat het de hele afgelopen nacht genot had bezorgd. Gideon leek het contact helemaal niet te hebben geregistreerd, want zijn blik bleef boven mijn hoofd gericht terwijl hij zei: 'Miss Tramell.'

Het contrast met de laatste keer dat we in deze ruimte waren geweest, had niet groter kunnen zijn. Toen had hij zijn ogen niet van me af kunnen houden. Hij had zich vurig en onbeschaamd op mij gericht en toen we de kamer verlieten, had hij tegen me gezegd dat hij me wilde neuken en dat hij alles wat daartussen kwam, uit de weg zou ruimen.

Deze keer stond hij abrupt op toen de vergadering gesloten was, schudde Mark en Mr. Waters de hand en beende de deur uit met alleen een korte, ondoorgrondelijke blik naar mij. Zijn twee managers, allebei aantrekkelijke brunettes, hobbelden achter hem aan.

Mark keek me over de tafel heen vragend aan. Ik schudde mijn hoofd.

Ik ging terug naar mijn bureau. De rest van de dag werkte ik ijverig door. Tijdens mijn lunchpauze bleef ik binnen en zocht ik naar dingen die ik met mijn vader zou kunnen doen. Ik kwam uiteindelijk met drie mogelijkheden: het Empire State Building, het Vrijheidsbeeld en een toneelstuk op Broadway, met het tripje naar het Vrijheidsbeeld als reserve voor als hij daar *echt* graag heen wilde. Anders konden we ook de veerboot overslaan en er gewoon vanaf de kant van het water naar kijken. Hij was maar kort in de stad en ik wilde hem niet gek maken door de hele tijd maar rond te rennen.

In mijn laatste pauze van de dag belde ik naar Gideons kantoor.

'Hoi Scott,' begroette ik zijn assistent. 'Mag ik heel even je baas spreken?'

'Blijf aan de lijn, dan ga ik even kijken.'

Ik verwachtte half dat hij mijn telefoontje zou afwijzen, maar een paar minuten later werd ik doorgeschakeld.

'Ja, Eva?'

Ik nam even de tijd om van het geluid van zijn stem te genieten. ‘Sorry dat ik je stoor. Dit is waarschijnlijk een stomme vraag, alles wel beschouwd, maar... kom je morgen nog bij me eten om mijn vader te ontmoeten?’

‘Ik zal er zijn,’ zei hij nors.

‘Neem je Ireland mee?’ Ik was verbaasd dat mijn stem niet eens bibberde, omdat ik me zo ontzettend opgelucht voelde.

Het bleef even stil. Toen zei hij: ‘Ja.’

‘Oké.’

‘Ik heb vanavond nog een late bespreking, dus ik zie je pas bij Dr. Petersen. Angus brengt je er wel heen. Ik neem een taxi.’

‘Goed.’ Ik zonk weg in mijn stoel en voelde een sprankje hoop. Doorgaan met de therapie en mijn vader ontmoeten kon je alleen maar als positieve tekenen zien. Gideon en ik hadden het moeilijk, maar hij had het nog niet opgegeven. ‘Dan zie ik je daar.’

Angus zette me om kwart voor zes bij de praktijk van Dr. Petersen af. Ik ging naar binnen en Dr. Petersen zwaaide naar me door de openstaande deur van zijn praktijk. Hij stond op vanachter zijn bureau om me de hand te schudden.

‘Hoe gaat het met je, Eva?’

‘Het is weleens beter geweest.’

Hij bestudeerde mijn gezicht. ‘Je ziet er moe uit.’

‘Dat hoor ik nou al de hele dag,’ zei ik droogjes.

Hij keek over mijn schouder. ‘Waar is Gideon?’

‘Hij had nog een late bespreking, dus hij komt apart.’

‘Dat is goed.’ Hij gebaarde naar de sofa. ‘Dit is een mooie gelegenheid voor ons om even met zijn tweeën te praten. Is er iets specifieks waar je het over wilt hebben voordat hij komt?’

Ik ging op de sofa zitten en gooide alles eruit. Ik vertelde Dr. Petersen over het heerlijke weekendje in North Carolina en over de bizarre, onverklaarbare week die we daarna hadden gehad. ‘Ik begrijp het gewoon niet. Ik heb het gevoel dat hij in de problemen zit, maar ik kan hem totaal niet zover krijgen dat hij erover vertelt. Hij heeft zich emotioneel volkomen van me afgesloten. Ik weet echt niet meer waar ik aan toe ben. Bovendien maak ik me zorgen dat deze verandering in zijn gedrag aan Corinne te wijten is. Elke keer dat we tegen zo'n muur zijn opgelopen, is dat vanwege haar geweest.'

Ik keek naar mijn vingers, die ik in elkaar had gestrengeld. Het deed me denken aan de gewoonte van mijn moeder om haar zakdoekjes te verfrommelen, en ik dwong mezelf om mijn handen te ontspannen. 'Het lijkt bijna wel alsof ze op de een of andere manier vat op hem heeft en hij zich daar niet van kan losrukken, wat hij ook voor mij voelt.'

Dr. Petersen hield even op met typen en keek me onderzoekend aan. 'Heeft hij je verteld dat het hem niet is gelukt om dinsdag op zijn afspraak te verschijnen?'

'Nee.' Dat nieuws kwam hard aan. 'Daar heeft hij me niets over gezegd.'

'Mij ook niet. Ik vind dat niet echt iets voor hem. Jij wel?'

Ik schudde mijn hoofd.

Dr. Petersen kruiste zijn handen in zijn schoot. 'Soms zal een van jullie beiden een stapje terug doen, of jullie allebei. Dat is ook te verwachten als je kijkt naar de aard van jullie relatie: jullie werken niet alleen aan jullie relatie met elkaar, maar ook aan jullie zelf als individuen, zodat jullie een stel kunnen zijn.'

'Maar dat kan ik niet aan, hoor.' Ik haalde diep adem. 'Ik kan niet tegen dat gejojo. Ik word er stapelgek van. De brief die ik hem heb gestuurd... dat was vreselijk. Allemaal waar, maar wel vreselijk. We hebben een paar echt fantastische momenten samen gehad. Hij heeft dingen gezegd...'

Ik moest even stoppen, en toen ik weer verderging, was mijn stem schor. 'Hij heeft heel m-mooie dingen tegen me gezegd. Die herinneringen wil ik niet laten verdringen door een paar lelijke. Ik blijf me maar afvragen of ik ermee moet ophouden nu ik zelf vorderingen maak, maar ik hou vol omdat ik hem – en mezelf – heb beloofd dat ik niet meer zou wegrennen. Dat ik mijn hakken in het zand zou zetten en ervoor zou vechten.'

'En daar ben je mee bezig?'

'Ja. Ja, daar ben ik mee bezig. En dat is helemaal niet makkelijk. Omdat sommige dingen die hij doet... Ik reageer op een manier waarvan ik heb geleerd dat ik dat juist niet moet doen. Voor mijn eigen gemoedstoestand! Op een bepaald punt moet je toch zeggen dat je je best hebt gedaan, maar dat het nu eenmaal niet gelukt is. Ja toch?'

Dr. Petersen kantelde zijn hoofd. 'En als je dat niet doet, wat is dan het ergste wat je kan gebeuren?'

'Vraagt u dat aan mij?'

'Ja. Wat is het ergste scenario?'

'Nou eh...' Ik spreidde mijn vingers op mijn dijen. 'Hij blijft maar van me wegdrijven, waardoor ik nog harder aan hem ga trekken en ik al mijn gevoel voor eigenwaarde verlies. En dan draait het erop uit dat hij teruggaat naar zijn oude leventje en ik weer in therapie ga omdat ik totaal in de war ben.'

Hij bleef naar me kijken en iets in zijn geduldige en oplettende opstelling zette me ertoe aan om door te gaan met praten.

'Ik ben bang dat hij me niet laat gaan als het daar tijd voor is en ik dat niet in de gaten heb. Dat ik me vast blijf houden aan het zinkende schip en er dan mee ten onder ga. Ik zou willen dat ik erop kon vertrouwen dat hij er een eind aan maakte als het eenmaal zover was.'

'Vind je dat dat moet gebeuren?'

'Ik weet het niet. Misschien.' Ik rukte mijn blik weg van de klok aan de muur. 'Maar aangezien het bijna zeven uur is en hij ons vanavond allebei heeft laten zitten, lijkt dat wel waarschijnlijk.'

Het voelde ontzettend vreemd dat ik niet verbaasd was dat de Bentley me om vijf uur de volgende ochtend buiten mijn appartement stond op te wachten. De bestuurder die achter het stuur vandaan kroop toen ik naar buiten liep, kwam me niet bekend voor. Hij was veel jonger dan Angus: begin dertig, schatte ik. Hij zag eruit als een latino, met een mooie karamelkleurige huid, donker haar en donkere ogen.

'Dankjewel,' zei ik tegen hem, toen hij langs de voorkant van het voertuig kwam lopen, 'maar ik neem gewoon een taxi.'

Mijn nachtportier hoorde dit en stapte naar de straat om een taxi voor me aan te houden.

'Mr. Cross heeft gezegd dat ik u naar La Guardia moet brengen,' zei de chauffeur.

'Je mag tegen Mr. Cross zeggen dat ik geen gebruik meer zal maken van zijn vervoersservice, nu niet en in de toekomst niet.' Ik liep naar de taxi die de nachtportier voor me had aangehouden, maar stopte nog even en draaide me om. 'En zeg hem ook maar dat hij de klere kan krijgen.'

Ik gleed de taxi in en zakte onderuit terwijl hij wegreed.

Ik geef toe dat ik bevooroordeeld ben als ik zeg dat mijn vader een opvallende verschijning is, maar toch is het zo.

Zodra Victor Reyes de beveiligingszone uit kwam, trok hij de aandacht. Hij was 1 meter 85 lang, fit en goedgebouwd, en had de gezaghebbende uitstraling van een man die een uniform droeg. Zijn blik scheerde over zijn directe omgeving. Hij bleef een politieagent, zelfs als hij geen dienst had. Er hing een weekendtas over zijn schouder en hij droeg een blauwe spijkerbroek en een zwart overhemd. Hij had donker, golvend haar en zijn ogen waren stormachtig en grijs, net als die van mij. Hij zag er erg sexy uit, op een broeierige, gevaarlijke, stoutejongensachtige manier, en ik probeerde me hem voor te stellen naast mijn moeders kwetsbare, arrogante schoonheid. Ik had hen nog nooit samen gezien, zelfs niet op foto's, en dat wilde ik heel graag. Al was het maar één keer.

'Papa!' schreeuwde ik, en zwaaide naar hem.

Zijn gezicht lichtte op toen hij mij zag en een brede glimlach krulde om zijn mond.

'Hé, meisje van me.' Hij tilde me op in een omhelzing, waardoor mijn voeten boven de vloer bungelden. 'Ik heb je zo ontzettend gemist.'

Ik begon te huilen. Ik kon er niets aan doen. Dat ik eindelijk weer bij hem was, was de druppel die de emmer deed overlopen.

'Hé.' Hij wiegde me. 'Waarom al die tranen?'

Ik sloeg mijn armen steviger om zijn hals. Zo dankbaar was ik dat ik hem bij me had en ik er nu van verzekerd was dat alle andere problemen in mijn leven naar de achtergrond zouden verdwijnen zolang hij er was.

'Ik heb jou ook ontzettend gemist,' zei ik snikkend.

We namen een taxi terug naar mijn huis. Op de weg erheen stelde mijn vader me dezelfde soort onderzoekende vragen over de aanval op Cary als de rechercheurs Cary in het ziekenhuis hadden gesteld. Ik probeerde hem af te blijven leiden met dat gesprek toen we bij ons appartementengebouw waren aangekomen, maar het had niet veel zin.

Met zijn arendsogen nam mijn vader de moderne glazen overkapping aan de bakstenen voorgevel van het gebouw in zich op. Hij keek de portier, Paul, aan, die de klep van zijn pet aantikte en de deur voor ons openhield. Hij bestudeerde de receptie en de huismeester, en zwaaide van voor naar achter op zijn hakken terwijl we op de lift wachtten.

Hij zei niets en zette zijn pokerface op, maar ik wist dat hij dacht aan hoeveel geld mijn onderkomen in een stad als New York moest kosten. Toen ik hem mijn appartement binnenliet, nam hij met zijn zwervende blik op hoe groot de ruimte was. De enorme ramen boden een prachtig uitzicht op de stad, en de flatscreentelevisie aan de muur was slechts een van de vele dure elektronische apparaten die er te zien waren.

Hij wist dat ik deze woning niet in mijn eentje kon betalen. Hij wist dat de man van mijn moeder me onderhield en dat hij dat zelf nooit zou kunnen doen. En ik vroeg me af of hij aan mijn moeder dacht en aan het feit dat wat zij nodig had, ook zijn budget oversteeg.

'De beveiliging is hier echt strak geregeld,' zei ik tegen hem, als een soort van verklaring. 'Je kunt hier onmogelijk langs de receptie komen als je niet op de lijst staat en je geen bewoner kunt bereiken om voor je in te staan.'

Mijn vader ademde snel uit. 'Gelukkig maar.'

'Ja. Ik denk dat mama anders 's nachts niet slaapt.'

Dat haalde een beetje van de spanning uit zijn schouders.

'Ik zal je laten zien waar jij slaapt.' Ik nam hem mee de gang door naar de logeerkamer. Die had zijn eigen badkamer en een minibar met een koelkast. Ik zag dat hij die dingen opmerkte voordat hij zijn weekendtas op het enorme tweepersoonsbed liet vallen. 'Ben je moe?'

Hij keek naar me. 'Ik weet dat jij moe bent. En je moet vandaag werken, toch? Waarom doen we niet nog een dutje voordat je weer moet opstaan?'

Ik onderdrukte een gaap en knikte, omdat ik wist dat ik een paar uurtjes met mijn ogen dicht wel kon gebruiken. 'Klinkt goed.'

'Maak me maar wakker als je opstaat,' zei hij en rolde zijn schouders naar achteren. 'Dan maak ik wel koffie terwijl jij je dingen doet.'

'Top.' Mijn stem was hees van de onderdrukte tranen. Gideon had bijna altijd koffie voor me gezet op de dagen dat hij bij me had geslapen, omdat hij eerder opstond dan ik. Ik miste dat ritueeltje van ons.

Op de een of andere manier zou ik moeten leren het zonder te doen.

Ik ging op mijn tenen staan en kuste mijn vader op zijn wang. 'Ik ben zo blij dat je d'r bent, pap.'

Ik deed mijn ogen dicht en hield hem stevig vast terwijl hij me knuffelde.

Ik stapte de kleine supermarkt uit met mijn tassen vol met boodschappen voor het avondeten en fronste toen ik zag dat Angus bij de stoeprand stond. Ik had die ochtend een lift geweigerd, en nog een keer toen ik het Crossfire verliet, en toch was hij me nog steeds aan het volgen en schaduwen. Het was belachelijk. Ik vroeg me af of het zo was dat Gideon me niet meer als vriendinnetje wilde hebben, maar vanwege zijn neurotische verlangen naar mijn lichaam ook niet wilde dat iemand anders me zou hebben, en dan vooral Brett niet.

Terwijl ik naar huis liep, overwoog ik om in plaats van Gideon Brett voor het avondeten te vragen, zodat Angus aan Gideon moest vertellen dat Brett bij mij thuis was gekomen. Het was maar een vluchtig wraakzuchtig fantasietje, want ik zou Brett nooit op die manier aan het lijntje houden en bovendien zat hij nu in Florida, maar het hielp wel. Ik liep een stuk lichter en toen ik mijn appartement binnenkwam, was ik voor het eerst sinds dagen in een echt goede stemming.

Ik dumpte al het eten in de keuken en ging toen op zoek naar mijn vader. Hij zat in Cary's kamer een videospelletje te spelen. Cary bediende de controller met één hand, omdat zijn andere hand in het gips zat.

'Yes!' schreeuwde mijn vader. 'Ik heb je te pakken!'

'Je moest je schamen,' riep Cary terug. 'Kun je wel, misbruik maken van een invalide?'

'O, wat heb ik een medelijden met je.'

Cary zag me in de deurpost staan en knipoogde naar me. Op dat moment hield ik zoveel van hem, dat ik me er niet van kon weerhouden naar hem toe te lopen en hem op zijn bont en blauwe voorhoofd te kussen.

'Dankjewel,' fluisterde ik.

'Bedank me maar met dat etentje. Ik rammel.'

Ik ging staan. 'Ik heb inkopen gedaan voor enchilada's.'

Mijn vader keek naar me met een glimlach, omdat hij wist dat ik daar zijn hulp bij nodig had. 'O ja?'

'Zeg het maar als je eraan toe bent,' zei ik tegen hem. 'Ik ga snel even onder de douche.'

Drie kwartier later waren mijn vader en ik in de keuken bezig kaas en kant-en-klaar gegrilde kip – dat was een beetje vals spelen om tijd te winnen – in in reuzel geweekte tortilla's van witte maïs te rollen. In de woonkamer liet de cd-wisselaar de volgende cd erin glijden en de soulstem van Van Morrison klonk door de surroundsound-luidsprekers.

'Oh yeah,' zei mijn vader, en hij pakte mijn hand en trok me weg van de bar. '*Hum-die-rum, hum-die-rum, moondance*,' zong hij met zijn diepe bariton en draaide me rond.

Ik lachte en vond het heerlijk.

Hij legde de rug van zijn hand tegen mijn ruggengraat om me niet aan te raken met zijn vette vingers en sleepte me mee in een dansje rond het kookeiland. We zongen allebei het nummer mee en lachten. We waren met ons tweede rondje bezig toen ik de twee mensen bij de bar zag staan.

Mijn glimlach trok weg en ik struikelde, waardoor mijn vader me moest opvangen.

'Heb je nou opeens twee linkervoeten?' plaagde hij me, en hij keek alleen naar mij.

'Eva kan heel goed dansen,' zei Gideon, en zijn gezicht was star van het onverbiddelijke masker waar ik zo'n hekel aan had.

Mijn vader draaide zich om en ook zijn glimlach verdween.

Gideon liep om de bar heen de keuken in. Hij was voor de gelegenheid gekleed in een spijkerbroek en een T-shirt van de Yankees. Het was een passende, informele kledingkeuze en een mooie uitnodiging voor een gesprek, omdat mijn vader een rasechte Padres-fan was.

'Ik wist niet dat ze ook nog zo goed kon zingen. Gideon Cross.' Hij stelde zich voor en stak zijn hand uit.

'Victor Reyes.' Mijn vader liet zijn glimmende vingers zien. 'Ik ben een beetje vies.'

'Dat geeft niet.'

Mijn vader haalde zijn schouders op, nam zijn hand aan en keek hem onderzoekend aan.

Ik gooide de theedoek naar de mannen en liep naar Ireland, die stond te stralen. Haar blauwe ogen schitterden en haar wangen waren rood van plezier.

'Ik ben zo blij dat je mee kon komen,' zei ik en ik omhelsde haar voorzichtig. 'Wat zie je er prachtig uit!'

'Jij ook!'

Dat was een leugentje, maar ik waardeerde het evengoed. Ik had niets aan mijn gezicht of mijn haar gedaan na het douchen, omdat ik wist dat het mijn vader niet kon schelen en ik niet had verwacht dat Gideon nog zou komen opdagen. De laatste keer dat ik van hem had gehoord was tenslotte geweest toen hij had gezegd dat hij me bij de praktijk van Dr. Petersen zou zien.

Ze keek naar de bar, waar ik alles op neergekwakt had. 'Kan ik je helpen?'

'Ja hoor. Je moet alleen niet de calorieën in je hoofd gaan optellen, want anders ontplof je nog.' Ik stelde haar voor aan mijn vader, die veel vriendelijker tegen haar was dan tegen Gideon, en toen nam ik haar mee naar de gootsteen, waar ze ging afwassen.

Al gauw hielp ze mee de laatste paar enchilada's te rollen, terwijl mijn vader de gekoelde Dos Equis-biertjes die Gideon had meegenomen in de koelkast zette. Ik vroeg me niet eens af hoe Gideon wist dat ik Mexicaans zou koken. Ik vroeg me alleen af waarom hij er tijd in investeerde om dat uit te zoeken terwijl het overduidelijk was dat hij andere dingen te doen had, zoals zijn afspraken niet nakomen.

Mijn vader ging naar zijn eigen kamer om zich op te frissen. Gideon kwam achter me staan en legde zijn handen op mijn middel, terwijl zijn lippen over mijn slaap streken. 'Eva.'

Ik verzette me tegen de bijna onweerstaanbare drang om tegen hem aan te leunen. 'Laat dat,' fluisterde ik. 'Ik doe liever niet alsof.'

Hij ademde snel uit en mijn haar wapperde ervan. Met zijn vingers greep hij mijn heupen steviger vast en kneedde me even. Toen voelde ik zijn telefoon trillen en liet hij me los. Hij deed een stap achteruit om naar het scherm te kunnen kijken.

'Momentje,' zei hij kortaf en verliet de keuken voordat hij het telefoontje beantwoordde.

Ireland kwam naar me toe en fluisterde: 'Dankjewel. Ik weet dat jij ervoor hebt gezorgd dat hij me heeft meegenomen.'

Ik deed mijn best om naar haar te glimlachen. 'Niemand kan Gideon iets laten doen wat hij niet wil.'

'Jij wel.' Ze schudde met haar hoofd en gooide haar sluike zwarte haar, dat tot op haar middel viel, over haar schouder. 'Je hebt niet gezien hoe hij naar je keek toen je met je vader aan het dansen was. Zijn ogen glansden. Ik dacht even dat hij ging huilen. En op weg hiernaartoe in de lift probeerde hij net te doen of het niet zo was, maar ik kon zien dat hij zenuwachtig was.'

Ik keek omlaag naar het blikje enchiladasaus in mijn handen en ik voelde mijn hart nog verder breken.

'Je bent kwaad op hem, hè?' vroeg Ireland.

Ik schraapte mijn keel. 'Sommige mensen kunnen gewoon maar beter vrienden zijn.'

'Maar je hebt gezegd dat je van hem houdt.'

'Dat is niet altijd genoeg.' Ik draaide me om om de blikopener te pakken en zag Gideon aan de andere kant van het kookeiland staan staren. Ik stond stokstijf stil.

Een spier in zijn kaak vertrok voordat hij zijn mond opendeed. 'Wil je een biertje?' vroeg hij kortaf.

Ik knikte. Ik had ook wel een borrel kunnen gebruiken. Misschien wel een paar.

'Wil je een glas?'

'Nee.'

Hij keek naar Ireland. 'Heb jij dorst? Er is fris, water en melk.'

'Mag ik ook een biertje?' antwoordde ze met een charmante glimlach.

'Ik dacht het niet,' zei hij wrang.

Ik keek naar Ireland en merkte hoe ze straalde wanneer Gideon aandacht aan haar schonk. Ik kon maar niet geloven dat hij niet in de gaten had hoe gek ze op hem was. Misschien was het nu nog gebaseerd op oppervlakkige dingen, maar het was er zeker en met een beetje aanmoediging zou het alleen nog maar meer worden. Ik hoopte dat hij daar wat aandacht aan zou besteden.

Toen Gideon me het koele biertje gaf, streken zijn vingers over die van mij. Hij bleef even staan en keek in mijn ogen. Ik wist dat hij aan onze vorige nacht dacht.

Die nacht leek nu wel een droom, alsof hij me nooit echt had opgezocht. Ik geloofde bijna dat ik het in een vlaag van wanhoop had verzonnen, omdat ik zo naar zijn aanraking en zijn liefde hunkerde dat ik het geen minuut langer volhield zonder mijn geest verlichting te geven van de gekmakende verlangens. Als ik diep vanbinnen de zere, rauwe plek niet was blijven voelen, had ik niet geweten wat echt was en wat alleen maar valse hoop was.

Ik pakte het biertje uit zijn greep en draaide me weer om. Ik wilde niet zeggen dat het over en uit was tussen ons, maar het was nu wel duidelijk dat we even een pauze van elkaar nodig hadden. Gideon moest maar eens uitzoeken waar hij mee bezig was, waar hij naar op zoek was en of hij in zijn leven wel een plek van betekenis voor me had. We zaten in een achtbaan die me kapotmaakte en dat kon ik niet laten gebeuren. Dat wilde ik niet.

'Kan ik ergens mee helpen?' vroeg hij.

Ik antwoordde zonder naar hem te kijken, omdat het veel te

pijnlijk was om dat wel te doen. 'Kun je even kijken of we Cary hier kunnen krijgen? Hij heeft een rolstoel.'

'Ja, goed.'

Hij verliet de kamer en ik kon opeens weer diep ademhalen.

Ireland kwam snel naar me toe. 'Wat is er met Cary gebeurd?'

'Dat zal ik je vertellen terwijl we de tafel dekken.'

Ik was verbaasd dat ik nog kon eten. Ik denk dat ik te gefascineerd was door de zwijgende krachtmeting tussen mijn vader en Gideon om te merken dat ik het eten in mijn mond propte. Aan de ene kant van de tafel vermaakte Cary Ireland tot ze het uitschaterde, waar ik voortdurend om moest glimlachen. Aan de andere kant zat mijn vader aan het hoofd van de tafel, met Gideon aan zijn linker- en mij aan zijn rechterkant.

Ze waren aan het praten. Het gesprek was begonnen met honkbal, zoals ik had verwacht, en ging toen over op golf. Oppervlakkig gezien leken beide mannen ontspannen, maar toch hing er een enorme spanning om hen heen. Ik had gezien dat Gideon zijn dure horloge niet droeg. Hij had zich zorgvuldig voorbereid om zo 'normaal' mogelijk over te komen.

Maar niets wat Gideon aan zijn uiterlijk deed, kon veranderen hoe hij vanbinnen was. Het was onmogelijk te verhullen wat hij was: een dominante man, een topman in het bedrijfsleven, een man met privileges. Dat bleek uit elk gebaar, elk woord en elke blik.

Mijn vader en hij stonden dus tegenover elkaar in een worsteling om uit te zoeken wie het alfamannetje zou zijn, en ik vermoedde dat het daarbij om *mij* draaide. Alsof iedereen behalve ik de controle over mijn leven had.

Toch begreep ik mijn vader wel: hij had eigenlijk pas de afgelopen vier jaar de kans gekregen om een vader te *zijn* en hij was niet bereid dat op te geven. Gideon was echter aan het manoeuvreren voor een positie die ik hem niet meer wilde geven.

Maar hij droeg wel de ring die ik hem had gegeven. Ik probeerde daar niet iets in te lezen, maar ik wilde wel hoop blijven koesteren. Ik wilde het zo graag geloven.

We waren allemaal klaar met het hoofdgerecht en ik stond op

om de tafel af te ruimen voor het dessert, toen de intercom zoemde. Ik nam op.

'Eva? Hier staan twee rechercheurs van de New Yorkse politie: Graves en Michna,' zei het meisje van de receptie.

Ik keek naar Cary en vroeg me af of de rechercheurs misschien hadden ontdekt wie hem had aangevallen. Ik gaf toestemming voor hen om boven te komen en ging snel terug naar de eettafel.

Cary keek naar me met opgetrokken wenkbrauwen. Hij was nieuwsgierig.

'Het zijn de rechercheurs,' legde ik uit. 'Misschien hebben ze nieuws.'

Mijn vader verlegde onmiddellijk zijn aandacht. Zijn oren waren gespitst. 'Ik laat ze wel binnen.'

Ireland hielp me met afruimen. We hadden zojuist de kopjes in de gootsteen gezet toen de deurbel ging. Ik droogde mijn handen af met een handdoek en ging naar de woonkamer.

De twee rechercheurs die binnenkwamen, waren niet degenen die ik had verwacht, want het waren twee andere dan die Cary maandag in het ziekenhuis hadden ondervraagd.

Gideon kwam de gang uit lopen terwijl hij zijn telefoon in zijn zak stopte.

Ik vroeg me af wie hem toch de hele avond aan het bellen was.

'Eva Tramell?' vroeg de vrouwelijke rechercheur die mijn appartement binnen kwam stappen. Ze was een magere vrouw met een streng gezicht en scherpe, intelligente blauwe ogen, die haar beste uiterlijke eigenschap waren. Ze had krullend bruin haar en haar gezicht was niet opgemaakt. Ze droeg een pantalon boven donkere platte schoenen, een popeline blouse en een lichtgewichtjack dat de penning en het pistool die aan haar riem waren geklemd, niet verborg. 'Ik ben rechercheur Shelley Graves. Dit is mijn partner, rechercheur Richard Michna. Het spijt ons dat we u op vrijdagavond moeten storen.'

Michna was ouder, langer en gezet. Hij had grijzende slapen en werd een beetje kaal boven op zijn hoofd, maar hij had een krachtig gezicht en donkere ogen die de kamer afgraasden terwijl Graves zich op mij richtte.

'Hallo,' begroette ik hen.

Mijn vader deed de deur dicht en iets in hoe hij zich bewoog of zich een houding gaf, trok de aandacht van Michna. 'Bent u ook bij het korps?'

'In Californië,' beaamde mijn vader. 'Ik ben op bezoek bij Eva, mijn dochter. Waar gaat dit over?'

'We willen u alleen wat vragen stellen, Miss Tramell,' zei Graves. Ze keek naar Gideon. 'En ook aan u, Mr. Cross.'

'Heeft dit iets te maken met de aanval op Cary?' vroeg ik.

Ze keek even naar hem. 'Laten we even gaan zitten.'

We liepen allemaal naar de woonkamer, maar alleen Ireland en ik gingen zitten. Verder bleef iedereen staan, en mijn vader duwde Cary's rolstoel naar binnen.

'Mooi onderkomen hebt u hier,' zei Michna.

'Dank u wel.' Ik keek naar Cary en vroeg me af wat er in godsnaam aan de hand was.

'Hoe lang bent u in de stad?' vroeg de rechercheur aan mijn vader.

'Alleen dit weekend.'

Graves glimlachte naar me. 'Gaat u veel naar Californië om uw vader te bezoeken?'

'Ik ben nog maar net een paar maanden geleden van daar naar hier verhuisd.'

'Ik ben als kind een keer naar Disneyland geweest,' zei ze. 'Dat was wel een tijdje geleden, uiteraard. Ik ben altijd nog van plan er weer een keer naartoe te gaan.'

Ik fronste. Ik begreep niet waarom we zo over koetjes en kalfjes moesten praten.

'We moeten u alleen maar een paar vragen stellen,' zei Michna, en hij trok een opschrijfboekje uit de binnenzak van zijn jack. 'We willen u niet langer ophouden dan nodig is.'

Graves knikte, met haar ogen nog steeds op mij gericht. 'Kunt u mij vertellen of u bekend bent met een man die Nathan Barker heet, Miss Tramell?'

De kamer tolde om me heen. Cary vloekte en begon wankel op te staan om de paar stappen te zetten zodat hij naast me kon gaan zitten. Hij pakte mijn hand.

‘Miss Tramell?’ Graves ging aan het andere eind van de hoekbank zitten.

‘Hij is haar voormalige stiefbroer,’ snauwde Cary. ‘Waar gaat dit over?’

‘Wanneer hebt u Barker voor het laatst gezien?’ vroeg Michna.

In de rechtszaal... Ik probeerde te slikken, maar mijn mond was zo droog als zaagsel. ‘Acht jaar geleden,’ zei ik schor.

‘Wist u dat hij hier in New York was?’

O god. Ik schudde heftig met mijn hoofd.

‘Waar gaat dit heen?’ vroeg mijn vader.

Ik keek hulpeloos naar Cary en toen naar Gideon. Mijn vader wist niets van Nathan. Ik wilde ook niet dat hij er iets van af wist.

Cary kneep in mijn hand. Gideon keek niet eens naar me.

‘Mr. Cross,’ zei Graves. ‘Hoe zit dat met u?’

‘Wat is er met mij?’

‘Kent u Nathan Barker?’

Mijn ogen smeekten Gideon niets te zeggen waar mijn vader bij was, maar hij keek geen enkele keer mijn kant op.

‘U zou die vraag niet stellen,’ antwoordde hij, ‘als u het antwoord niet al wist.’

Mijn maag draaide zich om. Een hevige huivering trok door me heen. En nog steeds wilde Gideon niet naar me kijken. Mijn hersenen probeerden te verwerken wat er gebeurde... wat het inhield... wat er aan de hand was...

‘Gaan deze vragen ook ergens over?’ vroeg mijn vader.

Het bloed gonsde in mijn oren. Mijn hart ging tekeer van angst. Alleen al de gedachte dat Nathan zo dichtbij was, was genoeg om me een paniekaanval te bezorgen. Ik hijgde. De kamer zwom voor mijn ogen. Ik dacht dat ik ging flauwvallen.

Graves hield me als een havik in de gaten. ‘Kunt u ons misschien vertellen waar u gisteren was, Miss Tramell?’

‘Waar ik was?’ herhaalde ik. ‘Gisteren?’

‘Niet op antwoorden,’ beval mijn vader. ‘Deze ondervraging gaat geen stap verder tot we weten waar het om gaat.’

Michna knikte, alsof hij die onderbreking wel had verwacht. ‘Nathan Barker is vanmorgen dood aangetroffen.’

16

Zodra rechercheur Michna zijn zin had afgemaakt, kapte mijn vader de ondervraging af. 'We zijn klaar hier,' zei hij grimmig. 'Als u nog meer vragen hebt, kunt u een afspraak maken en dan komt mijn dochter naar het bureau met een advocaat.'

'En hoe zit het met u, Mr. Cross?' Michna keek naar Gideon. 'Zou u willen zeggen waar u gisteren was?'

Gideon liep weg vanachter de bank, waar hij stond. 'Laten we het daarover hebben terwijl ik u uitlaat.'

Ik staarde naar hem, maar hij weigerde nog steeds naar me te kijken.

Wat was er nog meer waarvan hij niet wilde dat ik het wist? Wat hield hij allemaal voor me verborgen?

Ireland strengelde haar vingers in die van mij. Cary zat aan één kant van me en Ireland aan de andere, terwijl de man van wie ik hield een paar meter verderop stond en me al bijna een halfuur lang geen blik waardig had gekeurd. Het voelde alsof ik een koude steen in mijn maag had.

De rechercheurs schreven mijn telefoonnummers op, en liepen toen weg met Gideon. Ik keek hoe ze met zijn drieën wegliepen en zag dat mijn vader met een strenge, taxerende blik naar Gideon keek.

'Misschien was hij een verlovingsring voor je aan het kopen,' fluisterde Ireland. 'En wil hij de verrassing niet verpesten.'

Ik kneep in haar hand omdat ze zo lief was en omdat ze zo'n hoge dunk had van haar broer. Ik hoopte dat hij haar nooit teleur zou stellen. Zoals *ik* nu teleurgesteld was. Gideon en ik waren niets – we hadden niets samen – als hij niet eerlijk tegen me kon zijn.

Waarom had hij me niet over Nathan verteld?

Ik liet Cary en Ireland los, stond op en liep naar de keuken.

Mijn vader kwam achter me aan.

'Wil je me even bijpraten over wat er aan de hand is?' vroeg hij.

'Ik heb geen idee. Dit is allemaal nieuw voor me.'

Hij leunde tegen de bar en bestudeerde me. 'Wat voor geschiedenis hebben jij en Nathan Barker? Je hoorde zijn naam en toen zag je eruit alsof je flauw ging vallen.'

Ik begon de borden af te spoelen en de vaatwasser in te ruimen. 'Hij was een pestkop, pap. Dat is alles. Hij vond het niet leuk dat zijn vader hertrouwde, en vooral niet dat zijn stiefmoeder al een kind had.'

'Waarom zou Gideon iets met hem te maken hebben?'

'Dat is een heel goede vraag.' Terwijl ik de rand van de wasbak vastpakte, boog ik mijn hoofd en deed ik mijn ogen dicht. Dit was wat een wig had gedreven tussen Gideon en mij: *Nathan*. Ik wist het gewoon.

'Eva?' Mijn vader legde zijn handen op mijn schouders en begon de harde, pijnlijke spieren te kneden. 'Gaat het?'

'Ik... Ik ben moe. Ik heb niet goed geslapen de laatste tijd.' Ik deed de kraan dicht en liet de rest van de borden voor wat ze waren. Ik liep naar het kastje waar we onze vitamines en geneesmiddelen bewaarden en pakte twee slaappillen. Ik wilde een diepe, droomloze slaap. Dat had ik nodig, zodat ik, als ik wakker werd, kon bedenken wat ik moest doen.

Ik keek mijn vader aan. 'Wil jij Ireland opvangen tot Gideon terugkomt?'

'Natuurlijk.' Hij kuste me op mijn voorhoofd. 'We spreken elkaar morgenochtend wel.'

Ireland vond mij voordat ik haar kon vinden. 'Gaat het met je?' vroeg ze toen ze de keuken instapte.

'Ik ga naar bed, als je het niet erg vindt. Ik weet dat het onbeleefd is.'

'Nee, het geeft niet.'

'Het spijt me echt.' Ik trok haar naar me toe voor een omhelzing. 'We doen het gewoon nog eens over. Misschien een keer een meidendag? Naar de schoonheidsspecialiste, of winkelen?'

'Doen we. Bel je me?'

'Doe ik.' Ik liet haar los en liep door de woonkamer om bij de gang te komen.

De voordeur ging open en Gideon kwam binnen. We keken elkaar een tijdlang aan. Ik kon niets uit zijn blik opmaken. Ik liep weg, ging naar mijn kamer en deed de deur op slot.

De volgende ochtend stond ik om negen uur op. Ik voelde me duf en prikkelbaar, maar niet meer zo ontzettend moe. Ik wist dat ik Stanton en mijn moeder moest bellen, maar eerst had ik cafeïne nodig.

Ik waste mijn gezicht, poetste mijn tanden en sjokte naar de woonkamer. Ik was bijna in de keuken – waar de heerlijke geur van koffie vandaan kwam – toen de deurbel ging. Mijn hart sloeg een keer over. Ik kon het niet helpen dat ik instinctief meteen aan Gideon dacht, die een van de drie mensen op de lijst was die voorbij de receptie bij de voordeur mochten komen.

Maar toen ik de deur opendeed, was het mijn moeder. Ik hoopte dat ik niet al te teleurgesteld keek, maar ik geloof dat ze het toch niet in de gaten had. Ze liep me straal voorbij in een zeegroene jurk die eruitzag alsof hij op haar lichaam geschilderd was. Het stond haar zoals het maar heel weinig vrouwen zou staan, op een of andere manier zowel sexy en elegant als passend bij haar leeftijd. Al zag ze er natuurlijk jong genoeg uit om mijn zus te kunnen zijn.

Ze liet haar blik over mijn joggingbroek en topje van de San Diego State University glijden voordat ze zei: 'Eva. Mijn god. Je hebt geen idee...'

'Nathan is dood.' Ik deed de deur dicht en keek nerveus de gang in naar de logeerkamer, en hoopte maar dat mijn vader nog steeds op de tijd van de westkust was ingesteld en dus nog sliep.

'O.' Ze draaide zich om en keek me aan, en toen kon ik haar voor het eerst eens goed bekijken. Haar mond was dun van de bezorgdheid, en haar blauwe ogen stonden gekweld. 'Is de politie al langs geweest? Ze zijn net weg bij ons.'

'Ze waren hier gisteravond.' Ik liep de keuken in, recht op het koffiezetapparaat af.

'Waarom heb je ons niet gebeld? We hadden bij je moeten zijn. Je had een *advocaat* bij je moeten hebben, op zijn minst.'

'Het was een heel kort bezoekje, mam. Wil je ook?' Ik hield de kan omhoog.

'Nee, dank je. Je moet niet zoveel van dat spul drinken. Dat is niet goed voor je.'

Ik zette de kan terug en deed de koelkast open.

'Lieve god, Eva,' mompelde mijn moeder, terwijl ze me met haar ogen volgde. 'Weet je wel hoeveel calorieën er in koffieroom zitten?'

Ik zette een fles water voor haar neer en liep naar achteren om wat room in mijn koffie te schenken. 'Ze zijn hier een halfuurtje geweest en toen gingen ze weg. Ze hebben niks van me losgekregen behalve dat Nathan mijn voormalige stiefbroer was, en dat ik hem al acht jaar niet had gezien.'

'Godzijdank dat je niet meer hebt gezegd.' Ze draaide haar fles water open.

Ik pakte mijn mok. 'Laten we naar mijn zitkamer gaan.'

'Wat? Waarom? Daar zit je nooit.'

Ze had gelijk, maar in dit geval kon het een onverwachte ontmoeting tussen mijn ouders helpen voorkomen.

'Maar *jij* vindt het wel leuk om daar te zitten,' zei ik. We liepen naar binnen via mijn slaapkamer en ik deed de deur met een zucht van verlichting achter me dicht.

'Ik vind het zeker leuk,' zei mijn moeder, om zich heen kijkend om alles in zich op te nemen.

Natuurlijk vond ze de kamer leuk: ze had hem zelf ingericht. Ik vond hem ook leuk, maar ik gebruikte hem eigenlijk niet. Ik had eraan gedacht om er een aangrenzende slaapkamer voor Gideon van te maken, maar alles kon nu weleens anders worden. Hij had zich van me teruggetrokken, had Nathan en een etentje met Corinne voor me verborgen gehouden. Dat moest hij maar eens uitleggen, en afhankelijk daarvan zouden we ofwel opnieuw met elkaar afspreken om er helemaal voor te gaan, ofwel de pijnlijke stap zetten om uit elkaar te gaan.

Mijn moeder ging elegant op de chaise longue zitten en bleef me aankijken. 'Je moet heel voorzichtig zijn met de politie, Eva.

Als ze weer met je willen praten, moet je het Richard laten weten, zodat hij zijn advocaten erbij kan halen.'

'Waarom? Ik begrijp niet waarom ik me druk moet maken over wat ik wel en niet zeg. Ik heb niks verkeerd gedaan. Ik wist niet eens dat hij in de stad was.' Ik zag hoe ze haar blik van me afwendde en ik ging op krachtiger toon verder. 'Wat is er aan de hand, mam?'

Ze nam een slok voor ze iets zei. 'Nathan verscheen vorige week in Richards kantoor. Hij wilde tweeënhalf miljoen dollar.'

Plotseling bulderde het bloed in mijn oren. *'Wat?'*

'Hij wilde geld,' zei ze stijfjes. 'Een hoop geld.'

'Waarom zou hij in godsnaam denken dat hij dat zou krijgen?'

'Hij heeft – had – foto's, Eva.' Haar onderlip begon te trillen. 'En een video. Van jou.'

'O mijn god.' Ik zette mijn koffie met trillende handen opzij en boog me voorover, met mijn hoofd tussen mijn knieën. 'O god, ik moet overgeven.'

En Gideon had Nathan gezien, dat had hij met zoveel woorden toegegeven toen hij de vragen van de rechercheurs beantwoordde. Als hij de foto's had gezien... ervan gewalgd had... zou dat verklaren waarom hij me liet stikken. Waarom hij zo gekweld was geweest toen hij naar mijn bed kwam. Misschien wilde hij me nog wel, maar kon hij niet leven met de beelden die nu door zijn hoofd spookten.

Het moet nou eenmaal zo, had hij gezegd.

Ik liet een afgrijselijk geluid ontsnappen. Ik kon me zelfs geen voorstelling maken van wat Nathan zou hebben gefotografeerd. Dat wilde ik niet eens.

Geen wonder dat Gideon er niet tegen kon om naar me te kijken. Toen hij de laatste keer met me had gevreeën was dat in volslagen duisternis geweest, waar hij me kon horen en ruiken en voelen... maar niet zien.

Ik smoorde een kreet van pijn door in mijn onderarm te bijten.

'Liefje, nee!' Mijn moeder zakte op haar knieën voor me en

trok me zachtjes van de stoel op de grond, waar ze me kon wiegen. 'Sst. Het is over. Hij is dood.'

Ik rolde me op in haar schoot, snikkend, me realiserend dat het inderdaad echt over was; ik was Gideon kwijt. Hij zou zichzelf erom haten dat hij zich van me afkeerde, maar ik begreep waarom hij daar misschien niets aan kon doen. Als hij door nu naar mij te kijken herinnerd werd aan zijn eigen gewelddadige verleden, hoe zou hij daar dan tegen kunnen? Hoe zou ik daar tegen kunnen?

Mijn moeder aaide over mijn haar. Ik voelde dat zij ook huilde. 'Sst,' suste ze met trillende stem. 'Sst, liefje. Ik heb je vast. Ik zal voor je zorgen.'

Uiteindelijk had ik geen tranen meer over. Ik was leeg, maar met die leegheid kwam er ook een nieuwe helderheid. Ik kon niet veranderen wat er was gebeurd, maar ik kon er wel voor zorgen dat niemand van wie ik hield eronder hoefde te lijden.

Ik ging rechtop zitten en veegde mijn ogen af.

'Doe dat nou niet,' berispte mijn moeder me. 'Als je zo in je ogen wrijft, krijg je rimpels.'

Om de een of andere reden vond ik haar bezorgdheid om mijn toekomstige kraaienpootjes om je dood te lachen. Ik probeerde het tegen te houden, maar een proestende lach brak er toch doorheen.

'Eva Lauren!'

Haar verontwaardiging vond ik ook grappig. Ik begon nog harder te lachen, en toen ik eenmaal begonnen was, kon ik niet meer stoppen. Ik lachte tot mijn buik er zeer van deed en ik omviel.

'O, hou toch op!' Ze duwde tegen mijn schouder. 'Het is niet grappig.'

Ik lachte tot ik erin slaagde er nog een paar tranen uit te persen.

'Eva, kom nou toch!' Maar ze begon te glimlachen.

Ik lachte tot ik niet zozeer meer aan het lachen was, maar meer opnieuw aan het snikken, droog en zwijgend. Ik hoorde mijn moeder giechelen en dat vermengde zich op een of andere manier uitstekend met mijn pijn. Ik kon het niet uitleggen, maar hoe ellendig en hopeloos ik me ook voelde, de aanwezigheid van mijn moeder inclusief al haar kleine eigenaardigheden en vermaningen waar ik gek van werd, was precies wat ik nodig had.

Met mijn handen op mijn verkrampte buik haalde ik diep en reinigend adem. 'Heeft hij het afgehandeld?' vroeg ik zacht.

Haar glimlach verstierf. 'Wie? Richard? Wat afgehandeld? Het geld? *O*...'

Ik wachtte.

'Nee!' protesteerde ze. 'Dat zou hij nooit doen. Zo zit zijn geest niet in elkaar.'

'Oké. Dat moest ik even weten.' Ik kon me ook niet voorstellen dat Stanton opdracht zou geven voor een moord. Maar Gideon...

Ik wist door zijn nachtmerries dat zijn verlangen naar wraak door geweld werd gekleurd. En ik had hem zien vechten met Brett. De herinnering daaraan was in mijn geheugen gebrand. Gideon was ertoe in staat, en met zijn verleden...

Ik haalde diep adem en blies toen weer uit. 'Hoeveel weet de politie?'

'Alles.' Haar ogen waren teder en nat van het schuldgevoel. 'Het zegel op Nathans dossier werd verbroken toen hij eenmaal was overleden.'

'En hoe is hij doodgegaan?'

'Dat zeiden ze niet.'

'Dat is waarschijnlijk ook niet belangrijk. We hebben een motief.' Ik haalde een hand door mijn haar. 'Het doet er waarschijnlijk niet toe dat we geen gelegenheid hebben gehad om het zelf te doen. Jij kunt verklaren waar je op die tijd was, toch? En Stanton?'

'Ja. En jij ook?'

'Ja.' Maar van Gideon wist ik het nog niet. Niet dat het ertoe deed. Niemand verwachtte dat mannen als Gideon en Stanton zelf hun handen vuil zouden maken bij het opruimen van zulke smerigheid als Nathan.

We hadden meer dan één motief – de afpersing en de wraak voor wat hij mij had aangedaan – en de middelen. En de middelen verschaften ons de gelegenheid.

Ik borstelde mijn haar nog eens en spatte water op mijn gezicht. Ondertussen dacht ik de hele tijd na over hoe ik mijn moeder ongemerkt mijn appartement uit kon krijgen. Toen ik haar in mijn slaapkamer aantrof terwijl ze in mijn kast door mijn kleren aan het graven was – bezorgd als ze altijd was om mijn stijl en uiterlijk – wist ik wat ik moest doen.

'Weet je die rok nog die ik bij Macy's heb gekocht?' vroeg ik. 'Die groene?'

'O, ja. Heel mooi.'

'Ik heb hem nog niet aangehad, omdat ik niets kan bedenken om erbij te dragen. Kun jij me helpen iets uit te zoeken?'

'Eva,' zei ze geërgerd. 'Je had toch ondertussen weleens je eigen stijl mogen hebben en dan bedoel ik niet die joggingbroeken!'

'Help me even, mam. Ik ben zo terug.' Ik nam mijn koffiekop mee om een reden te hebben om bij haar weg te gaan. 'Niet weggaan.'

'Waar zou ik naartoe moeten?' antwoordde ze met een gedempte stem, omdat ze dieper mijn inloopkast was ingegaan.

Ik checkte gauw de woonkamer en de keuken. Mijn vader was nergens te zien en zijn slaapkamerdeur was dicht, net als die van Cary. Ik haastte me terug naar mijn kamer.

'Hoe vind je dit?' vroeg ze, en hield een champagnekleurige zijden blouse omhoog. De combinatie stond fantastisch en chic.

'Ik vind het prachtig! Je bent super! Dank je. Maar nu moet je zeker gaan, hè? Ik wil je niet ophouden.'

Mijn moeder fronste naar me. 'Ik heb geen haast.'

'En Stanton? Dit moet hem behoorlijk aangrijpen. En het is zaterdag, hij houdt zijn weekends altijd vrij voor jou. Hij heeft tijd met jou nodig.'

En mijn god, wat vond ik het vervelend dat hij zo'n stress had. In de vier jaar dat hij met mijn moeder getrouwd was, had Stanton een groot deel van zijn tijd en geld besteed aan dingen die met Nathan en mij te maken hadden gehad. Het was meer dan je van iemand kon verlangen, maar hij was over de brug gekomen voor ons. Ik zou de rest van mijn leven bij hem in het krijt staan voor het feit dat hij zoveel van mijn moeder hield.

'Dit grijpt jou ook aan,' wierp ze tegen. 'Ik wil er voor jou zijn, Eva. Ik wil je steunen.'

Mijn keel kneep zich samen. Ik begreep dat ze goed wilde maken wat er met me gebeurd was, omdat ze het zichzelf niet kon vergeven. 'Het is oké,' zei ik schor. 'Met mij gaat het wel goed. En echt, ik zou het vreselijk vinden als ik je bij Stanton weghield, na alles wat hij voor ons gedaan heeft. Jij bent zijn beloning, zijn kleine stukje van de hemel aan het einde van een eindeloze werkweek.'

Ze vormde haar lippen tot een betoverende glimlach. 'Wat lief dat je dat zegt.'

Ja, dat had ik ook gevonden toen Gideon zulk soort dingen tegen mij had gezegd.

Het leek onbestaanbaar dat we nog maar een week geleden in het huis aan het strand waren geweest, tot over onze oren verliefd en bereid om grote stappen in onze relatie te nemen.

Maar nu was die relatie kapot en ik wist nu ook waarom. Ik was boos en gekwetst dat Gideon zoiets belangrijks als het feit dat Nathan in New York was, voor me verborgen had gehouden. Ik was woedend dat hij niet met me had gepraat over wat hij dacht en wat hij voelde. Maar ik begreep het ook. Hij was iemand die jarenlang had vermeden over iets persoonlijks te praten, en we waren nog niet lang genoeg samen om die gewoonte te veranderen. Ik kon het hem niet kwalijk nemen dat hij was wie hij was, net zo goed als ik het hem niet kwalijk kon nemen dat hij had besloten dat hij niet kon leven met wat ik was.

Ik liep met een zucht naar mijn moeder en omhelsde haar. 'Dat jij hier was... was precies wat ik nodig had, mam. Huilen en lachen en gewoon bij je zitten. Daar kan niets tegenop. Dankjewel.'

'Echt?' Ze trok me dicht tegen zich aan. Ze voelde zo klein en breekbaar aan in mijn armen, ook al waren we even groot en maakten haar hakken haar nog groter. 'Ik dacht dat je gek aan het worden was.'

Ik maakte me los en glimlachte. 'Ik geloof dat ik dat ook een beetje werd, maar jij hebt me weer teruggebracht. En Stanton is een goeie kerel. Ik ben hem dankbaar voor alles wat hij voor ons heeft gedaan. Zeg hem dat alsjeblieft.'

Ik haakte mijn arm in die van haar, pakte haar tasje van het bed en leidde haar naar de voordeur. Ze omhelsde me opnieuw en streek met haar handen op en neer over mijn rug. 'Bel me vanavond en morgen. Ik wil er zeker van zijn dat het goed met je gaat.'

'Oké.'

Ze bestudeerde me. 'En laten we iets afspreken voor een dagje in een schoonheidssalon. Als Cary niet mee mag van de dokter, laten we de specialisten gewoon hierheen komen. Ik geloof dat we het op dit moment allemaal wel kunnen gebruiken om een beetje verwend en opgedoft te worden.'

'Dat is een heel aardige manier om te zeggen dat ik er als een dweil uitzie.' We waren allebei niet op ons best, al wist zij dat een stuk beter te verbergen dan ik. Nathan hing nog steeds als een donkere wolk boven ons en was nog steeds in staat levens te ruïneren en onze gemoedsrust te verstoren. Maar we zouden altijd doen alsof we er beter aan toe waren dan we waren. Zo zaten we nou eenmaal in elkaar. 'Maar je hebt gelijk. Het zal ons goed doen en Cary zal zich er een stuk beter door voelen, ook al kan hij alleen maar een manicure en een pedicure krijgen.'

'Ik ga het allemaal regelen. Ik kan niet wachten!' Mijn moeder lachte haar kenmerkende glimlach uit duizenden...

... en daar liep mijn vader recht tegenaan toen ik de voordeur opendeed. Hij stond op de drempel met Cary's sleutels in zijn hand, waarvan hij er net een in het slot ging steken. Hij was gekleed in een korte broek en sportschoenen, met zijn doornatte bezwete shirt nonchalant over zijn schouder. Nog steeds een beetje snel ademend en glinsterend van het zweet op zijn bruine huid en golvende spieren was Victor Reyes een ontzettend lekker stuk.

En hij stond mijn moeder aan te staren op een manier die je gerust obsceen kon noemen.

Ik rukte mijn blik los van het lekkere ding dat mijn vader was om naar mijn bekoorlijke moeder te kijken, en was geschokt toen ik haar op dezelfde manier naar mijn vader zag kijken als hij naar haar.

Wat een moment om erachter te komen dat mijn ouders nog verliefd op elkaar waren! Nou goed, ik had wel vermoed dat zij mijn vaders hart gebroken had, maar ik had gedacht dat ze zich voor hem schaamde, alsof hij een grote vergissing en een beoordelingsfout uit haar verleden was.

'Monica.' De stem van mijn vader was lager en dieper dan ik hem ooit gehoord had, en nog duidelijker met een accent gekruid.

'Victor.' Mijn moeder was ademloos. 'Wat doe jij hier?'

Een van zijn wenkbrauwen ging omhoog. 'Onze dochter bezoeken.'

'En nu moet mam gaan,' spoorde ik haar aan, verscheurd door aan de ene kant de nieuwigheid om mijn ouders samen te zien en aan de andere kant mijn loyaliteit aan Stanton, die precies was wat mijn moeder nodig had. 'Ik bel je nog, mam.'

Een tijdje bewoog mijn vader zich niet, maar liet hij zijn blik over de hele lengte van mijn moeder omhoog en omlaag glijden. Toen haalde hij diep adem en stapte opzij.

Mijn moeder stapte de gang in, draaide zich om naar de lift en draaide zich toen op het laatste moment weer om. Ze legde haar hand op mijn vaders hart en ging op haar tenen staan en kuste eerst zijn ene wang en toen de andere.

'Tot ziens,' fluisterde ze.

Ik keek hoe ze wankelend naar de lift liep en op het knopje drukte, met haar rug naar ons toe. Mijn vader bleef naar haar kijken totdat de liftdeuren achter haar dichtgingen.

Hij ademde uit en kwam mijn appartement binnen.

Ik deed de deur dicht. 'Hoe kan het dat ik niet wist dat jullie twee smoorverliefd op elkaar zijn?'

De blik in zijn ogen was pijnlijk om te zien. De rauwe pijn was als een open wond. 'Omdat het niets te betekenen heeft.'

'Dat geloof ik niet. Liefde betekent alles.'

'Het overwint niet alles, zoals ze wel zeggen.' Hij snoof. 'Zie jij je moeder al als de vrouw van een politieagent?'

Ik trok een grimas.
'Precies,' zei hij droog, zijn voorhoofd afvegend met zijn shirt. 'Soms is liefde niet genoeg. En als het niet genoeg is, wat heb je er dan aan?'
De verbittering die ik in zijn woorden hoorde, was iets wat ik zelf maar al te goed kende. Ik liep langs hem heen naar de keuken.
Mijn vader volgde me. 'Ben jij verliefd op Gideon Cross?'
'Is dat niet overduidelijk?'
'Is hij verliefd op jou?'
Omdat ik er gewoon de energie niet voor had, dumpte ik mijn kopje in de gootsteen en pakte twee schone uit de kast voor mijn vader en mij. 'Ik weet het niet. Ik weet dat hij me wil, en soms heeft hij me nodig. Ik denk dat hij alles voor me zou doen wat in zijn vermogen ligt als ik het hem vroeg, want hij is nogal bezeten van me.'
Maar hij kon niet zeggen dat hij van me hield. Hij wilde niks vertellen over zijn verleden. En hij kon blijkbaar niet leven met de bewijzen van *mijn* verleden.
'Je hebt een goed stel hersenen.'
Ik haalde koffiebonen uit de vriezer om een verse pot te zetten. 'Daar valt over te twisten, pap.'
'Je bent eerlijk tegen jezelf. Dat is een goede eigenschap.' Hij gaf me een gespannen glimlach toen ik over mijn schouder naar hem keek. 'Ik heb gisteravond je tablet gebruikt om mijn e-mail te checken. Hij lag op de salontafel. Ik hoop dat je het niet erg vindt.'
Ik schudde mijn hoofd. 'Ga je gang.'
'Ik heb een beetje op het internet gesurft. Wilde zien wat er naar boven kwam over Cross.'
Mijn hart zonk een beetje. 'Je mag hem niet.'
'Ik stel mijn oordeel uit.' Mijn vaders stem stierf weg doordat hij naar de woonkamer liep, en werd weer harder toen hij terugkwam met mijn tablet in zijn handen.
Terwijl ik de bonen maalde, klikte hij de beschermhoes van de tablet open en begon op het scherm te tikken.
'Het was niet makkelijk om een peil op hem te trekken. Ik

wilde gewoon wat meer informatie. Ik vond een paar foto's van jullie die er veelbelovend uitzagen.' Zijn blik was op het scherm gericht. 'En toen vond ik nog iets anders.'

Hij draaide de tablet naar mij toe. 'Kun jij dit uitleggen? Is dit nog een zus van hem?'

Ik liet de koffiebonen voor wat ze waren en kwam dichterbij, met mijn ogen op het artikel dat mijn vader op een roddelpagina had gevonden. De foto was van Gideon en Corinne op een soort cocktailparty. Hij had zijn arm om haar middel, en hun lichaamstaal was vertrouwd en intiem. Hij stond heel dicht tegen haar aan, en zijn lippen raakten bijna haar slaap. Ze had een drankje in haar hand en lachte.

Ik pakte de tablet op en las het onderschrift: *Gideon Cross, CEO van Cross Industries, en Corinne Giroux op een feestje voor Kingsman Wodka.*

Mijn vingers beefden toen ik naar het begin van de pagina scrolde en het korte artikel las, op zoek naar meer informatie. Ik zag dat het feestje op donderdag was geweest, tussen zes en negen, in een van Gideons panden. Ik wist maar al te goed welke. Hij had daar met me geneukt, zoals hij met tientallen andere vrouwen had gedaan.

Gideon was niet op komen dagen voor onze afspraak met Dr. Petersen omdat hij Corinne naar zijn neukholhotel had meegenomen.

Dat was wat hij de rechercheurs wilde vertellen en waarvan hij niet wilde dat ik het hoorde: zijn alibi was dat hij de avond, misschien wel de hele nacht, had doorgebracht met een andere vrouw.

Ik zette de tablet voorzichtiger neer dan nodig was en blies de adem uit die ik had ingehouden. 'Dat is niet zijn zus.'

'Dat dacht ik al.'

Ik keek hem aan. 'Zou je alsjeblieft de koffie voor me af willen maken? Ik moet even bellen.'

'Tuurlijk. En dan ga ik douchen.' Hij strekte zijn handen uit en legde ze op die van mij. 'Laten we naar buiten gaan en deze hele ochtend uitvegen. Wat vind je daarvan?'

'Perfect.'

Ik pakte de telefoon uit het basisstation en ging naar mijn slaapkamer. Ik drukte op de sneltoets voor Gideons mobieltje en wachtte. Nadat hij drie keer was overgegaan, nam hij op.

'Cross,' zei hij, hoewel hij op zijn scherm moest hebben gezien dat ik het was. 'Ik kan nu echt niet praten.'

'Dan luister je maar alleen. Ik zal de tijd opnemen. Een minuut. Een enkel kloteminuutje van je tijd. Kun je dat aan me geven?'

'Ik kan echt...'

'Is Nathan naar je toe gekomen met foto's van mij?'

'Dit is niet...'

'Ja of nee?' snauwde ik.

'Ja,' beet hij me toe.

'Heb je ernaar gekeken?'

Er was een lange pauze, en toen: 'Ja.'

Ik ademde uit. 'Oké. Ik vind dat je een ontzettende klootzak bent dat je me naar Dr. Petersens kantoor liet gaan terwijl je wist dat je toch niet zou komen omdat je met een andere vrouw uitging. Dat is echt een klotestreek, Gideon. En wat het nog erger maakt, is dat het ook nog eens een Kingsman-bijeenkomst was, wat toch wel een *beetje* sentimentele waarde voor je zou moeten hebben, gezien het feit dat...'

Plotseling hoorde ik het schrapende geluid van een stoel die achteruit werd geschoven. Ik ging gauw verder en probeerde wanhopig alles te zeggen wat gezegd moest worden voordat hij ophing.

'Ik vind je een lafaard dat je er niet gewoon voor uitkomt en zegt dat het uit is tussen ons, vooral voordat je vreemd begon te gaan.'

'Eva. Godverdomme.'

'Maar ik wil dat je weet dat, ook al heb je het ontzettend kut aangepakt en ook al heb je mijn hart in duizend stukjes gebroken en ook al heb ik al mijn respect voor je verloren, ik het je toch niet kwalijk neem hoe je je voelt nadat je die foto's van me hebt gezien. Ik snap het.'

'Stop.' Zijn stem was nauwelijks meer dan gefluister, en ik vroeg me af of Corinne zelfs nu bij hem was.

‘Ik wil dat je het jezelf niet kwalijk neemt, oké? Na wat jij en ik hebben meegemaakt – niet dat ik weet wat je hebt meegemaakt want dat heb je me nooit verteld – maar goed...’ Ik zuchtte en kromp ineen bij hoe trillerig het eruit kwam. Erger nog, toen ik mijn mond weer opendeed, klonken mijn woorden waterig van de tranen. ‘Neem het jezelf niet kwalijk. Dat doe ik ook niet. Ik wil gewoon dat je dat weet.’

‘Jezus,’ fluisterde hij. ‘Stop alsjeblieft, Eva.’

‘Ik ben klaar. Ik hoop dat je...’ Mijn hand balde zich in mijn schoot. ‘Laat maar. Tot ziens.’

Ik hing op en liet de telefoon op mijn bed vallen. Ik deed mijn kleren uit op weg naar de douche en legde de ring die Gideon me had gegeven op de bar. Ik maakte het water zo heet als ik maar kon verdragen en liet me verdoofd op de vloer van de cabine zakken.

Ik had niets meer over.

17

De rest van de zaterdag en die zondag stuiterden mijn vader en ik de hele stad door. Ik zorgde ervoor dat hij al het juiste eten binnenkreeg, door hem mee te nemen naar Junior's voor de kwarktaart, Gray's Papaya voor de hotdogs en John's voor de pizza, die we mee terug naar het appartement namen om met Cary te delen. We gingen naar het topje van het Empire State Building, waardoor we ook meteen het Vrijheidsbeeld konden afstrepen, wat mijn vader betrof. We zagen een middagvoorstelling op Broadway. We liepen naar Times Square, dat heet en druk was, en waar het vreselijk stonk, maar waar een paar interessante – en een paar halfnaakte – straatartiesten bezig waren. Ik nam kiekjes met mijn telefoon en stuurde ze naar Cary om hem aan het lachen te maken.

Mijn vader was onder de indruk van hoeveel politie er in de stad aanwezig was en vond het net zo leuk als ik om de bereden politie rond te zien draven. We maakten een tripje rond Central Park met paard en wagen, en trotseerden samen de metro. Ik nam hem mee naar het Rockefeller Center, Macy's en het Crossfire, dat hij een indrukwekkend gebouw vond. Hij moest toegeven dat het absoluut niet onderdeed voor de andere indrukwekkende gebouwen. Maar wat nog het belangrijkst was: we hadden het heerlijk samen. We slenterden, praatten met elkaar en hielden ons grotendeels gewoon met elkaar bezig.

Ook vertelde hij eindelijk hoe hij mijn moeder had ontmoet. Haar chique, gestroomlijnde sportwagentje had een lekke band gekregen en zo was ze bij de garage terechtgekomen waar hij werkte. Hun verhaal deed me denken aan de oude hit van Billy Joel, *Uptown Girl*, en dat vertelde ik hem. Mijn vader moest lachen en zei dat het een van zijn favoriete nummers was. Hij zei dat hij nog steeds voor zich zag hoe ze vanachter het stuur van haar dure speelgoedautootje gleed en zijn wereld helemaal op zijn kop zette. Ze was het mooiste wat hij ooit had gezien... tot ik er was.

'Verwijt je haar nog veel, papa?'

'Vroeger deed ik dat wel.' Hij sloeg zijn arm rond mijn schouders. 'Ik zal haar nooit vergeven dat ze je mijn achternaam niet heeft gegeven toen je werd geboren. Maar om dat geld ben ik niet kwaad meer. Ik had haar uiteindelijk nooit gelukkig kunnen maken en ze kende zichzelf goed genoeg om dat te weten.'

Ik knikte. Ik had met ons allemaal te doen.

'En eigenlijk...' – hij zuchtte en liet zijn wang even boven op mijn hoofd rusten – '... hoe graag ik ook had gewild dat ik jou alles kon geven wat haar echtgenoten je hebben kunnen geven, ben ik gewoon blij dat je dat allemaal krijgt. Ik ben ook niet te trots om te beseffen dat jouw leven beter is door waar zij voor heeft gekozen. En ik maak me niet druk om mijn lot. Ik heb een goed leven waar ik gelukkig van word en ik heb een dochter die me zo verdomd trots maakt. Ik beschouw mezelf als een rijk man omdat er in deze wereld niets is wat ik wil dat ik niet al heb.'

Ik bleef staan en omhelsde hem. 'Ik hou van je, papa. Ik ben zo blij dat je hier bent.'

Hij sloeg zijn armen om me heen en ik bedacht dat het uiteindelijk misschien wel goed met me zou komen. Zowel mijn moeder als mijn vader leidde een bevredigend leven, zonder degene van wie ze hielden.

Dat kon ik ook.

Ik stortte in een diepe depressie nadat mijn vader was vertrokken. De paar dagen erna gingen erg traag voorbij. Elke dag maakte ik mezelf wijs dat ik niet wachtte op een of ander levensteken van Gideon, maar als ik 's avonds in bed kroop, huilde ik mezelf in slaap omdat er weer een dag voorbij was gegaan zonder een woord van hem.

De mensen om me heen maakten zich zorgen om me. Steven en Mark deden uitzonderlijk hun best bij de lunch op woensdag. We gingen naar het Mexicaanse restaurant waar Shawna werkte, en ze probeerden met zijn drieën erg hard om me aan het lachen te maken en me te vermaken. Dat lukte ook, omdat ik het heerlijk vond om tijd door te brengen met hen alle drie. Ik haatte het om aan hun ogen te zien hoeveel zorgen ze zich maakten, maar er zat nu eenmaal een gat in mij dat door niets gevuld kon worden. En ik voelde een knagende onzekerheid over het onderzoek naar Nathans dood.

Mijn moeder belde me elke dag om te vragen of de politie alweer contact met me had opgenomen – dat was niet zo – en om me bij te praten wanneer de politie die dag met haar of met Stanton contact had opgenomen.

Ik maakte me zorgen omdat ze zo rond Stanton aan het cirkelen waren, maar ik dwong mezelf te geloven dat mijn stiefvader overduidelijk onschuldig was en ze daarom niets bij hem zouden kunnen vinden. Toch... ik vroeg me af of ze ooit wel iets zouden vinden. Het was duidelijk moord, anders zouden ze het niet onderzoeken. Nathan was niet bekend in New York. Wie kende hij hier nou die hem zou willen vermoorden?

In mijn achterhoofd kon ik het niet laten om te denken dat Gideon het geregeld had. Dat maakte het moeilijk voor me om over hem heen te komen, omdat een deel van me – het kleine meisje dat ik ooit was geweest – Nathan al een hele tijd dood wenste. Ik wilde hem pijn doen zoals hij mij jarenlang pijn had gedaan. Door hem was ik mijn onschuld kwijtgeraakt en hij had mij ontmaagd. Hij had me mijn zelfachting en zelfrespect ontnomen. En uiteindelijk had ik door een pijnlijke miskraam een kind verloren toen ik zelf nog maar een kind was.

Ik worstelde elke dag van minuut tot minuut door. Ik dwong mezelf om naar Parker te gaan voor de Krav Maga, naar de televisie te kijken, te glimlachen wanneer dat gepast was – vooral als Cary bij me was – en elke ochtend op te staan en weer aan een nieuwe dag te beginnen. Ik probeerde niet te denken aan hoe dood ik me vanbinnen voelde. Niets leefde nog voor me, behalve de pijn die voortdurend dof door me heen bonsde. Ik viel af en sliep veel, zonder me uitgerust te voelen.

Op donderdag, Dag Zes na Gideon, Tweede Ronde, liet ik een bericht bij Dr. Petersens receptioniste achter om haar te laten weten dat Gideon en ik niet meer naar onze sessies zouden komen. Die avond liet ik Clancy bij Gideons appartement langsgaan om de ring die hij me had gegeven en de sleutel van zijn appartement in een verzegelde envelop bij de receptie achter te laten. Ik had er geen briefje bijgevoegd, want ik had alles gezegd wat ik te zeggen had.

Op vrijdag kreeg een van de andere junior accountmanagers een assistent en Mark vroeg me of ik de nieuwe kracht wilde helpen inwerken. Hij heette Will en ik vond hem meteen aardig. Hij had donker, kort krullend haar. Hij had lange bakkebaarden en droeg een bril met vierkante glazen die hem erg goed stond. Hij dronk frisdrank in plaats van koffie en had een relatie met zijn vriendinnetje van de middelbare school.

Ik was het grootste deel van de ochtend bezig met hem langs de kantoren rond te leiden.

'Jij vindt het hier fijn, hè?' zei hij.

'Ik vind het hier heerlijk.' Ik glimlachte.

Will glimlachte terug. 'Daar ben ik blij om. Ik was er eerst nog niet zeker van. Je leek niet erg enthousiast, zelfs niet toen je positieve dingen zei.'

'Dat ligt aan mij. Mijn relatie is net heel akelig uitgegaan.' Ik probeerde er luchtig over te doen. 'Ik vind het op het moment lastig om überhaupt ergens enthousiast over te worden, zelfs over dingen waar ik gek op ben. En deze baan is er een van.'

'Het spijt me dat het uit is gegaan,' zei hij, en zijn donkere ogen werden warm van medeleven.

'Ja, mij ook.'

Op zaterdag zag Cary er beter uit en voelde hij zich ook beter. Zijn ribben zaten nog steeds in het verband en zijn arm moest nog een tijdje in het gips blijven, maar hij liep alweer zelfstandig rond en had de verpleegster niet meer nodig.

Mijn moeder liet een team van schoonheidsspecialisten naar ons appartement komen: zes vrouwen in witte laboratoriumjassen die mijn hele woonkamer overnamen. Cary was in zijn nopjes. Hij had er geen enkele moeite mee om van een wellnessdagje te genieten. Mijn moeder zag er moe uit, wat voor haar heel ongewoon was. Ik wist dat ze zich zorgen maakte over Stanton. En misschien dacht ze ook aan mijn vader. Het leek me onmogelijk dat ze niet aan hem dacht, nu ze hem voor het eerst in bijna vijfentwintig jaar weer had gezien. Zijn verlangen naar haar was intens, dat had ik duidelijk gezien. Maar wat het voor haar moet hebben betekend: daar kon ik me geen voorstelling van maken.

Wat mij betreft was het gewoon geweldig om bij twee mensen te zijn die van me hielden en me goed genoeg kenden om het niet over Gideon te hebben of me op mijn huid te zitten omdat ik even niet zo leuk in de omgang was. Mijn moeder nam een doos van mijn favoriete Knipschildt-truffels voor me mee, die ik langzaam in mijn mond liet smelten. Het was de enige verwennerij die ze me nooit verweet. Zelfs zij was het ermee eens dat een vrouw recht had op chocolade.

'Wat laat jij doen?' vroeg Cary me, en keek me aan met een gezicht waarop een massa zwart kleverig spul was gesmeerd. Zijn haar werd in de gebruikelijke sexy sluike stijl geknipt, en zijn teennagels werden geknipt en gevijld tot perfect afgeronde vlakjes.

Ik likte de chocolade van mijn vingers en dacht na over mijn antwoord. De laatste keer dat we zo'n wellnessafspraak hadden, had ik net besloten een affaire met Gideon te beginnen. Hij en ik hadden voor het eerst een date, en ik wist dat we seks zouden hebben. Toen had ik een behandelingsmenu uitgekozen dat op verleiding gericht was. Het maakte mijn huid zacht en geurig met parfums die lust opwekkende eigenschappen zouden hebben.

Nu was dat allemaal anders. Eigenlijk had ik nu de kans om schoon schip te maken. Het onderzoek naar de dood van Nathan baarde ons allemaal zorgen, maar het feit dat hij nu voorgoed uit mijn leven was, had me ook bevrijd. Ik had nog niet beseft dat ik dat nodig had gehad. Ergens in mijn achterhoofd moet er steeds angst zijn geweest. Zolang hij in leven was, bleef altijd de mogelijkheid bestaan dat ik hem ooit weer zou zien. Nu was ik vrij.

Ook had ik een nieuwe kans om mijn leven in New York te gaan leiden zoals ik nog niet eerder had gedaan. Ik hoefde aan niemand verantwoording af te leggen. Ik kon overal heen met wie ik maar wilde. Ik kon *zelf* iedereen *zijn*. Wie was de Eva Tramell die in Manhattan woonde en haar droombaan bij een reclamebureau had? Dat wist ik nog niet. Tot nu toe was ik nog dat meisje dat was overgekomen uit San Diego en de wereld van een raadselachtige en ongelooflijk machtige man binnen was gesleurd. *Die* Eva was nu op Dag Zes na Gideon, Tweede Ronde, en ze lag opgerold in een hoekje haar wonden te likken en zou dat nog wel een tijdje doen. Misschien wel voorgoed, want ik kon me niet voorstellen dat ik ooit weer op iemand verliefd zou worden zoals ik op Gideon verliefd was geweest. Wat er ook zou gebeuren, hij was mijn zielsverwant. Mijn andere helft. In veel opzichten was hij mijn spiegelbeeld.

'Eva?' Cary gaf me een por en keek me aandachtig aan.

'Ik wil alles anders,' zei ik beslist. 'Ik wil een nieuw kapsel. Kort, flirterig en chic. Ik wil mijn nagels brandweerrood, zowel mijn vingers als mijn tenen. Ik wil een nieuwe Eva worden.'

Cary's wenkbrauwen gingen omhoog. 'Die nagels zijn oké. Je haar: misschien. Je moet geen grote beslissingen nemen als je in de kreukels ligt vanwege een of andere vent. Daar krijg je spijt van.'

Ik tilde mijn kin op. 'En toch doe ik het, Cary Taylor. Je kunt me helpen, of je kunt je mond houden en toekijken.'

'Eva!' Mijn moeder gilde bijna. 'Je zult er fantastisch uitzien! Ik weet precies wat je met je haar moet doen. Je zult het *geweldig* vinden!'

Cary's lippen trilden. 'Nou, goed dan, meissie. Laten we eens kijken hoe de Nieuwe Eva eruitziet.'

De Nieuwe Eva bleek een moderne, beetje nerveuze sexy vrouw te zijn. Mijn ooit lange, steile blonde haar was nu op schouderlengte en in lange lagen geknipt, met overal platina highlights en lokken die om mijn gezicht vielen. Ik had ook mijn make-up laten doen, om te kijken wat voor look bij mijn nieuwe kapsel paste, en ik kwam erachter dat een grijze *smokey eyes*-stijl precies goed was voor mijn ogen, samen met zachtroze lipgloss.

Uiteindelijk had ik geen rood voor mijn nagels gekozen,

maar was ik voor chocoladebruin gegaan. Dat vond ik echt mooi. Voorlopig in elk geval. Ik was bereid toe te geven dat ik misschien door een fase ging.

'Oké, ik neem het terug,' zei Cary, en hij floot. 'Dat uitmaken staat je echt goed.'

'Zie je wel?' schepte mijn moeder grijnzend op. 'Ik zei het je toch? Nu zie je er echt uit als *urban chic*.'

'Heet dat zo?' Ik keek naar mijn spiegelbeeld en was verbaasd over de transformatie. Ik zag er wat ouder uit. Zeker beschaafder. In elk geval sexyer. Ik kreeg er een kick van om iemand anders in de spiegel te zien dan de jonge vrouw met wallen onder haar ogen die ik de afgelopen twee weken tegenover me had gehad. Op een of andere manier pasten mijn smallere gezicht en droevige ogen goed bij de brutalere stijl.

Mijn moeder stond erop om uit eten te gaan, omdat we er allemaal zo goed uitzagen. Ze belde Stanton en zei tegen hem dat hij zich moest voorbereiden op een avondje uit. Ik kon van haar kant van het gesprek opmaken dat ze hem helemaal inpakte met haar meisjesachtige opwinding. Ze liet het aan hem over om het restaurant uit te kiezen en alles te regelen, en daarna ging ze verder met mijn make-over door een zwart jurkje uit mijn kast te kiezen. Terwijl ik het aandeed, hield ze een van mijn ivoorkleurige cocktailjurken omhoog.

'Trek maar aan,' zei ik tegen haar. Ik vond het vermakelijk en wonderbaarlijk dat mijn moeder het kon hebben om kleren te dragen van iemand die bijna twintig jaar jonger was.

Toen we klaar waren, ging ze naar Cary's kamer en hielp hem zich klaar te maken.

Ik keek vanuit de deuropening hoe mijn moeder met hem bezig was, de hele tijd aan het woord op zo'n manier dat je niets terug hoefde zeggen. Cary stond daar met een schattige glimlach op zijn gezicht. Met zijn ogen volgde hij al haar bewegingen en hij zag er gelukkig uit.

Met haar handen gleed ze over zijn brede schouders, streek het geperste linnen van zijn overhemd glad en knoopte vervolgens heel behendig zijn das. Ze deed een stap achteruit om te kijken wat ze had gedaan. De mouw om de arm die in het gips zat, had ze losgeknoopt en opgerold. Zijn gezicht was nog steeds geel en paars van de blauwe plekken, maar dat deed niets af aan het algehele effect van Cary Taylor die gekleed was op een informeel elegant avondje uit.

Mijn moeders glimlach lichtte de hele kamer op. 'Indrukwekkend, Cary. Echt indrukwekkend.'

'Dank u wel.'

Ze deed een stap vooruit en kuste hem op zijn wang. 'Bijna net zo mooi aan de buitenkant als aan de binnenkant.'

Ik zag hem met zijn ogen knipperen en naar mij kijken, zijn groene ogen vol verwarring. Ik leunde tegen de deurpost en zei: 'Er zijn mensen die dwars door je heen kijken, Cary Taylor. Je houdt ons niet voor de gek met die prachtige verschijning. Wij weten dat je een groot schitterend hart in je hebt.'

'Kom!' zei mijn moeder, en ze greep ons allebei bij de hand en trok ons de kamer uit.

Toen we beneden in de hal aankwamen, stond Stantons limousine buiten al te wachten. Mijn stiefvader klom van de achterbank en sloeg zijn armen om mijn moeder. Hij drukte zacht een kus op haar wang, omdat hij wist dat ze haar lippenstift niet wilde ruïneren. Stanton was een aantrekkelijke man, met sneeuwwit haar en blauwe ogen. Zijn gezicht vertoonde enige sporen van ouderdom, maar hij was nog steeds een zeer aantrekkelijke man, een man die fit en actief bleef.

'Eva!' Hij omhelsde mij ook en kuste me op de wang. 'Je ziet er betoverend uit.'

Ik glimlachte. Ik wist niet zeker of 'betoverend' betekende dat ik eruitzag alsof ik iemand ging betoveren of dat ik erop zat te wachten zelf te worden betoverd.

Stanton schudde Cary de hand en gaf hem voorzichtig een klap op zijn schouder. 'Het is fijn om je weer op de been te zien, jongeman. Je hebt ons allemaal de stuipen op het lijf gejaagd.'

'Dank u wel, voor alles.'

'Geen dank,' zei Stanton en maakte een wegwuivend gebaar. 'Nooit.'

Mijn moeder haalde diep adem en blies uit. Haar ogen waren helder terwijl ze naar Stanton keek. Ze zag dat ik naar haar keek en ze glimlachte, en het was een tevreden glimlach.

We belandden uiteindelijk in een privéclub met een bigband en een geweldige zanger en zangeres. Ze wisselden elkaar vaak af gedurende de avond en leverden de perfecte begeleiding voor een diner bij kaarslicht, geserveerd in een zitje met hoge fluwelen banken dat zo uit een klassieke foto van de beau monde in Manhattan leek te zijn geplukt. Ik vond het zeer charmant.

Tussen het diner en het dessert vroeg Cary me ten dans. We hadden samen stijldanslessen gevolgd omdat dat moest van mijn moeder, maar we moesten het nu een beetje rustig aan doen vanwege Cary's verwondingen. Eigenlijk zwaaiden we gewoon maar wat heen en weer op de muziek en voelden ons voldaan na een gezellige dag met als besluit een heerlijk etentje samen met dierbaren.

'Moet je ze nou eens zien,' zei Cary, terwijl we keken hoe Stanton mijn moeder soepel de dansvloer rondleidde. 'Hij is echt stapelgek op haar.'

'Ja, en zij is goed voor hem. Ze geven elkaar wat ze nodig hebben.'

Hij keek omlaag naar mij. 'Doet dat je aan je vader denken?'

'Een beetje.' Ik strekte mijn armen omhoog en liet mijn vingers door zijn haar gaan, terwijl ik aan langere, donkerder lokken dacht die als dikke zijde aanvoelden. 'Ik heb mezelf eigenlijk nooit romantisch gevonden. Ik bedoel: ik hou van romantiek en grote gebaren, en van dat aangeschoten gevoel dat je krijgt wanneer je superverliefd op iemand bent. Maar die hele fantasie van de prins op het witte paard en trouwen met de liefde van je leven was niet mijn ding.'

'Tja. Jij en ik, meissie, we zijn gewoon te veel afgestompt. We willen alleen extatische seks met iemand die weet dat we gestoord zijn en dat accepteert.'

Ik vertrok grimmig mijn mond. 'Op een gegeven moment heb ik mezelf wijsgemaakt dat Gideon en ik alles konden krijgen. Dat we alleen maar verliefd hoefden te zijn. Ik denk dat dat komt doordat ik nooit echt had verwacht dat ik zo verliefd zou worden, en dan is er die mythe dat als dat dan gebeurt, je nog lang en gelukkig zou moeten leven.'

Cary drukte zijn lippen op mijn voorhoofd. 'Het spijt me, Eva. Ik weet dat het je veel pijn doet. Ik zou willen dat ik het voor je kon oplossen.'

'Ik weet niet waarom het nooit bij me is opgekomen om gewoon maar iemand te zoeken met wie ik tevreden kan zijn.'

'Jammer dat we niet met elkaar naar bed willen. We zouden perfect voor elkaar zijn.'

Ik lachte en drukte mijn wang tegen zijn hart.

Toen het nummer afgelopen was, lieten we elkaar los en begonnen we naar ons tafeltje te lopen. Ik voelde vingers om mijn pols en draaide mijn hoofd om...

Ik keek in de ogen van Christopher Vidal jr., Gideons halfbroer.

'Ik wil graag de volgende dans,' zei hij, en hij grijnsde jongensachtig. Er was geen teken van de vervelende man die ik had gezien op het filmpje dat Cary stiekem had geschoten tijdens een tuinfeestje bij het huis van de Vidals.

Cary stapte naar voren en keek me aan om te zien of hij iets voor me kon doen.

Ik had eerst de neiging om Christopher af te wijzen, maar toen keek ik om me heen. 'Ben je hier alleen?'

'Wat maakt dat uit?' Hij trok me in zijn armen. 'Jij bent degene met wie ik wil dansen. Ik heb haar, hoor,' zei hij tegen Cary, en sleepte me weg.

Toen we elkaar voor het eerst hadden ontmoet, was het ook zo gegaan. Destijds had hij me ook ten dans gevraagd. Ik had voor het eerst een date met Gideon en het ging toen al niet helemaal naar wens.

'Je ziet er fantastisch uit, Eva. Ik vind je haar geweldig.'

Ik glimlachte gespannen. 'Dankjewel.'

'Rustig maar,' zei hij. 'Wat ben je stijfjes. Ik bijt je niet, hoor.'

'Sorry. Ik wil er alleen maar zeker van zijn dat ik geen aanstoot geef aan degene met wie je hier bent.'

'Alleen mijn ouders en de manager van een zanger die graag bij Vidal Records wil tekenen.'

'Aha.' Ik begon nu oprecht te glimlachen. Het was precies wat ik hoopte te horen.

Terwijl we dansten, bleef ik de kamer rondkijken. Ik zag het als een teken dat toen het nummer eindigde, Elizabeth Vidal opstond en zij ook naar mij keek. Ze excuseerde zich van haar tafel en ik excuseerde me bij Christopher, die protesteerde.

'Ik wil me even opfrissen,' zei ik tegen hem.

'Dat is goed. Maar je moet wel terugkomen, want ik wil je nog een drankje aanbieden.'

Ik liep achter zijn moeder aan en twijfelde of ik gewoon eerlijk moest zijn en Christopher moest vertellen dat hij een gigantische klootzak was. Ik wist niet of Magdalene hem over het filmpje had verteld, en zo niet, dan had ze daar waarschijnlijk een goede reden voor.

Ik wachtte Elizabeth net buiten de toiletten op. Toen ze weer tevoorschijn kwam, zag ze me in de hal staan en glimlachte. Gideons moeder was een beeldschone vrouw, met lang, steil zwart haar en dezelfde wonderlijk blauwe ogen als haar zoon en Ireland. Alleen al door naar haar te kijken deed mijn hart pijn. Ik miste Gideon heel erg. Elk uur van de dag vocht ik met mezelf om geen contact met hem op te nemen en genoegen te nemen met wat hij me kon geven.

'Eva.' Ze begroette me met luchtkusjes op mijn beide wangen. 'Christopher vertelde al dat je er was. Ik had je eerst niet herkend. Je ziet er zo anders uit met je haar zo. Ik vind dat het je goed staat.'

'Dank u wel. Ik moet met u praten. Het is privé.'

'O?' Ze fronste. 'Is er iets aan de hand? Gaat het om Gideon?'

'Kom mee.' Ik gebaarde naar verderop in de gang, richting de nooduitgang.

'Waar gaat dit over?'

Toen we weg waren van de toiletten, vertelde ik het haar. 'Weet u nog toen Gideon een kind was en hij u vertelde dat hij misbruikt of aangerand was?'

Haar gezicht werd bleek. 'Heeft hij je dat verteld?'

'Nee, maar ik heb zijn nachtmerries meegemaakt. Zijn afgrijselijke, gewelddadige nachtmerries waarin hij om genade vraagt.' Mijn stem was zacht, maar trilde van kwaadheid. Ik kon maar net mijn handen thuishouden terwijl ze er daar zowel beschaamd als strijdlustig bij stond. 'Het was uw taak om hem te beschermen en te steunen!'

Ze tilde haar kin op. 'Je weet niet...'

'U valt niets te verwijten voor wat er is gebeurd voordat u het wist.' Ik zat haar op de huid en voelde voldoening toen ze een stap terug deed. 'Maar alles wat er is gebeurd nadat hij het u heeft verteld, is wel volledig uw schuld.'

'Ach, rot toch op,' beet ze me toe. 'Je hebt geen idee waar je het over hebt. Hoe durf je zo op me af te stappen en dat soort dingen te zeggen terwijl je geen flauw idee hebt!'

'Ja hoor, dat durf ik. Uw zoon is ernstig beschadigd door wat er met hem is gebeurd, en uw weigering om hem te geloven heeft het een miljoen keer erger gemaakt.'

'Denk je nou echt dat ik zou toestaan dat mijn eigen kind werd misbruikt?' Haar gezicht was rood aangelopen van kwaadheid en haar ogen spoten vuur. 'Ik heb Gideon laten onderzoeken door twee afzonderlijke kinderartsen om te zoeken naar... verwondingen. Ik heb alles gedaan wat van me verwacht kon worden.'

'Behalve hem geloven. En dat had u als moeder moeten doen.'

'Ik ben ook de moeder van Christopher, en hij was erbij. Hij zweert dat er niets is gebeurd. Wie moest ik nou geloven terwijl er geen bewijs was? Niemand heeft iets kunnen vinden wat bewees dat Gideon gelijk had.'

'Hij had het niet moeten hoeven bewijzen. Hij was nog maar een kind!' De woede die ik voelde, trilde door me heen. Ik had mijn vuisten gebald om me ervan te weerhouden om haar te slaan. Niet alleen om wat Gideon had verloren, maar om wat we samen hadden verloren. 'U had zijn kant moeten kiezen, wat er ook gebeurde.'

'Gideon was een gekwelde jongen, die zich na zijn vaders dood door zijn therapie heen worstelde en om aandacht schreeuwde. Jij weet niet hoe hij toen was.'

'Ik weet hoe hij nu is. Hij is gebroken en gekwetst, en hij denkt dat hij het niet waard is om van te houden. En u hebt eraan bijgedragen dat hij zo is.'

'Loop naar de hel.' Ze rende weg.

'Daar ben ik al,' schreeuwde ik haar na. 'En uw zoon ook.'

De hele zondag was ik Oude Eva.

Trey had een dag vrij en trakteerde Cary op een brunch en een bioscoopje. Ik vond het fijn om te zien dat ze bij elkaar waren, en was blij dat ze allebei hun best deden. Cary had verder niemand uitgenodigd van de mensen die hem op zijn mobiel hadden gebeld en ik vroeg me af of hij over zijn vriendschappen had nagedacht. Ik vermoedde dat vele ervan van de mooiweervariëteit waren: erg gezellig, maar zonder inhoud.

Nu ik het hele appartement voor mezelf had, sliep ik te veel, at ik slecht en nam ik niet de moeite om iets anders dan mijn pyjama aan te trekken. Ik huilde om Gideon in de beslotenheid van mijn kamer en staarde naar de fotocollage die eerst op het bureau op mijn werk had gestaan. Ik miste het gewicht van zijn ring om mijn vinger en het geluid van zijn stem. Ik miste het gevoel van zijn handen en zijn lippen op me, en de tedere, bezitterige manier waarop hij voor me zorgde.

Toen het maandag werd, verliet ik het appartement als Nieuwe Eva. Met smokey eyes, roze lippen en mijn nieuwe uitdagende laagjeskapsel voelde ik me alsof ik net kon doen alsof ik die dag iemand anders was. Iemand die niet een gebroken hart had en zich niet verloren en kwaad voelde.

Toen ik naar buiten stapte, zag ik de Bentley daar staan, maar Angus nam niet de moeite om uit de auto te komen, omdat hij wist dat ik de rit niet zou accepteren. Ik begreep niet waarom Gideon hem zijn tijd liet verdoen door een beetje rond te hangen voor het geval ik me door hem misschien ergens heen zou laten brengen. Het was raar, tenzij Gideon zich schuldig voelde. Ik haatte die schuldgevoelens, haatte het dat het op zoveel mensen in mijn leven invloed had. Ik wilde dat ze er gewoon eens mee ophielden en doorgingen met hun leven. Zoals ik ook probeerde te doen.

Bij Waters Field & Leaman ging de ochtend snel voorbij, omdat ik Will, de nieuwe assistent, moest helpen en daarnaast mijn gewone werk moest doen. Ik was blij dat hij niet te bang was om me allerlei vragen te stellen, omdat hij me op die manier zo bezighield dat ik geen tijd had om alle seconden, minuten en uren te tellen sinds ik Gideon voor het laatst had gezien.

'Je ziet er goed uit, Eva,' zei Mark toen ik voor het eerst weer eens bij hem in zijn kantoor kwam zitten. 'Gaat het goed met je?'

'Niet echt. Maar ik kom er wel, hoor.'

Hij leunde voorover en zette zijn ellebogen op zijn bureau. 'Steven en ik zijn ook ooit uit elkaar gegaan, ongeveer anderhalf jaar nadat we een relatie hadden gekregen. We hadden een paar heftige weken achter de rug en besloten toen dat het beter zou zijn om er maar een punt achter te zetten. Dat was echt afschuwelijk,' zei hij hartstochtelijk. 'Ik haatte elke minuut ervan. Ik vond het ontzettend zwaar om elke dag op te moeten staan en hij dacht er net zo over. Dus je weet... als ik je ooit kan helpen...'

'Dankjewel. Het beste wat je op dit moment voor me kan doen is me flink bezighouden. Ik wil gewoon geen tijd hebben om over iets anders dan werk na te denken.'

'Dat gaat wel lukken.'

Voor de lunchpauze sleepten Will en ik Megumi mee en gingen we naar een pizzatent in de buurt. Megumi praatte me bij over haar vorderende relatie met haar blind date en Will vertelde ons over zijn avonturen bij IKEA. Zijn vriendin en hij waren bezig hun loftappartement vol te zetten met doe-het-zelfmeubilair. Ik was blij dat ik over mijn wellnessdagje kon vertellen.

'We gaan dit weekend naar de Hamptons,' zei Megumi toen we bij het Crossfire terugkwamen. 'De grootouders van mijn vriend hebben daar een huis. Cool hè?'

'Echt wel.' Ik liep naast haar door de draaihekjes. 'Ik ben jaloers dat je de hitte kunt ontvluchten.'

'Ja, goed hè?'

'Beter dan meubels in elkaar zetten,' mompelde Will, die een groepje mensen een van de liften in volgde. 'Ik kan niet wachten tot we er klaar mee zijn.'

De deuren gingen al dicht, maar gingen toen weer open.

Gideon stapte achter ons aan de lift binnen. De vertrouwde, tastbare energie die altijd tussen ons stroomde, raakte me keihard. Ik was me er zo van bewust dat het langs mijn ruggengraat naar beneden golfde en daar uitwaaierde, waardoor ik overal kippenvel kreeg. Het haar in mijn nek begon te kriebelen.

Megumi keek naar me en ik schudde mijn hoofd. Ik wist wel beter dan hem rechtstreeks aan te kijken. Ik was er niet gerust op dat ik dan niet iets impulsiefs of wanhopigs zou doen. Zo hevig verlangde ik naar hem en het was al zo lang geleden sinds hij me had vastgehouden. Vroeger had ik het recht gehad om hem aan te raken, zijn hand te pakken, tegen hem aan te leunen, met mijn vingers door zijn haar te gaan. Het deed vreselijk pijn vanbinnen dat ik die dingen niet meer mocht doen. Ik moest op mijn lip bijten om een gekwelde kreun te onderdrukken, nu ik weer zo dicht bij hem was.

Ik hield me gedeisd, maar ik *voelde* dat Gideon zijn ogen op me gericht hield. Ik bleef met mijn collega's praten en dwong mezelf om me te concentreren op de discussie over meubilair en de compromissen die nodig waren als je ging samenwonen met iemand van de andere sekse.

De lift ging verder omhoog en stopte vaak, waardoor het aantal mensen in de lift steeds minder werd. Ik was me heel erg bewust van waar Gideon stond en wist dat hij nooit zulke drukke liften nam. Ik vermoedde en hoopte en bad dat hij me gewoon had willen zien, bij me in de buurt had willen zijn, al was het maar op deze afschuwelijk onpersoonlijke manier.

Toen we op de negentiende verdieping aankwamen, haalde ik diep adem en stond ik op het punt de lift uit te stappen. Ik vond het vreselijk dat ik onvermijdelijk weer gescheiden zou worden van de enige op de wereld bij wie ik me echt voelde leven.

De deuren gingen open.

'Wacht.'

Ik deed mijn ogen dicht. Ik werd tegengehouden door het zachtjes geraspte bevel. Ik wist dat ik door moest lopen alsof ik hem niet gehoord had. Ik wist dat het alleen maar meer pijn zou doen als ik hem nog meer van mezelf zou geven, al was het maar een minuut van mijn leven. Maar hoe kon ik het weerstaan? Dat had ik bij Gideon nooit gekund.

Ik stapte opzij, zodat mijn collega's uit de lift konden stappen. Will fronste toen ik hem niet volgde en begreep er niets van, maar Megumi trok hem mee naar buiten. De deuren gingen dicht.

Ik ging in de hoek staan. Mijn hart bonsde. Gideon wachtte in de tegenovergestelde hoek, en straalde eisen en verwachtingen uit. Terwijl we naar de bovenste verdieping stegen, reageerde mijn lichaam op zijn bijna tastbare behoefte. Mijn borsten zwollen op en werden zwaar; mijn geslachtsdeel werd vochtig en gezwollen. Ik wilde hem zo graag hebben. Bezitten. Mijn ademhaling ging steeds sneller.

Hij had me niet eens aangeraakt en ik hijgde al bijna van verlangen.

De lift kwam langzaam tot stilstand. Gideon trok de sleutel uit zijn zak en stak hem in het paneel, waardoor de lift stil bleef staan. Toen stapte hij op me af.

Er waren maar een paar centimeters tussen ons. Ik hield mijn hoofd gebogen en staarde naar zijn glanzende Oxford-schoenen. Ik hoorde zijn ademhaling, even diep en snel als die van mij. Ik rook de subtiel mannelijke geur van zijn huid, en mijn polsslag maakte een sprongetje.

'Draai je om, Eva.'

Een rilling ging door me heen bij die vertrouwde en geliefde gebiedende toon. Ik deed mijn ogen dicht en draaide me om. Ik snakte naar adem omdat hij zich onmiddellijk tegen mijn rug aan drukte en me tegen de muur van de lift aan duwde. Hij strengelde zijn vingers in die van mij en hield mijn handen omhoog tot aan mijn schouders.

'Je bent zo mooi,' zei hij hees, en duwde zijn neus in mijn haar. 'Het doet pijn als ik naar je kijk.'

'Gideon. Wat ben je aan het doen?'

Ik voelde de honger van hem af stromen en me omvatten. Zijn krachtige lichaam was hard en gretig, en trilde van de spanning. Hij was opgewonden, zijn dikke pik oefende een stevige druk uit en ik kon me er niet van weerhouden ertegenaan te duwen. Ik wilde hem. Ik wilde hem in me. Dat hij me opvulde. Me vervulde. Ik was zo leeg geweest zonder hem.

Hij haalde trillend adem. Hij strekte zijn vingers rusteloos tussen die van mij alsof hij me ergens anders wilde aanraken, maar zich beheerste.

Ik voelde de ring die ik hem had gegeven in mijn vlees duwen. Ik draaide mijn hoofd om om ernaar te kijken en voelde me gespannen, verward en gepijnigd toen ik hem zag.

'Waarom?' fluisterde ik. 'Wat wil je van mij? Een orgasme? Wil je me neuken, Gideon? Is dat het? Je lading in me spuiten?'

Zijn ademhaling siste toen hij die botte woorden in zijn gezicht kreeg. 'Hou op.'

'Mag ik het niet bij de naam noemen?' Ik deed mijn ogen dicht. 'Prima. Doe het dan maar. Maar doe dan niet die ring om en doe niet net alsof dit iets is wat het niet is.'

'Ik doe hem nooit af. En dat zal ik ook nooit doen. *Nooit.*' Hij trok zijn rechterhand terug uit die van mij en stak hem in zijn zak. Ik keek toe hoe hij de ring die hij mij had gegeven weer om mijn vinger liet glijden, en toen bracht hij mijn hand naar zijn mond. Hij kuste hem en drukte toen zijn lippen – snel, hard en woedend – op mijn slaap.

'Wacht,' beet hij me toe.

Toen was hij weg. De lift begon aan de afdaling. Ik rolde mijn rechterhand op tot een vuist en ik veerde terug van de muur. Ik ademde zwaar.

Wachten. Waarop?

18

Toen ik op de negentiende verdieping de lift uit kwam, had ik droge ogen en was ik vastberaden. Megumi liet me door de beveiligingsdeuren en stond op. 'Is alles oké?'

Ik bleef bij haar balie staan. 'Ik zou het niet weten. Die man is een groot raadsel.'

Ze trok haar wenkbrauwen op. 'Hou me op de hoogte.'

'Ik kan beter een boek schrijven,' mompelde ik. Ik liep verder naar mijn hokje en vroeg me af waarom iedereen toch zo geïnteresseerd was in mijn liefdesleven.

Toen ik bij mijn bureau kwam, liet ik mijn handtas in de la vallen en ging zitten om Cary te bellen.

'Hé,' zei ik toen hij opnam. 'Als je je verveelt...'

'Als?' Hij snoof.

'Weet je nog die map met informatie over Gideon die je gemaakt had? Kun je er ook zo een maken over Dr. Terrence Lucas?'

'Oké. Moet ik hem kennen?'

'Nee. Hij is kinderarts.'

Er was een pauze, en toen vroeg hij: 'Ben je zwanger?'

'Nee! Jemig. En als ik het wel was, had ik een verloskundige nodig.'

'Oef. Goed dan. Spel zijn naam eens voor me.'

Ik gaf Cary wat hij nodig had en zocht toen het nummer van het kantoor van Dr. Lucas en maakte een afspraak om langs te komen. 'Je hoeft me geen formulieren voor nieuwe patiënten in te laten vullen,' zei ik tegen de receptioniste. 'Ik wil alleen even een snel consult.'

Daarna belde ik Vidal Records en liet een boodschap achter voor Christopher of hij me terug wilde bellen.

Toen Mark van de lunch terugkwam, ging ik naar hem toe en

klopte op de openstaande deur. 'Hé. Ik wou vragen of ik morgenochtend een uur vrij kan krijgen voor een afspraak. Is het goed als ik om tien uur begin en doorga tot zes uur?'

'Van tien tot vijf is prima hoor, Eva.' Hij keek me aandachtig aan. 'Alles goed?'

'Elke dag een stukje beter.'

'Mooi.' Hij glimlachte. 'Ik ben echt blij dat te horen.'

We stortten ons weer op ons werk, maar de gedachten aan Gideon drukten zwaar op mijn gemoed. Ik bleef maar naar mijn ring staren en moest steeds denken aan wat hij had gezegd toen hij hem me had gegeven: *We hebben een band samen.*

Wachten. Op hem? Tot hij bij me terugkwam? Waarom? Ik kon niet begrijpen waarom hij me op die manier bij het grofvuil had gezet, en dan verwachtte dat ik hem weer terug zou nemen. Vooral niet nu Corinne erbij was gekomen.

De rest van de middag was ik bezig de laatste paar weken nog eens in gedachten na te lopen. Ik dacht terug aan gesprekken die ik met Gideon had gehad, dingen die hij had gezegd of gedaan, op zoek naar antwoorden. Toen ik het Crossfire aan het eind van de dag verliet, zag ik de Bentley bij de stoep staan en ik zwaaide naar Angus, die teruglachte. Ik had problemen met zijn baas, maar dat kon ik Angus niet aanrekenen.

Het was heet en drukkend buiten. Vreselijk. Ik ging naar de DUANEreade om de hoek voor een fles koud water om onderweg tijdens het lopen op te drinken, en een zak minichocolaatjes om van te genieten als ik klaar was met mijn Krav Maga-les. Toen ik de drogist verliet, stond Angus vlak voor de deur te wachten bij de stoeprand. Hij schaduwde me. Toen ik de hoek omsloeg om langs het Crossfire naar huis te gaan lopen, zag ik Gideon de straat op stappen met Corinne. Zijn hand lag op haar onderrug en hij leidde haar naar een gestroomlijnde Mercedes-sedan die ik herkende als eentje van hem. Ze glimlachte.

Zijn uitdrukking was onleesbaar.

Van afschuw vervuld kon ik me niet bewegen of wegkijken. Ik stond daar midden op het drukke trottoir, en mijn maag draaide zich om van boosheid en verdriet, en van het vreselijke gevoel bedrogen te zijn.

Hij keek op en zag me, en verstijfde waar hij stond, net als ik had gedaan. De latino chauffeur die ik had ontmoet op de dag dat mijn vader was aangekomen, deed het achterportier open, en Corinne verdween in de auto. Gideon bleef staan waar hij stond, zijn blik vastgeklonken aan die van mij.

Hij kon er niet onderuit dat ik mijn hand omhoogdeed en mijn middelvinger naar hem opstak.

Plotseling viel me iets te binnen.

Ik draaide mijn rug naar Gideon en ging aan de kant staan, en begon in mijn tasje naar mijn telefoon te zoeken. Toen ik hem had gevonden, drukte ik op de sneltoets voor mijn moeder, en toen ze opnam zei ik: 'Die dag dat we uit lunchen waren gegaan met Megumi schrok je je plotseling rot toen we terugliepen naar het Crossfire. Je zag hem, hè? Je zag Nathan bij het Crossfire.'

'Ja,' gaf ze toe. 'Daarom besloot Richard dat het het beste zou zijn om hem gewoon te geven wat hij wilde. Nathan zei dat hij bij je vandaan zou blijven zolang hij geld kreeg om het land te verlaten. Waarom vraag je dat?'

'Het drong nu pas tot me door dat Nathan de reden was dat je zo reageerde.' Ik draaide me weer om en begon snel naar huis te lopen. De Mercedes was weg, maar mijn boosheid werd steeds groter. 'Ik moet gaan, mam. Ik bel je later.'

'Is alles goed?' vroeg ze bezorgd.

'Nog niet, maar ik ben ermee bezig.'

'Ik sta voor je klaar, als je me nodig hebt.'

Ik zuchtte. 'Ik weet het. Ik red me wel. Ik hou van je.'

Toen ik thuiskwam, zat Cary op de bank met zijn laptop op zijn benen en zijn blote voeten op de salontafel.

'Hé,' riep hij, met zijn ogen nog steeds op het scherm.

Ik liet mijn spullen vallen en schopte mijn schoenen uit. 'Moet je nou horen.'

Hij keek naar me op vanonder een lok haar die over zijn ogen was gevallen. 'Wat?'

'Ik dacht dat Gideon weg was gegaan vanwege Nathan. Alles

ging lekker en toen plotseling niet meer, en vlak daarna vertelde de politie ons over Nathan. Ik nam aan dat het ene te maken had met het andere.'

'Ja, logisch.' Hij fronste. 'Denk ik.'

'Maar Nathan was de maandag voordat jij aangevallen werd al bij het Crossfire. Ik weet dat hij daar was om Gideon te zien. Ik *weet* het gewoon. Nathan zou daar niet heen gaan om mij te zien. Niet naar zo'n plek met allemaal beveiligingsmensen en mensen die ik ken in de buurt.'

Hij leunde achterover. 'Oké. Dus wat betekent dat?'

'Het betekent dat Gideon oké was nadat hij Nathan had gezien.' Ik gooide mijn handen in de lucht. 'Hij was die hele week oké. Hij was meer dan oké dat weekend dat we samen weggingen. Hij was oké op maandagochtend toen we weer terug waren. En toen – *bam* – werd hij helemaal gek en ging hij uit zijn dak tegen me.'

'Tot zover volg ik je.'

'Dus wat is er maandag gebeurd?'

Cary's wenkbrauwen schoten omhoog. 'Waarom vraag je dat aan mij?'

'Grr.' Ik greep mijn haar met mijn handen vast. 'Ik vraag het het hele *fucking* heelal! God. Wie dan ook. Wat is er verdomme gebeurd met mijn vriendje?'

'Ik dacht dat we het erover eens waren dat je dat aan hem moest vragen.'

'Ik krijg twee antwoorden uit hem: *Vertrouw me* en *wacht*. Hij heeft me vandaag mijn ring teruggegeven.' Ik liet hem mijn hand zien. 'En hij draagt nog steeds de ring die ik hem heb gegeven. Heb je enig idee hoe verwarrend dat is? Het zijn niet gewoon ringen, het zijn beloftes. Het zijn symbolen van eigendom en verbondenheid. Waarom zou hij die van hem nog steeds dragen? Waarom vindt hij het zo belangrijk dat ik die van mij draag? Verwacht hij nou echt dat ik op hem ga wachten tot hij Corinne net zo vaak geneukt heeft tot hij haar van zich af kan zetten?'

'Denk je dat hij dat aan het doen is? Echt?'

Ik deed mijn ogen dicht en liet mijn hoofd achterovervallen.

'Nee. En ik kan maar niet beslissen of dat betekent dat ik naïef ben of mezelf willens en wetens voor de gek hou.'

'Heeft die Dr. Lucas hier iets mee te maken?'

'Nee.' Ik rechtte mijn rug en ging naast hem op de bank zitten. 'Heb je wat gevonden?'

'Beetje moeilijk als ik niet weet wat ik zoek, meissie.'

'Het is maar een ingeving.' Ik keek naar het scherm. 'Wat is dat?'

'Een transcript van een interview met Brett dat hij gisteren op een radiostation in Florida heeft gegeven.'

'O? Waarom lees je dat?'

'Ik was naar *Golden* aan het luisteren en besloot ernaar te zoeken op internet, en toen kwam dit naar boven.'

Ik probeerde het te lezen, maar ik zat onder de verkeerde hoek. 'Wat staat er?'

'Ze vroegen hem of er echt een Eva bestond en hij zei "ja", en dat hij pasgeleden weer contact met haar heeft gekregen en hoopt dat het deze keer wel wat wordt.'

'Wat? Nee, dat geloof ik niet!'

'Echt waar.' Cary grijnsde. 'Dus je hebt alweer iemand achter de hand voor als Cross niet normaal gaat doen.'

Ik stond op. 'Het zal wel. Ik heb honger. Wil jij iets?'

'Als je eetlust weer terug is, is dat een goed teken.'

'Alles komt terug,' zei ik. 'En goed ook.'

De volgende ochtend stond ik bij de stoeprand op Angus te wachten. Hij stopte naast me en Paul, de portier van mijn appartementengebouw, deed het achterste portier voor me open.

'Goedemorgen, Angus,' begroette ik hem.

'Goedemorgen, Miss Tramell.' Zijn blik ontmoette die van mij in de achteruitkijkspiegel, en hij glimlachte.

Toen hij wegreed, leunde ik voorover tussen de twee voorste stoelen. 'Weet je waar Corinne Giroux woont?'

Hij keek naar me. 'Ja.'

Ik leunde weer achterover. 'Daar wil ik heen.'

Corinne woonde bij Gideon om de hoek. Ik wist zeker dat dat geen toeval was.

Ik meldde me bij de balie en wachtte twintig minuten voordat ik toestemming kreeg om naar de negende verdieping te gaan. Ik belde aan bij haar appartement en de deur zwaaide open. Daar stond een verhitte en onopgemaakte Corinne in een zwarte zijden kamerjas die tot de grond kwam. Ze was ontzettend mooi, met haar zijdeachtige zwarte haar en haar ogen als aquamarijnen, en ze bewoog zich met een soepele gratie die ik bewonderde. Ik had me bewapend met mijn favoriete grijze mouwloze jurk, en was erg blij dat ik dat had gedaan. Ze kon er namelijk voor zorgen dat ik me ontzettend alledaags voelde.

'Eva,' zei ze ademloos. 'Wat een verrassing.'

'Sorry dat ik zo onaangekondigd binnen kom stormen. Ik moet je alleen even snel iets vragen.'

'O?' Ze hield de deur op een kier en leunde tegen de deurpost.

'Mag ik binnenkomen?' vroeg ik afgemeten.

'Eh...' Ze keek over haar schouder. 'Het is beter als je dat niet doet.'

'Het maakt me niet uit of je gezelschap hebt, en ik beloof je dat dit maar een minuutje zal duren.'

'Eva.' Ze likte haar lippen. 'Hoe zal ik het zeggen...?'

Mijn handen beefden en mijn maag was een trillende massa. Mijn hersenen plaagden me met visioenen van Gideon die naakt achter haar stond, hun ochtendneukpartij onderbroken door het ex-vriendinnetje die de hint maar niet wilde begrijpen. Ik kende zijn voorliefde voor ochtendseks maar al te goed.

Maar ik kende hem. Punt uit. Kende hem goed genoeg om te zeggen: 'Kappen met die onzin, Corinne.'

Haar ogen werden groot.

Ik zette een minachtend mondje op. 'Gideon is verliefd op mij. Hij neukt niet achter mijn rug om met jou.'

Ze herstelde zich snel. 'Hij neukt ook niet met jou, anders. En ik kan het weten, aangezien hij al zijn vrije tijd met mij doorbrengt.'

Ook best. Dan gingen we hier in de gang wel praten. 'Ik ken hem. Ik begrijp hem niet altijd, maar dat is weer een ander verhaal. Ik weet dat hij je van tevoren zou hebben verteld dat het niks ging worden tussen jullie, omdat hij je geen valse verwachtingen wilde geven. Hij heeft je al eerder pijn gedaan en dat doet hij niet nog eens.'

'Dit is erg fascinerend allemaal. Weet hij dat je hier bent?'

'Nee, maar jij zult het hem wel vertellen. En dat is prima. Ik wil alleen weten wat je bij het Crossfire aan het doen was, die dag dat je naar buiten kwam en er net zo pas geneukt uitzag als nu.'

Haar glimlach was vlijmscherp. 'Wat *denk* je dat ik aan het doen was?'

'Niet iets met Gideon,' zei ik beslist, al was ik inwendig aan het bidden dat ik mezelf niet totaal voor paal aan het zetten was. 'Je zag me aankomen, hè? Vanuit de hal had je rechtstreeks uitzicht op de straat en toen zag je me. Gideon heeft je bij het diner in het Waldorf verteld dat ik het jaloerse type was. Heb je een vluggertje gehad met iemand van een van de andere kantoren? Of heb je zelf je haren en kleren in de war gemaakt voor je naar buiten stapte?'

Ik zag het antwoord op haar gezicht. Het was er heel even, en in een flits was het weer weg, maar ik had het gezien.

'Je insinuaties zijn allebei even absurd,' zei ze.

Ik knikte en genoot van een moment van diepe opluchting en genoegdoening. 'Luister. Je zult hem nooit voor jezelf krijgen zoals je hem wilt. En ik weet dat dat pijn doet. Ik heb het de afgelopen twee weken meegemaakt. Het spijt me voor je, echt waar.'

'Flikker op met je medelijden,' snauwde ze. 'Bewaar dat maar voor jezelf. Ik ben degene met wie hij zijn tijd doorbrengt.'

'En zo kun je hem nog een dienst bewijzen, Corinne. Als je goed kijkt, zie je dat hij het nu moeilijk heeft. Wees een vriend voor hem.' Ik liep terug naar de liften en riep over mijn schouder: 'Prettige dag nog.'

Ze gooide de deur achter me dicht.

Toen ik weer terug in de Bentley was, zei ik tegen Angus dat hij me naar het kantoor van Dr. Terrence Lucas moest brengen. Hij aarzelde even terwijl hij de deur dichtdeed en keek me indringend aan. 'Gideon zal erg kwaad worden, Eva.'

Ik knikte om hem te laten zien dat ik de waarschuwing had begrepen. 'Als het zover is, regel ik dat wel.'

Het gebouw waarin de privépraktijk van Dr. Lucas gehuisvest was, was bescheiden, maar zijn kantoor was warm en uitnodigend. De wachtkamer had donkere houten panelen en de muren waren bedekt met allerhande foto's van baby's en kinderen. Tijdschriften over opvoeden lagen op de tafels en waren netjes in rekken bij elkaar gezet, en de speelruimte was opgeruimd en werd in de gaten gehouden.

Ik schreef me in en nam plaats, maar ik was nauwelijks gaan zitten of ik werd al opgeroepen door de zuster. Ik werd meegenomen naar het kantoor van Dr. Lucas, niet naar de behandelkamer, en hij stond op uit zijn stoel toen ik binnenkwam en liep snel om zijn bureau heen.

'Eva.' Hij stak zijn hand uit en ik schudde hem. 'Je had geen afspraak hoeven maken.'

Ik slaagde erin te glimlachen. 'Ik wist niet hoe ik je anders moest bereiken.'

'Ga zitten.'

Ik ging zitten, maar hij bleef staan. Hij koos ervoor om tegen het bureau te leunen en de rand met beide handen vast te pakken. Dat gaf hem een houding van macht, en ik vroeg me af waarom hij het idee had dat hij dat bij mij nodig had.

'Wat kan ik voor je doen?' vroeg hij. Hij had een kalme, zelfverzekerde houding en een brede, open glimlach. Met zijn knappe voorkomen en zijn innemende persoonlijkheid wist ik zeker dat iedere moeder vertrouwen zou hebben in zijn kunde en integriteit.

'Gideon Cross was een patiënt van je, hè?'

Zijn gezicht werd meteen gesloten en hij ging rechtop staan. 'Het staat me niet vrij over mijn patiënten te praten.'

'Toen je in het ziekenhuis dat zinnetje "er zijn dingen die ik niet mag bespreken" zei, zocht ik er nog niks achter, maar dat had ik wel moeten doen.' Ik trommelde met mijn vingertoppen op de armleuning. 'Je loog tegen zijn moeder. Waarom?'

Hij liep terug naar de andere kant van het bureau, zodat het tussen ons in stond. 'Heeft hij dat verteld?'

'Nee. Ik probeer er gaandeweg achter te komen. Waarom zou je, hypothetisch gesproken, liegen over de uitkomst van een test?'

'Dat zou ik nooit doen. Ik denk dat je moet vertrekken.'

'O, kom nou toch.' Ik leunde naar achteren en legde mijn benen over elkaar. 'Ik had meer van je verwacht. Waar blijven je beweringen dat Gideon een gewetenloos monster is dat erop gericht is alle vrouwen op aarde te gronde te richten?'

'Ik heb mijn plicht gedaan en je gewaarschuwd.' Zijn blik was hard en zijn lippen waren een gemene grimas geworden. Hij was helemaal niet meer zo knap. 'Als jij je leven wilt blijven vergooien, kan ik daar niets aan doen.'

'Ik kom er nog wel achter. Ik hoefde alleen je gezicht maar te zien. Ik moest weten of ik gelijk had.'

'Dat heb je niet. Cross is nooit patiënt van mij geweest.'

'Woordspelletjes. Zijn moeder is naar je toe gekomen. En terwijl jij je dagen doorkomt met wrok koesteren over het feit dat je vrouw verliefd op hem werd, moet je eens nadenken over wat je een klein kind dat hulp nodig had, hebt aangedaan.' Mijn stem werd scherper toen mijn woede op kwam zetten. Ik kon niet nadenken over wat er met Gideon was gebeurd zonder dat ik degene of degenen die aan zijn leed hadden bijgedragen ernstige schade wilde toebrengen.

Ik haalde mijn benen weer van elkaar en stond op. 'Wat er is gebeurd tussen hem en je vrouw, gebeurde met wederzijdse toestemming tussen twee volwassenen. Wat hem als kind is overkomen, was een misdaad, en het is een schande dat je daaraan hebt bijgedragen.'

'Eruit.'

'Graag.' Ik rukte de deur open en botste bijna tegen Gideon op, die vlak buiten het kantoor tegen de muur had staan leunen. Hij pakte me bij mijn bovenarm, maar zijn blik was op Dr. Lucas gericht, een ijskoude blik van woede en haat.

'Blijf bij haar uit de buurt,' zei hij scherp.

Lucas' glimlach was vol venijn. 'Ze kwam zelf naar me toe.'

De manier waarop Gideon weer naar hem glimlachte, maakte me aan het huiveren. 'Voortaan als je haar aan ziet komen, stel ik voor dat je de andere kant op rent.'

'Grappig. Dat is nou precies hetzelfde advies dat ik haar over jou gaf.'

Ik stak mijn middelvinger op naar de goede dokter.

Snuivend pakte Gideon mijn hand en trok me terug door de gang. 'Wat is dat toch met jou, dat je naar iedereen je vinger opsteekt?'

'Wat? Dat is toch heel normaal?'

'U kunt hier niet zomaar binnen komen lopen!' snauwde de receptioniste toen we voorbij de balie liepen.

Hij keek haar aan. 'Je kunt dat telefoontje naar de beveiliging wel laten, we gaan al weg.'

We kwamen uit in de hal. 'Heeft Angus me verlinkt?' mopperde ik terwijl ik mijn arm probeerde vrij te krijgen.

'Nee. Hou op met dat gewriemel. Alle auto's hebben een gpszender.'

'Je bent gestoord, weet je dat?'

Hij ramde op het knopje van de lift en keek me woedend aan. 'O ja? En jij dan? Je bent overal geweest. Mijn moeder. Corinne. Die eikel van een Lucas. Waar ben je godverdomme allemaal mee bezig, Eva?'

'Dat gaat je niks aan.' Ik tilde mijn kin op. 'We zijn uit elkaar, weet je nog wel?'

Hij spande zijn kaak aan. Hij stond daar in zijn pak, zo gepolijst en glad, maar ondertussen straalde hij een wilde, koortsachtige energie uit. Het contrast tussen wat ik zag als ik naar hem keek en wat ik voelde, voedde mijn hunkering. Ik vond het heerlijk dat ik die man in dat pak had gehad. Elke heerlijke, ontembare centimeter ervan.

De lift stopte en we stapten naar binnen. De opwinding knetterde door me heen. Hij was achter me aan gekomen. Dat maakte me zo hitsig. Hij stak een liftsleutel in het bedieningspaneel en ik kreunde.

'Is er iets in New York waarvan jij niet de eigenaar bent?'

Hij was in een oogwenk bij me, met één hand in mijn haar en de andere op mijn kont, en zijn mond op die van mij in een woeste kus. Hij verspilde zijn tijd niet. Zijn tong stootte diep en hard tussen mijn lippen door naar binnen.

Ik kreunde en greep hem bij zijn middel, en ging op mijn tenen staan om hem nog dieper in me te trekken.

Zijn tanden zonken zo hard in mijn onderlip dat het pijn deed. 'Jij denkt dat je maar een paar woorden hoeft te zeggen om er een einde aan te maken tussen ons? Er is geen einde, Eva.'

Hij plette me tegen de zijkant van de lift. Ik werd vastgenageld door 1 meter 90 aan woeste, opgewonden mannelijkheid.

'Ik mis je,' fluisterde ik. Ik pakte zijn kont en drukte hem harder tegen me aan.

Gideon kreunde. 'Engel.'

Hij kuste me: diepe, schaamteloze, wanhopige kussen waar mijn tenen in mijn pumps van kromtrokken.

'Waar ben je mee bezig?' fluisterde hij ademloos. 'Je gaat bij iedereen langs, je rakelt alles op.'

'Ik heb zeeën van tijd,' zei ik, net zo ademloos, 'sinds ik mijn koppige vriendje gedumpt heb.'

Hij gromde driftig, en hij trok zo hard met zijn hand in mijn haar dat het pijn deed.

'Je kunt dit niet goedmaken met een kus of een potje neuken, Gideon. Deze keer niet.' Het was zo moeilijk om hem te laten gaan. Bijna onmogelijk na de weken dat me het recht en de gelegenheid ontnomen was om hem aan te raken. Ik had hem nodig.

Hij drukte zijn voorhoofd tegen dat van mij. 'Je moet me vertrouwen.'

Ik zette mijn handen op zijn borst en duwde hem achteruit. Hij liet me begaan en onderzocht mijn gezicht.

'Niet als je niet met me praat.' Ik strekte mijn arm uit, trok de sleutel uit het bedieningspaneel en hield hem voor zijn neus. De lift begon aan de afdaling. 'Je hebt me door een hel laten gaan. Met opzet. Hebt me laten lijden. En het einde is nog niet in zicht. Ik heb geen flauw idee wat jij aan het doen bent, kanjer, maar dit Jekyll-en-Hyde-gedoe werkt voor mij niet.'

Hij stak zijn hand in zijn zak. Hij bewoog zich rustig en beheerst, en dat was wanneer hij op zijn gevaarlijkst was. 'Je bent volkomen onhandelbaar.'

‘Als ik mijn kleren aanheb, ja. Wen er maar aan.’ De liftdeuren gingen open en ik stapte naar buiten. Zijn hand ging naar mijn onderrug en er ging een huivering door me heen. Die onschuldige aanraking, door lagen kleding heen, was al vanaf het begin genoeg geweest om de lust in me te doen opleven. ‘Als je je handen nog een keer zo op Corinnes rug legt, breek ik je vingers.’

‘Je weet dat ik niemand anders wil,’ mompelde hij. ‘Dat kan ik niet. Ik word verteerd door mijn verlangen naar jou.’

Zowel de Bentley als de Mercedes stond bij de stoeprand te wachten. De hemel was donkerder geworden terwijl ik binnen was, alsof hij net als de man naast me in somber gepeins was verzonken. Er hing een geladen spanning in de lucht, een eerste teken dat er een zomerse onweersbui op komst was.

Ik bleef onder de overkapping bij de ingang staan en keek naar Gideon. ‘Laat hen samen in één auto gaan. Jij en ik moeten praten.’

‘Dat was ik al van plan.’

Angus tikte tegen de rand van zijn pet en gleed achter het stuur. De andere chauffeur liep naar Gideon en gaf hem de sleutels.

‘Miss Tramell,’ zei hij, bij wijze van groet.

‘Eva, dit is Raúl.’

‘Ontmoeten we elkaar alweer,’ zei ik. ‘Heb je mijn boodschap laatst nog overgebracht?’

Gideons vingers strekten zich tegen mijn rug. ‘Dat heeft hij gedaan, ja.’

Ik straalde. ‘Dank je, Raúl.’

Raúl liep om de Bentley heen naar de passagiersstoel, terwijl Gideon me meenam naar de Mercedes en het portier voor me opendeed. Ik voelde een lichte opwinding toen hij achter het stuur ging zitten en de stoel verstelde om ruimte te maken voor zijn lange benen. Hij startte de motor en mengde zich in het verkeer, bekwaam en vol zelfvertrouwen de krachtige auto door de gekte van de straten van New York loodsend.

‘Als ik je zie autorijden, krijg ik zin in je,’ zei ik tegen hem en ik zag hoe hij het stuur steviger vastpakte.

'Jezus.' Hij keek naar me. 'Jij hebt een vervoermiddelenfetisj.'

'Ik heb een Gideon-fetisj.' Mijn stem werd zachter. 'Het is alweer weken geleden.'

'En ik haat elke seconde ervan. Dit is een kwelling voor me, Eva. Ik kan me niet concentreren. Ik kan niet slapen. Ik word om het minste of geringste boos. Het leven is een hel zonder jou.'

Ik wilde nooit dat hij leed, maar ik zou liegen als ik zei dat het mijn eigen ellende niet iets lichter maakte nu ik wist dat hij me net zo erg miste als ik hem.

Ik draaide me om om hem aan te kunnen kijken. 'Waarom doe je ons dit aan?'

'Er kwam iets op mijn pad en ik heb de kans aangegrepen.' Zijn kaak werd gespannen. 'Deze verwijdering is de prijs. Het zal niet eeuwig duren. Je moet geduld hebben.'

Ik schudde mijn hoofd. 'Nee, Gideon. Dat kan ik niet. Niet meer.'

'Je gaat *niet* bij me weg. Ik laat je niet gaan.'

'Ik ben al weg. Zie je dat dan niet? Ik leid mijn eigen leven en jij maakt er geen deel van uit.'

'Ik maak er op elke manier waarop ik dat nu kan deel van uit.'

'Door Angus me te laten volgen? Kom op zeg. Dat is geen relatie.' Ik leunde met mijn wang tegen de zitting. 'Niet eentje die ik wil, in elk geval.'

'Eva.' Hij blies hard zijn adem uit. 'Mijn zwijgen is het minste van twee kwaden. Ik heb het idee dat ik je toch wel wegjaag, of ik het nou uitleg of niet, maar als ik het uitleg, is dat het gevaarlijkst. Je denkt misschien wel dat je het wilt weten, maar als ik het je vertel, zul je er spijt van hebben. Vertrouw me nou maar als ik zeg dat er aspecten aan mij zijn die je niet wilt zien.'

'Dan moet je me iets geven waar ik tenminste mee vooruit kan.' Ik legde mijn hand op zijn dij en voelde de spierbundel opbollen en toen stuiptrekken in reactie op mijn aanraking. 'Nu heb ik helemaal niks. Ik ben leeg.'

Hij legde zijn hand op die van mij. 'Je vertrouwt me. Ongeacht alles wat je op het tegendeel ziet wijzen, ben je gaan vertrouwen op wat je weet. Dat is een geweldig iets, Eva. Voor ons allebei. Voor ons.'

'Er is geen ons.'

'Hou op met dat te zeggen.'

'Je wilde mijn blinde vertrouwen en dat heb je gekregen, maar dat is alles wat ik je kan geven. Je hebt zo weinig van jezelf laten zien en daar heb ik mee leren leven omdat ik jou had. En nu ik je niet meer heb...'

'Je hebt me wel,' protesteerde hij.

'Niet zoals ik je nodig heb.' Ik haalde ongemakkelijk mijn schouders op. 'Je hebt me je lichaam gegeven en ik ben er heel gulzig op ingegaan, omdat het de enige manier is waarop je echt open tegen me bent. En nu heb ik dat niet meer, en als ik kijk wat ik nog wel heb, zijn het alleen maar beloftes. Zonder jou heb ik alleen maar een hoop dingen die je me niet wilt vertellen.'

Hij staarde recht vooruit. Van opzij zag hij er star uit. Ik trok mijn hand onder die van hem vandaan en draaide me de andere kant op, met mijn rug naar hem toe. Ik keek door het raam naar de krioelende stad.

'Als ik jou kwijtraak, Eva,' zei hij schor, 'heb ik niets meer. Alles wat ik heb gedaan, heb ik gedaan om ervoor te zorgen dat ik jou niet kwijtraak.'

'Ik heb meer nodig.' Ik drukte mijn voorhoofd tegen het glas. 'Als ik je niet aan de buitenkant kan hebben, moet ik je aan de binnenkant hebben, maar je hebt me nooit toegelaten.'

We reden in stilte, voortkruipend door de ochtendspits. Een dikke regendruppel sloeg tegen de voorruit, en daarna nog een.

'Nadat mijn vader was overleden,' zei hij zacht, 'vond ik het erg moeilijk om met de veranderingen te leren omgaan. Ik weet nog dat mensen hem leuk vonden, het leuk vonden om bij hem te zijn. Hij maakte iedereen rijk, begrijp je? En toen plotseling draaide de wereld 180 graden om en had iedereen een hekel aan hem. Mijn moeder, die de hele tijd zo gelukkig was geweest, huilde aan één stuk door. En zij en mijn vader hadden elke dag ruzie. Dat is wat ik me nog het meest herinner: het voortdurende geschreeuw en gegil.'

Ik keek naar hem en bestudeerde zijn versteende profiel, maar ik zei niets, bang om het moment te verstoren.

'Ze hertrouwde meteen. We verhuisden de stad uit. Ze raakte zwanger. Ik wist nooit wanneer ik weer eens iemand tegenkwam die door mijn vader was opgelicht, en ik heb het er zwaar om te verduren gehad van de andere kinderen. En van hun ouders. En van leraren. Het was groot nieuws. Zelfs vandaag de dag praten mensen nog steeds over mijn vader en over wat hij heeft gedaan. Ik was zo kwaad. Op iedereen. Ik had voortdurend driftbuien. Ik gooide dingen stuk.'

Hij stopte voor een verkeerslicht, zwaar ademend. 'Toen Christopher kwam, werd ik nog erger, en toen hij vijf was, ging hij me nadoen. Hij kreeg een driftbui tijdens het diner en schoof zijn bord over de tafel op de grond. Mijn moeder was toen in verwachting van Ireland, en zij en Vidal besloten dat het tijd werd dat ik in therapie ging.'

De tranen rolden over mijn wangen bij het beeld dat hij van zichzelf als kind schetste, bang en gekwetst, en met het gevoel dat hij een buitenstaander was in het nieuwe leven van zijn moeder.

'Ze kwamen naar ons huis, de psychiater en een promovendus van wie zij de supervisor was. In het begin was het nog wel goed. Ze waren allebei aardig, aantrekkelijk, geduldig. Maar al gauw besteedde de psych meer aandacht aan mijn moeder, die een moeilijke zwangerschap doormaakte in combinatie met twee jonge kinderen die ze niet in de hand had. Ik werd steeds vaker met hem alleen gelaten.'

Gideon ging naar de kant en zette de auto in zijn vrij. Zijn handen pakten het stuur zo stevig vast dat zijn knokkels wit werden. Zijn adamsappel bewoog op en neer in zijn keel. Het gestage gekletter van de regen werd zachter en we waren helemaal alleen met onze pijnlijke waarheden.

'Je hoeft het niet verder te vertellen,' fluisterde ik. Ik maakte mijn gordel los en stak mijn hand naar hem uit. Ik raakte zijn gezicht aan met mijn vingertoppen, die nat waren van mijn tranen.

Zijn neusgaten sperden zich open bij een scherpe inademing.

'Hij liet me klaarkomen. Elke keer weer, godverdomme. Hij hield niet op voordat ik klaargekomen was, zodat hij kon zeggen dat ik het lekker vond.'

Ik schopte mijn schoenen uit en trok zijn handen van het stuur, zodat ik op zijn schoot kon gaan zitten en hem vast kon houden. Hij hield me ondraaglijk stevig vast, maar ik klaagde niet. We stonden in een ontzettend drukke straat, met een eindeloze stroom auto's die voorbij denderde aan de ene kant, en een massa voetgangers aan de andere, maar het kon ons allebei niets schelen. Hij beefde heftig, alsof hij onbedaarlijk aan het huilen was, maar hij maakte geen geluid en er kwamen geen tranen.

De hemel huilde voor hem. Hard en angstaanjagend sloeg de regen tegen de grond, waar hij als stoom weer omhoogwasemde.

Ik hield zijn hoofd in mijn handen en drukte mijn natte gezicht tegen dat van hem. 'Stil maar, liefje. Ik begrijp het. Ik weet hoe het voelt, hoe ze achteraf triomfantelijk naar je kijken. En de schaamte en de verwarring die je hebt gevoeld. Het is niet jouw schuld. Jij wilde het niet. Jij genoot er niet van.'

'Eerst liet ik hem me nog aanraken,' fluisterde hij. 'Hij zei dat het mijn leeftijd was... dat het mijn hormonen waren... ik moest maar masturberen en dan zou ik rustiger worden. Niet zo boos de hele tijd. Hij raakte me aan, zei dat hij me zou voordoen hoe het moest. Dat ik het verkeerd deed...'

'Gideon, nee.' Ik boog me naar achteren om hem aan te kijken en beeldde me in hoe het vanaf dat punt verder was gegaan, alle dingen die gezegd waren om het te laten lijken alsof Gideon de initiatiefnemer van zijn eigen verkrachting was geweest. 'Je was een kind in de handen van een volwassene die precies wist op welke knopjes hij moest drukken. Ze willen het onze schuld laten lijken, zodat ze niet aansprakelijk kunnen worden gesteld voor hun misdaad, maar dat is niet waar.'

Zijn ogen waren enorm en donker in zijn bleke gezicht. Ik drukte mijn lippen zachtjes op die van hem en proefde mijn tranen. 'Ik hou van je. En ik geloof je. En niets van dit alles was jouw schuld.'

Gideon schoof zijn handen in mijn haar en hield me op mijn plek terwijl hij mijn mond teisterde met wanhopige kussen. 'Ga niet bij me weg.'

'Bij je weggaan? Ik ga met je trouwen.'

Hij ademde scherp in. Toen trok hij me ruw dichter tegen zich aan.

Ik schrok verschrikt op van een ongeduldig getik op het raam. Een agente in regenkleding en een veiligheidshesje keek door de ongetinte voorruit en fronste naar ons vanonder de rand van haar pet. 'Jullie hebben dertig seconden om weg te wezen of ik slinger jullie allebei op de bon voor onzedelijk gedrag.'

Beschaamd en vuurrood klom ik weer terug in mijn stoel en kwam onelegant wijdbeens neer. Gideon wachtte tot ik mijn gordel om had en zette toen de auto in zijn versnelling. Hij tikte tegen zijn voorhoofd in een saluut naar de agente, en trok op, het verkeer in.

Hij pakte mijn hand, bewoog hem naar zijn lippen en kuste mijn vingertoppen. 'Ik hou van je.'

Ik verstijfde en mijn hart bonsde.

Hij strengelde zijn vingers in die van mij en legde ze op zijn dij. De ruitenwissers gleden heen en weer, en het was net of ze met hun ritmische tempo pesterig mijn razende hartslag nadeden.

Ik slikte moeizaam en fluisterde: 'Zeg dat nog eens.'

Hij minderde vaart bij een verkeerslicht. Hij draaide zijn hoofd om en keek me aan. Hij zag er vermoeid uit, alsof alle energie die normaal van hem afstraalde op was, en hij op zijn reserves liep. Maar zijn ogen waren warm en helder, en zijn mond drukte liefde en hoop uit. 'Ik hou van je. Het dekt de lading nog steeds niet, maar ik weet dat je het wilt horen.'

'Ik moet het horen,' beaamde ik zacht.

'Zolang je maar weet wat het verschil is.' Het licht sprong op groen en hij trok op. 'Mensen zetten zich over liefde heen. Ze kunnen erbuiten, ze kunnen verder. Liefde kun je verliezen en dan weer vinden. Maar dat gaat bij mij niet gebeuren. Ik kom nooit over jou heen, Eva.'

Mijn adem stokte bij de uitdrukking op zijn gezicht toen hij naar me keek.

'Ik ben door je geobsedeerd, engel. Verslaafd aan je. Je bent alles wat ik ooit heb gewild of nodig heb gehad, alles waarvan ik ooit heb gedroomd. Je bent *alles*. Ik leef jou, adem jou. Voor jou.'

Ik legde mijn andere hand op onze verstrengelde handen. 'Er is nog zoveel voor jou daarbuiten. Je weet het gewoon nog niet.'

'Ik heb niets anders nodig. Ik kom elke morgen mijn bed uit en kan de wereld aan omdat jij erin bent.' Hij ging de hoek om en parkeerde voor het Crossfire, achter de Bentley. Hij zette de motor af, maakte zijn gordel los en haalde diep adem. 'Door jou begrijp ik de wereld zoals ik hem daarvoor niet begreep. Ik heb er nu een plek, bij jou.'

Plotseling begreep ik waarom hij zo hard gewerkt had, waarom hij zo waanzinnig succesvol was op zo'n jonge leeftijd. Hij had een drang gehad om zijn plek in de wereld te vinden, om meer dan een buitenstaander te zijn.

Met zijn vingertoppen streek hij over mijn wang. Ik had die aanraking zo gemist dat mijn hart bloedde toen ik het weer voelde.

'Wanneer kom je bij me terug?' vroeg ik zacht.

'Zo snel als ik kan.' Hij boog zich voorover en drukte zijn lippen op die van mij. 'Wacht op me.'

19

Toen ik bij mijn bureau kwam, trof ik een voicemailbericht van Christopher aan. Ik vroeg me even af of ik nog wel door zou gaan met mijn zoektocht naar de waarheid. Christopher was niet echt een man die ik graag in mijn leven wilde uitnodigen.

Maar ik werd geobsedeerd door de blik op Gideons gezicht toen hij me over zijn verleden had verteld, en het geluid van zijn stem, zo schor van de schaamte en de pijn die hij zich herinnerde.

Ik voelde zijn pijn alsof het mijn pijn was.

Daarom had ik uiteindelijk geen andere keuze. Ik belde Christopher terug en vroeg hem of hij met me wilde lunchen.

'Lunchen met een mooie vrouw?' Ik kon hem haast horen glimlachen. 'Absoluut.'

'Zeg maar wanneer je deze week vrij bent.'

'Wat vind je van vandaag?' stelde hij voor. 'Ik denk nog weleens met verlangen terug aan dat eettentje waar je me mee naartoe hebt genomen.'

'Ja hoor, prima. Zullen we om twaalf uur afspreken?'

Dat deden we, en ik hing net op toen Will bij mijn hokje kwam staan. Hij keek me met de ogen van een puppy aan en zei: 'Help.'

Ik glimlachte met moeite. 'Zeg het eens.'

De twee uren vlogen voorbij. Toen het twaalf uur was, ging ik naar beneden en trof Christopher wachtend in de hal aan. Zijn kastanjebruine haar was een warboel van korte, losse lokken en zijn grijsgroene ogen straalden. Hij droeg een zwarte pantalon en een chic wit overhemd met opgerolde mouwen, en zag er zelfverzekerd en aantrekkelijk uit. Hij begroette me met een jongensachtige grijns en toen besefte ik: ik kon het niet maken hem te vragen wat hij lang geleden tegen zijn moeder had gezegd. Hij was toen zelf nog een kind en was ook onderdeel van een disfunctioneel gezin.

'Ik ben echt in de wolken dat je me hebt gebeld,' zei hij. 'Maar ik moet wel zeggen dat ik benieuwd ben waarom. Ik vraag me af of het iets te maken heeft met dat Gideon weer terug is bij Corinne.'

Dat deed pijn. Afschuwelijk. Ik moest even diep ademhalen en daarna mijn spanning wegblazen. Ik wist wel beter. Ik twijfelde niet. Maar ik was eerlijk genoeg om toe te geven dat ik me Gideon wilde toe-eigenen. Ik wilde hem claimen, hem bezitten en iedereen laten weten dat hij van *mij* was.

'Waarom heb je toch zo'n hekel aan hem?' vroeg ik, en ging hem voor door de draaideuren. In de verte klonk nog een donderklap, maar de hete slagregen was opgehouden en er lagen plassen smerig water op straat.

Hij kwam naast me op de stoep lopen en legde zijn hand op mijn onderrug. Dat stuurde een siddering van walging door me heen. 'Hoezo? Wil je aantekeningen vergelijken?'

'Ja hoor. Waarom niet?'

Tegen het einde van de lunch had ik een vrij goed beeld van waar Christophers hekel vandaan kwam. Hij gaf alleen om de man die hij in de spiegel zag. Gideon was aantrekkelijker, rijker, machtiger, zelfverzekerder... alles aan hem was beter. En Christopher was overduidelijk stikjaloers. Zijn herinneringen waren gekleurd door de overtuiging dat Gideon als kind alle aandacht had gekregen. Dat was misschien ook wel zo, als je bedacht hoe gekweld hij was. Wat nog erger was, was dat de rivaliteit tussen de broers was overgeslagen naar hun beroepsleven toen Cross Industries de meerderheid van de aandelen in Vidal Records had verkregen. Ik bedacht dat ik moest onthouden dat ik Gideon zou vragen waarom hij dat had gedaan.

We stopten buiten het Crossfire om afscheid van elkaar te nemen. Een taxi die door een enorme plas water racete, spoot een fontein schuimend water in mijn richting. Ik vloekte zachtjes en ontweek de straal door bijna tegen Christopher aan te struikelen.

‘Ik wil graag eens met je uit, Eva. Wil je misschien een keer met me eten?’

‘Ik bel je nog wel,’ zei ik ontwijkend. ‘Mijn huisgenoot is nogal ziek op het moment en ik moet zo veel mogelijk bij hem blijven.’

‘Je hebt mijn nummer.’ Hij glimlachte en kuste mijn hand, een gebaar waarvan hij vast dacht dat het charmant was. ‘En ik hou contact.’

Ik baande me een weg door de draaideuren van het Crossfire en liep op de draaihekjes af.

Bij de balie hield een van de in het zwart geklede beveiligingsmedewerkers me tegen. ‘Miss Tramell.’ Hij glimlachte. ‘Wilt u even met me meelopen, alstublieft?’

Nieuwsgierig volgde ik hem naar het beveiligingskantoor waar ik ooit mijn medewerkerspasje had gekregen toen ik net aangenomen was. Hij deed de deur voor me open en daarbinnen zat Gideon te wachten.

Hij leunde achterover tegen het bureau met zijn armen over elkaar. Hij zag er prachtig en neukbaar uit, en keek spottend geamuseerd. De deur ging achter me dicht. Hij zuchtte en schudde zijn hoofd.

‘Zijn er nog meer mensen in mijn leven die je van plan bent lastig te vallen vanwege mij?’ vroeg hij.

‘Zit je me weer te bespioneren?’

‘Ik hou een beschermend oogje in het zeil.’

Ik trok een wenkbrauw op. ‘En hoe weet je nou of ik hem lastiggevallen heb of niet?’

Zijn vage glimlach werd breder. ‘Omdat ik jou ken.’

‘Nou, ik heb hem niet lastiggevallen. Echt niet,’ zei ik, toen hij me ongelovig aankeek. ‘Ik was het wel van plan, maar heb het toch maar niet gedaan. En waarom zijn we in deze kamer?’

‘Ben je op een of andere kruistocht, engel?’

We waren om elkaar heen aan het draaien en ik wist niet zo goed waarom. En het kon me ook niet schelen, omdat ik iets anders belangrijker vond.

‘Besef je wel dat je erg kalm reageert op het feit dat ik met Christopher heb geluncht? En dat ik erg kalm reageer op dat jij met Corinne omgaat? We reageren allebei totaal anders dan hoe we een maand geleden gereageerd zouden hebben.'

Hij was helemaal anders. De warme glimlach die om zijn lippen speelde, had ik nog niet eerder gezien. 'We vertrouwen elkaar, Eva. Dat voelt goed, vind je niet?'

'Dat ik je vertrouw, betekent nog niet dat ik niet totaal verbijsterd ben over wat er tussen ons gaande is. Waarom verstoppen we ons in dit kantoor?'

'Omdat het dan heel gemakkelijk te ontkennen is dat we hier waren.' Gideon richtte zich op en kwam naar me toe. Hij hield mijn gezicht in zijn handen vast, boog mijn hoofd naar achteren en kuste me teder. 'Ik hou van je.'

'Je wordt er nog goed in om dat te zeggen.'

Hij streek met zijn vingers door mijn nieuwe lokken. 'Weet je nog die nacht dat je een nachtmerrie had en ik nog laat op pad was? Je vroeg je af waar ik was geweest.'

'Dat vraag ik me nog steeds af.'

'Ik was in het hotel, die kamer aan het uitruimen. Mijn neukhol, zoals jij het noemde. Het leek me niet echt het juiste moment om dat uit te leggen terwijl jij over je nek zat te gaan.'

Ik ademde snel uit. Het was een opluchting om te weten waar hij was geweest. En een zelfs nog grotere opluchting om te weten dat het neukhol niet meer bestond.

Hij keek me teder aan. 'Ik was het totaal vergeten tot het bij Dr. Petersen ter sprake kwam. We weten allebei dat ik het nooit meer zal gebruiken. Mijn meisje doet het liever in vervoermiddelen dan in een bed.'

Hij glimlachte en liep naar buiten. Ik keek hem na.

De beveiligingsmedewerker stond in de geopende deur en ik zette mijn rondtollende gedachten opzij om er later nog eens naar te kijken, als ik de tijd had om echt te begrijpen waar het allemaal naartoe ging.

Terwijl ik naar huis liep, haalde ik een fles appelsap met bubbels in plaats van champagne. Ik zag zo nu en dan dat de Bentley me volgde, altijd klaar om naast me te parkeren en me mee te nemen. Eerst had ik het irritant gevonden, omdat het symboliseerde dat ik nog steeds een band met Gideon had en mijn verwarring over mijn breuk met Gideon daar alleen maar groter door werd. Nu moest ik glimlachen als ik de Bentley zag.

Dr. Petersen had gelijk gehad. Onthouding en wat afstand tussen ons had mijn hoofd helderder gemaakt. Op een of andere manier waren Gideon en ik door de afstand tussen ons sterker geworden, hadden we daardoor meer waardering voor elkaar gekregen en namen we minder dingen als vanzelfsprekend aan. Ik hield nu meer van hem dan ooit, maar ondertussen plande ik gewoon een gezellig avondje met mijn huisgenoot, ook al had ik geen idee waar Gideon was of met wie hij zou zijn. Dat maakte ook niet uit. Ik wist dat hij aan me dacht en dat ik in zijn hart was.

Mijn telefoon ging over en ik haalde hem uit mijn tas. Ik zag de naam van mijn moeder op het scherm en antwoordde: 'Hé mam.'

'Ik snap niet waar ze naar op zoek zijn!' klaagde ze, en ze klonk kwaad en huilerig. 'Ze laten Richard maar niet met rust. Ze gingen vandaag naar zijn kantoor en namen kopieën van beveiligingsbanden mee.'

'De rechercheurs?'

'Ja. Ze zijn meedogenloos. Wat willen ze toch?'

Ik sloeg de hoek om en liep mijn straat in. 'Een moordenaar in de kraag vatten. Ze willen waarschijnlijk gewoon Nathans gangen nagaan. De tijdstippen checken of zoiets.'

'Dat is toch belachelijk.'

'Ja, ik roep ook maar wat. Maar maak je niet druk, mam. Ze zullen niets vinden, want Stanton is onschuldig. Alles komt goed.'

'Hij is er zo tolerant over, Eva,' zei ze zachtjes. 'Hij is zo goed voor me.'

Ik zuchtte, omdat ik de verdedigende toon in haar stem hoorde. 'Ik weet het, mam. Ik begrijp het. Papa begrijpt het ook. Je bent waar je moet zijn. Niemand veroordeelt je. Iedereen vindt het oké.'

Pas toen ik bij mijn voordeur aankwam, had ik haar gekalmeerd. Ondertussen vroeg ik me af wat de rechercheurs zouden zien als ze ook de beveiligingstapes van het Crossfire zouden opeisen. Je kon het hele verloop van mijn relatie met Gideon volgen via de keren dat ik bij hem in de hal van Cross Industries was geweest. Eerst had hij me daar een oneerbaar voorstel gedaan door heel bot zijn verlangen kenbaar te maken. Hij had me daar tegen de muur geduwd, net nadat ik ermee had ingestemd om alleen met hem uit te gaan. En hij had er mijn aanraking afgewezen, die afschuwelijke dag dat hij voor het eerst afstand van me had genomen. De rechercheurs zouden het allemaal zien, als ze maar ver genoeg teruggingen in al die vertrouwelijke en persoonlijke momentopnamen.

'Bel me maar als je me nodig hebt,' zei ik terwijl ik mijn handtas en mijn andere tas bij de ontbijtbar liet neerploffen. 'Ik ben de hele avond thuis.'

We hingen op en ik zag dat er een onbekende regenjas over een van de barkrukken hing. Ik riep naar Cary: 'Schat, ik ben thuis!'

Ik zette de fles appelsap in de koelkast en liep de gang door naar mijn slaapkamer om te gaan douchen. Ik stond op de drempel van mijn kamer toen Cary's deur openging en Tatiana naar buiten kwam. Mijn ogen gingen wijd open toen ik haar ondeugende verpleegsterskostuum zag, compleet met duidelijk zichtbare jarretels en netkousen.

'Hé schat,' zei ze triomfantelijk. Ze was verbazingwekkend lang op haar hoge hakken. Ze torende boven me uit. Tatiana Cherlin was een succesvol model, en had het soort gezicht en lichaam dat voor verkeersopstoppingen zorgde. 'Neem jij hem verder van me over?'

Ik knipperde met mijn ogen en keek hoe de langbenige blondine naar de woonkamer verdween. Even later hoorde ik de voordeur dichtslaan.

Cary verscheen in zijn deuropening. Hij zag er verfrommeld en verhit uit, en droeg alleen zijn boxershort. Hij leunde tegen de deur met een luie, verzadigde grijns. 'Hé.'

'Hé jij daar. Je ziet eruit alsof je een mooie dag hebt gehad.'

'Echt wel.'

Daar moest ik om glimlachen. 'Ik wil niet oordelen, maar ik

ging ervan uit dat het over was tussen Tatiana en jou.'

'Ik heb nooit het idee gehad dat het aan was.' Hij woelde flink met zijn handen door zijn haar. 'Toen kwam ze vandaag opeens bezorgd en met veel excuses aanzetten. Ze was in Praag en kwam er pas vanmorgen achter wat er met me was gebeurd. Ze kwam in alle haast naar me toe met dat aan, alsof ze mijn perverse gedachten kon lezen.'

Ik begon ook tegen mijn deuropening te leunen. 'Ze zal je wel kennen.'

'Zal wel, ja.' Hij haalde zijn schouders op. 'We zien wel hoe het gaat. Ze weet dat ik Trey heb en dat ik hem hoop te houden. Maar Trey... ik weet dat hij dit niet leuk zal vinden.'

Ik voelde met beide mannen mee. Ze zouden een hoop compromissen moeten sluiten om hun relatie te laten werken. 'Wat vind je ervan als we onze geliefden eens een avondje vergeten en een actiefilmmarathon houden? Ik heb wat nepchampagne meegenomen.'

Zijn wenkbrauwen gingen omhoog. 'Wat is daar nou aan?'

'Je mag toch geen alcohol drinken bij die medicijnen?' vroeg ik droogjes.

'Geen Krav Maga voor jou vanavond?'

'Dat haal ik morgen wel weer in. Ik heb zin om met jou te relaxen. Ik wil languit op de bank liggen, en pizza met stokjes en chinees met mijn vingers eten.'

'Wat ben je toch lekker rebels, meissie.' Hij grijnsde. 'Goed plan.'

Parker plofte grommend op de mat en ik schreeuwde het uit, zo enthousiast was ik dat het me was gelukt.

'Yes!' zei ik, terwijl ik met mijn vuist in de lucht pompte. Leren hoe je een zware kerel als Parker vloert, was geen kleine prestatie. Waarschijnlijk had het langer geduurd dan noodzakelijk voordat ik het juiste evenwicht had gevonden voor de hefboomkracht die ik ervoor nodig had. Dat kwam doordat ik het de afgelopen weken zo moeilijk had gevonden om me te concentreren.

Er was geen evenwicht in mijn leven als mijn relatie met Gideon scheef zat.

Parker stak lachend een hand naar me uit zodat ik hem overeind kon helpen. Ik greep zijn onderarm en trok hem omhoog.

'Goed. Erg goed,' prees hij. 'Je gaat echt voluit vanavond.'

'Dankjewel. Wil je het nog een keer proberen?'

'Neem maar tien minuten pauze en vul je vocht aan,' zei hij. 'Ik moet even met Jeremy praten voordat hij weggaat.'

Jeremy was een van Parkers mede-instructeurs, een boom van een kerel met wie alleen de beste studenten mochten werken. Op dat moment kon ik me niet voorstellen dat ik ooit een aanvaller van zijn omvang zou weten af te weren, maar ik had het een aantal zeer tengere vrouwen in de groep al eens zien doen.

Ik pakte mijn handdoek en mijn flesje water en ging naar de aluminium tribunes die tegen de muur waren opgesteld. Ik bleef staan toen ik een van de rechercheurs zag die naar mijn appartement waren gekomen. Rechercheur Shelley Graves had haar uniform echter niet aan. Ze droeg een sporttopje en bijpassende broek met sportschoenen en haar donkere krullen zaten in een paardenstaart.

Omdat ze net het gebouw binnenkwam en de deur toevallig naast de tribune was, moest ik haar kant wel op lopen. Ik dwong mezelf om er nonchalant uit te zien terwijl ik me helemaal niet zo voelde.

'Miss Tramell,' begroette ze me. 'Wat toevallig dat ik u hier ontmoet. Traint u al lang met Parker?'

'Ongeveer een maand. Fijn u te zien, mevrouw de rechercheur.'

'Nou, dat geloof ik toch niet.' Ze glimlachte een beetje spottend. 'Tenminste, u vindt van niet. Nog niet. En misschien vindt u dat nog steeds niet wanneer we klaar zijn met praten.'

Ik fronste. Ik vond het maar verwarrend wat ze allemaal zei. Maar één ding was wel duidelijk. 'Ik mag niet met u praten zonder dat mijn advocaat erbij is.'

Ze strekte haar armen uit. 'Ik ben niet in functie. Maar hoe dan ook: u hoeft niets te zeggen, hoor. Ik voer het woord wel.'

Graves gebaarde naar de tribune en ik ging met tegenzin zitten. Ik had een verdomd goede reden om op mijn hoede te zijn.

'Wat vindt u ervan als we nog wat hoger gaan zitten?' Ze klom helemaal naar boven, en ik stond op en volgde haar.

Toen we eenmaal zaten, legde ze haar onderarmen op haar knieën en keek naar de leerlingen daarbeneden. 'Het is hier echt anders 's avonds. Ik pak meestal de sessies overdag. Ik heb mezelf opgedragen dat als ik u toevallig tegen zou komen op een dag waarop ik geen dienst had, ik met u zou praten. Ik dacht dat die kans heel erg klein was, maar kijk eens aan: daar bent u dan. Dat moet wel een teken zijn.'

Ik trapte niet in de extra uitleg. 'U komt op mij niet over als iemand die in tekens gelooft.'

'Daar hebt u me mooi te pakken, maar in dit geval maak ik toch een uitzondering.'

Ze tuitte even haar lippen, alsof ze diep over iets nadacht. Daarna keek ze me aan. 'Ik denk dat uw vriend Nathan Barker heeft vermoord.'

Ik verstijfde en slikte hoorbaar mijn adem in.

'Ik zal het nooit kunnen bewijzen,' zei ze duister. 'Daar is hij te slim voor. Te grondig. Het hele gebeuren was tot in de puntjes voorbereid. Op het moment dat Gideon Cross besloot Nathan Barker te vermoorden, had hij alles al uitgewerkt.'

Ik wist niet of ik nou moest blijven of weggaan; wat van beide beslissingen de gevolgen zouden zijn. En terwijl ik aarzelde, praatte ze door.

'Ik denk dat het is begonnen op de maandag nadat uw huisgenoot was aangevallen. Toen we de hotelkamer onderzochten waar Barkers lichaam was gevonden, troffen we foto's aan. Heel veel foto's van u, maar de foto's waar ik op doel, waren van uw huisgenoot.'

'Cary?'

'Als ik dit aan de onderzoeksrechter zou voorleggen voor een arrestatiebevel, zou ik zeggen dat Nathan Barker Cary Taylor had aangevallen om Gideon Cross te intimideren en te bedreigen. Ik vermoed dat Cross niet op de chantage-eisen van Barker is ingegaan.'

Ik wrong mijn handen in mijn handdoek. Ik kon het niet verdragen als Cary om mij iets was aangedaan.

Graves keek naar me, en haar blik was scherp en direct. De ogen van een agent. Die had mijn vader ook. 'Op dat moment denk ik dat Cross het idee kreeg dat u in levensgevaar was. En weet u wat? Hij had gelijk. Daarvoor heb ik in Barkers kamer aanwijzingen gezien: foto's, gedetailleerde aantekeningen over uw dagelijkse gewoonten, krantenknipsels... zelfs wat afval van u. Als we dat soort dingen aantreffen, is het meestal al te laat.'

'Hield Nathan me in de gaten?' Alleen al het idee maakte dat er een hevige rilling door me heen ging.

'Hij was u aan het stalken. De chantage-eisen die hij aan uw stiefvader en aan Cross stelde, waren daarvan slechts een uitvloeisel. Ik denk dat Cross te dicht bij u kwam en dat Barker zich door uw relatie bedreigd voelde. Ik denk dat hij hoopte dat Cross zich zou terugtrekken zodra hij op de hoogte was van uw verleden.'

Ik hield de handdoek voor mijn mond voor het geval dat ik moest overgeven.

'Ik denk dus dat het als volgt is gegaan.' Graves tikte met haar vingertoppen tegen elkaar, terwijl haar aandacht op de intensieve oefeningen beneden ons leek te zijn gericht. 'Cross neemt afstand van u en begint een oude vlam te zien. Dat dient twee doelen: het zorgt ervoor dat Barker zich koest houdt en het ontzenuwt het motief van Cross. Want waarom zou hij een man vermoorden om een vrouw die hij al had gedumpt? Hij heeft dat vrij goed opgezet: hij heeft het u niet verteld. U hebt de leugen kracht bijgezet met uw oprechte reacties.'

Haar voet begon met haar vingers mee te tikken en haar slanke lichaam straalde een onrustige energie uit. 'Cross besteedt de taak niet uit. Dat zou ook stom zijn. Hij wil geen geldspoor achterlaten of te maken hebben met een huurmoordenaar die hem kan verlinken. Bovendien is dit persoonlijk. *U* bent persoonlijk. Hij wil er geen twijfel over laten bestaan dat de bedreiging weg is. Hij organiseert op het laatste moment een feestje in een van zijn panden voor een of ander wodkamerk dat van hem is. Nu heeft hij een waterdicht alibi. Zelfs de pers is erbij om plaatjes te schieten. En hij weet precies waar u bent en dat uw alibi ook waterdicht is.'

Ik kneep in mijn handen in de handdoek. *Mijn god...*

Het geluid van lichamen die op de mat neerkwamen, het gemurmel van de instructies die werden gegeven en de triomfantelijke geluiden van de leerlingen, vervaagden allemaal tot een gestaag gegons in mijn oren. Voor mijn ogen vond een hoop activiteit plaats en mijn hersenen konden het niet verwerken. Ik had het gevoel dat ik me via een eindeloze tunnel terugtrok, alsof mijn werkelijkheid in elkaar schrompelde tot een piepklein zwart puntje.

Graves haalde de dop van haar waterfles, nam een grote slok en veegde vervolgens haar mond af met de rug van haar hand. 'Ik geef toe dat dat feestje me eerst even op het verkeerde been zette. Hoe kun je zo'n alibi nu breken? Ik moest wel drie keer terug naar het hotel voordat ik hoorde dat er die avond brand in de keuken was geweest. Niets ernstigs, maar het hele hotel was bijna een uur geëvacueerd geweest. Alle gasten hingen rond op het trottoir. Cross liep het hotel in en uit en deed alles wat een eigenaar onder die omstandigheden zou doen. Ik heb met zes medewerkers gesproken die hem rond die tijd hadden gezien of met hem hadden gepraat, maar geen van hen kon daar een exact tijdstip aan verbinden. Ze waren het er allemaal over eens dat het een chaos was. Wie kon er nou één man in de gaten houden in die drukte?'

Ik merkte dat ik mijn hoofd schudde alsof ze de vraag aan mij had gesteld.

Ze rolde haar schouders naar achteren. 'Ik controleerde hoeveel tijd ervoor nodig was om van de dienstingang – waar Cross was gezien terwijl hij met de brandweer sprak – naar Barkers hotel, een paar blokken verderop, te lopen. Vijftien minuten heen en vijftien minuten terug. Barker was overleden door een enkele steekwond in de borst. Recht in het hart. Dat zou niet meer dan een minuut hebben gekost. Er waren geen afweerwonden en hij werd net binnen de deur aangetroffen. Weet u wat ik denk? Hij deed de deur open voor Cross en het was voorbij voordat hij met zijn ogen kon knipperen. En weet u... *Dat* hotel is eigendom van een dochtermaatschappij van Cross Industries. En de beveiligingscamera's in het gebouw stonden toevallig uit voor een upgrade die al maandenlang op de agenda stond.'

'Wat een toeval,' zei ik schor. Mijn hart bonsde. In een afgelegen gebied van mijn hersenen registreerde ik dat maar een paar meter bij me vandaan mensen gewoon doorgingen met hun leven zonder een flauw idee te hebben dat iemand in deze ruimte zich met een rampzalige gebeurtenis bezighield.

'Tja. Waarom niet?' Graves haalde haar schouders op, maar haar ogen zeiden iets anders. Ze *wist* het. Ze kon het niet bewijzen, maar ze wist het. 'Het komt dus hierop neer: ik zou kunnen blijven graven en tijd blijven besteden aan deze zaak terwijl er nog andere op mijn bureau liggen. Maar waarom zou ik? Cross is geen gevaar voor de samenleving. Mijn partner zal u vertellen dat het nooit in de haak is om het recht in eigen hand te nemen. En daar ben ik het grotendeels mee eens. Maar Nathan Barker was van plan u te vermoorden. Misschien niet volgende week, misschien niet volgend jaar. Maar wel ooit.'

Ze stond op en klopte haar broek af, pakte haar fles water en haar handdoek, en negeerde het feit dat ik onbedaarlijk aan het snikken was.

Gideon... Ik drukte de handdoek tegen mijn gezicht, totaal overweldigd.

'Ik heb mijn aantekeningen verbrand,' vervolgde ze. 'Mijn partner is het ermee eens dat we op een dood spoor zitten. Niemand kan het ook maar iets schelen dat Nathan Barker onze lucht niet meer inademt. Zelfs zijn vader heeft me gezegd dat wat hem betreft zijn zoon al jaren dood is.'

Ik keek naar haar op, en knipperde om de waas van tranen uit mijn ogen te krijgen. 'Ik weet niet wat ik moet zeggen.'

'U hebt het met hem uitgemaakt op de zaterdag nadat we uw etentje onderbraken, toch?' Ze knikte toen ik knikte. 'Hij zat op dat moment op het bureau een verklaring af te leggen. Hij ging even de kamer uit, maar ik kon hem door het raam in de deur zien. De enige keer dat ik zulke pijn heb gezien is wanneer ik naaste familie moet inlichten. Om eerlijk te zijn is dat precies de reden waarom ik u dit nu vertel: zodat u naar hem terug kunt gaan.'

'Dank u wel.' Ik had die woorden nog nooit met zoveel gevoel gezegd als op dat moment.

Ze schudde haar hoofd en begon de trap af te lopen. Daarna stopte ze even, draaide zich om en keek naar me. 'Ik ben niet degene die u zou moeten bedanken.'

Op de een of andere manier belandde ik uiteindelijk bij Gideons appartement.

Ik kan me niet herinneren dat ik wegging uit Parkers studio of dat ik tegen Clancy zei waar hij me heen moest brengen. Ik kan me niet herinneren dat ik me bij de receptie meldde of dat ik de lift naar boven nam. Toen ik besefte dat ik in de privéhal voor Gideons deur stond, moest ik even blijven staan, omdat ik niet meer zo goed wist hoe ik van de tribune tot dat punt was gekomen.

Ik drukte op de bel en wachtte. Toen niemand opendeed, liet ik me op de vloer zakken en leunde tegen de deur.

Gideon trof me daar aan. De liftdeuren gingen open en hij stapte naar buiten. Hij bleef plotseling staan toen hij me zag. Hij had zijn sportkleren aan en zijn haar was nog vochtig van het zweet. Hij had er nog nooit zo prachtig uitgezien.

Hij keek naar me en bewoog zich niet, dus legde ik uit: 'Ik heb geen sleutel meer.'

Ik stond niet op omdat ik er niet zeker van was dat mijn benen me wel zouden dragen. Hij hurkte bij me neer. 'Eva? Wat is er aan de hand?'

'Ik kwam rechercheur Graves vanavond toevallig tegen.' Ik slikte moeizaam, want mijn keel zat dicht. 'Ze staken het onderzoek.'

Hij zette zijn borst uit met een diepe ademhaling.

Toen ik dat hoorde, *wist* ik het.

Een donkere verlatenheid legde een schaduw over Gideons prachtige ogen. Hij wist dat ik het wist. De waarheid hing zwaar in de lucht tussen ons in, een bijna tastbaar iets.

Ik zou iemand kunnen vermoorden voor jou, alles opgeven wat ik bezit voor jou... maar ik zal jou *nooit opgeven.*

Gideon viel op zijn knieën op het koude, harde marmer.

Zijn hoofd was gebogen. Hij wachtte af.

Ik verschoof een beetje om, ook op mijn hurken, tegenover hem te gaan zitten. Ik tilde zijn kin op. Raakte zijn gezicht aan met mijn handen en mijn lippen. Mijn dankbaarheid voor wat hij me had gegeven fluisterde ik over zijn huid heen: 'Dankjewel... dankjewel... dankjewel.'

Hij pakte me beet en sloeg zijn armen stevig om me heen. Hij drukte zijn gezicht tegen mijn hals. 'Hoe moet het nu verder?'

Ik hield hem vast. 'We gaan gewoon door. Samen.'

Dankwoord

Ik ben Cindy Hwang en Leslie Gelbman erg dankbaar voor hun steun en aanmoediging, maar vooral voor hun liefde voor het verhaal van Gideon en Eva. Er is passie voor nodig om een boek te schrijven en passie om een boek te verkopen. Ik ben blij dat ze zoveel passie hebben.

Ik zou een heel boek kunnen schrijven over alles waar ik mijn agent Kimberly Whalen dankbaar voor ben. De *Crossfire*-serie is een enorme internationale onderneming met heel veel verschillende aspecten, en ze heeft het steeds allemaal in de hand. Omdat zij alles onder controle heeft, ben ik vrij om me op mijn deel van onze samenwerking te richten – het schrijven! – en daarom ben ik zo dol op haar.

Achter Cindy, Leslie, Kim, Claire Pelly en Tom Weldon staan dynamische teams bij Penguin en bij Trident Media Group. Ik zou willen dat ik iedereen bij name kon noemen, maar het is echt een heel dorp. Ik ben letterlijk tientallen mensen dankbaar voor hun harde werk en hun enthousiasme. De *Crossfire*-serie wordt op wereldwijde schaal verzorgd en gekoesterd door Trident en Penguin, en ik ben jullie allemaal erg dankbaar voor de tijd die jullie aan mijn boeken hebben besteed.

Mijn diepste dankbaarheid gaat uit naar uitgever Hilary Sares, die een heel grote rol heeft gespeeld in het tot stand komen van de *Crossfire*-serie. Ze houdt me bij de les.

Heel veel dank aan mijn publicist, Gregg Sullivan, die me het leven in veel opzichten gemakkelijker maakt.

Ook wil ik al mijn internationale uitgevers (meer dan dertig op het moment dat ik dit schrijf) bedanken dat jullie Gideon en Eva in jullie landen welkom hebben geheten en hen aan jullie lezers hebben voorgesteld. Jullie zijn allemaal geweldig.

En aan alle lezers over de hele wereld die het verhaal van

Gideon en Eva waarderen: dankjewel! Toen ik *Verslaafd aan jou* schreef, was ik ervan overtuigd dat ik de enige persoon was die het fantastisch vond. Ik vind het zo heerlijk dat jullie dat ook vinden en dat we samen de reis van Eva en Gideon verder volgen. Over snikhete, hobbelige wegen kun je het best met vrienden reizen!